LUZIFER
VERLAG

JET

BLUTRACHE

RUSSELL BLAKE

By arrangement with Peter Lampack Agency, Inc.
350 Fifth Avenue. Suite 5300
New York, NY 10118 USA

Deutsche Erstausgabe

Originaltitel: JET III - VENGEANCE

Cover und Umschlaggestaltung: Michael Schubert
Übersetzung: Kalle Max Hofmann
Lektorat: Johannes Laumann

Dieses Buch wurde nach Dudenempfehlung (Stand 2017) lektoriert.

ISBN: 978-3-95835-248-3

Printed in Germany

Bibliografische Information der Deutschen Nationalbibliothek:
Die Deutsche Nationalbibliothek verzeichnet diese Publikation in der Deutschen Nationalbibliografie; detaillierte bibliografische Daten sind im Internet über http://dnb.d-nb.de abrufbar.

VORBEMERKUNGEN DES AUTORS

JET 3: Blutrache ist ein fiktives Werk und jegliche Ähnlichkeit zwischen real existierenden Personen oder Organisationen ist rein zufällig. Soweit ich weiß, sind der Mossad und die CIA ehrliche, hart arbeitende Organisationen, die über jeden Zweifel erhaben sind. Das taugt jedoch nicht für einen spannenden Thriller und deswegen habe ich mir einige künstlerische Freiheiten herausgenommen.

Die JET-Reihe ist ein übertriebenes Actionfeuerwerk mit einer Heldin, die kaum aufzuhalten ist. Wenn Sie nach Realismus suchen, werden Sie den hier nicht finden – dafür aber reichlich Spannung, Explosionen und unerwartete Wendungen.

Der Jemen ist eine der ärmsten Gegenden des Mittleren Ostens und wird von anhaltenden Bürgerkriegen gebeutelt. Viele Gebiete abseits der Hauptstadt Sanaa sind sehr gefährlich. Gleichzeitig ist es aber auch ein Land bemerkenswerter Schönheit. In dieser Geschichte habe ich mich eher auf die unschönen Aspekte konzentriert, denn auch hier gilt, dass Postkartenmotive keine spannende Geschichte ergeben. Auch die komplexen Verstrickungen der verschiedenen orientalischen Länder mit den USA habe ich teilweise stark vereinfacht oder unrealistisch dargestellt. Ich hoffe, man möge mir diese Kunstgriffe verzeihen.

Der Sport *Parkour* ist eine beliebte Kombination aus Gymnastik, Kampfsport und Querfeldeinlauf, die von sogenannten »Traceuren« ausgeübt wird. Die vielleicht beeindruckendste Fähigkeit dieser Athleten ist es, entgegen der Schwerkraft scheinbar unmögliche Bewegungsabläufe auszuführen. Einige fantastische Videos finden Sie im Internet.

Ebenso können Sie im Netz einige Verschwörungstheorien nachlesen, die in diesem Roman aufgegriffen werden. Die meisten dieser Theorien halten einer Nachprüfung nicht stand, aber hier und da findet sich auch ein Fünkchen Wahrheit. Wie bei allen Dingen, die man im Internet so liest, empfehle ich meinen Lesern bei Interesse, die jeweiligen Quellen kritisch zu hinterfragen und sich eine eigene Meinung zu bilden.

Nun aber viel Spaß mit Jet und ihrem neuen Abenteuer!

PROLOG

VOR ZWEI WOCHEN IM ALATFAIN-TAL IM JEMEN.

Der goldbraune Toyota Landcruiser fegte die Schotterpiste entlang und wirbelte eine Wolke gelben Staubs auf, als er sich der abgelegenen Siedlung näherte. Die Gebäude schienen verlassen, abgesehen von einem Mercedes, der wie ein Fremdkörper zwischen den verfallenden Strukturen eines ehemaligen Dorfes wirkte, dessen Bewohner längst vor der immer näher herankriechenden Wüste geflohen waren.

Der Geländewagen rollte langsam aus, und sobald er stand, flogen die hinteren Türen auf. Zwei Männer mit Sturmgewehren sprangen heraus. Auch die Beifahrertür öffnete sich und ein Herr in einem marineblauen Nadelstreifenanzug stieg heraus, einen stabilen Aktenkoffer fest im Griff. Nachdem er sich kurz orientiert hatte, ging er auf das nächstgelegene Gebäude zu, wobei die Pomade in seinem pechschwarzen, streng zurückgekämmten Haar in der prallen Sonne glitzerte.

Seine Bodyguards musterten die Umgebung mit skeptischen Blicken, doch außer der staubigen Landschaft, die sich im Hitzeflimmern verlor, war nichts zu sehen. Nur in der weiten Ferne schimmerten einige Bergkämme durch, die die gleichen ausgeblichenen Farben wie alles andere hier hatten.

In dieser Gegend durchdrangen Sand und Staub einfach alles. Selbst die künstlich gereinigte Atmosphäre im Inneren des Geländewagens war langsam davon durchdrungen worden – obwohl die Luftfilter auf dem neuesten Stand der Technik waren, hatte sich während der Fahrt ein staubiger Film auf das gesamte Interieur gelegt.

Dem Mann im Anzug schien die brutale Hitze nicht das geringste auszumachen, er wirkte wie ein Banker auf seinem täglichen Weg ins Büro, dabei war er absolut deplatziert in dieser unwirtlichen Umgebung.

Elegant tänzelte er über die aufgeblähte Leiche eines Hundes und ignorierte dabei die Schwärme dicker, schwarzer Fliegen. Er näherte sich dem Gebäude, die hochkonzentrierten Leibwachen mit den Waffen im Anschlag dicht an seiner Seite.

»Das ist weit genug. Sagen Sie Ihren Männern, dass sie zurückbleiben sollen! Nur Sie kommen herein!« Die kratzige Stimme klang feindselig, der Akzent war stark und fremdartig. Russisch war eindeutig nicht die Stärke dieses Mannes.

»Selbstverständlich. Sie sind nur dafür da, dass wir nicht gestört werden. Über Sie mache ich mir keine Sorgen, sonst wäre ich gar nicht hier«, versicherte der Anzugträger, wobei ein angedeutetes Grinsen seine fleischigen Lippen umspielte. Sein Russisch war flüssig, fast schon musisch, zweifellos seine Muttersprache. Er gab seinen Männern ein Zeichen und sie postierten sich im Schatten links und rechts des aus Lehmziegeln gemauerten Einganges, der mit diversen Einschusslöchern übersät war. Dann trat er ein.

»Haben Sie das Vereinbarte dabei?«, fragte der in traditionelle Kleider gehüllte Mann, der von wallendem Stoff umflossen wurde, als er sich im Schneidersitz auf dem Boden niederließ. Am anderen Ende des Raumes waren drei ebenfalls in die typischen, lokalen Roben gehüllte Krieger, die Maschinengewehre bei sich trugen.

»Natürlich. Als Beweis dafür, dass wir es ernst meinen. Es ist genug, damit Sie sich von der Effektivität unserer Ware überzeugen können. Und um Ihnen direkt Ergebnisse präsentieren zu können, habe ich eine Videoaufzeichnung eines Testlaufes mitgebracht – mit einem *Freiwilligen* in der Hauptrolle.« Wieder huschte ein Lächeln über die Lippen des Mannes.

»Sehr gut. Zeigen Sie es mir.« Der Sitzende bedeutete seinem Gegenüber mit einer Geste, näher zu kommen. Als dieser in seine Anzugtasche griff, wurden die Wachen unruhig und passten haargenau auf, während er langsam ein Mobiltelefon hervorzog und es einladend präsentierte. Der Mann in dem weiten Gewand stand auf und fixierte den Bildschirm wie ein Raubvogel, der seine Beute im Blick hat.

In der unteren Ecke des Videofensters lief eine Zeitangabe, deren Datum zwei Tage zurücklag. Das anfängliche Bildrauschen verschwand, an seine Stelle trat ein düster ausgeleuchteter Raum mit nackten Betonwänden. Auf einer primitiven Pritsche saß ein heruntergekommener junger Mann und schlürfte eine Schüssel Suppe leer, offensichtlich nicht in dem Wissen, dass er gefilmt wurde. Das Licht änderte sich, als die Zeitangabe eine Stunde weitersprang. Der Gefangene ging nun nervös in seiner Zelle auf und ab und wischte sich den Schweiß von der Stirn, das verschlissene

Hemd bereits voller Flecken. Mit panischer Stimme rief er um Hilfe. Dann sprang die Uhr eine weitere Stunde vor: Der Mann lag nun auf seiner Schlafstätte, wobei er zitterte und stöhnte. Immer wieder wurde sein Körper von Krämpfen durchzuckt. Zwei Stunden später hatte er spastische Anfälle, das Gesicht schmerzverzerrt. Noch zwei Stunden später und Blut lief ihm aus Mund, Nase und Augenhöhlen. Seine Hosen waren durchnässt, seine Brust mit Flecken von blutrotem Erbrochenen getränkt.

Der Blick des traditionell gekleideten Mannes traf kurz die emotionslosen Augen des Anzugträgers, bevor er sich wieder dem Geschehen auf dem Bildschirm zuwandte. Dort lag inzwischen ein lebloser Körper, bläulich verfärbt und von Zersetzungsgasen aufgebläht.

Die letzte Einstellung zeigte etwas, das man kaum noch als Menschen erkennen konnte. Die Haut aufgeplatzt, das Fleisch bereits in Verflüssigung begriffen. Ein grauenhafter Anblick, selbst auf dem winzigen Bildschirm. Schließlich blieb der digitale Zeitstempel stehen. Es waren kaum mehr als acht Stunden vergangen.

»Und wie ist der Übertragungsweg?«, fragte der Mann in der Robe, ohne sich eine Gefühlsregung anmerken zu lassen.

»Es wurde so konstruiert, dass es sich über die Luft verbreitet. Jeder, der es einatmet, wird das gleiche Schicksal wie der Mann in dem Video erleiden.«

»Ist es ansteckend?«

»Nein.«

Der Mann grunzte und ließ sich wieder auf dem Boden nieder. »Können Sie es ansteckend machen? Damit sich weitere Opfer infizieren können?«

Sein Gegenüber tat so, als würde er kurz über die Frage nachdenken – ganz so, als hätte er sie nicht bereits hitzig mit seinen Vorgesetzten diskutiert. Schließlich nickte er. »Wenn die Bezahlung stimmt, ist prinzipiell alles möglich. Aber es ist alles andere als einfach und wird entsprechend lange dauern.«

»Was ist schon einfach.«

»Darüber hinaus bestehen noch Bedenken, eine anstekkende Version herauszugeben, ohne ein hundert Prozent wirksames Gegenmittel zu besitzen. Ohne ein solches ginge es nicht mehr um eine biologische Waffe – sondern um das Ende der Menschheit.«

»Hmmm, das wollen wir natürlich nicht. Lediglich das Ende von *manchen* Menschen.« Er bedeutete dem Anzugträger mit einer Geste, sich auf einem Kissenstapel niederzulassen. Der Mann setzte sich in einer flüssigen Bewegung auf die orientalische Sitzgelegenheit, als wären solche konspirativen Treffen für ihn das Normalste der Welt.

»Ich habe eine Probe bei mir, die ausreichen sollte, um sie an einigen Freiwilligen zu testen. So können Sie sich von der Wirksamkeit überzeugen. Aber ich warne Sie, die Körper müssen beseitigt werden. Eingeäschert, damit keine Spuren übrig bleiben. Und Sie dürfen kein Zeichen nach außen dringen lassen, dass es diese Waffe gibt, sonst werden drastische Konsequenzen meiner Gruppe folgen. Und das ist nicht verhandelbar.«

Der Ton des Russen war schärfer geworden, und die Augen seines Gegenübers verengten sich zu Schlitzen, ein boshafter Ausdruck legte sich über sein Gesicht. »Sie wagen es, mir zu drohen?«, knurrte er.

»Natürlich nicht. Ich gebe nur die Anweisungen weiter, die mir aufgetragen wurden.«

Nach einem Moment angespannten Schweigens nickte der Orientale verständig und der Anzugträger schob ihm seinen Koffer hinüber, der eine Spur im gelben Staub hinterließ.

»Es ist unmöglich, die Wirkstoffe zu dekonstruieren, und sie bleiben auch nur zweiundsiebzig Stunden wirksam. Die Verkaufsversion wird eine Woche aktiv bleiben. Bitte behandeln Sie den Stoff mit höchster Vorsicht – Sie haben ja selbst gesehen, was der Preis für einen Fehler ist«, sagte der Russe.

»Ich werde die Überweisung auf Ihr Konto veranlassen. Zwei Millionen Euro, richtig?«

»Richtig. Sobald das Geld eingegangen ist, müssen Sie uns mitteilen, wie viel Sie bestellen möchten, und ich werde Ihnen den Preis dafür nennen. Dazu bekommen Sie ein Angebot, was es kosten würde, es ansteckend zu machen. Wie groß ist denn die Personengruppe, die Sie… *neutralisieren* möchten?«

Der Blick des Mannes schweifte zur Decke, während er darüber nachdachte. Dann gingen seine Mundwinkel nach unten. »So viele wie möglich. Tausende. Oder gar Millionen, falls das möglich ist.«

Der Gesichtsausdruck des Anzugträgers zeigte keinerlei Reaktion. »Verstehe. Das wird teuer. Vor allem, wenn wir es ansteckend machen.«

»Es ist mir klar, dass es teuer wird – sehr teuer. Aber machen Sie sich darüber keine Gedanken, das regle ich. Leiten Sie nur einfach meine Wünsche weiter.«

Der Russe stand auf. »Dann ist unsere Konsultation für heute beendet. Denken Sie nur daran, es dürfen keine Spuren von Ihren Tests nach außen dringen, sonst ist unser Geschäft mit sofortiger Wirkung gestorben.«

Er warf dem Sitzenden sein Mobiltelefon zu und wandte sich ab, ohne ein weiteres Wort zu sagen. Seine handgefertigten italienischen Designerschuhe knirschten im Sand, als er sich auf den Weg zurück zu seinen Leibwächtern begab.

Zu dem Orientalen gesellte sich derweil ein hochgewachsener Kämpfer, der einen beigefarbenen Schal um den Kopf gewickelt hatte. Nachdem der Sitzende ihm zugenickt hatte, schulterte er sein Maschinengewehr und nahm den Koffer an sich. »Die Vorsehung schenkt uns ein Lächeln«, sagte er in feierlichem Ton.

»In der Tat – wir sind näher an unserem Ziel als je zuvor. Die Ungläubigen werden bald einen unfassbar hohen Preis für ihren arroganten Imperialismus bezahlen. Aber jetzt machen wir uns auf den Weg – wir sind hier fertig. Bereite alles für unsere Abreise vor«, befahl der Mann in der Robe und legte die Fingerspitzen aufeinander, wobei er seinen Blick auf den Koffer richtete.

Draußen sprang der Motor des Landrovers mit einem Fauchen an und der Wagen machte sich auf den Rückweg, wobei ihn eine gigantische Staubwolke schon bald mit dem dunstigen Horizont verschmelzen ließ.

An einer strategisch günstigen Position auf den nahegelegenen Hügeln richtete ein heimlicher Beobachter sein Fernglas wieder auf das Gebäude und wartete darauf, dass auch der Mercedes abfahren würde. Stahlgraue Augen stierten durch die Linsen und ein feines Rinnsal Schweiß sickerte über die sandverkrustete Stirn des Mannes. Er wusste, dass er unsichtbar war, solange er keine schnellen Bewegungen machte, denn die Felsen, hinter denen er Stellung bezogen hatte, schirmten ihn perfekt ab.

Er hob sein Satellitentelefon ans Ohr, drückte die Sprechtaste und murmelte leise hinein, wobei er den Blick nicht von seinem Ziel abwandte.

Ein Lichtblitz von dort unten zog dann seine volle Aufmerksamkeit auf sich. Er schwenkte das Fernglas in die Richtung des Leuchtens und sah für einen kurzen Augenblick einen Schützen, dessen Gewehr mit einem Zielfernrohr ausgestattet war, und der genau in seine Richtung schaute. Mit Schrecken stellte er fest, dass dieser Mann die Waffe nun sinken ließ und sich wild gestikulierend an die anderen Wachen wandte, wobei er immer wieder nach oben zu den Hügeln zeigte.

Scheiße.

Er war aufgeflogen.

Es gab keinen Grund, auch nur eine weitere Sekunde mit Zusehen zu verbringen. Der schreiende Mann in der Siedlung zog ein Telefon und bellte Instruktionen hinein, während vier Bewaffnete aus dem Gebäude stürmten, um ihren unwillkommenen Gast zur Strecke zu bringen.

Der kroch inzwischen im Schutz der Felsen eine Anhöhe hinunter und richtete sich auf, als er außerhalb der Schusslinie war. Dann rannte er auf eine kleine Höhle zu, wo er die Nacht zuvor sein Lager eingerichtet hatte.

Auf einer brüchigen Ansammlung loser Kiesel verlor er den Halt und stürzte zu Boden, wobei er sich den Knöchel verdrehte und hart mit dem Kopf aufschlug. Auch sein Fernglas polterte in die Felsen, wobei eine der Linsen zersplitterte. Er rappelte sich trotz der Schmerzen sofort auf, denn jede Sekunde zählte.

Von der anderen Seite der Hügelkette hörte er Motoren anspringen. Einer davon musste der Mercedes sein, aber über eine Limousine musste er sich hier keine Gedanken machen – die Frage war, welche anderen Gefährte unter den Planen im hinteren Teil der Siedlung versteckt waren. Und der Telefonanruf des Scharfschützen bereitete ihm fast noch größere Sorge.

Er humpelte zu seinem auf extremes Gelände optimiertem Quad und riss das Tarnnetz herunter. Dann sprang er auf den Sitz des Vierrades und betätigte den Starter, woraufhin das Gefährt knatternd zum Leben erwachte und eine blaue Wolke ausstieß. Sekunden später raste er auch schon den Rücken des Hügels hinunter, in Richtung eines ausgetrockneten Flussbettes, dessen Verlauf ihn wieder in die Zivilisation führen würde.

Eine dunstige Wolke folgte ihm, während die Reifen seines Gefährts durch den Sand pflügten. Er gab Vollgas, während seine Gedanken frenetisch um weitere Fluchtmöglichkeiten kreisten. Die trockene Luft ließ seine Augen brennen, der Fahrtwind war voller Staub- und Sandpartikel, die ihn ununterbrochen bombardierten.

Als er das Flussbett erreicht hatte, ging er kurz vom Gas und horchte. Es klang so, als wären mindestens zwei Quads hinter ihm her.

Damit standen seine Chancen schlecht. Er konnte versuchen, sie abzuhängen, aber außer dem minimalen Vorsprung hatte er keinen Vorteil. Letztendlich würde derjenige gewinnen, dessen Tank den meisten Sprit enthielt, und er wusste, dass seiner nur halb voll war. Wenn seine Verfolger mehr hatten, war er so gut wie erledigt.

Es blieb ihm also nur die Möglichkeit, ein Versteck zu finden, von dem aus er sie überraschen konnte.

Der Trageriemen seiner Kalaschnikow schnitt ihm sowieso schon die ganze Zeit in den Rücken, gerade so, als würde das Gewehr darum betteln, das Problem erledigen zu dürfen. Also gut, dann sollte es so sein. Die Geschwindigkeit, mit der seine Verfolger näher kamen, ließ ihm sowieso kaum eine Wahl. Wenn er sie nicht aus dem Hinterhalt erledigen würde, war er so gut wie tot.

Er drehte am Gas und fuhr auf eine kleine Erhebung zu, die nur ein paar hundert Meter entfernt war. Mit etwas Glück würde er sie erreichen, bevor sie Sichtkontakt zu ihm aufnehmen konnten, und dann hätte er so gut wie gewonnen. Selbst, wenn man die fragwürdige Treffgenauigkeit der AK-47 mit einberechnete, würde er sie von seiner erhöhten Position aus mühelos niedermähen können.

In der Nähe eines Felsspaltes ließ er sein Quad ausrollen, stellte den Motor ab und ließ sich in eine geduckte Position fallen, in der er sich so schnell es ging von dem Quad entfernte. Denn wenn sie das Vehikel entdecken würden, wüssten sie sofort Bescheid – da half die Wüstentarnfarbe auch nicht viel, außerdem war das Glück an diesem Tage eindeutig nicht auf seiner Seite.

Das Knattern der anderen Quads wurde lauter, also klemmte er sein Gewehr zwischen zwei kleineren Felsbrocken ein, um die Stabilität zu erhöhen. Es war eine schiere Katastrophe, dass es überhaupt zu dieser Verfolgungsfahrt gekommen war, doch noch hatte er die Chance, alles zum Guten zu wenden.

Als der erste Fahrer um die nächstgelegene Kurve des Flussbettes geschossen kam, seufzte er und hoffte, dass der Zweite ebenfalls bald in Schussweite kommen würde. Das Quad wurde langsamer, als ob der Fahrer die Falle witterte. Dann kam der andere herangebraust und schlitterte auf dem feinen Schotter, im Begriff, die Kontrolle zu verlieren.

In diesem Moment ratterte die Kalaschnikow los und spuckte drei Kugeln in Richtung des rutschenden Quads. Durch den Hall in der felsigen Umgebung klang jeder Schuss wie ein Donnerschlag. Er sah, wie der Fahrer zu Boden gerissen wurde und sein Gefährt gegen eine Felswand prallte.

Sein Kamerad gab augenblicklich Vollgas und steuerte auf einen großen Felsbrocken in seiner Nähe zu, während ringsherum Kugeln einschlugen – doch keine traf. Der Schütze fluchte, als sein Gegner hinter dem Felsen und damit aus seinem Sichtfeld verschwand. Jetzt musste er mit Gegenfeuer rechnen.

Wie erwartet erklang aus der Richtung des Felsens ein scharfer Knall, und Dreck spritzte aus der Felswand neben ihm.

Fantastisch. Das hatte ihm gerade noch gefehlt. Von allen möglichen Gegnern, mit denen er es hätte zu tun bekommen können, hatte er nun auch noch einen erwischt, der einigermaßen gut schießen konnte. Wie zur Bestätigung dieses Gedankens hallte sofort ein weiteres Donnergrollen durch den Canyon und eine Kugel schlug direkt hinter ihm ein. Das war viel zu nah für seinen Geschmack.

Er feuerte zurück und überzog den Felsbrocken mit Blei, dann rollte er sich hinter einen Vorsprung, der bessere Deckung bot.

Nun befanden sie sich dummerweise in einer Duellsituation. Keiner der beiden würde sich bewegen können, ohne zur Zielscheibe zu werden.

Während sie abwechselnd kurze Salven austauschten, brannte die Sonne erbarmungslos vom Himmel. Er warf einen Blick auf die Uhr und fragte sich, wie viel Zeit er hatte, bis sein Gegner Verstärkung erhielt. Wahrscheinlich nicht viel, und dann war er erledigt.

Während er noch überlegte, streifte ihn ein Luftzug von ungewöhnlicher Hitze und er hörte in der Ferne ein Donnern, das den Boden erzittern ließ. Er wagte einen Blick nach Norden und sah zu seinem Missfallen, dass der Himmel sich dort zu einer dunkelbraunen Wolke zusammenzog, die in seine Richtung unterwegs war. Es war einer der gefürchteten Ghobars – ein Sandsturm, der tödlich sein konnte, wenn er einen ungeschützt im Freien erwischte.

Durch seine Erfahrung mit den Stürmen hier in der Gegend wusste er, dass er nur ein paar Minuten Zeit haben würde, um sich vorzubereiten. Er feuerte noch eine Salve ab, um seinen Feind beschäftigt zu halten, dann zog er sich sein Halstuch vom Kopf und band es sich über Nase und Mund. Er schaute sich noch einmal kurz um und kam zu dem Schluss, dass seine Umgebung viel zu wenig Schutz vor der Naturgewalt barg, die da auf ihn zurollte. Seine einzige Hoffnung war, sein Gesicht so dicht wie möglich an die Felsen zu pressen, bis der Sandsturm vorüberzog. Der einzige Lichtblick war, dass es seinem Gegner nicht anders ergehen würde.

Der Luftdruck fiel rapide, mit einem tiefen Zischen verdunkelte sich der Himmel und eine Windhose aus Sand begann auf ihn einzuprasseln. Er drückte die Augen fest zusammen und tat sein bestes, auch seine Ohren und Nasenlöcher zu schützen, aber er bekam kaum Luft. Es fühlte sich an, als würden Tausende Angelhaken an seiner Kleidung zerren – während die unbedeckten Teile seiner Haut von einem gigantischen Sandstrahler bearbeitet wurden.

Alles was er tun konnte, war sich an seinem Gewehr festzuhalten und das Ende dieser gnadenlosen Barrage abzuwarten. Der Wind schwoll inzwischen zu ohrenbetäubender Lautstärke an und fegte mit der Kraft einer Lokomotive über ihn hinweg. Es schien so gut wie unmöglich, diese Naturgewalt zu überleben.

Doch schließlich verlor der Sandsturm an Intensität und er konnte etwas besser atmen – das Schlimmste hatte er überstanden, und obwohl es wirklich hart gewesen war, lebte er noch.

Als das Sausen in seinen Ohren auf einen erträglichen Pegel gesunken war, öffnete er die Augen und blinzelte in die bereits wieder blendenden Sonnenstrahlen.

In diesem Moment fiel ein Schatten auf ein Gesicht und die undeutliche Form eines Einheimischen thronte über ihm. Er riss sein Gewehr nach oben, doch es war zu spät. Die geschwungene Klinge eines Säbels sauste an seinem Hals entlang und durchschnitt seine Kehle, woraufhin eine scharlachrote Fontäne in den Wind aufsprühte. Der Ausläufer des Sandsturms saugte seinen Lebenssaft auf und trug ihn mit sich. Seine Existenz wurde in diesem unfruchtbaren Hinterland am Arsch der Welt beendet – durch einen Killer mit sonnengegerbter, ledriger Haut und pechschwarzen, mitleidslosen Augen.

KAPITEL 1

HEUTE, MONTEVIDEO, URUGUAY

Jets Laufschuhe hämmerten auf den brüchigen Gehweg ein, als sie auf den Eingang einer engen Gasse zuraste. Pfützen voller Brackwasser glitzerten in der Sonne, die fleißig dabei war, den Dunst der frühen Morgenstunden wegzubrennen. Eine leichte Brise vom Ozean trug dabei das salzige Versprechen eines wohligen Sommertages heran. Doch dafür hatte Jet jetzt nichts übrig; sie beschleunigte noch einmal ruckhaft und rannte dann zwei Schritte eine Wand hinauf, von der sie sich schwungvoll abstieß und in der Luft eine Drehung vollführte, um die Kante des gegenüberliegenden Daches zu ergreifen. Ihre Finger packten den Beton mit eiserner Willenskraft und sie zog sich nach oben.

Nachdem sie ihre neue Umgebung mit einem kurzen Blick erfasst hatte, fegte sie über die Dachpappe auf das andere Ende des Gebäudes zu und warf sich dort erneut in die Luft. Für eine Sekunde schien sie zu schweben, bevor sie auf dem nächstgelegenen Dach landete, wo sie ihren Aufprall mit einer Rolle dämpfte.

Schon war sie wieder auf den Füßen und rannte auf ein dreistöckiges, verlassenes Bürogebäude zu, das sich vor ihr in den Himmel erhob. Sie packte ein Fensterbrett nach dem anderen und arbeitete sich unter höchster Kraftanstrengung immer höher hinauf, bis sie sich auf das Dach schwingen konnte. Von dort wagte sie einen Blick zurück: Zwei Gestalten befanden sich auf dem Dach unter ihr und rannten in ihre Richtung. Sie hatte etwa fünf Sekunden Vorsprung, vielleicht zehn. Kam ganz darauf an, wie geschickt sie sich anstellen würden, um den dritten Stock zu erreichen.

Jet sprintete auf die gegenüberliegende Dachkante zu und spähte nach unten. Das nächstgelegene Haus hatte eine Etage weniger, war allerdings etwa fünf Meter entfernt, dazwischen lag eine kleine Gasse. Sie wischte sich den Schweiß von der Stirn, trat ein paar Schritte zurück und rannte dann auf den Abgrund zu. Dort warf sie sich nach vorn und sauste durch die inzwischen schwüle Luft, wonach sie wieder mit einer weichen Rolle landete.

Nach fünf langen Schritten schwang sie ihren Körper über das Ende des Daches, packte ein Abflussrohr und sprang von dort durch einen leeren Fensterrahmen, dessen Scheibe längst ein Opfer von Vandalismus geworden war. Sie landete sicher auf einem mit Schutt übersäten Betonboden und hielt kurz inne, um sich zu orientieren. Von oben hörte sie zwei dumpfe Schläge. Sie kamen immer näher!

Sie entdeckte ein Treppenhaus und rannte hinein, packte das Geländer mit stählernem Griff und schwang ihren Körper hinüber. Im Fallen drehte sie sich und schnappte sich eine Etage tiefer das gegenüberliegende Geländer. Diese Prozedur wiederholte sie, bis sie im Erdgeschoss angekommen war.

Dieses gewagte Manöver hatte ihr einige wertvolle Sekunden eingebracht.

Über sich hörte sie den typischen Klang von Gummisohlen, die sich in vollem Lauf befanden. Sie holte ein paarmal tief Luft, um sich zu beruhigen, und rannte dann durch eine offene Tür hinaus auf die Straße.

Die einst sicherlich belebte Gegend war ausgestorben, schon fast unheimlich still und statisch. Bis auf das Seufzen des Windes und ihre kontrollierten Atemzüge war nichts zu hören. Sie näherte sich jetzt einer Außentreppe, die in die Obergeschosse eines leeren Parkhauses führte, das aus verwittertem Beton mit vielen Graffiti bestand.

Sie raste auf die Treppe zu und sprang im letzten Moment hoch, packte ein Geländer und zog sich hinauf. Die restlichen Stufen bis zur dritten Etage nahm sie wie im Flug. Oben angekommen schaute sie diesmal allerdings nicht mehr nach ihren Verfolgern. Stattdessen hetzte sie durch das düstere, höhlenartige Innere des Parkhauses und hielt nicht einmal inne, als sie an der Betonbegrenzung ankam, hinter der es scheinbar ins Nichts ging. Sie schwang sich darüber und landete zielsicher auf einem schmalen Vorsprung auf der anderen Seite. Dort ließ sie sich einfach fallen, wobei sie sich drehte und kurz noch einmal die Kante packte, auf der sie eben noch gestanden hatte, um ihren Fall zu bremsen und mit katzenartiger Eleganz auf dem eine Etage tiefer gelegenen offenen Parkdeck zu landen.

Dort raste sie auf eine etwa zehn Meter entfernte Lücke zu, während hinter ihr ein Körper mit einem heftigen Grunzen auf dem Boden aufschlug. Jet überlegte sich ihren nächsten Zug und ließ sich ins Leere fallen, wo sie stolpernd im Dreck landete. Sofort rappelte sie sich auf und rannte weiter, auf eine abgesperrte Baustelle zu. Anscheinend sollte dort ein altes Gebäude renoviert werden, doch Arbeiter waren erwartungsgemäß nirgends zu sehen. Sie hievte ihren Körper über den Maschendrahtzaun und rannte durch den offenen Haupteingang des Hauses, ohne sich umzuschauen. Ihr Blick wanderte nach oben zu dem schmalen Atrium, wo sie im vierten Stock ein offenes Fenster nach draußen erspähte. Hinter ihr klapperte der Zaun – ein Signal, dass es fast zu spät war. Auf leisen Sohlen flüchtete sie auf die andere Seite des Raumes, wo ein dunkler Fahrstuhlschacht wartete.

Jet sprang durch die Öffnung und ließ sich etwa einen halben Meter fallen; der schmale Fahrstuhl endete offensichtlich im Erdgeschoss. Auf dem Boden angekommen streckte sie die Arme aus, wobei sie locker die Wände des Schachtes erreichte, und tat das gleiche mit den Beinen. Dann drückte sie sich abwechselnd links und rechts hoch und stemmte sich auf diese Art die vier Stockwerke in weniger als fünfzehn Sekunden nach oben. Dort schnappte sie sich schweißgebadet einen Stahlträger, an dem sie sich zu der Öffnung aufschwingen konnte, die sie von der Lobby aus gesehen hatte.

Damit war sie wieder im Freien auf dem Dach und rannte zur Kante des Gebäudes, das sich zwei Etagen tiefer mit einem weiteren Flachdach ausbreitete. Einem spontanen Impuls folgend trat sie einfach ins Nichts und ließ sich fallen. Ihre Füße landeten auf einem Fensterbrett eine Etage tiefer. In einer fließenden Bewegung stieß sie sich ab und machte einen Rückwärtssalto, nach dem sie in einer hockenden Stellung landete, wobei sie auch ihre Arme nutzte, um den Aufprall abzufedern.

Trotzdem schmerzte diese Landung in allen Gelenken, doch sie zwang sich, weiter zu machen. Mit der Agilität einer Spinne huschte sie auf allen vieren zum Rand des schmalen Daches und schwang dort ihre Beine nach unten. Mit den Armen stieß sie sich weiter ab, sodass sie schließlich auf einer hohen Steinmauer landete, die den Komplex umgab. Ihre Landung auf der nicht einmal einen halben Meter breiten Oberfläche war höchst präzise, und eine Vorwärtsrolle später rannte sie auch schon in vollem Tempo den Bürgersteig hinunter.

Jet warf einen Blick über die Schulter auf ihre Verfolger und raste dann weiter eine verlassene Querstraße entlang, die an einem Verkehrsdamm endete, der das heruntergekommene Industriegebiet von einer dicht befahrenen Verbindungsstraße trennte. Dort war bereits die morgendliche Rush Hour angebrochen und Jet wurde von dröhnendem Verkehrslärm begrüßt. Sie überwand den kleinen Wall und ließ sich auf der anderen Seite fallen, wo sich eine Abfahrt befand. Deren Kante ergriff sie kurz, um sich zu verlangsamen, und hing dann einige Sekunden über der Brachfläche unter dem Zubringer. Schließlich ließ sie los, rollte sich auf dem Boden elegant ab und machte noch einige schnelle Schritte auf die nahegelegene Wand zu, von der sie sich abstieß und einen letzten Rückwärtssalto machte.

Dieses eigentlich überflüssige Manöver brachte ihr zusätzlichen Applaus und anerkennende Pfiffe von den etwa acht anwesenden, mit Kapuzenpullovern bekleideten Jugendlichen ein. Kaum eine Sekunde später ließ sich ein zweiter Körper von der Auffahrt nach unten fallen, gefolgt von einem dritten.

Jet betrachtete ihre Ankunft mit einem Grinsen, dann streckte sie den Arm aus und tauschte High-Fives mit dem ersten Ankömmling, einem etwa Zwanzigjährigen mit einem schiefen Lächeln und wilder Frisur.

»Einigen wir uns darauf, dass die alte Frau doch noch ein paar Tricks drauf hat, okay?«

»Das war echt total irre. Respekt!«, keuchte der zweite Läufer und nickte beeindruckt.

»Gut zu wissen, dass ich noch nicht ganz abgemeldet bin. Und was ist jetzt mit unserer Wette?«, fragte Jet. Der dritte Läufer, der etwas größer gewachsen war, trat nach vorn und fischte in der Tasche seiner Schlabberhose herum, bevor er ein paar Scheine zum Vorschein brachte. Er zählte zweihundert Pesos ab, in etwa zehn Euro, und reichte sie ihr. »Ich würde sagen, die hast du dir echt verdient. So was habe ich ja noch nie gesehen«, gab er zu. »Wie lange machst du das schon?«

Ihre Augen leuchteten, als sie ihm die Scheine noch einmal unter die Nase hielt. »Wie alt seid ihr denn? Ich habe wahrscheinlich schon Parkour trainiert, als ihr noch nicht mal laufen konntet!«

Die Gruppe brach wieder in Gelächter aus. Zwei der jüngeren Kids rannten synchron auf die Wand zu und landeten nach Rückwärtssaltos gleichzeitig auf dem Boden. Ein Mädchen von vielleicht sechzehn Jahren machte einen doppelten Sprungsalto über eine Betonbegrenzung und landete unter bewundernden Blicken in einer eleganten Pose.

Jemand aktivierte seinen Aktivlautsprecher und der dreckige Beat eines Gangsta-Raps hallte durch die Unterführung, während weitere Geldscheine ihre Besitzer wechselten. Die morgendlichen Wetten hatten ihren Abschluss gefunden und das junge Mädchen riss dem jüngeren Läufer einen Hundert-Pesos-Schein aus der Hand und warf ihm einen Luftkuss zu. Er tat so, als würde er das Gleichgewicht verlieren, stolperte auf die Wand zu und machte einen weiteren Salto, wobei er eine Hand auf sein Herz presste. Einer der Zuschauer begann mit einer kleinen Breakdance-Darbietung, die mit einem einarmigen Handstand endete.

»Okay, ich muss los. Bis zum nächsten Mal, Leute!«, rief Jet winkend und machte sich auf den Weg zum Geschäftsviertel von Montevideo. Sie war jetzt seit drei Monaten in Uruguay, nachdem sie Thailand fluchtartig verlassen hatte, und hatte sich direkt nach ihrer Ankunft ein regelmäßiges Sportpensum auferlegt. Dreimal morgens in der Woche trainierte sie Freerunning, die anderen vier Tage standen weniger anstrengende, normale Dauerläufe von acht bis zehn Kilometern Länge auf dem Programm.

Sie erhöhte ihr Tempo und joggte die fünf Kilometer zu ihrem gemieteten Townhouse, wobei sie das merkwürdige Gefühl verspürte, beobachtet zu werden.

Etwa einen halben Kilometer von ihrem Ziel entfernt blieb sie abrupt stehen und tat so, als würde sie sich die Schnürenkel zubinden, wobei sie sich unauffällig umschaute. Doch außer ein paar wenigen Fußgängern, die auf dem Weg zur Arbeit oder ihrem Morgenkaffee waren, konnte sie nichts Auffälliges entdecken. Ihre Sinne arbeiteten auf Hochtouren, doch es war kein Anzeichen von Gefahr auszumachen.

Also schüttelte sie das merkwürdige Gefühl ab und ging gemütlich den Rest der Strecke bis zu ihrem neuen Zuhause, wobei sie eine Pause bei der Bäckerei einlegte, um ein paar frischgebackenen Croissants und eine Tasse Kaffee zu besorgen. Nachdem sie die letzte Ecke der kleinen Allee erreicht hatte und die Straße überquerte, stieg ein Autofahrer, der offensichtlich nicht viel von Stoppschildern hielt, voll in die laut aufjaulenden Bremsen. Dann warf der Kerl Jet auch noch einen bösen Blick zu, ohne dafür sein Telefongespräch zu unterbrechen. In Jet kam Wut auf, doch sie entschied sich, die Sache einfach zu ignorieren. Ärger konnte sie nicht brauchen – im Gegenteil war ihr Plan, sich unauffällig in die lokale Bevölkerung zu integrieren. Da brauchte es keinen Streit um Vorfahrtsregeln.

Jet tastete nach ihrem Schlüssel, den sie an einer Kette um den Hals trug und näherte sich dem Eingang des zweigeschossigen Backsteinhauses. Sie öffnete das Tor, das ihren klitzekleinen Vorgarten abschirmte und wollte gerade eintreten, als jemand sie am Arm packte. Sie riss sich los, wobei sofort ein Adrenalinstoß in ihrem Blut freigesetzt wurde und sie sich auf einen Kampf einstellte. Ihr rechter Arm schnellte quasi unbewusst auf Brusthöhe, um sowohl für verteidigende Bewegungen als auch für blitzschnelle Angriffe bereit zu sein. Gleichzeitig wirbelte sie herum und stellte fest, dass der vermeintliche Gegner eine uralte Frau mit weißem Haar und stumpfem, wirrem Blick war. Mit einer ausgestreckten Hand bettelte sie nach Kleingeld und Jet studierte die vielen Falten, die das Leben in ihre Haut gemeißelt hatte. Was sie dort herauszulesen glaubte, waren harte Zeiten, viele enttäuschte Wünsche und gebrochene Versprechen. Jet ließ ihre angespannte Haltung fallen und zog ein paar Münzen aus der Tasche, die sie in die knorrige Handfläche fallen ließ.

»Gracias. Muchas Gracias«, bedanke sich die Frau beseelt und stopfte sich das Geld in die Tasche, während sie ihre andere Hand erneut über Jets Arm streichen ließ. Jet nickte und brachte die Alte mit leichtem Druck auf ihre Schultern wieder auf den Weg, damit sie nicht gegen das Gartentor lief. Dann warf sie einen Blick auf ihre Uhr, um sicherzustellen, dass sie nicht zu spät dran war, öffnete die Tür und betrat das Haus, wo sie mit einigen Rufen ihre Ankunft verkündete.

Auf der anderen Seite der gepflasterten Straße blickte ein großer Mann mit Ziegenbart zufrieden über den Rand der Zeitung, die er zu lesen vorgab. Er erhob sich von der Bank, auf der er stundenlang ausgeharrt hatte, und machte sich auf den Weg zum nächstgelegenen Café, um sich etwas zu trinken zu holen – außerdem ein Stück Brot, um die Tauben zu füttern. Denn er musste seine Tarnung perfekt halten.

KAPITEL 2

»Mama«, schrie Hannah begeistert auf, als sie Jet entdeckte, und rannte ihr so schnell entgegen, wie ihre zweijährigen, noch mit reichlich Babyspeck bedeckten Beine sie trugen.

»Hallo, meine Süße, Mami liebt dich«, sagte Jet, wobei sie in die Knie ging und die Arme aufhielt. Hannah rannte ungebremst in sie hinein und umarmte sie – seit sie in das Townhouse gezogen waren, war dies ihr Begrüßungsritual.

»Buenos dias, Señora Elyse«, sagte Magdalena, die Haushälterin, vom anderen Ende des Wohnzimmers aus, wo sie gerade die Möbel entstaubte.

Jet hatte ihre in Thailand frisch erschaffene Identität benutzt, um sich in Uruguay niederzulassen und deswegen kannte sie hier jeder unter dem Namen Elyse Nguyen. Niemand benutzte ihren Nachnamen, da Elyse viel leichter auszusprechen und zu merken war. Jet war das sowieso egal. Sie hatte in ihrem Leben schon so viele unterschiedliche Identitäten besessen, dass es für sie überhaupt keinen Unterschied machte, wie Leute sie ansprachen.

»Guten Morgen, Magdalena. War die Kleine heute brav?«, fragte Jet in flüssigem Spanisch.

»Ja, natürlich! Sie ist wie immer ein Engel«, versicherte Magdalena, wobei ein warmes Lächeln ihr Gesicht erhellte.

»Da bin ich mir nicht so sicher, aber ich bin froh, wenn sie heute einen guten Tag hat.« Jet stand auf und nahm Hannah an der Hand, um sie in die Küche zu dirigieren, wo sie die Tüte mit Croissants auf den Tisch stellte und sich die Hände wusch. Dabei untersuchte sie die unvermeidbaren Schrammen und Schnitte, die sie sich bei ihrem Parksourlauf zugezogen hatte. Nachdem sie sich überzeugt hatte, dass alles sauber war und nichts entzündet aussah, ging Jet zum Esstisch und half Hannah in ihren Kindersitz. Sie brach ein Stück von dem Croissant ab, riss es in kleine Happen und legte diese auf Hannahs Teller. Die Kleine wartete artig, bis Jet fertig war, und fing dann begeistert an zu essen.

»Für dich habe ich auch ein Croissant, Magdalena – frisch gebacken!«

»Vielen Dank. Ich esse es gleich, wenn ich hier fertig bin«, verkündete Magdalena aus dem Wohnzimmer.

Jet hatte Magdalena an ihrem dritten Tag in der Stadt kennengelernt, während sie nach einer dauerhaften Bleibe Ausschau gehalten hatte. Sie hatte Montevideo, die Hauptstadt Uruguays, gewählt, weil sie gleichzeitig modern und sicher, aber dennoch abgelegen war. Sie war etwa 200 Kilometer von Buenos Aires entfernt und lag auf der anderen Seite der riesigen Bucht an der Mündung des Rio Plata. Besonders interessant für Jet war, dass das Bankensystem als das sicherste Südamerikas galt – man bezeichnete das Land als »die südamerikanische Schweiz«, und dieser Spitzname war sehr zutreffend. Das Beste aber war, dass die Stadt quasi die maximal mögliche Entfernung zum Fernen Osten bot, wo sich Jet so bald nicht mehr blicken lassen wollte. Nach dem Desaster in Thailand war sie aus dem asiatischen Raum geflohen und wollte einen physischen Abstand zwischen sich und den Ort bringen, wo Matt gestorben war. Hier hatte sie eine ganz andere Landschaft um sich, die weniger Assoziationen und Erinnerungen hervorrief. Ihre ausgiebige Internet-Recherche nach einem neuen Zuhause hatte sich gelohnt, denn im Umkreis von dreitausend Kilometern gab es keine einzige Person, die sie kannte. Es war alles genau in ihrem Sinne.

Die Diamanten im Wert von fünfzig Millionen Dollar, die Matt ihr anvertraut hatte, lagen sicher in einem Schließfach in der größten Bank Uruguays, ganz in ihrer Nähe. Auch auf das Konto mit den zehn Millionen Dollar, die ihr das Abenteuer in Thailand eingebracht hatte, konnte sie inzwischen von hier aus zugreifen. Sie hatte das Geld in unauffälligen Tranchen transferiert, wobei sie anderthalb Millionen zurückgelassen hatte, für den Fall der Fälle. Das Undercover-Konto, das Matt für sie eingerichtet hatte, könnte in Zukunft vielleicht noch nützlich sein.

Magdalena war ihr von dem Makler empfohlen worden, der ihr das Haus vermittelt hatte, und schon am ersten Tag hatte sie sich als unverzichtbare Hilfe erwiesen. Sie hatte sogar ohne zu zögern eingewilligt, in die Bedienstetenwohnung im Erdgeschoss einzuziehen, die für Häuser dieses Alters in Uruguay typisch war. Ihre eigenen Kinder waren bereits erwachsen und standen auf eigenen Beinen, von daher schien Magdalena sogar dankbar für die Gelegenheit, sich wieder um ein Kleinkind kümmern zu können.

Jet vermutete, dass ihr das angenehme Erinnerungen an ihre eigenen Kinder brachte, und dass Hannah absolut in sie verliebt war, half sicherlich auch.

»Ich möchte mit Hannah nachher noch in die Mall gehen. Sie wächst im Moment so schnell und braucht dringend neue Schuhe«, rief Jet, während sie auf ihrem Croissant herumkaute. Dann pikte sie Hannah kitzelnd in ihre propere Taille und die Kleine quietschte vor Vergnügen.

»Soll ich Sie begleiten?«, fragte Magdalena.

»Wie du möchtest. Hast du noch viel zu tun?«

»Wenn es Ihnen nichts ausmacht, würde ich lieber hierbleiben. Ich wollte schon seit Tagen unbedingt den Garten machen, denn von allein wird das nichts. Also wenn Sie mich nicht brauchen, um nach Hannah zu sehen …«

»Aber sicher. Einen Ausflug in die Mall kriege ich ja hoffentlich allein hin«, versicherte Jet, woraufhin sie sich das letzte Stück Croissant in den Mund schob und Grimassen für Hannah schnitt.

»Okay, dann kümmere ich mich um den Garten, sobald ich mit dem Wohnzimmer fertig bin. Möchten Sie noch Frühstück?«

»Nein, die Croissants reichen mir. Andererseits sehe ich keinen Grund, warum ich nicht noch einen Kaffee trinken sollte. Ich habe mir schon einen in der Bäckerei geholt, aber dein Selbstgekochter ist natürlich leckerer!«

»Und ich habe auch schon eine Kanne vorbereitet! Moment, ich gieße ihn gleich ein …«

»Nein, nein, ich mache das schon. Du hast genug zu tun!«

Hannah machte inzwischen kräftig Unordnung an ihrem Platz. Sie war noch zu klein, um ordentlich zu essen, aber deutlich zu groß, um es zuzulassen, dass Jet sie fütterte. Sie legte nämlich schon großen Wert auf ihre Unabhängigkeit, auch wenn das im Zusammenspiel mit Magdalena nicht ganz so ausgeprägt war.

Das Townhouse war wirklich ein guter Fang. Es lag zentral und war riesig. Im Obergeschoss waren drei Zimmer, unten gab es die Bedienstetenwohnung, und alle Räume waren sehr gut geschnitten. Die Miete war für die Verhältnisse Uruguays schon hoch, aber immer noch weniger als die Hälfte von dem, was so ein Objekt in europäischen Großstädten kosten würde. Zudem konnte Jet sich gar nicht oft genug daran erinnern, dass sie sich um Geld keine Sorgen mehr machen musste.

Das bedurfte allerdings einer gewissen Umstellung. Sie war nie materialistisch gewesen, sondern im Gegenteil eher sparsam. Das war Teil ihres effizienten Lebensstils, der sich in allem, was sie tat, erkennen ließ. Effiziente Bewegungen, effizientes Handeln, effizientes Leben. Aber jetzt war sie eine wirklich reiche Frau, egal welchen Maßstab man ansetzte, und das schien ihr höchst surreal. Die Zahlen, um die es dabei ging, waren so groß, dass Jet sie kaum begreifen konnte.

Trotzdem hatte sie in ihrer Laufbahn gelernt, dass man niemals etwas besitzen sollte. Alles nur mieten, das war ihre Regel, weil es jederzeit sein konnte, dass sie von heute auf morgen ihr komplettes Leben aufgeben und alles zurücklassen musste.

Deswegen hatte sie dieses Haus gemietet, und deswegen fuhr sie immer mit dem Taxi, statt dem sowieso schon dichten Verkehr noch ein weiteres Auto hinzuzufügen. Irgendwann würde sie sich vielleicht ein Auto kaufen, aber in einer Stadt wie Montevideo war das eigentlich gar nicht nötig. Im Gegenteil wäre es eher eine weitere Verantwortung, die auf ihren Schultern lasten würde. Und von denen hatte sie wahrlich schon genug.

Jet sah auf die Uhr. In einer Stunde würden die Geschäfte aufmachen, also hatte sie noch reichlich Zeit, sich fertigzumachen, bevor sie auf Einkaufstour gehen würden. Allerdings hatte sie auch noch ein Spielplatztreffen mit einigen anderen Müttern ausgemacht, die sie im botanischen Garten kennengelernt hatte, und diese dreimal die Woche stattfindende Verabredung war jedes Mal ein Highlight in Hannahs Woche.

»Magdalena, könntest du nach Hannah schauen, während ich dusche? Ich brauche ungefähr zwanzig Minuten.«

»Natürlich, bin gleich bei ihr!«

»Danke«, rief Jet, wobei sie sich ihre Kaffeetasse schnappte und sich auf den Weg nach oben machte.

Als Magdalena im Esszimmer ankam, war Jet auch schon im Bad und zog sich ihre immer noch klammen Trainingsklamotten aus. Hier und da hatte die Kleidung Blessuren von den morgendlichen Eskapaden davongetragen, aber Parkour war definitiv Jets Lieblingshobby. Sie war froh, dass sie es auch hier nach Herzenslust verfolgen konnte, denn es gab jede Menge halbfertige oder verlassene Gebäude in der Nähe, die sich als Schauplatz für Freerunning eigneten. Heute hatte Jet wirklich ihr Bestes gegeben und dabei viele Muskeln erneut kennen und schätzen gelernt, die sie im Verlaufe ihres langjährigen Trainings entwickelt hatte. Am schönsten aber war, dass sie direkt eine örtliche Gruppe gefunden hatte, die ihre Leidenschaft teilte, sodass sie sich austauschen und messen konnte.

Parkour war eine Mischung aus Gymnastik, Athletik und purem Draufgängertum. Vermutlich war Jet langsam am

Ende ihrer Blütezeit angekommen oder sogar schon darüber hinaus, wenn man sich ansah, wie jung einige der anderen Freerunner hier waren. Sie selbst war zwar erst achtundzwanzig, aber nach dem Lauf heute fühlten sich ihre Knochen und Muskeln wie die einer Greisin an. Doch das war nur die Nachwirkung, im Moment des Laufs hatte sie sich großartig gefühlt, und der Moment war schließlich das, was zählte.

Sie trat nackt unter die Dusche und drehte die bronzenen Armaturen, woraufhin sie einen Moment auf die quietschenden Rohre warten musste, bis diese warmes Wasser ausspuckten. Diese Zeit nutzte sie, um ihren Körper in dem Ganzkörperspiegel zu studieren. Nicht schlecht für eine nicht mehr ganz taufrische Mutter, dachte sie. Sieben Prozent Körperfett, ein Sixpack und die Statur einer Athletin. Das alles dank ihres rigorosen Trainings und den mehreren Stunden harten Work-outs, durch die sie sich jeden Tag quälte, egal ob es draußen regnete oder gar schneite.

Ihr striktes Fitnessprogramm sah sie als ein Überbleibsel ihrer Vergangenheit, an dem sie aber um jeden Preis festhalten wollte, denn ihre sportliche Verfassung hatte ihr schon mehr als einmal das Leben gerettet. Wenn sie faul und träge würde, könnte das ihr Ende bedeuten.

Endlich stieg Dampf hinter dem Duschvorhang auf und Jet regulierte die Wassertemperatur auf ein angenehmes Niveau. Dann trat sie in den Strahl und genoss die sanfte Massage der Tropfen.

Eigentlich war das alles kaum zu glauben. Sie war nun in einem Land angekommen, das sie nie zuvor in ihrem Leben besucht hatte, war reich jenseits ihrer wildesten Fantasien, und hatte eine Tochter, die sie Anfang des Jahres noch für tot gehalten hatte … und ihre einzige Sorge waren Einkaufstouren und Verabredungen mit anderen Müttern.

Das Leben war schon verrückt.

Jet schrubbte sich sorgfältig mit Seife ab und wusch dann ihr Haar mit einem blumigen Shampoo, das Magdalena gekauft hatte. Schließlich spülte sie sich ab und trat tropfend auf die Badematte.

Sie betrachtete erneut ihr Spiegelbild, während sie sich eine Bürste durch die Haare zog, die inzwischen dunkelbraun gefärbt waren und eine Länge erreicht hatten, die den brutal kurzen Schnitt aus Thailand vergessen ließen.

Der Gedanke an Thailand ließ sie innehalten.

Das schien alles so fern, dabei war es gerade einmal neunzig Tage her, dass sie vor Matts zerstörtem Strandhaus stand und hilflos zusah, wie sich schwarze Rauchwolken in den Himmel auftürmten.

Eine Ewigkeit. Und gleichzeitig ein Augenzwinkern.

Es hatte sich so viel verändert; sie war ein ganz anderer Mensch geworden. Häuslich, in sich selbst ruhend und ganz dem Wohlbefinden von Hannah verschrieben. Sie würde nicht mehr weglaufen müssen.

Allerdings hatte Matt das gleiche gedacht und dafür den ultimativen Preis bezahlt, denn die Vergangenheit konnte man nicht so einfach abschütteln. Ganz offensichtlich hatte er unterschätzt, wie weit die CIA-Gruppierung gehen würde, mit der er sich angelegt hatte, um ihn auszuschalten. Ein kritischer Fehler – einer, den Jet niemals machen würde.

Bei ihren letzten Telefongesprächen hatte er so fröhlich geklungen. Endlich ein Leben am Strand wie im Paradies, kein Vergleich zu seinem quälenden Exil im wilden Dschungel von Myanmar.

Wenn die Dinge doch bloß anders gelaufen wären …

Sie beendete ihre Haarpflege und damit auch ihre Gedanken. In der schmerzhaften Vergangenheit zu stochern würde auch nichts ändern. Man konnte nichts mehr daran ändern und die Toten ließen sich nicht zurück ins Leben bringen.

Vielleicht war es das Beste, die Vergangenheit zu begraben.

Im Hier und Jetzt ging es darum, Zeit mit Hannah zu verbringen, ihre Kindheit zu erleben und sich als Mutter zu fühlen. Die Toten zu betrauern half dabei nichts.

Es war besser, sich auf die Zukunft zu konzentrieren.

Denn für Jet – und Hannah – hatte die Zukunft nie besser ausgesehen.

KAPITEL 3

Hannah war nicht glücklich. Verkrampft zog sie die Mundwinkel nach unten und schmollte. Die hochglänzenden Lackschuhe, die sie haben wollte, bekam sie nicht – stattdessen hatte Jet deutlich dezentere Turnschuhe mit praktischem Klettverschluss ausgesucht. Ob man sie leichter an- und ausziehen konnte, war Hannah aber egal, Praktikabilität interessierte sie nicht. Als sie die Lackschuhe gesehen hatte, waren die Würfel gefallen – die oder keine!

Jet war allerdings nicht in der Stimmung, sich von einem Kleinkind ihren Einkaufszettel bestimmen zu lassen, sie sollte sich gar nicht erst daran gewöhnen, alles zu bekommen, was sie haben wollte. Es musste Grenzen geben, das Leben war nun mal kein Ponyhof. Das war eine höchst wichtige Lehre, die Jet vermitteln musste, wenn sie kein selbstsüchtiges Monster großziehen wollte. Dabei kamen Jet Gedanken an ihre eigene Kindheit … den Tod ihrer Eltern und den daraus resultierenden Entzug von Liebe und Zuwendung … die schwierige Zeit in Waisenhäusern, ihren gesetzlichen Vormund …

Wenn sie ihrer Tochter nun jeden Wunsch erfüllen wollte, wer sollte sie daran hindern? Am Geld würde es jedenfalls nicht scheitern.

Doch Jet kannte bereits die Wahrheit: Eigentlich hatte sie Hannah schon über alle Maßen verwöhnt und war die meiste Zeit nur noch ihre Dienerin. Hannah war die kleinwüchsige Herrin des Hauses. Doch jetzt würde sie einen Riegel vorgeschoben bekommen. Sie würde gefälligst die Schuhe tragen, die Jet ausgesucht hatte und zufrieden damit sein.

Der Verkäufer registrierte ihren Einkauf und Jet zahlte bar, woraufhin sie sich die übergroße Plastiktüte mit dem Schuhkarton schnappte und zum Ausgang schlenderte.

Sie musste Hannah allerdings regelrecht über die Schwelle des Ladengeschäftes zerren, wobei ein letzter Zug der kalten Luft der Klimaanlage über sie spülte, bevor sie sich wieder in der drückenden Hitze der Stadt befanden. Jetzt machte Hannah sich richtig schwer und hing praktisch nur noch an ihrer Hand, sodass Jet wusste, dass es gleich ernst würde. Also hielt sie an und kniete sich hin, um auf Augenhöhe mit ihrer Tochter reden zu können, deren Kopf inzwischen so rot war, dass man denken könnte, er würde gleich platzen.

»Süße, du hast doch gerade neue Schuhe bekommen. Und nachher gehen wir auf den Spielplatz. Du bist mit deiner Mami in der Mall und hast Spaß. Vielleicht finden wir auch noch ein Spielzeug für dich. Aber diese Schuhe können wir gerade wirklich nicht gebrauchen. Wir haben praktische, bequeme Schuhe für dich gekauft, die sind viel besser.«

»Hannah will aber.«

»Ja, ich weiß. Aber heute nicht. Heute haben wir die anderen Schuhe gekauft.«

Hannahs Gesicht zog sich zusammen, als würde sie gleich implodieren.

»Hannah *will aber*«, wiederholte sie, als hätte Jet ihre Forderung nicht verstanden.

»Tja, vielleicht ein andermal, aber nicht heu–«

Hannah gab einen Schrei von sich, der es von der Lautstärke her locker mit einem Martinshorn aufnehmen konnte und dessen Klangfarbe Jet an einen bremsenden Schnellzug erinnerte. Hannahs Gesichtsfarbe wandelte sich von Rot zu Lila und sie ließ ein Kreischen los, das Tote zum Leben erwecken konnte.

Entsetzt sah sich Jet im Außenbereich der Mall um, der eigentlich recht leer war – doch die wenigen Menschen, die schon so früh einkaufen waren, sahen sich tatsächlich um, welche Rabenmutter ihr Kind so dermaßen quälte. Hannah ließ einen weiteren Schrei los, der ganz eindeutig nach einem außer Kontrolle geratenem, völlig hysterischem Kleinkind klang. Zwei ältere Frauen warfen Jet einen tadelnden Blick zu.

»Hannah, hör sofort auf zu schreien, sonst passiert was!«, drohte Jet.

Diese Aufforderung quittierte Hannah mit einem noch höheren Kreischen, das ihre bisherige Darbietung weit in den Schatten stellte. Neben all der Wut und Verzweiflung, die in ihrer Lautäußerung mitschwang, stampfte sie jetzt auch noch wütend mit dem Fuß auf den Boden, um ihr Missfallen zu unterstreichen.

Als das zum ersten Mal passiert war, hatte Jet wirklich nicht gewusst, wie sie darauf reagieren sollte, doch inzwischen hatte sie eine wirksame Kontertechnik.

Mit einer blitzschnellen Bewegung schnappte sie sich sowohl die Plastiktüte als auch Hannah, klemmte sie sich unter den Arm und hielt ihr mit einer Hand den Mund zu. In dieser Pose hetzte sie auf den nächsten Ausgang zu. Denn der Trick war, Hannah die Gelegenheit zu nehmen, Aufmerksamkeit auf sich zu ziehen. Sobald ihr diese Macht genommen war, würde sie sich früher oder später beruhigen. Und das dauerte selten mehr als ein paar Minuten.

Hannah strampelte und wehrte sich zwar, die Leichtigkeit, mit der ihre Mutter ihren Willen durchsetzen konnte, machte sie sogar noch wütender, aber es half alles nichts. So dickköpfig wie dieses kleine Mädchen auch war, Jet hatte Größe, Kraft und Lebenserfahrung auf ihrer Seite. Und ein gewisses Maß an Dickköpfigkeit besaß die Mutter schließlich auch selbst. In diesen Kampf konnte es jedenfalls nur einen Sieger geben, und deswegen musste Jet Hannahs Willen brechen. Die Kleine sollte daran erinnert werden, wer der Boss war, wenn sie sich daneben benahm.

Hannah jaulte weiter in Jets Handfläche hinein, bis sie die Mall verlassen hatten und draußen auf dem Gehweg standen. Dort ließ Jet sie auf den Boden und wartete, bis sie sich ausgetobt hatte. Nach ein paar Minuten des Heulens, die ihre Mutter emotionslos abwartete, wurde sie langsam müde und verfiel in ein Schluchzen, während dicke Tränen ihre Wangen herunterkullerten.

»Bist du jetzt fertig? Oder willst du dich weiter wie ein Baby benehmen«, fragte Jet ruhig. Es gab nichts, was Hannah schlimmer fand, als ein Baby genannt zu werden.

Hannah weinte noch ein bisschen weiter, aber ihr war definitiv die Puste ausgegangen. Jet wartete geduldig ab, bis sich die Kleine wieder gesammelt hatte und ignorierte dabei die neugierigen Blicke der Vorbeigehenden. In ihrer

Welt existierte in diesem Moment nichts außer ihrer Tochter, mit der sie gleich Frieden schließen würde.

Endlich nickte Hannah und wischte sich mit ihrem Unterarm über das Gesicht, um die Tränen loszuwerden. Die Aufregung war vorbei und die Erinnerung an die Schuhe begann bereits langsam, sich zu zersetzen, wie das bei kleinen Kindern eben der Fall war. Jet beobachtete, wie ihre Tochter die Fassung wieder gewann und dabei ging ihr das Herz auf. Sie fand Hannah so knuffig und lieb, sogar direkt nach einem Tobsuchtsanfall. Unterm Strich war sie eben einfach noch zu klein, um ihre Gefühle beherrschen zu können.

»Ist jetzt alles wieder gut?«, fragte Jet, und Hannah nickte.

»Ja, Mama.«

»Super. Dann rufen wir uns ein Taxi und fahren nach Hause, damit wir uns für den Spielplatz umziehen können. Hört sich das gut an? Freust du dich darauf, mit deinen Freunden zu spielen?«

Bei diesen Aussichten legte sich ein strahlendes Lächeln auf Hannahs Gesicht. Jet zog ein Taschentuch aus ihrer Handtasche und hielt es ihr an die Nase.

»Und jetzt schnauben!«

Hannah tat brav wie ihr geheißen und Jet warf das Taschentuch anschließend in einen Papierkorb. »Okay. Dann machen wir uns mal auf die Socken!«

Hannah ergriff Jets Hand und zog sie in Richtung der wartenden Taxis, als könne der Spielplatz auf einmal keine Sekunde mehr warten. Jet lächelte und wünschte sich, sie könnte auch in eine Zeit zurückkehren, in der das Leben so einfach war.

Als sie an der Taxischlange ankamen, löste sich ein Mann aus der Gruppe der Fahrer, die sich am Eingang der Mall unterhielten und deutete auf seinen Wagen. Er hielt den Damen die Tür auf und eilte dann um das Auto, um sich auf den Fahrersitz fallen zu lassen. Jet sagte ihm die Adresse und er wiederholte sie, als er den Motor startete. Dann scherte er unter wildem Hupen in den fließenden Verkehr ein, ohne sich großartig um die anderen Fahrzeuge zu kümmern.

Jet setzte Hannah auf ihren Schoß, damit sie ebenfalls durch das Fenster sehen konnte, wie die Stadt an ihnen vorbeiflog. Wieder musste Jet daran denken, wie wundersam sich ihr Leben gewandelt hatte. Wie ein einsamer Wolf hatte sie sich vor Kurzem noch durchgekämpft, jeder Tag hätte ihr letzter sein können und das einzige Ziel war es gewesen, die nächsten vierundzwanzig Stunden zu überleben. Jetzt war sie die fürsorgliche Mutter eines kleinen Wunderwesens, an dem es von einer Minute auf die nächste immer mehr zu entdecken gab.

Ein Bus donnerte an ihnen vorbei und der Taxifahrer hupte noch einmal, wobei er eine obszöne Geste machte. Dann trat er das Gaspedal durch und raste an dem vermeintlichen Rivalen vorbei.

Hannah schaute Jet fragend an. Selbst in ihrem zarten Alter hatte sie mitbekommen, dass manche Fingersignale beleidigend waren. Als sie versuchte, ihre kleine Hand in die gleiche Form zu biegen, schüttelte Jet den Kopf. Das fehlte ihr gerade noch – eine fluchende Hannah, die den anderen Kindern auf dem Spielplatz obszöne Gesten beibrachte, die sie gelernt hatte, als sie mit Mami einkaufen war. Jet konnte genau den Gewissenskonflikt in Hannahs

Gesicht sehen, der sich um die Verlockung der verbotenen Frucht und der gleichzeitigen Nähe ihrer Mutter drehte. Schließlich gab sie ihre Versuche auf und ließ ihre Hand sinken, ohne dass Jet ein einziges Wort hatte sagen müssen.

Wieder ein kleiner Kampf, den sie erfolgreich gewonnen hatte.

Jet entspannte sich und lächelte.

Was für ein schönes Leben.

KAPITEL 4

Eine sanfte Meeresbrise wehte von der Bucht herüber und ließ die Baumkronen rauschen. Es war der erste frische Wind an diesem ansonsten ungewöhnlich warmen Tag. In der südlichen Hemisphäre verlaufen die Jahreszeiten umgekehrt; Sommer war Winter, und im September lagen die Temperaturen normalerweise bei um die zehn Grad. Doch heute war diese Kälte von einer Warmwetterfront unterbrochen worden und das Quecksilber kletterte auf fast zwanzig Grad. Vielleicht ein Zeichen dafür, dass sie den schlimmsten Teil des Winters hinter sich gebracht hatten.

Jet und Hannah spazierten Hand in Hand in den Park zum vereinbarten Treffpunkt, wo die anderen Kinder sicher schon warteten – bereit, sich in Sekundenschnelle die Kleidung schmutzig zu machen oder sie gleich ganz zu zerstören. Das gehörte einfach dazu, wie Jet inzwischen gelernt hatte, und in diesem Alter gab es in der Hinsicht noch keinen Unterschied zwischen Jungen und Mädchen. Beiden Geschlechtern schien es einen Riesenspaß zu machen, im Gras herumzurollen, durch feuchten Sand zu robben und sich gegenseitig in den Matsch zu schubsen. Alle positiven Effekte der etwa einstündigen Prozedur des Waschens und des ordentlichen Einkleidens waren dadurch innerhalb von wenigen Augenblicken nach dem Ankommen zunichtegemacht.

Jet sah Miriam und Daphne, zwei der anderen Mütter, mit denen sie Freundschaft geschlossen hatte, auf einer Bank sitzen. Ihre Kinder Paolo, Maricela und Fortuna liefen auf der Wiese zu ihren Füßen herum, jagten sich gegenseitig und quietschten vor Begeisterung. Maricela war mit dreieinhalb Jahren die Älteste von ihnen, ihre beste Freundin Fortuna und ihr Bruder Paolo waren beide ein Jahr jünger. Zum Glück war Paolo damit noch nicht in dem Alter, in dem er nicht mehr mit Mädchen spielen wollte. Im Gegenteil war er froh über die Gesellschaft, und das Toben im Freien war nach Monaten mit kühlen Temperaturen, in denen nur drinnen gespielt werden konnte, ein riesiger Spaß.

Hannahs Augen begannen zu leuchten, als sie ihre Freunde erspähte, und nach einem fragenden Blick zu ihrer Mutter ließ sie Jets Hand los und rannte auf sie zu, wobei sie ihren kleinen Hello-Kitty-Rucksack fest umklammerte.

»Da bist du ja. Wie geht es dir, meine Liebe?«, begrüßte Miriam Jet, als sie sich näherte. Die beiden Frauen standen auf und tauschten Küsschen mit Jet aus, wie es in der Gegend üblich war.

»Super. Wir waren heute Morgen einkaufen und Hannah hat sich kurzzeitig in eine Ausgeburt Satans verwandelt, aber jetzt ist alles wieder gut.«

Miriam und Daphne tauschten verständige Blicke aus.

»So ist das manchmal beim Einkaufen. Versuch das mal mit zweien von denen, wenn jeder auch noch etwas anderes haben will«, sagte Miriam und Daphne nickte.

»Da mussten wir doch alle schon durch. Ist es nicht faszinierend, mit welcher traumwandlerischen Sicherheit sie sich immer den absolut unpassendsten Ort aussuchen, um durchzudrehen?«, fragte Daphne.

»Dabei hast du es ja noch gut – wenn man einen Jungen hat, wird erst gar kein Ort ausgesucht, da geht es sofort an Ort und Stelle los und hört auch nicht mehr auf. Ich weiß gar nicht, wie er das immer so lange durchhalten kann!«, warf Miriam ein und alle lachten.

Die Kinder hatten inzwischen die Spielsachen, mit denen sie sich vorher beschäftigt hatten, liegen gelassen und sich auf die Neuzugänge aus Hannahs Rucksack gestürzt. Natürlich gab es dabei Rangeleien, wenn alle nach dem gleichen Spielzeug griffen.

Der Tag schritt voran und Jet verspürte wieder dieses ungute Gefühl, als ob sie jemand beobachten würde – es wurde sogar immer intensiver. Hinter ihrer dunklen Sonnenbrille leisteten ihre Augen Schwerstarbeit, den gesamten Park abzusuchen, doch sie sah nichts Verdächtiges. Paare, die Hand in Hand spazieren gingen oder im Gras lagen und sich mit ihren eigenen Dramen beschäftigten. Der eine oder andere Rentner, der allein unterwegs war, ein paar ältere Damen, die ihren Tratsch hielten. Alles ganz normal, und doch wurde sie dieses Gefühl nicht los. Seit ihrem Umzug nach Montevideo war ihr das noch nicht passiert. Natürlich hatte es nicht unbedingt etwas zu bedeuten; ihre empfindlichen Sinne waren schließlich keine Kristallkugel, mit der sie genau die Zukunft vorhersehen konnte. Trotzdem war ihre Empfindung eindeutig und sie hatte ihr schon viel zu oft das Leben gerettet, um auf die leichte Schulter genommen zu werden.

Die Frauen schwätzten über die steigenden Preise, über die angespannten Zustände im benachbarten Argentinien und den anwachsenden Drogenkonsum in beiden Ländern.

Als ein junger Mann, vielleicht nicht einmal achtzehn Jahre alt, mit abgehackten Bewegungen und einem anhaltenden Zittern an ihnen vorbei ging, hielten sie kurz inne.

»Habt ihr das gesehen? Der hat garantiert *Paco* genommen. Das Zeug ist einfach überall. Ein riesiges Problem, vor allem in den armen Gegenden«, erklärte Daphne.

»Paco?« Jet hatte noch nie davon gehört.

»Ja, so nennen sie es. Eine Mischung aus Kokain und Kerosin oder sogar Rattengift, das manchmal mit Klebstoff und zermahlenem Glas gemischt wird. Man raucht es. Es macht extrem schnell süchtig und kostet nur ein paar Pesos. Ich habe letzte Woche einen Fernsehbericht drüber gesehen«, sagte Daphne. Jet hörte höflich zu, aber ihr Bauchgefühl lief inzwischen Amok. Und das nicht, weil ein jugendlicher Junkie durch den Park stolperte und nach unbeaufsichtigten Taschen schaute, die er klauen konnte. Sie sah auf die Uhr und beschloss, zu gehen. Die Kinder hatten jetzt schon eine Stunde gespielt und sie musste hier weg.

»Süße, kommst du? Die Spielstunde ist vorbei«, rief Jet Hannah hinterher, die Paolo um die Bäume verfolgte, weil sie an das Plastikflugzeug kommen wollte, das er über seinem Kopf kreisen ließ. Hannah tat so, als könne sie ihre Mutter nicht hören, also stand Jet auf und wurde etwas lauter.

Die beiden anderen Mütter wurden ebenfalls aktiv, ihren Nachwuchs einzufangen, und nach ein bisschen Zappeln und Meckern waren alle Spielzeuge sortiert und an ihre eigentlichen Besitzer zurückgegeben.

Jet küsste die beiden Frauen zum Abschied und begab sich dann auf den Pfad nach Süden, der wieder zur Hauptstraße führte. Die beiden anderen mussten in die entgegengesetzte Richtung, da sie noch in den überteuerten Restaurants des nahegelegenen Geschäftsviertels einkehren wollten.

Jet nahm Hannahs Hand und ging schneller, doch Hannah machte sich wieder schwer. »Süße, du musst ein bisschen schneller laufen. Das ist wirklich wichtig.«

Hannah sah sie fragend an und ging tatsächlich ein bisschen schneller – aber immer noch nicht schnell genug für Jets Geschmack.

»Schatz, ich trage dich einfach ein bisschen, okay?«

Hannah wurde sofort rot. Sie hasste es, getragen zu werden. *Wie ein Baby*. Sie rammte ihre Fersen in den Boden und hielt an, sodass auch Jet stehen bleiben musste. Ihre Blicke scannten die Umgebung, während sie sprach: »Das ist kein Spiel, Hannah. Ich muss dich tragen. Keine Diskussion!«

Jets Tonfall war eindringlich genug, um Hannah zu zeigen, dass es wirklich ernst war. Sie nickte eingeschüchtert. Jet hob sie hoch und ging hektisch auf den Parkausgang zu.

Irgendetwas in ihrem Blickfeld erregte ihre Aufmerksamkeit, doch es waren nur zwei rennende Teenager, die aufgeregt versuchten, ihre Freunde einzuholen. Trotzdem hatte Jet bereits in ihre Handtasche gegriffen, um an ihr Butterfly-Klappmesser zu kommen, das sie sich an ihrem zweiten Tag in der Stadt besorgt hatte. Sie wartete immer noch auf ihre offiziellen Papiere, und bevor sie die nicht besaß, konnte sie sich keine Schusswaffe besorgen. Bis dahin brauchte sie trotzdem etwas, um sich zu verteidigen, und auf kurze Distanz war so ein Messer in ihrer Hand ebenso tödlich wie eine Pistole.

Inzwischen hatten sie die Hauptstraße fast erreicht und es war nichts passiert. Vielleicht war sie doch einfach nur überempfindlich. Es gab keinerlei Anzeichen einer Bedrohung und sie waren fast in Sicherheit.

Ein hochgewachsener Mann in einem leichten Mantel bog an einer Abzweigung in ihre Richtung ein, und Jet tastete wieder nach dem Messer, denn sein Anblick ließ sofort dieses ungute Gefühl wieder hochkommen. Er starrte sie definitiv an, aber das war nicht ungewöhnlich. Denn selbst mit Hannah im Schlepptau war Jet eine auffällig attraktive Frau. Aber sein Auftreten, die Art, wie er sich bewegte – das passte alles nicht zu einem Spaziergang im Park.

Ihre Hand schloss sich um den Griff des Messers, wobei sie seinem Blick standhielt. Plötzlich schaute er weg und ließ dabei eine Hand in seine Manteltasche gleiten. Jetzt musste Jet eine blitzschnelle Entscheidung treffen. Sollte sie die Initiative ergreifen und ihn einfach abstechen, oder lieber warten, ob er angreifen würde. Hannahs Gegenwart fällte schließlich die Entscheidung und sie ging einfach weiter.

Der Mann hielt sich nun ein Handy ans Ohr und begrüßte einen Anrufer, indem er mit gesenkter Stimme Spanisch sprach. Als er an Jet vorbeiging, warf er ihr einen weiteren anerkennenden Blick zu. Sie atmete erleichtert auf, doch dann lief ihr ein Schauer über den Rücken: Zwei Männer folgten ihr mit energischen Schritten, beide hatten ganz eindeutig ihre Aufmerksamkeit auf sie gerichtet.

Sie erreichte den Ausgang und rannte nach rechts. Ein weiterer Blick auf die Männer überzeugte sie davon, die viel befahrene Straße zu überqueren. Unter lautem Hupen schlängelte sie sich durch die vorbeirasenden Fahrzeuge, die keinerlei Anstalten machten, für eine Frau mit Kind anzuhalten oder auch nur ihr wahnwitziges Tempo zu verlangsamen. Mit gutem Augenmaß schaffte sie es, zügig und sicher die andere Seite zu erreichen. Als sie den gegenüberliegenden Bordstein erreicht hatte, blickte sie zurück und sah, dass die beiden Männer inzwischen Gesellschaft von vier Kollegen bekommen hatten, von denen einer gerade in ihre Richtung zeigte.

Sie brauchte gar nicht abzuwarten, was als Nächstes passieren würde. Schnell sondierte sie ihre Umgebung und sah eine Gruppe von Bürogebäuden, die zum Abriss freigegeben waren – ganz typisch für viele bessere Gegenden Montevideos, in denen Spekulanten heruntergekommene Grundstücke aufkauften, um dort hochpreisige Mietobjekte zu errichten. Wenn Jet diese Gebäude rechtzeitig erreichen konnte, würde sie sicher ein gutes Versteck für Hannah finden, um sich dann um ihre ungebetenen Gäste kümmern zu können.

Denn dass diese ihr folgten, stand außer Frage – sie hatte definitiv genug gesehen. Jetzt würden die nächsten dreißig Sekunden entscheidend sein, um den Ausgang dieser Gefahrensituation zu bestimmen. Und da spielte Hannah eine entscheidende Rolle. Jet hatte keine Ahnung, wer diese Männer waren, doch sie handelte sowieso nur noch rein instinktiv. Ihr Gehirn errechnete Fluchtrouten, während die Augen nach dem besten Ort für einen Hinterhalt suchten.

Jet rannte los und näherte sich schnell dem Gebäudekomplex. Hinter ihr bellten wieder die Autohupen auf, offensichtlich versuchten die Männer nun selbst ihr Glück im Verkehrsroulette. Jet schätzte, dass sie noch etwa fünfzehn bis zwanzig Sekunden Zeit hatte – und das würde reichen.

»Süße, hör mir mal zu. Du weißt doch, wie man Verstecken spielt. Das machen wir jetzt, und du musst mir versprechen, egal was passiert, dass du keinen Piep von dir gibst, bis ich komme und dich hole. Verstehst du das?«

Hannah antwortete nicht, aber daraus konnte Jet ihr keinen Vorwurf machen. Ihre Mutter hatte sie gerade über eine belebte Schnellstraße getragen und rannte jetzt mit ihr in vollem Lauf auf eine heruntergekommene Baustelle zu, das war schon besorgniserregend.

»Du musst es mir versprechen, Hannah! Jetzt sofort!«

»Okay, Mama«, flüsterte sie ängstlich, die Augen weit aufgerissen. Das Gelände war nicht umzäunt und es waren weit und breit keine Bauarbeiter zu sehen. Jet flitzte durch die erstbeste Öffnung in einen langgezogenen Flachbau hinein. Eine Treppe führte ins Obergeschoss, wo sie eine Reihe verlassener Büros vorfand. Die Wände waren bereits auseinandergerissen und alles von Wert aus dieser Ruine entfernt worden. Am hinteren Ende des Raumes entdeckte sie ein Loch in der Wand, wo offensichtlich bereits mit dem Abriss begonnen worden war. Es schien gerade groß genug.

Jet rannte dorthin und schaute kurz hinein, dann setzte sie Hannah ab und schaute ihr tief in die Augen. »Hier drin wirst du dich verstecken. Gib keinen Mucks von dir, egal was passiert! Ich hole dich dann gleich wieder ab.«

Hannahs Pupillen waren inzwischen handtellergroß, aber sie nickte stumm und Jet schob sie durch die Öffnung. »Drück dich ganz fest hinten an die Wand! Ich bin bald wieder da. Ach, und halte dir die Ohren zu! Auch wenn du Angst hast, darfst du nicht rufen oder schreien, und auf keinen Fall rauskommen! Hast du das alles verstanden?«

»J…ja, Mama.«

Jet hörte Geräusche aus dem Erdgeschoss. Ihre Verfolger waren angekommen, und sie hatte keine Zeit mehr. Sie drückte ihren Zeigefinger auf die Lippen und reichte Hannah ihren Rucksack. Nach einem letzten Blick auf das verängstigte Gesicht ihrer Tochter in der Dunkelheit wandte sie sich ab und zog sich den Riemen ihrer Handtasche über den Kopf, um sie nicht zu verlieren. Dann konzentrierte sie sich auf ihre Situation.

Sechs Männer. Vier Gebäude. Eine Jet.

Das gefiel ihr.

KAPITEL 5

Schutt knirschte unter den Stiefeln der Männer, als sie sich aufteilten. Die schallgedämpften Pistolen hatten sie deutlich sichtbar gezogen, jegliche Diskretion war dahin. Ihr Opfer hatte sie gesehen, also war das hier der Showdown. Sie hatten ihre Anweisungen: Die Frau sollte um jeden Preis eliminiert werden.

Der Anführer der Gruppe machte kurze Gesten, mit jeweils zwei ausgestreckten Armen zeigte er die Richtungen an, in denen die Männer suchen sollten. Einer tänzelte zum Treppenhaus und schlich nach oben, während die anderen ausschwärmten. Sie bewegten sich mit tausendfach einstudierter Präzision, wie eine Einheit, in der jedes Mitglied seine genau festgelegte Rolle hatte.

Ein krachendes Geräusch ertönte aus Richtung des übernächsten Gebäudes und der Anführer gab ein Stoppsignal, woraufhin er voranging. Die Gruppe schlich durch den Vorhof, der die mehrstöckigen Gebäude verband, als ein weiteres Geräusch aus der größten der Bauruinen zu hören war. Der Anführer tauschte einen Blick mit seinem zweiten Mann aus – einem kleineren, stämmigen Mittdreißiger mit harten Gesichtszügen und kalten Augen. Der nickte und tippte zwei Kameraden auf die Oberarme, dann postierte er sich seitlich vom Eingang des Gebäudes. Auf ein Nicken von ihm rannte einer der Schützen in geduckter Pose durch die offene Tür. Mit der Waffe im Anschlag suchte er den Raum ab und gab Signal, das die anderen ihm folgen konnten. Sie näherten sich langsam, die Ohren weit aufgesperrt. Es war jedoch nichts zu hören als die sanfte Brise des Windes, die durch die glaslosen Fensterrahmen strich.

Eine leere Coladose wackelte auf der anderen Seite im Luftzug und der Anführer gab eine weitere Folge von Handzeichen. Wieder schwärmten die Männer aus – zwei von ihnen gingen zur Treppe, während die anderen anfingen, das Erdgeschoss genauer unter die Lupe zu nehmen.

Der Chef der Truppe war mit dieser Entwicklung alles andere als zufrieden. Sie hatten sie im Park praktisch schon gehabt, doch er hatte die Entscheidung getroffen, sie nicht in der Öffentlichkeit zu exekutieren, um die damit einhergehende Aufmerksamkeit zu vermeiden. Doch dann hatte sich die Lage ganz schnell gewandelt und nun befanden sie sich in einem urbanen Labyrinth, ohne eine Spur von ihrem Opfer. Vor allem aber war der Überraschungseffekt dahin. Und damit ihr Vorteil.

Er hatte das Dossier der Frau gelesen. Es war höchst beeindruckend.

Aber sein eigenes nicht minder.

Von daher stellte dieser kleine Schönheitsfehler nur eine weitere kleine Hürde dar, der Ausgang der Operation würde sich dadurch nicht ändern. Es war nur eine Frage der Zeit bis sie, oder das Kind, ein Geräusch machen würde, und dann hatten sie sie.

Er ließ seine schallgedämpfte Beretta durch die nächste Türöffnung gleiten, nahm schnell den zwielichtigen Raum auf der anderen Seite in Augenschein und ging dann weiter zum nächsten. Seine Männer waren alle kampferprobte Profis, wirklich gut in ihrem Job, und selbst wenn diese Frau ähnliche Erfahrungen hatte, würde sie gegen eine solche Überzahl nichts ausrichten können.

Über sich hörte er Schritte vom Rand des Gebäudes aus und er musste unfreiwillig grinsen. Sechs gegen eine, am helllichten Tag, und sie war höchstwahrscheinlich unbewaffnet. Das Spiel würde ruckzuck vorbei sein.

***

Ein Geräusch ließ einen der Schützen im Obergeschoss zusammenzucken. Es kam vom Ende der Etage, aus einer besonders dunklen Ecke. Da war der Klang auch schon wieder, was ihn sein Tempo in die Richtung erhöhen ließ. Vorsichtig und geräuschlos setzte er einen Fuß vor den anderen, während er seine Pistole mit beiden Händen in einem militärischen Griff hielt.

Am Ende des Flures bog er um die Ecke und sah die Geräuschquelle – das Überbleibsel eines Vorhanges flatterte im Wind. Seine angespannte Haltung lockerte sich und er kicherte in sich hinein, weil es einem Stück leblosen Stoffes gelungen war, ihn zu erschrecken.

Er nahm die Bewegung kaum wahr, als ein dunkler Schatten von oben in seine Richtung schwang. Im letzten Moment riss er seine Waffe nach oben, doch da wurde seine Brust auch schon von einem verrosteten, anderthalb Meter langen Metallrohr durchbohrt. Es spießte ihn regelrecht auf und trat an seinem Rücken wieder aus. Sein Gesicht verkrampfte sich im Schock unmenschlicher Schmerzen, als die Frau sich mit einem Salto von den in der Decke verankerten Rohren herunterfallen ließ und lautlos vor ihm landete. Sie rammte ihm die flache Hand in die Nase, wodurch sie den Knochen in sein Gehirn trieb und sein Leben damit sofort auslöschte.

Jet stand regungslos vor dem Schützen, als er auf dem Boden zusammensank und beobachtete ihn ohne Mitleid. Dann schnappte sie sich seine Pistole und durchsuchte seine Taschen – doch außer der Waffe war nichts zu finden. Kein Ausweis, kein Geld, nichts.

Der zweite Killer bog um die Ecke, weil er etwas von dem Aufruhr mitbekommen hatte, und sie feuerte blitzschnell zwei Schüsse ab, die das Gesicht des Mannes zerfetzten und ihn nach hinten rissen. Er stürzte auf einen Haufen Betontrümmer, während seine Pistole klappernd durch den Schutt rutschte.

Jet rannte auf ihn zu und schnappte sich die Waffe, die sie in ihre Handtasche fallen ließ, während sie sich auch schon wieder umdrehte, um weiter zu sprinten. In der unheimlichen Stille des Gebäudes konnte sie problemlos die Schritte der Männer im Treppenhaus wahrnehmen.

Als der Anführer die Leiche des zweiten Schützen erblickte, warf er sich gegen die Wand und machte sich so flach wie möglich. Mit angehaltenem Atem wartete er auf irgendein Zeichen ihres Opfers. Angestrengt lauschte er in die Stille, aber es war nichts zu hören. Er deutete in die Richtung, in die der Gefallene unterwegs gewesen sein musste, und zwei seiner Männer folgten seiner Geste. Sie teilten sich auf, um der Frau den Fluchtweg abzuschneiden.

Der Klang des im Wind flatternden Vorhangs erregte ebenfalls die Aufmerksamkeit des Anführers und er überlegte, was so ein Geräusch verursachen könnte. Langsam schlich er bis zum Ende des Flures vor, wobei er seinen Puls in den Ohren schlagen hören konnte.

Eine Taube flatterte panisch aus einem Raum zu seiner Rechten und er wirbelte herum, wobei er direkt einen Schuss in Richtung der Bewegung abgab. Er sah zu, wie der graue Vogel in den Himmel entschwand und verzog das Gesicht, enttäuscht über sein eigenes Verhalten. Er benahm sich wie ein blutiger Anfänger. Der unerwartete Tod eines seiner Teammitglieder hatte ihn eingeschüchtert. Das war nicht gut.

Er konzentrierte sich wieder auf den Flur und warf einen schnellen Blick um die Ecke am Ende des Ganges. Dort sah er das zweite Opfer liegen, zusammengesunken in einer Blutlache. Das Metallrohr ragte aus seinem Brustkorb heraus und der Vorhang machte wieder dieses Geräusch, das seine Aufmerksamkeit erregt hatte.

Einer seiner Männer erschien in der Tür des Büros auf der gegenüberliegenden Seite des Ganges und der andere kam in geduckter Haltung den Flur hinunter. Als sie ihren gefallenen Kameraden sahen, hielten sie inne und tauschten vielsagende Blicke aus.

Ihr Anführer hielt den Zeigefinger in die Luft und ließ ihn kreisen. Seine Männer schüttelten den Kopf – die Etage war definitiv leer.

Auf leisen Sohlen schlich er zum Fenster und lehnte sich mit gezogener Waffe nach draußen. Auch dort war niemand zu sehen. Die Wand war ansonsten fensterlos, es ging zwei Etagen nach unten und das Fenster über ihm schien von seiner Position aus unerreichbar.

Zwei von seinen fünf Männern waren tot, sie waren dieser Frau zum Opfer gefallen, die nun die Waffen der beiden hatte – und die darüber hinaus verschwunden war, obwohl es von hier keinen Ausweg gab. Er drehte sich zu seinen Männern um und zeigte nach oben – genau in dem Moment, als eine Kugel seinen Kopf zerplatzen ließ. Jet schwang sich durchs Fenster, um die Hüfte ein Seil, das sie mit einer Hand umklammerte, während die andere den Abzug ihrer Pistole bearbeitete. Die beiden verbleibenden Schützen sprangen in Deckung, einer von ihnen verschanzte sich neben der Tür, von wo aus er eine Salve gedämpfter Schüsse abfeuerte. Abprallende Kugeln rissen den Putz aus der Wand, als Jet auf dem Boden aufschlug, wobei sie das Seil losließ und mit der frei gewordenen Hand in ihre Handtasche griff und mit der anderen gleichzeitig weiter schoss. Sie hörte ein Grunzen auf der anderen Seite der Tür und sah eine Blutspur – sie hatte den Kerl noch in seinem Hechtsprung am Bein getroffen. Ein weiterer Schuss sauste knapp an Jets Kopf vorbei, weswegen sie ihre Aufmerksamkeit wieder auf den anderen Schützen konzentrierte, der sich hinter einem Schutthaufen verschanzt hatte. Mit beiden Waffen feuernd rannte sie frontal auf ihn zu, bevor sie sich in etwa fünf Meter Entfernung seitlich in ein Büro fallen ließ.

Kugeln zerfetzten die Bürotür, während Jet sich hektisch nach einem Fluchtweg umsah, und dann sah sie ihn – der Boden des Raumes war teilweise eingebrochen und wies ein klaffendes Loch auf. Der Schütze hinter dem Trümmerhaufen hörte auf zu feuern, um Munition zu sparen. Er wartete eine Sekunde, dann zwei, hörte aber keinerlei Bewegung. Vorsichtig und leise stand er auf und näherte sich langsam dem Büro, in dem sich sein Kollege verschanzt hatte, der unterdrückte Schmerzlaute von sich gab.

Er trat ein und stellte fest, dass die Hose des Mannes mit Blut vollgesogen war, das bereits eine beunruhigend große Lache auf dem Boden bildete. Die Kugel musste eine Hauptschlagader getroffen haben; es war eine lebensbedrohliche Verletzung. Eilig ließ er sich an die Seite des Mannes nieder, dessen Gesicht verkrampft und bleich war, und der erfolglos versuchte, die Blutung zu stoppen, indem er eine Hand auf die Wunde drückte. Als sein Kollege sich neben ihm hinkniete, löste er seinen Griff um den Unterschenkel, und sofort sprudelte das Blut in rhythmischen Wellen heraus.

Der Neuankömmling legte seine Beretta auf den Boden und zog sich seinen Gürtel von der Hose, den er um den Oberschenkel des Verwundeten band und ihn festzog. Die blutrote Flut verlangsamte sich zu einem Tröpfeln, aber es sah nicht gut aus für den Verwundeten. Zu viel von seinem Lebenssaft hatte sich bereits auf dem kalten Betonboden ausgebreitet.

Der Schütze schnappte sich seine Pistole, stand auf und glitt zur Tür, die Waffe im Anschlag. Er erwartete einen Kugelhagel, doch zu seiner Überraschung passierte nichts. Er war allein. Die Frau war verschwunden, und er hatte keine Ahnung, wie sie das geschafft hatte.

Vorsichtig näherte er sich dem Raum, in den sie sich verzogen hatte, und presste seinen Körper neben die Tür. Er hielt inne und lauschte, doch das einzige, was er wahrnehmen konnte, war der Geruch von Schimmel, der sich in dem gesamten Gebäude ausbreitete.

Der Raum schien leer, doch das war unmöglich.

Er warf einen Blick auf den in seiner Nähe befindlichen Müll und schnappte sich eine leere Glasflasche, die er durch den Türrahmen warf. In einem Schauer aus Splittern zerschellte sie auf dem Boden, doch abgesehen davon gab es keinerlei Bewegung; keine Schüsse.

Er wagte sich um die Ecke und sah am anderen Ende des Raumes das Loch im Boden. Die Frau musste sich ins Erdgeschoss abgesetzt haben, während er sich um seinen verwundeten Partner gekümmert hatte. Mit anderen Worten konnte sie jetzt überall sein – sechzig Sekunden waren eine Ewigkeit für eine kampferprobte Agentin.

Langsam kroch er auf die Öffnung zu, als er ein schlurfendes Geräusch hinter sich hörte. Ohne zu überlegen wirbelte er herum und schoss – und realisierte erst hinterher, dass es sein Kollege war, der irgendwie genug Kraft mobilisiert hatte, um aufzustehen und ihm zu folgen. Zwei Kugeln schlugen in seinen Brustkorb ein und ein überraschter Gesichtsausdruck gefror in seinem Gesicht. Dann fiel er reglos auf den Rücken, den Blick in die Unendlichkeit gerichtet.

Wie konnte das nur alles so schnell den Bach runtergehen? Es war doch nur ein Routineauftrag, für den sechs Mann komplett übertrieben waren, reiner Overkill, doch innerhalb von Minuten war das Ganze zu einem reinen Blutbad geworden. Eine ganze Truppe von absoluten Elite-Killern hatte sich wie Lämmer abschlachten lassen. Es war unmöglich, doch trotzdem war er hier; in diesem dunklen Raum, mit einem Toten zu seinen Füßen. Leichen überall und kein Anzeichen, wo die Zielperson sich befand.

Er sah sich nun einer schwierigen Entscheidung gegenüber – sollte er sich durch das Loch fallen lassen, um ihr zu folgen, oder lieber die Treppe nehmen. Er wägte seine Optionen ab und entschied sich schließlich für die Treppe.

Während er die Stufen nach unten schlich, überkam ihn die ungute Erkenntnis, dass er sich vom Jäger zum Gejagten gewandelt hatte. Er musste sich daran erinnern, dass es noch einen zweiten Mann in dem anderen Gebäude gab – damit waren ihre Chancen immer noch zwei gegen eine. Unter normalen Bedingungen war das eine todsichere Sache. Er tippte seinen Ohrstöpsel an, denn auf die Order, absolute Funkstille zu halten, gab er nichts mehr.

In dem winzigen Gerät knisterte es und er hörte ein Flüstern. »Was ist los? Wo bist du?«

Er blieb ein paar Schritte vor dem Ausgang des Treppenhauses stehen. »Sie hat uns erwischt. Bis auf mich sind alle tot.«

»Alle tot? Scheiße …«

»Das kann man wohl sagen.«

»Wie ist das passiert?«

Tja, wie war das passiert. Er konnte das Zittern in seiner Stimme nicht mehr unterdrücken.

»Sie hat uns überrumpelt. Irgendwie ist sie an unsere Waffen gekommen … es ging alles so schnell!«

»Wo bist du?«

»Im ersten Stock von unserem Gebäude. Sie ist im Erdgeschoss.«

»Dann … dann ist sie vielleicht in meiner Nähe!«

»Genau. Halt die Augen offen.«

»Okay. Kommst du runter?«

»Ja, bin in 30 Sekunden am Eingang.«

»Alles klar, ich komme rüber.«

Mehr gab es nicht zu sagen. Das Treppenhaus war fast komplett dunkel. Die Birnen waren ausgebrannt oder zerbrochen, das Gebäude hatte keinen Strom. Er warf einen Kontrollblick nach oben, dann nahm er so leise wie möglich die nächsten Stufen nach unten.

Ein Schatten schwang sich über das Geländer über ihm und er wirbelte herum, aber es war zu spät. Die rasiermesserscharfe Klinge des Butterfly-Messers penetrierte seinen Bauch und wurde von einer Hand mit eisernem Griff nach oben gerissen, in Richtung seines Herzens. Es war die Frau, deren Gesichtsausdruck komplett entspannt war, als ob ihr der unmögliche Sprung aus der dritten Etage überhaupt keine Mühe bereitet hätte.

Sein Bewusstsein verließ ihn schnell und er brach zusammen, wobei er rückwärts die Treppe hinunterfiel. Das Letzte, was er sah, war Jet, wie sie mit einem blutbeschmierten Messer am Kopf der Treppe stand und dabei zusah, wie er ins Leere fiel.

Als er sein Leben ausgehaucht hatte, glitt Jet an die Seite des Mannes, wischte die Klinge an seiner Jacke ab und klappte das Messer wieder zusammen, woraufhin sie es in ihrer Gesäßtasche verschwinden ließ. Sie öffnete ihre Handtasche, zog die Pistole heraus, entsicherte sie und hielt Ausschau nach weiteren Gefahren. Wenn sie richtig gezählt hatte, war noch ein Mann übrig.

Im Erdgeschoss. Ganz in der Nähe.

Aus dem ersten Gebäude hörte sie ein Geräusch. So, als würde etwas fallen gelassen, und sie war höchst dankbar dafür, dass diese Männer so übertrieben selbstsicher gewesen waren. Dadurch hatten sie Fehler gemacht, und nun randalierte der letzte verbleibende Schütze auch noch herum, was es für sie leichter machte. Sie schnappte sich das Magazin des Toten und zählte die Kugeln – vier Stück. Das waren also höchstwahrscheinlich drei mehr, als sie brauchen würde.

KAPITEL 6

Ein angsterfüllter Schrei hallte durch den Gebäudekomplex und ließ Jet erstarren. Diese Stimme würde sie im Schlaf erkennen.

Hannah.

Ihre Instinkte als Agentin kämpften nun mit ihren Mutterinstinkten. Nach weniger als einer Sekunde hatte die Mutter über die Agentin triumphiert. Sie raste ins Erdgeschoss, wobei sie drei Stufen auf einmal nahm und bereit war, sich ohne jegliche Vorsicht in die Schlacht zu stürzen, um ihre Tochter zu retten. Doch dann traf sie ihr Selbsterhaltungstrieb mit der Wucht einer Abrissbirne und sie verlangsamte ihr Tempo. Wenn sie tot war, würde sie Hannah nicht mehr helfen können.

Mit eisernem Willen zwang sie sich, nicht einfach kopflos voranzustürmen – und wahrscheinlich direkt in einen Hinterhalt zu rennen.

Aber Hannah war in Gefahr!

Sie selbst allerdings auch. Und Jet war die einzige Rettung für die beiden. Eine panische Mutter, die ohne nachzudenken in eine Falle rannte, war hingegen gar nicht hilfreich.

Es kostete sie viel Kraft, aber sie schaffte es, wieder ihre unterkühlte Agenten-Persönlichkeit anzunehmen und zu berechnen, was der geschickteste Ansatz wäre, um Hannah zu befreien. Die Kleine befand sich in der ersten Etage des Hauptgebäudes. Einfach hineinzustürmen war mit Sicherheit genau das, was der Geiselnehmer sich erhoffte. Denn darum ging es schließlich; sie dazu zu bringen, Entscheidungen zu treffen, die eher emotional als logisch waren.

Aber er hatte Hannah!

Und genau deswegen war es wichtig, dass sie ruhig blieb und absolut effektiv handelte – mehr als je zuvor. Alles, das Jet etwas bedeutete, war in Gefahr. Den Luxus, einen Fehler zu machen, konnte sie sich jetzt nicht leisten.

***

Die Büros im ersten Stock, wo sie Hannah versteckt hatte, waren absolut ruhig, keine weiteren Schreie unterbrachen die Stille.

Eine Hand griff nach dem Fensterbrett und dann erschien die hässliche, plumpe Silhouette eines Schalldämpfers in dem Rahmen, gefolgt von Jets Gesicht und schließlich ihrem Körper. Sie hatte die Außenwand erklommen, um von der unerwartetsten Seite angreifen zu können und hoffentlich den auf der Lauer liegenden Schützen zu flankieren.

Jeder Muskel in ihrem Körper war angespannt, während sie neben dem Fenster kauerte und auf etwas wartete – irgendwas – das ihr die Position des Geiselnehmers verraten würde.

Eine Minute lang hielt sie ihre Pose. Dann noch eine. Nichts. Der Luftzug durch das Fenster kitzelte sie am Nacken, doch trotz der kühlen Temperaturen lief ihr der

Schweiß vom Haaransatz bis zu ihrem makellos geformten Kinn herunter. Sie wischte sich mit dem Handrücken übers Gesicht, wobei ihre Augen die Tür am Ende des Flurs nicht aus den Augen ließen.

Immer noch nichts.

Ihre Geduld kämpfte mit ihrem Tatendrang und verlor schließlich. Also schlich sie zur nächsten Bürotür und wartete dort, um die Spur desjenigen aufzunehmen, der sie töten wollte.

Merkwürdig. Sie spürte keinerlei Präsenz.

Jet kniete sich hin und tastete leise in ihrer Handtasche, aus der sie schließlich einen Schminkspiegel hervorholte. Sie klappte ihn mit einer Hand auf und benutzte ihn, um den kleinen Raum langsam und gründlich in Augenschein zu nehmen. Als sie genug gesehen hatte, ließ sie den Spiegel wieder verschwinden, stand auf und betrat den Raum mit gezogener Waffe – wenn auch eher aus Gewohnheit, denn aus Notwendigkeit. *Das Büro war leer.*

Jet schluckte eine Welle heranrollender Panik herunter und durchdachte ihre Situation. Entweder hatte der Typ Hannah in seiner Gewalt oder das Mädchen war von allein weggelaufen, weil sie es vor Angst nicht mehr ausgehalten hatte, sich zu verstecken.

Keine der beiden Möglichkeiten war gut, die letztere jedoch etwas weniger beunruhigend.

Jet schlich zum Treppenhaus und zögerte. Wieder lauschte sie in die Stille, bevor sie hinabstieg.

In dem riesigen Raum, der sich im Erdgeschoss ausbreitete, entdeckte sie einen reglosen Körper am anderen Ende. Als sie ihn erreichte, stellte sie fest, dass es der sechste Schütze war, und er hatte ein Einschussloch in seinem Nacken – wie bei einer Exekution!

Jet zählte im Kopf nach. Alle sechs waren tot. Es sei denn, sie hatte einen siebten nicht bemerkt, der später dazugestoßen war, doch das hielt sie für extrem unwahrscheinlich.

Es blieb also ein Rätsel, wo ihre Tochter war und wer den sechsten Mann erschossen hatte – und wieso.

Sie schnappte sich seine Waffe; eine Heckler&Koch USP, die mit einem kleineren Schalldämpfer ausgestattet war. Diese Pistole nutzte ebenfalls das Kaliber 9mm, also entfernte sie das Magazin. Es war voll, und damit hatte sie fünfzehn Kugeln mehr zur Verfügung.

Sie lud die Beretta durch und verstaute sie dann in ihrer Handtasche. Mit der USP im Anschlag entfernte sie sich leise von dem Toten. Das Gebäude wirkte verlassen, was bedeutete, dass es noch vier andere gab, die sie durchsuchen musste – vorausgesetzt, Hannah befand sich noch immer auf dem Gelände.

Mit der Geschmeidigkeit einer Katze pirschte sie voran, und nach einem Kontrollblick trat sie nach draußen in den Sonnenschein. Sie entschied sich dafür, zuerst das Gebäude zu ihrer Linken in Augenschein zu nehmen, statt dorthin zurückzukehren, wo sie schon gewesen war und alles mit Leichen gepflastert hatte.

Während sie einen Raum nach dem anderen durchsuchte, überschlugen sich in ihrem Kopf Überlegungen zu ihren Attentätern. Diese analytischen Gedanken rangen um die Vorherrschaft von Jets Verstand, während hysterische Angst um ihre Tochter immer wieder versuchte, die Kontrolle zu übernehmen. Der einzige positive Schluss, zu dem sie kam, war, dass Hannah mindestens so lange leben würde wie sie – denn tot nützte sie den Angreifern gar nichts. Nur lebendig war sie etwas wert.

Das war immerhin ein schwacher Trost.

Sie hatte das Obergeschoss fast zur Hälfte durchsucht, als sie ein kratzendes Geräusch aus dem Innenhof hörte – kaum wahrnehmbar, aber definitiv vorhanden.

Sie wirbelte herum und presste sich neben das nächste Fenster, dann ging sie auf die Knie und schaute nach unten. Da! Bei dem vierten Gebäude! Sie erhaschte einen kurzen Blick auf einen Mann in einem dunkelblauen Trenchcoat, der ein Bündel mit sich herumtrug – ein Bündel, von dem ein pinkfarben gekleideter Arm herabhing!

Hannah.

Und dann war er verschwunden.

Jet schätzte ihre Höhe ein und überlegte, wie schnell sie herunterklettern konnte – doch den Gedanken verwarf sie, denn sie würde die ganze Zeit entblößt und ein leichtes Ziel sein. Es gab nicht mal eine Garantie, dass sie sich irgendwo würde festhalten können. Sie zog sogar in Betracht, einfach zu springen, aber einen Aufprall aus der zweiten Etage konnte man nicht überstehen, ohne sich etwas zu brechen. Aus dem ersten, mit ordentlich Schwung für eine Rolle war es zu schaffen – Aber von hier drohte garantiert ein Desaster.

Sie rannte stattdessen auf die Treppen zu und war innerhalb von zehn Sekunden im Erdgeschoss. Um den Lärm, den ihre Schuhe machten, sorgte sie sich inzwischen nicht mehr. Sie sprintete so schnell es ging durch die geräumige Lobby und blieb erst stehen, als sie den Ausgang erreicht hatte.

Sie umklammerte ihre Waffe beidhändig und betrachtete das Gebäude, in das der Mann verschwunden war. Nachdem sie ihn nirgends entdecken konnte, rannte sie dorthin und drückte sich flach gegen die Betonwand neben dem Eingang.

Für ein paar Sekunden wartete sie mit angehaltenem Atem, dann wagte sie sich hinein.

Das Gebäude war bereits komplett entkernt, nur ein paar wenige Säulen sorgten für die nötige Stabilität. Schwarzes, öliges Brackwasser sammelte sich in dem aufgerissenen Boden, aus dem alle möglichen Rohre herausragten. Es war niemand zu sehen.

Ihr Bauchgefühl sagte ihr, dass sie in Bewegung bleiben sollte, dass sie auf die andere Seite rennen müsse, wohin der Mann mit Hannah verschwunden sein musste. Aber ihr Drang zur Vorsicht sagte ihr, sie müsse erst das Obergeschoss kontrollieren, methodisch vorgehen, nichts dem Zufall überlassen. Denn sonst drohte sie, mit einer Kugel im Kopf zu enden.

Sie machte einen einzigen Schritt auf das Treppenhaus zu, als die Stimme eines Mannes sie zur Salzsäule erstarren ließ.

»Jet! Bleib stehen und lege deine Waffe ab!«

Sie zwinkerte. Diese Stimme kannte sie doch? Es war Jahre her, aber sie kannte sie.

Was zur Hölle war hier los?

»Jet. Sofort. Wir haben nicht viel Zeit!«

KAPITEL 7

»Ich gehe auf die Knie und lege meine Waffe auf den Boden. Keine Tricks«, sagte sie und setzte ihre Worte in die Tat um. »So. Ich bin unbewaffnet.«

»Die Tasche auch.«

Verdammt. Sie hatte gehofft, daran würde er nicht denken.

»Okay.«

Sie zog den Trageriemen über den Kopf und legte ihre Handtasche dann neben die Pistole.

»Und jetzt?«, fragte sie, wobei sie in die Dunkelheit starrte.

Eine unscharfe Wolke blitzschneller Bewegung näherte sich ihr. Eine pinkfarbene Wolke auf wackligen Beinen.

»Mama, Mama!«

Sie hielt die Arme offen und fing Hannah auf, dann drückte sie ihr Kind fest an sich. In ihren Augen sammelten sich Tränen der Erleichterung.

»Geht es dir gut, Süße? Tut dir etwas weh?«

Hannah schüttelte den Kopf.

»Aber du hattest ein bisschen Angst, oder?«

Hannah nickte weinend. »Ganz lange … gewartet.«

Jet drückte sie noch fester. »Ich weiß. Das hast du ganz toll gemacht. Besser als toll! Du bist die Beste.«

Der Mann trat aus dem Schatten und ging einige Schritte auf sie zu, seine Waffe zeigte dabei auf den Boden. Als Jet sein Gesicht sah, erkannte sie ihn.

»Der letzte Schütze in dem anderen Gebäude …«, setzte sie an.

Er nickte. »Das war ich.«

»Was machst du hier? Wie hast du mich gefunden?«

»Das erkläre ich gleich, aber jetzt müssen wir erst mal verschwinden. Wenn die Jungs sich nicht mehr melden, wird Verstärkung geschickt!«

»Verstärkung?«, wiederholte sie.

»Die haben noch drei Leute in der Nähe. Die machen keine halben Sachen.«

»Wer sind die denn? Und warum hilfst du mir?«

»Jet. Wir haben jetzt wirklich keine Zeit. Versprich mir, dass du mich jetzt nicht erschießt. Du weißt genau, dass ich dich in den letzten Sekunden zehnmal hätte kalt machen können. Hebe deine Sachen auf und lass uns hier verschwinden. Das meine ich todernst.«

Sie tat, wie ihr geheißen. »Wohin gehen wir?«

»Folge mir. Dort entlang!«

Sie liefen zu dem Ausgang am anderen Ende des Raumes, wo er warnend eine Hand hochhielt und erst einmal nach draußen spähte.

»Sie suchen eine Frau mit Kind. Lass mich Hannah nehmen, dann ist das unauffällig. Wahrscheinlich haben sie auch eine Beschreibung von dir, also nimm die Jacke ab und binde sie dir um die Hüften.«

Jet kniete sich hin und sah Hannah mit einem ruhigen aber ernsten Blick an. »Süße, du musst jetzt mal kurz an der Hand von dem Onkel mitgehen, okay? Kannst du das für mich machen?«

»Hannah … Angst.«

Jet nickte. »Wir haben gerade alle ein wenig Angst. Aber er ist ein Freund. Bitte mach, was ich sage, Hannah.«

Hannah schien kurz nachzudenken und sagte dann: »Okay.« Sie wackelte zu dem Mann hinüber und nahm seine Hand.

»Das letzte Mal, als ich dich gesehen habe, war die Vorderfront deiner Wohnung im Jemen auf dem Bürgersteig verteilt worden«, sagte Jet. »Du sollst angeblich tot sein.«

Er schaute sie amüsiert an. »Das höre ich in letzter Zeit öfter. Die Berichte von meinem Tod sind jedoch etwas übertrieben.«

»Wie hast du mich gefunden?«

»Gleich. Lass uns erst mal gehen. Am besten, du bleibst etwa zwanzig Meter hinter mir, bis wir bei meinem Auto sind«, sagte er und trat dann mit Hannah an der Hand ins Freie, als wäre das ein ganz normaler Spaziergang.

Sie erreichten die große Allee am Rande der Baustelle und gingen bis zur nächsten Kreuzung, wo sie in eine kleinere Straße einbogen. Als sie einen dunklen Peugeot erreichten, betätigte er die Zentralverriegelung an seinem Schlüssel und sah sich noch einmal sorgfältig um, als er die hintere Beifahrertür öffnete und Hannah hereinwinkte. Sie zögerte jedoch.

»Nein. Mama!«

Hannah wusste schon, dass sie nicht ohne ihre Mutter in die Autos von Fremden einsteigen sollte.

Der Mann verdrehte die Augen, schaute noch einmal zur Kontrolle nach links und rechts und winkte dann Jet heran, die sich unauffällig näherte und mit Hannah auf die Rückbank rutschte.

Er stieg ein, startete den Motor und fädelte sich nach einem Seitenblick in den Außenspiegel in den Verkehr ein.

»Schnall dich an und halte sie gut fest. Wir haben Gesellschaft«, warnte er und trat dann das Gaspedal durch, um an einem wütend hupenden LKW vorbeizuziehen.

»Wie konnten die uns finden?«, fragte Jet, während sie sich an der Lehne des Beifahrersitzes festhielt und mit dem anderen Arm Hannah umklammerte.

»Wir haben zu lange gebraucht. Die müssen Beobachter in der Gegend gehabt haben. Wahrscheinlich hatte einer von den Schützen noch einen Lagebericht durchgegeben. Diese Typen sind Profis!«

»So professionell können sie nicht gewesen sein. Sonst wäre ich nicht mit fünf von denen fertig geworden.«

»Sechs, eigentlich.«

»Der Sechste geht aber auf dein Konto, deswegen zähle ich den nicht mit.«

Er riss das Steuer herum und sie bogen mit quietschenden Reifen in eine größere Straße ein, die drei Spuren in jede Richtung hatte. »Festhalten!« Dutzende von Hupen gingen los, als er sich in beängstigender Geschwindigkeit durch den Verkehr schlängelte, wobei er auch nicht davor zurückschreckte, kurz in den Gegenverkehr einzuscheren.

»Wie ich sehe, hast du dir schon den Fahrstil angeeignet, der hier üblich ist. Wie lange bist du in der Stadt?«, fragte Jet.

Er warf ihr über den Rückspiegel einen Blick zu, der bei aller Hektik der Fahrmanöver eine beherrschte Konzentration ausstrahlte. »Nicht besonders lange. Drei Tage, um genau zu sein.«

Jet schaute sich um und erblickte einen schwarzen BMW, der ihren Bewegungen folgte. Inklusive dem Fahrer saßen drei Männer darin.

»Sie kommen näher«, stellte sie fest.

»Noch ist es nicht vorbei!«

Er zwang das kleine Auto in ein brutales Abbiegemanöver und schleuderte mit kreischenden Reifen in eine schmale Gasse, in der er einige Mülltonnen beiseite stieß, das Lenkrad neu ausrichtete und das Gaspedal wieder durchtrat. Jet sah, wie der BMW in der schmalen Mündung der Gasse erschien und anschließend auf sie zuraste – der kleine Vierzylinder konnte es mit der brachialen Kraft der bayerischen Limousine nicht aufnehmen.

»Süße, halte dich an der Sitzlehne fest und schließe die Augen, okay?«

Hannah sah zu ihr auf und nickte. Dann warf sie ihre Arme um den Beifahrersitz und drückte fest ihre Augen zu.

Jet zog die Heckler&Koch aus ihrer Tasche und kurbelte das Fenster herunter. »Halte die Kiste mal für ein paar Sekunden ruhig, okay?«, brüllte sie über die ohrenbetäubenden Wind- und Motorgeräusche.

»Alles klar! Petri Heil!«

Sie lehnte sich aus dem Fenster und gab fünf Schüsse ab. Die ersten zwei gingen daneben, aber der dritte schlug ein kleines Loch in die Windschutzscheibe, genau vor dem Kopf des Fahrers. Jet sah hinter dem zersplitterten Glas etwas Rotes aufspritzen, dann krachte das Auto in die rechte Wand der Gasse, wodurch ein Funkenregen hervor stieb, bevor sich das Auto überschlug und schließlich auf dem Dach liegen blieb.

»Problem gelöst«, verkündete sie und ließ die Waffe wieder in ihrer Tasche verschwinden.

»Gut gemacht! Du hast es immer noch drauf.«

»Danke. Würdest du mir dann jetzt bitte endlich erklären, warum du noch lebst, was du in Uruguay machst, und wieso dir eine Horde Killer folgt?«

»Klar. Am besten wäre es aber, wir würden uns erst einmal ein neues Zuhause suchen. In dein Townhouse kannst du erst mal nicht, das überwachen die garantiert. Hast du irgendwo einen Notfallkoffer deponiert?«, fragte er.

»Sicher. Bei zwei verschiedenen Banken. Aber worum geht es hier? Wer sind diese Typen?«

Er ignorierte ihre Fragen. »Was ist mit Ausweispapieren? Deine aktuelle Identität kannst du jetzt vergessen«, warnte er.

»Verdammt. Die war richtig offiziell, hat mich ein kleines Vermögen gekostet!«

»Pech, würde ich sagen. Hast du noch andere?«

»Ja, drei Stück. Aber nur eine für Hannah. Wobei mir einfällt, woher weißt du ihren Namen?«

»Ihren Namen?«

»In dem leeren Gebäude. Bevor ich es dir gesagt habe, hast du schon ihren Namen benutzt. *Hannah*, hast du gesagt.«

Er seufzte und bog aus der Gasse in eine mittelgroße Straße ab, wobei er die Rückspiegel genau im Blick hielt, um die Gefahr weiterer Verfolger auszuschließen. »Das habe ich wohl getan.« Mehr sagte er nicht.

»Du musst mir sofort sagen, was zur Hölle hier los ist, Rain!«

»Ich weiß. Aber im Moment wäre unsere Zeit sinnvoller genutzt, wenn du mir sagen würdest, wo deine Banken sind. Wir brauchen dein Zeug und so viel Geld, wie wir tragen können.«

»Ich weiß schon, wie das läuft. Aber ein paar Informationen wären trotzdem nett.«

»Na gut. Dann fange ich ganz am Anfang an.«

»Von mir aus gern.«

»Du hast ja inzwischen selbst gemerkt, dass ich im Jemen nicht gestorben bin. Das war nur eine Finte, weil die Lage dort zu heiß wurde.«

»Du hast das alles selbst eingefädelt?«

»Das musste ich gar nicht. Ich wusste, dass die Zelle mich ausschalten wollte. Deswegen musste ich einfach nur so tun, als würde ich ihre tollpatschigen Versuche, in meinem Unterschlupf eine Bombe zu verstecken, nicht mitbekommen. Ich schwöre dir, blinde, betrunkene Kinder hätten sich da schlauer angestellt. Egal, ich habe das Ding dann selbst hochgehen lassen. Der Auslöser war an einen Lichtschalter gekoppelt und es war total einfach, einen Fernzünder dazwischen zu schalten. Und mit einem Knall war Rain Geschichte.«

»Nicht schlecht. Und es kommt mir irgendwie bekannt vor.«

»Das sollte es auch. Durch deinen Tod ist David auf die Idee gekommen.«

Sie zögerte. »Du wusstest über David und meinen Tod Bescheid?«

»Ich weiß alles. Ich weiß das mit Trinidad, den Russen, und sogar mit Hannah.«

Das musste Jet erst einmal auf sich wirken lassen. »Aber wie?«

»Von David. Ich habe ihn zum letzten Mal an dem Tag gesprochen, als du das Schiff der Russen in die Luft gejagt hast … dem Tag, an dem er gestorben ist. Es war morgens. Er sagte mir, was du vorhattest und wollte mir so viele Informationen geben wie möglich … für den Fall … dass etwas schief geht.«

»Warum sollte er dir diese Informationen anvertrauen? Das würde er doch niemals tun!«

»Hast recht, er war schon ein ziemlich verschlossener Typ, nicht wahr? Ist wahrscheinlich berufsbedingt.«

»Also, warum hat er es dir gesagt?«

»Weil … weil wir uns nahe standen. Näher, als du es dir vorstellen kannst.«

»David stand niemandem nahe. Glaub mir, das weiß ich.«

»Natürlich weißt du das. Aber es gibt ein paar Details, die bei allem, was du weißt, ausgelassen wurden. Natürlich ahnst du davon nichts, denn David war wirklich sehr gut darin, Geheimnisse zu bewahren.« Er schaute über seine Schulter nach Hannah, die immer noch den Sitz umarmte und die Augen zusammendrückte, so wie es ihr gesagt worden war. Dann streckte er die Hand aus und strich ihr über das Haar. »Sie ist wirklich ein kleiner Engel, nicht wahr?«

»Von was für Geheimnissen redest du? Was ist hier los?«

Er bog in eine weitere Straße ein und rollte vor einer roten Ampel aus. Als der Wagen stand, drehte er sich um, sodass er Jet in die Augen schauen konnte. »Es gibt eine Menge Dinge, die du nicht weißt.«

»Dann fang endlich an zu reden, und zwar Klartext!«

Er nickte. Offensichtlich hatte er eine Entscheidung getroffen. »David war nicht bloß mein Einsatzkoordinator, er war sogar mehr als der vermutlich talentierteste Planer, den die Agentenwelt je gesehen hat. Abgesehen davon, dass er ein Genie war, war er auch der Mensch, der mir auf der ganzen Welt am nächsten stand.«

Jet schwieg, und zwar mit angehaltenem Atem.

»David war mein Bruder.«

KAPITEL 8

EINE WOCHE ZUVOR IN MOSKAU, DER HAUPTSTADT RUSSLANDS

Einige trübe Lichtstrahlen quälten sich durch die weit über Moskau verteilte Wolkenschicht, während der Sonntag versuchte, seinem Namen alle Ehre zu machen. Eine schwarze Mercedes-Stretchlimousine bog von einem viel befahrenen Zubringer in die ruhigere Nachbarschaft in der Nähe des Bolschoi-Theaters ab, zwei SUVs mit Wachpersonal im Schlepptau. Die Kolonne pflügte ohne anzuhalten durch einen Kreisverkehr.

Am dicken Stamm einer jahrhundertealten Eiche klebte ein alter Lada, sein Fahrer war durch die Windschutzscheibe geflogen und lag regungslos auf der Motorhaube. Die Augenbrauen des Fahrgastes der Stretch-Limousine – eines jungen, blonden Mannes mit den typischen hochstehenden slawischen Wangenknochen und strahlend blauen Augen – hoben sich leicht beim Anblick dieser menschlichen Tragödie.

»Diese verdammten Säufer«, fluchte seine Begleiterin, eine streng dreinblickende Frau in ihren Fünfzigern.

»Ja, so sieht es hier nach einer langen Samstagnacht immer aus.«

»Die Menschen sind schwach. Ihnen fehlt die Richtung. Deswegen trinken sie und bringen sich selbst damit um. Was für Verlierer!«, schwadronierte die Dame. Dann streckte sie einen Arm aus und strich dem jungen Mann mit ihrem Handrücken über die Wange. »Ein Glück, dass ich dich gelehrt habe, nicht diesen Weg zu wählen. Den Weg der Insekten, der Sklaven. Diese Schwäche war schon immer der Fluch unserer Nation. Wir Russen sind ein Land der Säufer und der Schwachköpfe, bar jeder Hoffnung.«

»Nicht alle, Mutter. Nicht alle.«

»Es gibt zwei Arten von Russen, mein Sohn. Die Arbeiter – Bauern, die in den Tag hineinleben und das Grauen ihrer Welt in Alkohol und Drogen ersticken – und die Herren. Vergiss niemals, dass die meisten Menschen, die du in deinem Leben treffen wirst, der ersten Kategorie angehören – egal, wie ihr Rang und ihr Status lauten mögen. Wenn ein Mann bereit ist, einer Droge die Kontrolle über sein Leben zu geben, egal ob es Alkohol, Nikotin oder schlimmeres ist, dann ist er es nicht wert, ein Anführer zu sein. Ein Anführer muss jeder Versuchung widerstehen. Er muss darüber stehen.«

Er ließ sie ihren Monolog ungestört fortsetzen. Schließlich hatte er ihn fast jeden Tag gehört, seit er ein kleiner Junge war. Für ihn war das alles nicht neu, doch seiner Mutter schien es jedes Mal wieder eine große Genugtuung zu bereiten, ihre Philosophie wie ein Mantra zu wiederholen. Und er sah auch kein Problem darin. Manchmal wünschte er sich zwar, ihr einfach zu sagen, sie solle mit dem von Nietzsche inspirierten Übermenschen-Gelaber aufhören, doch er wagte es nie. Schließlich verdiente sie Respekt und den erweckte sie auch in den Menschen, die sie umgaben. Eine der Hauptqualitäten, die sie ausmachten, war, dass sie von jedem das Beste erwartete. Sie war einst die Primaballerina in einem Ballett in Kiew gewesen, bis sie schwanger geworden war, und sie hatte in ihrer kurzen Karriere mehr erreicht als die meisten anderen in einem ganzen Leben. Sie hatte ihrem Sohn vieles beigebracht und ihn durch schwierige Zeiten geführt. Dadurch hatte er bereits die Spitze in seinem Feld erreicht, als seine Studienkollegen gerade erst damit anfingen, sich dem Ernst des Lebens zu stellen.

Die Limousine hielt vor dem Hauptquartier seiner Firma und er wartete, bis die aus muskulösen Leibwächtern bestehende Besatzung der zwei SUVs ausgestiegen war, bevor er seinem Fahrer zu verstehen gab, dass er bereit war. Der Mann murmelte in ein Headset und ein älterer Herr in feinem Anzug schritt durch den beeindruckenden Eingangsbereich des Gebäudes.

»Schön, Sie an diesem wundervollen Morgen zu sehen, Herr Grigenko«, grüßte er, als er die Tür der Limousine öffnete.

»Ist alles bereit?«, fragte Grigenko und ignorierte die höfliche Begrüßung, während seine Männer einen regelrechten Korridor bildeten, um ihn sicher zum Eingang zu geleiten.

»Natürlich. Alles nach Ihrem Wunsch.«

»Sehr gut. Komm, Mutter. Ich werde dir zeigen, was für Fortschritte ich seit dem letzten Mal gemacht habe.« Er streckte seine Hand aus und seine Mutter ergriff diese, als sie ihre immer noch grazilen Beine, die eindeutig einer Tänzerin gehörten, aus dem Fahrzeug schwang. Als sie ins Sonnenlicht trat, verliehen der übergroße schwarze Hut sowie die Sonnenbrille ihr die Aura einer Diva – die sie in vielerlei Hinsicht auch war.

»Ich bin sicher, es wird beeindruckend, mein Sohn. Schließlich erwarte ich von dir nur das Beste!«

Gemeinsam schritten sie zum Eingang, wo ein weiterer Bediensteter an der massiven Glastür wartete, bis sich diese flüsterleise aufgeschoben hatte. Die ultramoderne Lobby war im Stile des skandinavischen Minimalismus eingerichtet und mit mehreren farbenfrohen Ölgemälden dekoriert, den einzigen Farbtupfern in der ansonsten nüchternen Umgebung. Natürlich waren es alles sündhaft teure Originale. Grigenkos handgemachte britische Oxford-Schuhe bewegten sich nahezu geräuschlos auf dem hochglanzpolierten italienischen Marmor. Die von Christian Louboutin designten Absatzschuhe seiner Mutter klackerten hingegen lautstark an seiner Seite – eine passende Begleitung für einen Herrscher des Universums, der sein irdisches Königreich besuchte.

Sergei Grigenko gehörte dieser dreißigstöckige Palast, doch er selbst bewohnte nur die oberen drei Etagen. Er betrat den privaten Expresslift, der sie zum Penthouse hinaufbefördern würde, und wartete, bis der alte Mann den entsprechenden Knopf gedrückt hatte. Die Türen schlossen sich und sie rasten in schwindelerregendem Tempo nach oben. Zeit war schließlich eines der wertvollsten Güter in Grigenkos Welt und deswegen hatte er den schnellsten Fahrstuhl der Welt gekauft, ein japanisches Produkt. Und jedes Mal, wenn er ihn benutzte, umspielte ein befriedigtes Lächeln seine Mundwinkel.

Als die polierte Stahltür sich öffnete, traten sie in eine edel ausgestattete Lobby, in der Sicherheitsmänner jede Tür bewachten. Am anderen Ende des riesigen Raumes stand ein kleiner, ergrauter Asiate in einem weißen *Judo-Gi* – dem klassischen Outfit fernöstlicher Kampfsportler. Um seine Hüften hatte er den schwarzen *Obi*-Gürtel gebunden und sein schütteres Haar wurde von einem ebenfalls schwarzen Stirnband im Zaum gehalten.

Grigenko und seine Mutter näherten sich, den älteren Diener im Schlepptau, und Grigenko führte eine kleine Verbeugung aus, die der Asiate erwiderte.

»Yamaguchi-Sensei! Schön, Sie wiederzusehen!«, sagte Grigenko in respektvollem Ton.

»Es ist schön, gesehen zu werden. Ich alles vorbereitet. Wir beginnen in fünf Minuten, ja?« Yamaguchis Russisch war grobschlächtig, aber ausreichend, wobei seine japanische Muttersprache die härteren Konsonanten etwas aufweichte.

»Das ist gut. Sehr gut«, erwiderte Grigenko und bedeutete seiner Mutter mit einer Geste, am Rande der Sporthalle, die er hier hatte einrichten lassen, Platz zu nehmen.

Ein paar Minuten später tauchte er aus der Umkleide auf, ebenfalls in einen Judo-Gi mit Schwarzgurt gewandet. Seine nackten Füße tänzelten auf dem importierten Boden auf Yamaguchi zu, der inzwischen einen weiteren Mann an seiner Seite hatte, ebenfalls ein Asiate. Grigenko nahm seine Gegner in Augenschein und verbeugte sich dann vor beiden Männern, die die Geste erwiderten, bevor Yamaguchi nach vorn trat.

»Du haben gemeistert viele Kampfkünste, Sergei. Karate, Judo, Jiu-Jitsu, Taekwondo, Systema, Bartitsu, Krav Maga. Auf deine Bitte du wirst nun testen dein Können jede Woche gegen anderen Gegner. In diesem ersten Match du trittst an gegen einen besten Kämpfer von Malaysia, der ebenfalls ist Meister seines Faches. Jeder von euch darf und muss verwenden alle seine Mittel, um hervorzugehen als Sieger. Keine Regeln in diesem Kampf es gibt. Das einzige Ziel, zu gewinnen. Im Gegensatz zu traditionellen Wettbewerb ich werde Zeit begrenzen auf drei Runden zu je drei Minuten. Gibt es Fragen?«

Die beiden Kontrahenten musterten sich gegenseitig und schließlich nickte Grigenko kurz. Sein Gegner betrachtete ihn mit einem nichtssagenden Ausdruck, doch als Yamaguchi sie anwies, ihre Startpositionen einzunehmen, glaubte Grigenko kurz, den Anflug eines siegessicheren Grinsens zu erkennen.

Als Vorbereitung auf den Kampf wurden die Hände der beiden mit Tape umwickelt und sie setzten sich jeder einen Mundschutz ein. Dann durchliefen beide ein fünfminütiges Aufwärmprogramm und legten ihre Judojacken ab. Der Asiate stellte farbenfrohe Tattoos zur Schau, die seinen kraftvollen Oberkörper umschmeichelten, wogegen Grigenkos glattrasierte Haut frei von jeder Form des Körperschmuckes war. Trotzdem wirkten die von Steroiden aufgewölbten Muskelpakete alles andere als natürlich, als sie im Lichte der bis zum Boden reichenden Fensterfront glänzten. Yamaguchi brachte sie auf einer riesigen, in den Boden eingelassenen Matte zusammen, und ließ sie eine letzte Verbeugung ausführen, bevor er ein rotes Seidentuch auf den weißen Untergrund fallen ließ.

Der Malaysier ging direkt mit einer blitzschnellen Kombination aus Schlägen und Tritten auf Grigenko los, der diese parierte und Gegenangriffe setzte. Die ersten dreißig Sekunden nutzte der Russe, um seinen Gegner zu studieren. Alle Kampfkünste setzten im Grunde auf drei verschiedene Techniken: Angriffe entweder aus dem Stand oder vom Boden, sowie Griffe. Grigenko fühlte sich in allen Bereichen gleichsam zuhause und zwang daher seine Gegner gern in die Richtung, die diese am wenigsten bevorzugten. Er kam zu dem Schluss, dass der Malaysier auf eine Kombination aus stehenden Attacken und Griffen setzte, als dieser versuchte, Grigenko zu Boden zu bringen. Aus diesem Griff konnte der Russe in letzter Sekunde ausbrechen und revanchierte sich mit einer Reihe von Schlägen, die die meisten Männer sofort K.O. geschlagen hätten. Der Asiate schien hingegen kaum beeindruckt und nahm weiter seine sorgfältig dosierten Atemzüge, wobei er immer in Bewegung blieb. Grigenko fiel auf, dass er Angriffe des Muay Thai bevorzugte und in der typischen Weise auf und ab tänzelte, welche die Steifheit von Karate oder Taekwondo komplett vermissen ließ. Der Russe ließ seinen Gegner an sich herankommen und kassierte freiwillig eine Serie brutaler Schläge auf Brust und Bauch, bevor er ihn mit einem Fußfeger von den Beinen holte und dann zu einer gnadenlosen Beinschraube um den Hals seines Gegners ansetzte.

In letzter Sekunde entkam der Malaysier aus dieser potenziell kampfentscheidenden Lage und Grigenko sprang wieder auf die Füße, wobei er den Schwung direkt für einen ungewöhnlichen Rückwärtssalto nutzte, den er mit drei harten Tritten gegen einen Unterschenkel seines Gegners abschloss. Sein letzter Angriff ließ dessen Schien– und Wadenbein mit einem lauten Krachen brechen, das die Intensität eines Gewehrschusses hatte. Der Malaysier schrie vor Schmerzen, als er vornüberkippte, wobei die Knochenenden sein Fleisch durchbohrten. Grigenko wirbelte herum und setzte einen kraftvollen Tritt gegen den fallenden Kopf des Mannes, der daraufhin in einem Übelkeit erregenden Winkel zur Seite überdehnt wurde. Seine Muskeln erschlafften noch im Fall und er stürzte ungebremst auf die mit Blut besprenkelte Matte, während Yamaguchi angerannt kam, um den Kampf abzubrechen.

Grigenkos Brustkorb hob und senkte sich in schweren Atemzügen, während er auf den Fußballen herumhopste, sein Körper immer noch im Adrenalinrausch. Der irre Blick in seinen Augen wich langsam zurück, und erst jetzt schien er die Implikationen des verdreht und leblos vor ihm liegenden Körpers zu begreifen. Yamaguchi beugte sich entsetzt über den Malaysier, doch Grigenko wandte sich gelangweilt ab, während sein Meister sich mit Wiederbelebungsversuchen abmühte.

»Kümmere dich darum. Schaff ihn hier raus, entweder in ein Krankenhaus oder in irgendeinen Straßengraben auf dem Land. Bezahle jeden, der dafür bezahlt werden muss«, instruierte Grigenko seinen alten Diener, wobei er sich das Tape von den Händen zog und es achtlos auf den Boden fallen ließ. Dann trafen seine Augen die seiner Mutter, die vor Begeisterung glänzten. Mit offenem Mund ließ sie ihren glattrasierten, halb nackten Spross auf sich wirken, dem der Schweiß über die fein definierten Muskeln rann. Er war als Sieger aus einem gnadenlosen Kampf hervorgegangen – einem Kampf auf Leben und Tod, wie sich gezeigt hatte.

Sie lehnte sich gegen seinen Oberarm, legte ihm ihre Hände auf die Schultern und flüsterte ihm ins Ohr, wobei ihr schweres Parfum in seine Nase drang: »Du bist doppelt so männlich, wie dein Vater es war!«

Grigenko nickte nur schweigend und betrat dann die Umkleidekabine, ohne Yamaguchi oder seinen glücklosen Gegner eines weiteren Blickes zu würdigen. Der Rausch des Kampfes klang langsam ab, als er über die edlen Dielen schritt, und es war Zeit, sich den Schweiß abzuduschen, um dann mit seiner Mutter in ihrem Gesellschaftsklub frühstücken zu gehen.

KAPITEL 9

»Er war dein Bruder? David hatte keinen Bruder«, sagte Jet kopfschüttelnd.

»Ich bin ein uneheliches Kind. Ein kleiner Ausrutscher von Davids Vater. Trotzdem bin ich sein Bruder.«

Schweigend fuhren sie ein paar Blocks, während Jet über diese Enthüllung nachdachte. »Und das Team? Der Mossad würde niemals Verwandte in der gleichen Einheit einsetzen. Das gehört zu den Bedingungen. Im Idealfall ist man allein auf der Welt, ohne Verbindungen oder Beziehungen …«

»Richtig. Es wusste aber niemand. Ich trug den Nachnamen meiner Mutter. Niemand wusste, dass wir verwandt waren. Das war unser absolutes Geheimnis. Bis jetzt.«

»Das bedeutet …«

»Ich bin Hannahs Onkel! Onkel Alan. Sie hat ein paar wenige Gene mit mir gemeinsam – und ist jetzt meine einzige lebendige Verwandte. Meine Mutter ist schon vor Jahren gestorben, genau wie unser Vater, also ist jetzt nur noch Hannah übrig.«

»Ich … seit wann wusstest du von ihr?«

»Erst seit David es mir gesagt hat – an dem Tag, an dem er getötet wurde. Wie die meisten Sachen in seinem Leben hat er so wenig wie nötig preisgegeben, und das so spät wie möglich.«

»Was uns zu der Frage bringt, wie du mich gefunden hast?«

»Gleich. Sag mir kurz, wo ich jetzt hinfahren soll. Welche Bank, wo muss ich abbiegen?«

Jet überlegte, welche Bank näher lag und nannte ihm den Namen. »An der nächsten großen Kreuzung musst du links abbiegen. Wenn wir in die Innenstadt kommen, dirigiere ich dich weiter.«

In Gedanken verloren fuhren sie weiter. Hannah saß jetzt auf Jets Schoß und schaute regungslos aus dem Fenster.

»Wie hast du mich gefunden, Rain?«

»Alan.«

»Okay. Wie?«

»Das kann man nicht so einfach erklären. Ich habe im Moment einen Auftrag, aber nebenbei habe ich daran gearbeitet, dich zu finden. Dann hat eines das andere ergeben.«

»Das ist keine Antwort.«

»Ich bin der Spur des Geldes gefolgt.«

»Was meinst du damit?«

»Du hast auf eines der Konten zugegriffen, die David vor Jahren für Einsätze angelegt hatte – ein Konto, auf dem sich zur Zeit etwa zehn Millionen Dollar befinden. Als ich diese Aktivität bemerkt habe, war es ein Kinderspiel, dich zu finden. Ich habe die Transaktionen nach Uruguay verfolgt und dann die Bank vor Ort angezapft. Nach dem Hack musste ich nur noch warten, bis du am Geldautomaten auftauchst. Vor zwei Tagen hast du das getan. Bingo.«

»Aber woher hattest du die Kontoinformationen … die kennt doch niemand!«

»Bis auf David. Er hat mir an diesem letzten Tag einen ganzen Aktenordner voller Daten geschickt, für den Fall der Fälle. Ich musste ihm versprechen, ihn nicht zu öffnen, es sei denn … es sei denn, ihm würde etwas zustoßen. Als ich die Schlagzeilen las und er sich nicht mehr gemeldet hat, wusste ich Bescheid.«

»Und da waren auch Informationen über Hannah drin?«

»Ja, er hat alles mit hineingelegt, was ich wissen musste. Ich hatte die Adresse in Nebraska, das Bankkonto dort, alles. Ich bin sogar nach Omaha geflogen, aber bis ich da ankam, war Hannah schon verschwunden. Diese Spur war kalt geworden. Also bin ich in den Jemen zurückgekehrt und habe gewartet.«

»Alan. Was hast du im Jemen gemacht? Und warum hast du deinen Tod vorgetäuscht?«

»Ich hatte Wind von einer besonders üblen neuen Terrorgruppe bekommen, die aus dem Jemen und Syrien operiert. So eine Art al-Qaida auf Speed, geballter Antiamerikanismus gewürzt mit der üblichen Dosis Hass auf Israel. Die Terrorzelle, die ich infiltrierte, hatte mit dieser neuen Gruppe Kontakt aufgenommen, aber ich konnte nie irgendwelche konkreten Fakten herausbekommen. Ich glaube, mein Herumgeschnüffel hat einige Leute nervös gemacht, denn selbst in meiner eigenen Gruppe kam es auf einmal zu Misstrauen. Ich musste da raus.«

»Also wusste David die ganze Zeit, dass die Explosion im Jemen nur Show war?«

Alan nickte. »Das war ein wichtiger Schachzug. Er gab uns die Möglichkeit, mein Engagement im Jemen zu beenden, damit ich diese neue Gruppe angehen konnte. David hatte das Kommando. Als er verschwand, habe ich selbst Kontakt zum Generalintendanten aufgenommen. David hat niemandem innerhalb der Organisation vertraut und ich auch nicht. Jedenfalls habe ich ihm unseren Status quo bei dieser neuen Operation mitgeteilt und er hat entschieden, dass ich allein weitermachen sollte. Nur mit ihm persönlich sollte ich kommunizieren.«

»Okay, also arbeitest du jetzt direkt für den Intendanten. Was hat das mit mir zu tun?«

Sie bogen links ab und näherten sich der Innenstadt, wobei der Berufsverkehr ihr Vorankommen deutlich verlangsamte.

»Anscheinend gibt es gewisse Berührungspunkte, die ich noch nicht vollends entschlüsselt habe.«

»Was soll das denn heißen?«

»Unter den mutmaßlichen Kontakten dieser neuen Terrorgruppe ist ein Name aufgetaucht, den wir kennen: Grigenko.«

Jet lehnte sich zurück. »Das kann nicht sein. Er ist tot. Ich habe ihn auf dem Rollfeld in Nizza sterben sehen.«

»Das glaube ich dir. Aber wir reden hier von zwei Grigenkos – ich meine Sergei, seinen Sohn!«

»Ich wusste nicht, dass Grigenko einen Sohn hatte …« In Jets Kopf überschlugen sich die Gedanken, was das für Konsequenzen haben konnte.

»Und genau wie sein Vater ist er wirklich nicht zu unterschätzen. Ich würde sogar sagen, er ist schlimmer als sein alter Herr. Er ist erst fünfundzwanzig, aber schon bis zum Hals in üble Machenschaften verwickelt. Russische Mafia, Auftragsmord, Waffenhandel, Drogen – alles, was auf der

Karte steht. Er hat das Vermögen seines Vaters geerbt und das Ölgeschäft übernommen, aber sein Herz schlägt für das Illegale. Darin hat er sich schon vor dem Tode von Grigenko Senior einen Namen gemacht. Doch auch nachdem er die Milliarden geerbt hatte, dachte er nicht ans Aufgeben. Eher im Gegenteil; er hat zum Angriff gegen seine Gegner in der Unterwelt ausgeholt und dabei großen Erfolg gehabt.«

»Es geht doch nichts über ein paar Milliarden, wenn man es zu etwas bringen will.«

Alan nickte. »Der Klub der glücklichen Spermien. Aber er ist definitiv nicht damit zufrieden, sich auf seinen Lorbeeren auszuruhen. Neben seinen anderen Geschäftszweigen mischt er jetzt auch bei dem ganz üblen Scheiß mit: Biologische Waffen, Atomwaffen. Ganz, ganz üble Geschichten.«

»Der Apfel fällt nicht weit vom Stamm.«

»In der Tat.«

Sie deutete auf die nächste Kreuzung. »Bieg da vorn rechts ab, die Bank kommt dann ein paar Blocks weiter auf unserer Straßenseite.«

»Das ist dann aber nicht die mit dem Geldautomaten, oder?«

»Richtig. Das mit dem Geldautomaten war nur Faulheit, weil der nicht so weit weg ist.«

»Verstehe. Darf ich fragen, wieso zehn Millionen auf dem Konto sind?«

»Wir haben beide lange Geschichten zu erzählen«, sagte sie kryptisch und schob Hannah dann auf ihr anderes Bein. »Du hast mir aber immer noch nicht erzählt, was du in Uruguay machst.«

»Auf Hannah aufpassen«, sagte er knapp.

»Wieso das denn?«

»Das war mein Versprechen an David. Ich musste ihm schwören, dass ich sicherstellen werde, dass es euch gut geht, falls ihm etwas passiert.«

»Wirklich herzerwärmend. Mich stört daran nur, dass kurz nach deinem Auftauchen eine Gruppe Killer auf mich losgegangen ist!«

»Ich weiß, das ist wirklich beunruhigend. Ich verstehe es selbst nicht. Es ist ein verdächtiger Zufall, dass ich Grigenko untersuche, und in dem Moment, wo ich dich finde, seine Handlanger auftauchen. Die Chance, dass das Zufall ist, liegt wahrscheinlich bei …«

»… Null, wenn nicht darunter. Halte hier an!«, sagte sie. »Also, wie lautet deine Theorie dazu? Wie haben die mich gefunden?«

Er schüttelte den Kopf. »Die sind einfach spontan aufgetaucht, also müssen sie es kurz vorher erfahren haben. Es muss irgendwo ein Detail geben, welches ich noch nicht mit in die Rechnung einbezogen habe. Bis jetzt hatte ich aber noch nicht viel Zeit, über eine Erklärung nachzudenken …«

»Okay. Warte hier, ich bin in zehn Minuten wieder da. Ich muss an mein Schließfach ran. Hannah nehme ich mit, ist nicht böse gemeint.« Sie stieß die Tür auf und stieg aus.

»Kein Problem«, sagte Alan, während Jet sich und Hannah elegant aus dem Auto bugsierte. »Lass uns gehen, Schatz«, sagte sie und nahm ihre Tochter an die Hand.

»Ob es Probleme gibt, wenn man mit einer Pistole in der Tasche eine Bank betritt?«, fragte Alan durch die offene Tür.

»Nicht, dass ich wüsste. Wir werden es gleich herausfinden«, entgegnete sie und schlug die Tür zu. Ihre Gedanken rasten immer noch, als sie auf die Bank zulief. Alles ging plötzlich so schnell. Vor wenigen Stunden war ihr größtes Problem noch gewesen, dass Hannah mit ihren neuen Schuhen unzufrieden war, und jetzt war ihr ein russisches Killerkommando auf den Fersen – und ihr idyllisches Leben in Uruguay musste abrupt beendet werden.

Es gab absolut keine Chance für sie, in Montevideo zu bleiben. Sie hatten sie gefunden, und das bedeutete, dass sie wieder verschwinden musste. Wobei schon die Tatsache, dass die Russen sie überhaupt ausfindig machen *konnten*, besorgniserregend war. Sie musste den Fehler im System finden und ausschalten, sonst wäre sie nirgendwo in Sicherheit.

Viel schlimmer war jedoch, dass Hannah nirgendwo sicher sein würde. Jets Vergangenheit wurde jetzt zu einer Bedrohung, die nicht nur sie betraf, sondern auch ihre Tochter. Sie warf einen Blick auf Hannah, die neben ihr hertrottete und nichts von all dem ahnte. Die Schrecken der letzten Stunde schien sie schon vergessen zu haben.

Jet betrat die Bank und fragte nach dem Manager, der sie schon bald zu den Schließfächern geleitete. Ein Handflächen-Scanner bestätigte dort ihre Identität, sodass sie nur in Hannahs Begleitung den Tresorraum betreten konnte. Den Inhalt ihres Schließfaches entleerte sie auf einen Tisch und breitete alles vor sich aus. In einem Rucksack befanden sich drei Ausweise: Ihre thailändische Diplomaten-ID, die belgische Identität einer Reporterin und ein gefälschter mexikanischer Ausweis, mit dem sie in Kalifornien über die Grenze gegangen war. Dazu hatte sie einen passenden mexikanischen Reisepass für Hannah sowie einen thailändischen Ausweis für die Kleine. Dazu legte sie einige Kreditkarten und ein paar tausend Dollar in bar. Als Letztes nahm sie einen kleinen Beutel an einem Lederband heraus.

Ihr Herz bekam einen Stoß, als sie ihn betrachtete und nachdenklich mit den Fingern über die Nähte fuhr. Dann zog sie sich das Band über den Kopf und schob diesen besonderen Gegenstand zwischen ihre Brüste, sodass er vor Blicken geschützt war. Eine bittersüße Erinnerung an Matt zuckte durch ihren Verstand, aber sie schob sie beiseite. Es half nichts, darüber nachzudenken, was hätte sein können. Die Uhr tickte und sie musste einen klaren Kopf behalten.

Jet packte die anderen Dinge wieder in den Rucksack und schob die leere Kassette zurück in das Schließfach. Dann bedankte sie sich bei dem Bankmanager und trat hinaus auf den Gehweg, wo Massen von Büroangestellten und Anzugträgern auf dem Weg in die Mittagspause waren. Jet und Hannah folgten diesem Strom in Richtung des Autos, bis Jet erstarrte und Hannahs Hand fest drückte. An der Stelle, wo Alans Peugeot gestanden hatte, befand sich nun ein knallgrüner Sportwagen.

Nirgends eine Spur von ihm.

Alan war verschwunden.

KAPITEL 10

Jet wartete ein paar Minuten in der Hoffnung, dass Alan den Wagen nur bewegen musste, aber als ihr klar wurde, dass er nicht zurückkam, überlegte sie ihren nächsten Schritt. Egal ob mit oder ohne ihn, sie hatte ein Problem, das nicht besser wurde.

»Mama, Hannah hat Hunger!«

Natürlich hatte sie Hunger. Ihre normale Essenszeit war lange vorüber und Jet wusste, wenn sie ihr nicht bald etwas zu Essen geben und sie dann Mittagsschlaf machen lassen würde, wäre ein weiterer Ausraster die Folge. So war Hannah eben. Wenn sie nicht streng nach Plan Essen und Schlaf bekam, drehte sie durch.

»Okay, Süße. Dann holen wir dir mal was zu Essen«, sagte Jet und Hannah nickte, aber es war deutlich, dass sie bereits zu schmollen anfing. Jet hatte vielleicht noch fünf Minuten, bevor es zur Katastrophe kommen würde.

Sie sah sich nach einem Restaurant um und erspähte am Ende des Blocks ein gut besuchtes Diner. Sie gingen hinein und nach ein paar Minuten wurde ein Tisch am Ende des Raumes frei. Die Kellnerin richtete den Platz schnell her und schon bald studierte Jet die Speisekarte, während Hannah immer unruhiger wurde.

»Mensch, die haben hier aber leckere Sachen«, verkündete Jet. »Spaghetti. Käsebrot. Nudeln mit Butter. Makkaroni mit Käse!«

Hannahs Augen fingen an zu leuchten und sie schlug enthusiastisch auf den Tisch. »Makkaroni! Makkaroni!«

Jet bestellte und hielt Hannah mit etwas Brot ruhig, das die Kleine sich dankbar in den Mund stopfte. Als das Essen kam, mühte sich Hannah mit dem Löffel ab, bis Jet ihr half. Ihr Fischgericht war nichts besonderes, aber das war ihr herzlich egal. Sie hatte wichtige Angelegenheiten zu überdenken und kaute nur nebensächlich auf ihrem Mittagessen herum.

Zum Townhouse zurückzukehren war absolut verboten – denn das wäre der erste Ort, wo man nach ihr suchen würde. Und mit Hannah im Gepäck gejagt zu werden, war keine erstrebenswerte Option. Professionelle Killer auszuschalten war ja schon ohne Kinderbetreuung schwierig genug. Sie musste ein sicheres Versteck finden, wo sie in Ruhe einen Plan machen konnte – im Moment hatte sie ja nicht einmal eine genaue Vorstellung, mit wem sie es aufnehmen musste.

Sie bezahlte und Hannah gähnte laut, was Jet daran erinnerte, dass ihre Tochter nach dieser ganzen Aufregung dringend Schlaf brauchte. Jet stand auf und nahm sie an die Hand.

»Schatz, heute machen wir was besonders Tolles! Wir ziehen in ein Hotel ein, wie damals in Mexiko!«

Hannah schaute sie fragend an, dann zuckte sie mit den Schultern. Sie war müde, und in diesem Zustand war ihr eigentlich alles egal, so lange sie sich irgendwo hinlegen konnte.

Sie verließen das Restaurant und spazierten die Straße hinunter, bis ein lautes Hupen sie aufschreckte.

»Hey, da seid ihr ja! Steigt ein!«, rief Alan.

Der blaue Peugeot stand in zweiter Reihe und behinderte damit den Verkehr in dieser viel befahrenen Straße beträchtlich. Jet und Hannah rannten auf den Wagen zu und nachdem Jet die Hintertür geöffnet hatte, hob sie Hannah hinein. Jet folgte ihr schnell, und nachdem sie die Tür zugeschlagen hatte, fuhr Alan sofort los.

»Wo warst du? Wir dachten schon, wir hätten dich verloren!«

»Es wäre gut, wenn du ein Handy hättest oder so was.«

»Habe ich. Als gute Agentin habe ich natürlich ein Burner-Phone, das ich jederzeit wegwerfen kann. Aber ich gebe zu, ohne die Nummer nützt dir das nichts.«

»Jedenfalls kam ein Cop vorbei und hat sich sehr für die Beulen in meiner Stoßstange interessiert, weil ich vorhin die Mülltonnen umgefahren habe. Ich musste den Gegenwert von fünfzig Dollar in Pesos investieren, um ihn loszuwerden. Danach habe ich mich lieber aus dem Staub gemacht, falls jemand die Schießerei meldet – nicht, dass der Cop noch eins und eins zusammenzählt. Als ich wiederkam, wart ihr nirgends zu sehen.«

»Wir brauchen einen Schlafplatz für Hannah. Hast du eine Idee?«

»Kann sie im Auto schlafen?«

»Wahrscheinlich schon.« Jet wandte sich an ihre Tochter. »Kannst du im Auto bubu machen?«

Hannah dachte kurz darüber nach, dann fielen ihr auch schon die Augen zu.

»Okay, ich suche einen ruhigen Parkplatz.« Er schaute Jet über den Rückspiegel an. »Wie lange schläft sie denn so?«

»Eine Stunde reicht normalerweise, aber wenn man sie nicht weckt, werden es auch mal zwei.«

»Du kennst die Gegend hier besser als ich. Wo soll ich hinfahren?«

»Beim Botanischen Garten gibt es eine ziemlich verschlafene Ecke. Fahr weiter geradeaus, ich sage dann Bescheid.«

»Hast du deine Sachen bekommen?«, fragte er.

»Ja, den Punkt habe ich erfolgreich abgehakt. Aber wir brauchen noch neue Klamotten. Mindestens zwei, drei Outfits pro Person.«

Zehn Minuten später hatten sie eine ruhige Straße gefunden und parkten dort. Sie ließen die Fenster einen Spalt offen, während Hannah sich auf dem Rücksitz zusammenrollte und ihren Rucksack als Kissen benutzte. Nach zwei Minuten fing sie bereits an, leise zu schnarchen. Jet wusste aus ihrer Erfahrung, dass sie in diesem Stadium einen Luftballon neben Hannahs Kopf platzen lassen konnte, ohne dass sie aufwachte.

Umso besser, denn sie hatte mit Alan noch einiges zu besprechen.

Doch erst einmal schaute sie ihrer Tochter einen Moment beim Schlafen zu – die pure Unschuld. Dann lehnte sie sich zu Alan hinüber. »Wie schlimm wird es?«, flüsterte sie.

»Ich will dich nicht anlügen. Es wird sehr schlimm. Du kannst hier nicht bleiben und wirst dir ein neues Versteck suchen müssen.«

»Bis sie mich wieder finden.«

Er schüttelte den Kopf. »Es gibt keine Garantien im Leben, aber ich hoffe doch, dass wir einen Unterschlupf finden, der sicher genug ist, um …«

Sie schnitt ihm das Wort ab. »Das hat diesmal doch auch nicht funktioniert. Und wie abseitig soll ich mich denn noch verstecken, wenn schon das gottverdammte Uruguay nicht reicht! Mal ehrlich, wärst du jemals freiwillig hierhergekommen?«

»Da muss ich dir recht geben. Wenn wir wüssten, wie sie dich gefunden haben, würde es unser Leben schon mal erleichtern.«

»Stimmt, das tun wir aber nicht. Und nun?«

»Du kannst dir nur ein neues Versteck suchen und von vorn anfangen.«

Sie schüttelte den Kopf. »Das habe ich mir schon überlegt. Aber das ist nicht einfach. Sie werden nicht aufhören, mich zu suchen, wenn sie diesmal schon so weit gekommen sind. Was bedeutet, dass ich immer in Gefahr sein werde – und Hannah erst recht.

Dagegen konnte er nichts einwenden.

»Ich muss *alles* wissen, Alan. Worum geht es hier?«

»Für mich war es genauso überraschend wie für dich, als diese Typen aufgetaucht sind. Ich bin dir ebenfalls gefolgt und habe auf eine Chance gewartet, dich ansprechen zu können. Dann habe ich sie bemerkt. Ich war mir erst nicht sicher, ob sie dir folgen, aber dann habe ich es geschafft, einen von denen unauffällig zu fotografieren. Er war in der Datenbank des Mossad – ein früher Speznaz-Elitesoldat, der zur Russenmafia gewechselt ist. Seit zwei Jahren gehört er zur Mannschaft von unserem Lieblingspaten – Sergei

Grigenko. Als ich diese Info bekam, wusste ich, dass die Kacke am Dampfen ist. Ich wollte dich warnen, aber sie haben dich vor mir erreicht.

»Und du bist wegen dieser Terroristengeschichte hinter Grigenko her?«

»Genau. Es gibt zwar viele üble Burschen wie ihn, doch nur wenige sind bereit, sich mit Bio- und Atomwaffen zu beschäftigen. Das ist zu riskant, zu heiß. Aber seit Grigenko Junior Milliardär ist, scheint er sich alles zu trauen. Sieht so aus, als hätte das Geld dieses sowieso schon fragwürdige menschliche Wesen in ein absolutes Monster verwandelt.«

Jet drehte sich um und warf noch einen Blick auf Hannah, die wie ein Stein schlief. »Ich werde Grigenko erledigen müssen. Das ist unsere einzige Chance, in Sicherheit weiterzuleben. Genau wie damals seinen Vater. Ich habe nicht vor, in Angst zu leben und alle fünf Minuten über meine Schulter zu schauen. Am wenigsten kann ich zulassen, dass Hannah in seine Hände fällt«, sagte sie mit gesenkter, wütender Stimme.

»Das finde ich eine grauenhafte Idee. Der Kerl hat unbegrenzte Macht und Geld, und soweit ich weiß, verlässt er Moskau nie. Also würde das bedeuten, ihn auf seinem eigenen Grund und Boden anzugreifen, wo er Sicherheitssysteme auf Weltniveau hat.«

»Du kennst doch meine Akten. Ich habe schon Schlimmeres überlebt.«

»Ich weiß, das habe ich auch. Aber irgendwann geht auch mal etwas schief.«

»Ich glaube, du verkennst die Lage. Ich frage dich nicht um Rat oder Erlaubnis. Ich sage dir, was ich tun werde.

Diese Situation habe ich mir nicht ausgesucht, aber ich werde die Dinge in die Hand nehmen. Ich habe keine Angst vor den Sachen, die er mir entgegensetzen kann, das macht mir alles keine Sorgen.« Sie lehnte sich zurück und schaute Hannah an. »Er ist so gut wie tot.«

»Ja, und was ist mit Hannah? Du hast doch ein Kind? Und nicht zuletzt ist ihre Sicherheit jetzt auch in meiner Verantwortung. Das habe ich meinem Bruder versprochen …«

»Ich weiß diesen Gedanken zu schätzen, Alan, aber du kannst nicht vierundzwanzig Stunden am Tag auf sie aufpassen. Nicht mal ich kann das. Diesen Kampf würden wir auf jeden Fall verlieren. Ich muss jemanden finden, der auf Hannah aufpasst, während ich die Sache erledige. Ich denke dabei an meine Haushälterin. Hannah liebt sie, und es sollte nicht sehr lange dauern.«

»Aber du weißt, dass sie nach Hannah suchen werden. Und sobald du verschwindest, werden sie versuchen, jemanden zu finden, der deinen Aufenthaltsort kennen könnte. Dadurch wird deine Haushälterin auch zur Zielscheibe.«

»Stimmt, aber ich bezahle sie schwarz, da gibt es keinerlei Aufzeichnungen. Sie kommt nicht mal aus Montevideo; ich glaube, sie ist aus San Carlos. Das ist etwa zehn Kilometer entfernt. Niemand hier kennt sie, nicht mal mit den Nachbarn redet sie. Ich glaube, ich habe sie noch nie mit irgendjemandem sprechen sehen, sie ist eine totale Einzelgängerin. Ich werde sie bitten, irgendwo hinzufahren, wo niemand sie kennt, und Hannah mitzunehmen. Ich kann ihr so viel Geld geben, dass sie nie wieder arbeiten gehen muss, das dürfte also recht verlockend sein. Und wenn irgendetwas schief geht … kann ich sowohl Hannah als auch

Magdalena genug vererben, dass es ihnen niemals an etwas mangeln wird. Ich werde ein entsprechendes Testament aufsetzen lassen.«

»Was uns wieder zu den zehn Millionen auf deinem Konto bringt. Du sagtest doch, es gibt eine Geschichte dazu …«, stichelte Alan.

»Allerdings.«

Sie überlegte, wie viel sie ihm erzählen sollte, und entschied sich für die stark gekürzte und zensierte Version des Abenteuers mit Matt und den Diamanten.

»Wow. Dann bist du ja reich!«

»Allerdings, und das löst schon mal die meisten logistischen Probleme. Geld kann einem zwar kein Glück kaufen, aber jede Menge Waffen. Ich kann es mir leisten, das Jahresmilitärbudget eines kleinen Landes auszugeben, um Grigenko zu erledigen. Mit mir hat er sich wirklich den falschen Feind ausgesucht.«

»Leicht wird es trotzdem nicht.«

»Was ist schon leicht. Die Frage ist nur; hilfst du mir oder mache ich das allein.«

»Wie groß ist die Chance, dir die Sache auszureden?«

»Null.«

»Dachte ich mir. Okay, dann bin ich dabei. Wie stellst du dir die Sache vor?«

Sie lehnte sich zurück, studierte die Wolkenbänder am Himmel und dachte über seine Frage nach. Ja, wie stellte sie sich die Sache vor?

»Du musst so viel wie möglich über Grigenko herausfinden. Gewohnheiten, Freundinnen, Baupläne seiner Häuser, Fahrtrouten, alles. Wir machen das genau so, wie wir eine

Mission planen würden, ohne etwas auszulassen. Wenn wir das richtig machen, können wir schon wieder draußen sein, bevor jemand überhaupt weiß, dass er tot ist. Und das war es dann mit Grigenko.«

»Wann legen wir los?«

»Warum nicht jetzt sofort?«

»Und was ist mit Hannah?«

»Gut, dass du das erwähnst.« Sie schaute auf ihre Uhr. »Ich muss jemanden anrufen.«

»Dein Haus wird wahrscheinlich abgehört. Dein Telefon auch, wenn es auf dich registriert ist.«

»Ist es natürlich nicht. Aber ich werfe es trotzdem weg und hole mir ein Neues. Da kann man nicht zu vorsichtig sein.«

Sie öffnete die Tür und behielt dabei Hannah im Auge, die sich bewegte, aber nicht aufwachte.

»Kannst du noch eine Stunde auf Hannah aufpassen, während sie schläft? Länger wird es nicht dauern. Sie schläft immer sehr fest, es sollte also kein Problem sein.«

»Ein Problem ist es nicht … aber ich muss dich trotzdem warnen: Ich habe mit Kindern überhaupt keine Erfahrung.«

»Willkommen im Klub.« Jet lächelte. »Mach dir keine Sorgen, sie geht schon nicht kaputt. Man darf sie nur nicht wütend machen.«

»Ganz die Mama, oder?«

Jet warf einen Blick auf die von Bäumen gesäumte Straße und nickte.

»Absolut.«

KAPITEL 11

Magdalena ließ den Teller fallen, den sie gerade spülte, als Jet unvermittelt und wie aus dem Nichts neben ihr auftauchte.

»Huch, oh je … tut mir leid. Sie haben mich erschreckt … ich habe Sie gar nicht hereinkommen gehört!«, stammelte sie und betrachtete die Bruchstücke des Porzellans mit hängenden Mundwinkeln.

»Mach dir darüber keine Sorgen, Magdalena, ich räume das gleich weg. Was viel wichtiger ist, ich habe ein Problem. Setz dich kurz einen Moment zu mir, wir müssen reden.«

»Ein Problem? Alles in Ordnung mit Hannah?«, fragte die Haushälterin alarmiert.

»Ja, ihr geht es gut. Aber ich muss mich um eine sehr wichtige Sache kümmern und brauche ganz dringend deine Hilfe. Es ist extrem wichtig, dass du meine Anweisungen bis ins letzte Detail ganz genau befolgst, ohne jegliche Abweichung. Verstehst du das?«, fragte Jet, während sie die ältere Dame fest anschaute.

»Natürlich. Was ist das Problem und was soll ich tun?«

Jet erzählte ihr eine Geschichte über einen gewalttätigen und eifersüchtigen Ex-Freund, einen Kriminellen, der plötzlich mit seinen Schlägern aufgetaucht ist und Hannah bedroht hat.

»Du musst in irgendeine Stadt weiter im Norden ziehen – ich denke da an Maldonado. Ich werde dich dort treffen und dir Hannah vorbeibringen. Du musst sofort aufbrechen. Lass alles hier bis auf deine Papiere, damit keine Spur von dir im Haus zurückbleibt. Hier ist ein Handy, das ich gerade gekauft habe. Ich rufe dich an, wenn ich dort bin und wir uns treffen«, sagte Jet und überreichte ihr das Telefon.

»Señora Elise, ich würde alles für Hannah tun, aber in Maldonado kann ich nicht arbeiten, ich kenne da auch niemanden, und …«

»Das verstehe ich. Für deine Hilfe bekommst du aber genug Geld von mir, dass du nie mehr arbeiten musst.« Jet nannte eine Summe in Pesos und Magdalenas Augen weiteten sich.

»Meinen Sie … das ernst?«

»Absolut. Du musst mir nur versprechen, dass du dir dort eine nette Wohnung suchst und Hannah behandelst, als wäre sie dein eigenes Kind. Das ist der Deal. Indem ich mein eigen Fleisch und Blut bei dir lasse, gebe ich dir mein wertvollstes Gut. Ich würde das nicht machen, wenn ich irgendeine andere Lösung wüsste, aber ich weiß keine. Das mit dem Geld ist kein Problem, das bringe ich dann mit. Für den Moment habe ich erst einmal das.« Sie legte einen Stapel Hundert-Dollar-Noten auf den Tisch und Magdalena schaute das Geld an, als wäre es eine giftige Schlange. »Zehntausend amerikanische Dollar. Das sollte für ein Appartement reichen und alles andere, was du in näherer Zukunft brauchst. Hole deine Papiere und mach dir keine Sorgen wegen deiner Sachen. Du musst aus dem Haus gehen, als wärst du nur zum Markt unterwegs, ohne Koffer und alles, nur mit deiner Handtasche … und dann musst du verschwinden. Verstehst du? Nimm dir ein Taxi oder den Bus nach Maldonado, besorge dir innerhalb von vierundzwanzig Stunden eine Unterkunft und dann bringe ich dir Hannah. Aber du darfst niemandem etwas davon sagen. Es muss geheim bleiben. Dieser Mann ist sehr gefährlich und wenn du mit irgendjemandem sprichst, wird er es herausbekommen. Dann sind Hannah und du in großer Gefahr. Er hat schon mal jemanden umgebracht …«

Magdalena schüttelte den Kopf. »Nein, ich werde es niemandem sagen. Es darf sowieso niemand wissen, denn wenn irgendjemand ahnen würde, dass ich soviel Geld habe, würde ich ausgeraubt werden. Zum Glück leben meine Kinder hier in Montevideo und die meisten Freunde von mir in San Carlos – in Maldonado gibt es eigentlich nur Arbeit innerhalb der Tourismusbranche, und da haben ältere Menschen kaum eine Chance. Wenn ich ein Appartement in der Nähe der Ressorts bekomme, wird das sehr sicher sein, und ich werde da auch niemandem begegnen, den ich kenne. Wie lange meinen Sie, werde ich dortbleiben müssen?«

»Plane sicherheitshalber für einen längeren Zeitraum. Ich glaube zwar nicht, dass ich länger als ein paar Wochen brauchen werde, um alles in Ordnung zu bringen … aber ich will mir auch keine Sorgen machen müssen, wenn es doch mehr wird.«

»Und Sie meinen es wirklich ernst mit dem Geld …?« Magdalena konnte es immer noch nicht glauben. Es war so, als wäre der Weihnachtsmann auf ihrem Dach gelandet und hätte ihr gesagt, dass alle ihre finanziellen Probleme gelöst seien.

»Absolut. Egal wie die Sache ausgeht, das Geld bekommst du auf jeden Fall.«

»Ich werde mich um sie kümmern, als wäre sie meine eigene Tochter, Señora Elyse! Ich habe selbst drei Kinder großgezogen und habe viel Erfahrung darin.«

»Ich weiß, Magdalena. Ich hätte dich auch niemals gefragt, wenn ich dir nicht komplett vertrauen würde. Nun hol deine Papiere, ich warte hier.«

Drei Minuten später war Magdalena wieder da und so angezogen, als würde sie einkaufen gehen.

»Denk daran, ich rufe dich innerhalb der nächsten 24 Stunden an«, sagte Jet.

Magdalena nickte.

Sie verabschiedeten sich und Magdalena verließ das Haus durch die Hintertür, eine kleine Einkaufstasche im Gepäck. Jet behielt die Straße im Auge und schaute nach möglichen Beobachtern. Nachdem sie sicher war, dass niemand Magdalena folgte, ging sie nach oben und packte schnell einige Kleidung für Hannah und sich selbst in ihren Rucksack. Anschließend setzte sie sich wieder die Baseballkappe und die Sonnenbrille auf, mit denen sie gekommen war. In Verbindung mit dem neu gekauften, übergroßen Fußballtrikot und den Cargohosen sah sie auf den ersten Blick wie ein schlaksiger Teenager aus.

Sie schwang sich aus dem Schlafzimmerfenster, tastete auf dem Fensterbrett stehend nach Haltemöglichkeiten in der Backsteinfassade. Als ihre Hand einen guten Griff gefunden hatte, zog sie sich nach oben. Ihre Zehen erwischten einen Vorsprung und von dort aus einen weiteren, sodass sie es innerhalb von Sekunden auf das flache Dach schaffte.

Sie richtete sich auf, nahm Maß auf das Nachbardach und überbrückte die Distanz mit einem beherzten Sprung aus vollem Lauf. Nachdem sie sich abgerollte hatte, wiederholte sie diesen Vorgang, bis sie am Ende des Blocks angekommen war. Dort ließ sie sich auf ein Fensterbrett im ersten Stock herunter und stieß sich ab, wobei sie im Fallen kurz den Ast eines Baumes packte, um sanft gebremst auf dem Rasen landen zu können. Mit einem letzten Kontrollblick schwang sie sich über den Zaun und schlurfte dann wie ein gelangweilter Jugendlicher die Straße hinunter.

***

Als Jet wieder am Auto ankam, musste Alan zweimal hinschauen, bevor er sie erkannte. »Tolle Verkleidung! Du siehst aus wie ein Junge!«

»So dachte ich mir das. Wirklich hilfreich, dass die Teenies sich heutzutage wie Säcke anziehen.«

»Konntest du die Sache klären?«

»Ja, wir fahren morgen die Küste hinauf. Wie geht es Hannah?«

»Sie schläft immer noch. Hat keinen Mucks von sich gegeben, seit du weg bist.«

»Das ist gut. Nach der ganzen Aufregung brauchte sie wirklich eine Pause.«

»Dachte ich mir.«

Jet weckte Hannah liebevoll auf und brachte das immer noch schlaftrunkene Mädchen in ein Café an der nächsten Straßenecke, damit sie aufs Töpfchen gehen konnte. Dann kehrten sie in den Wagen zurück.

»Das Konto mit den zehn Millionen ist nicht mehr sicher, aber ich kann das Geld von einer anderen Bank einziehen lassen. Dann brauche ich einen Anwalt, der daraus einen Fonds zusammenstellt, der Magdalena und Hannah ein stabiles, jährliches Einkommen ermöglicht«, verkündete Jet. »Sobald das erledigt ist, werde ich die zehn Millionen weltweit hin und her überweisen lassen, um sie zu waschen. Aber erst einmal brauche ich diesen Anwalt!«

»Meinst du, dass du so schnell jemand Kompetenten finden kannst?«, fragte er.

Jet schaute auf die Uhr. »Das sollte kein Problem sein. Ich frage einfach den Manager meiner Bank.«

Alan startete den Motor. »Zurück in die Stadt?«

»Du sagst es.«

Der gesamte Vorgang dauerte zwei Stunden. Sie wurde dem Anwalt Enrique Gomez vorgestellt, der sein Büro einen Block von der Bank entfernt hatte, und er versicherte ihr, dass er die nötigen Dokumente und den dazugehörigen Fonds bis zum nächsten Tag aufgesetzt haben könnte. Sie einigten sich darauf, sich am nächsten Morgen um elf Uhr wieder zu treffen, dann würde Jet das Geld überweisen. Magdalena würde ihm dann die Bankverbindung in Maldonado mitteilen, von der sie ihren Anteil abheben konnte. Durch die Dividenden und Zinsen würde der Fonds auf jeden Fall längere Auszahlungen ermöglichen, als Magdalena alt werden konnte.

Der nächste Tagesordnungspunkt war, ein Hotel zu finden. Dafür schlug Jet die Ostseite der Stadt vor, denn in der Nähe des Strandes gab es viele Touristen, sodass sie dort nicht auffallen würden. Jet buchte ein Doppelzimmer mithilfe eines ihrer gefälschten Ausweise und zahlte bar. Dann brachte sie Hannah aufs Zimmer und die Kleine begann sofort interessiert die neue Umgebung zu erkunden, während Jet den Rucksack ausräumte und eine Inventur ihrer wenigen Besitztümer machte.

»Das ist es also«, sagte Alan, wobei er sich umschaute.

»Nur für heute Nacht. Morgen ist wieder ein neuer Tag.«

»Könnte schlimmer sein.«

»Ich bin mir sicher, dass wir beide schon weitaus schlimmere Unterkünfte hatten«, stimmte Jet zu.

»Was meinst du, wie lange wir morgen bis zu Magdalena unterwegs sind?«

»Ich war noch nie dort, aber auf keinen Fall mehr als ein paar Stunden«, schätzte sie.

»Hast du dir auch schon überlegt, wie es weitergeht, nachdem wir Hannah dort abgeliefert haben?«

Jet warf einen Blick auf ihre Tochter, die in der Ecke spielte. »Nein Alan, habe ich nicht. Ich weiß gar nicht, wo mir der Kopf steht. Eines nach dem anderen.«

»Wir sollten aber darüber reden.«

»Ich weiß, aber ich brauche auch ein wenig Luft zum Atmen. Immerhin gerät mein ganzes Leben gerade aus den Fugen.«

Darauf ließ Alan es beruhen. Es war offensichtlich wirklich nicht die beste Zeit für das Thema, denn für den Moment interessierte sich Jet nur dafür, ihre Tochter in Sicherheit zu bringen. Natürlich konnte er das absolut verstehen – schließlich hatte Jet lange Zeit von ihrer Tochter getrennt verbracht, und sie nun gegen ihren Mutterinstinkt wieder einer fast fremden Frau anzuvertrauen, war ein riesiger

Schritt. Und doch war das Wichtigste, dass die Kleine nicht in die ganze Sache mit hineingezogen wurde.

»Kein Problem. Ich möchte nur, dass du dir schon mal Gedanken darüber machst. Denn in den nächsten Tagen müssen wir einige große Schritte unternehmen, und ich bin nicht sicher, ob wir da einer Meinung sind«, sagte Alan.

»Ich weiß«, antwortete Jet sanft. »Ich brauche nur ein bisschen Zeit.«

Das verstand er.

In Wahrheit hatten sie allerdings keine Zeit mehr.

KAPITEL 12

VOSKRESENSK, RUSSISCHE FÖDERATION

Doktor Ivan Radowitsch stand in dem stickigen, dunkelgrünen Flur und rauchte eine billige russische Zigarette. Das stechende Aroma des schwarzen Tabaks schwebte wie eine giftige Wolke über seinem Kopf. Die Luftfilteranlage aus der Zeit der UdSSR trug nicht viel dazu bei, den Gestank zu vertreiben. Aber an einem Tag wie diesem, wo es in Strömen regnete, gab es absolut keine Chance, dass er die zwei Etagen über die Treppe nach oben erklomm, um das Erdgeschoss zu erreichen und vor der Tür zu rauchen, wo er sich dann auch noch mit den Sicherheitskräften auseinandersetzen müsste. Nein, dann rauchte er lieber hier unten, verpestete die Luft und ertrug die Kommentare seiner Mitarbeiter.

Der Industriekomplex am Stadtrand von Voskresensk war einer der zahlreichen Schandflecken, die der Kalte Krieg überall im Land hinterlassen hatte. Die Bevölkerung hatte schon vor Jahrzehnten gelernt, keine Fragen darüber zu stellen, was hier vor sich ging. Und seit der Eiserne Vorhang gefallen war und die russische Mafia sich hier breitgemacht hatte, galt das mehr als je zuvor.

»Warum machst du so ein langes Gesicht, mein Freund?«, fragte Vladimir, sein Boss, als er ihm vom anderen Ende des Flures entgegenkam. Auch er war am Rauchen – aber natürlich Importzigaretten, was Ivan gleich auffiel. Sein Gegenüber war ein Fan sämtlicher amerikanischer Produkte und hatte zu den Versuchungen des Westens nie Nein sagen können. Sein zittriger Gang und sein Gehstock belegten dies, denn er war eigentlich einige Jahre jünger als Ivan.

»Ich komme mit der Entwicklung des Impfstoffes nicht voran. Die Zeit reicht einfach nicht, und es ist viel zu gefährlich, es unter Druck zu übereilen.«

»Das verstehe ich. Wir wissen alle, was auf dem Spiel steht. Aber man darf auch nicht vergessen, dass wir nicht in einer perfekten Welt leben. Die Wahrheit ist, dass der Kunde bekommt, was er haben will. Immerhin bezahlt er unseren Lebensunterhalt.«

Ohne Einschüchterung ging es anscheinend nicht. *Alte Gewohnheiten sind nicht totzukriegen*, dachte Ivan. »So oder so wird es mindestens ein Jahr dauern«, sagte er. »Und selbst dann gibt es keine Garantien. Ich würde ihm lieber gleich die Wahrheit sagen, als ihn in dem Glauben zu lassen, dass es einen echten Durchbruch geben wird. Nicht bei diesem Projekt.«

Vladimir nahm einen langen Zug von seiner Marlboro und inhalierte den Rauch tief in die Lunge. »Wir haben zwei Wochen.«

Ivan spuckte auf den Boden. »Unmöglich!«

»Ich weiß. Ich überlege nur, wie ich es ihm beibringen kann, ohne … ohne sein berüchtigtes Temperament zu entfesseln. Von ihm hängt schließlich viel ab, mein Freund. Ich für meinen Teil würde ihn nur ungern enttäuschen.«

»Vielleicht hättest du ihm von vorneherein sagen sollen, dass seine Wünsche nicht umsetzbar sind. Dann könnten wir unsere Zeit jetzt in sinnvollere Dinge investieren. Zum Beispiel die Aufgabe, überhaupt genug von dem Toxin herzustellen, um die Bestellmenge zu erreichen. Das allein ist schwer genug! Es auch noch ansteckend zu machen, ist viel zu zeitraubend.«

»Aber ich dachte, wir hätten uns darauf geeinigt, dass es möglich ist.«

»Das ist es ja auch. Wenn es einem egal ist, dass man damit die Menschheit komplett auslöschen kann, ist es kein Problem. Die Schwierigkeit liegt darin, ein absolut wirksames Gegenmittel oder einen Impfstoff herzustellen. Und dafür reicht ein Jahr nicht mal. Abgesehen davon ist allein der Gedanke, einen Stoff wie diesen als Waffe einzusetzen, absolut geisteskrank. Nicht weniger als der Weltuntergang steht uns bevor, und damit will ich nichts zu tun haben.«

»Keine Sorge, er ist nicht wahnsinnig. Nur geldgeil. Genau wie wir alle.« Vladimir rauchte seine Zigarette auf und zerquetschte sie unter seinem Schuh. Selbst aus ein paar Metern Entfernung konnte Ivan nun den Wodka riechen, den Vladimir zum Mittagessen genossen hatte. »Dann sage ich ihm, dass wir es nur so weit stabilisieren können, dass es … sagen wir, zehntausend Opfer gibt?«

»Vielleicht auch zwanzig, je nachdem wie das Belüftungssystem arbeitet. Geschlossene Räume sind auf jeden Fall Voraussetzung dafür, dass es funktioniert.«

»Ja, das wissen wir doch. Je konzentrierter die Dosis, desto besser das Ergebnis.«

»Wenn sie zum Beispiel an eine U-Bahn-Station denken, könnte das funktionieren, aber die Wirksamkeit würde schnell verfliegen. In den ersten fünfzehn Minuten liegt sie bei etwa hundert Prozent. Aber schon 30 Minuten später sind es maximal noch sechzig. Verstehe mich nicht falsch; auch dann ist es immer noch vernichtend. Nach zwei Stunden wird allerdings nichts weiter passieren. Von daher wäre das ideale Szenario, dass die meisten Opfer es innerhalb der ersten zehn Minuten einatmen.« Ivan betrachtete seine glimmende Zigarette und nahm einen letzten Zug, bevor er sie in eine schmutzige Pfütze in der Ecke warf.

»Der Trick ist, dass wir es genug modifizieren, dass man es nicht auf uns zurückführen kann – jedoch ohne seine Wirksamkeit zu sehr zu verwässern.«

»Verstehe, dann gebe ich das so weiter.« Vladimir zögerte. »Sonst noch etwas?«

»In zehn Tagen können wir genug von dem Zeug herstellen. Aber es ansteckend zu machen ist nicht drin – jedenfalls nicht, solange ich hier das Sagen habe.«

Vladimir nickte. »Dann gehe ich mal Bericht erstatten. Bleib an der Sache dran. Aber im Endeffekt werden die da oben am Ende mit dem zufrieden sein müssen, was wir ihnen liefern. Sie haben gefragt, wir haben es probiert, Ende der Geschichte.« Er seufzte. »Zu dumm, dass wir die alten Labors nicht mehr benutzen konnten. G-6 ist nicht mal eine Stunde von hier entfernt.«

Ivan studierte seine Gesichtszüge und fragte sich, ob er Witze machte. »Vladimir. Mal ganz abgesehen davon, dass die Wächter solcher Anlagen sofort schießen, ohne mit der Wimper zu zucken – diese Dose der Pandora willst du gar nicht aufmachen. Da drin gibt es Zeug, an das man niemals hätte auch nur denken dürfen. Das wissen wir beide. Selbst unser kleiner Albtraum hier ist Kinderkram gegen die Sachen, die noch in den Bunkern schlummern.«

»Klar. Wir können ja schon dankbar sein, dass wir es geschafft haben, dieses eine kleine Reagenzglas mitgehen zu lassen. Ich schätze, es ist zu viel verlangt, da auf eine Wiederholung zu hoffen.«

»Die alten Zeiten sind vorbei. Die Sicherheit ist jetzt absolut wasserdicht. Aber auch schon dieses Zeug wird uns reicher machen, als wir es verdient haben. Für zehn Generationen wird das reichen. Also seien wir einfach froh, dass wir etwas haben, das man verkaufen kann. Und wenn die Sache in den Nachrichten kommt, sind wir hoffentlich schon über alle Berge.«

»Ich schätze, ich werde mich nach Dubrovnik absetzen. Ich habe gehört, da kann man wie ein König leben und allen Lastern frönen, die man sich vorstellen kann«, schwärmte Vladimir, bevor er den Kopf schüttelte. »Das wird bald alles vorbei sein, dann zahlen sich Jahrzehnte der Arbeit endlich aus. Wir kassieren alle einen fetten Scheck und sind dann raus.«

Ivan ließ die letzte Dekade vor seinem geistigen Auge Revue passieren. Die vielen Versuche, die Ideen, die unglaublich enttäuschenden Fehlschläge. Und dann schließlich das Resultat, das reproduzierbar war und auch in der freien Wildbahn eingesetzt werden konnte – mit einer Wirkungsdauer, die kurz genug war, um nicht gleich ganze Länder zu entvölkern. Als Teil des hochgeheimen und stets verleugneten Biowaffenprogramms der UdSSR waren Vladimir und Ivan hohe Positionen und Reichtum bis an ihr Lebensende versprochen worden. Doch dann war es, wie so vieles im glorreichen Sowjetreich, ganz anders gekommen. Ihre Karrieren waren beendet worden, als man ihre Fähigkeiten nicht mehr brauchte. Nur durchs Vladimirs Kontakte zu Unterwelt konnten sie ihren Lebensunterhalt sichern; zuerst durch das Betreiben von Drogenlaboren. Später kamen sie dann in den Besitz einer gewissen Ampulle aus den verbotenen Laboratorien.

Vladimir hatte seinen Paten überzeugt, dass sich die Investition lohnen würde, den Wirkstoff in etwas Verkäufliches umzuwandeln. Die Frage, wer für so einen Todbringer Geld ausgeben würde, hatte niemand je gestellt. Für gewisse Dinge gab es einfach einen Markt, und die politischen oder ethischen Hintergründe hatte man nicht infrage zu stellen.

Vladimir klopfe Ivan auf die Schulter, ein Ritus, den Ivan in den dreißig Jahren, die sie sich nun schon kannten, zu hassen gelernt hatte. Dann schlurfte er langsam davon und sein massiger Körper schien etwas von dem Licht in diesem düsteren Gang mit sich zu nehmen, als wäre er ein dunkler Stern aus Fleisch.

Ivan dachte mit Unbehagen über ihr Gespräch nach. Er kannte Vladimir einfach schon viel zu lange, um zu glauben, dass von nun an alles in Ordnung sein würde. Wenn es eine Sache gab, deren er sich sicher war, dann war das, dass er diesem Mann nicht trauen konnte. Vladimir war schon immer eher ein Manager gewesen und kein Wissenschaftler wie Ivan. Und wie alle Manager umwehte ihn ein Hauch von hochnäsiger Arroganz, denn er musste sich ja nicht mit den unliebsamen Details der Dinge, die er versprach, auseinandersetzen. Der Zusammenbruch des Kommunismus hatte diesen Ja-Sager ohne einen Hintern zurückgelassen, in den er permanent hineinkriechen konnte.

Ivan auf der anderen Seite war immer mit Herz und Seele Forscher gewesen – einer, der durch unglückliche Umstände in diese höchst unappetitliche Fachrichtung gezwungen worden war. Schon nach wenigen Jahren hatte er gar nicht mehr hinterfragt, was er in all diesen Schläuchen und Gefäßen überhaupt zusammenbraute und wieso. Es war alles rein theoretisch. Er war von der restlichen Welt abgeschnitten und durfte in einem milliardenteuren Spielplatz den Chemiker spielen, als unanfechtbare Koryphäe auf seinem Gebiet.

Aber nichts bleibt, wie es ist, und man musste irgendwie für sein täglich Brot sorgen, erst recht in diesen schwierigen Zeiten. Die Aussicht, dass schließlich eine seiner Kreationen auf die Menschheit losgelassen werden würde, war für ihn ebenso aufregend wie beängstigend – denn das Abstrakte sollte nun konkret werden. Er würde allerdings nicht persönlich an der Umsetzung der Tat beteiligt sein, und damit war das Geschehen auch nicht anders als seine frühere Arbeit für die Regierung. Ivan war schon viel zu lange in dem Geschäft, um noch einen Unterschied zu sehen, ob jemand für seine Ideologie, sein Volk oder seine Religion zum Massenmörder wurde. Die Wahrheit war doch, seit Anbeginn der Menschheit brachte man sich gegenseitig um, und so würde es weitergehen, bis keiner mehr übrig war. Warum jetzt ein bestimmter Mensch eine bestimmte Gruppe anderer Menschen umbringen wollte, war ihm eigentlich egal. Wenn er den Wirkstoff nicht zur Verfügung stellen würde, ginge der Käufer eben zu einem anderen Anbieter, um sein Ziel zu erreichen. Das Resultat wäre das gleiche – nur, dass Ivan dann kein Millionär wäre.

Für einen Mann mit seinen sehr weit entwickelten, aber leider extrem speziellen Fähigkeiten gab es keine andere Möglichkeit, einen Lebensunterhalt zu verdienen, der nicht am Existenzminimum kratzte.

Von daher war es eine ganz einfache Entscheidung.

Moral und Ethik ließen sich viel besser wertschätzen, wenn man einen vollen Magen hatte.

KAPITEL 13

WASHINGTON D.C., VEREINIGTE STAATEN VON AMERIKA

Eine dunkle Limousine rollte sanft am Hintereingang eines Privatklubs in Georgetown aus, der so exklusiv war, dass er nicht einmal einen Namen nötig hatte. Nicht mal ein unauffälliges Metallschild kündete der nichts ahnenden Welt von seiner Existenz. Dabei befand der Klub sich schon seit über hundert Jahren an genau der gleichen Stelle – doch niemand hatte je von ihm gehört, bis auf einen extrem exklusiven Kreis von Eingeweihten. Die mächtigsten der Mächtigen aus Politik, Finanzen und Industrie brauchten eine Art neutralen Grund und Boden, auf dem sie Geheimabsprachen trafen, die die Geschicke der Welt lenkten. Und das, ohne gestört oder beobachtet zu werden.

Ein großgewachsener Mann in einem schwarzen Anzug verließ den Beifahrersitz und ging zur Hintertür des Wagens, die er nach einem Kontrollblick die Gasse hinunter öffnete und sie für den Passagier offen hielt. Ein grauhaariger Herr weit vorgerückten Alters stieg aus, der trotz seiner klapperigen Statur ein hohes Maß an Autorität ausstrahlte.

Wie durch Zauberhand schwangen nun die schweren Türen des Klubs weit auf – Kameras hatten die Ankunft des Mannes beobachtet. Er war der letzte Gast, der für diese Nacht erwartet wurde. Der Leibwächter half dem Älteren die drei Stufen hinauf und verschwand dann wieder im Wagen. Sein Job war fürs Erste erledigt, bis er den Anruf erhalten würde, seinen Chef wieder abzuholen. Und das konnte, je nachdem was auf der Tagesordnung stand, sehr, sehr lange dauern.

Ein würdevoll aussehender Concierge im Smoking, dessen gesunde, dunkle Haut im Lichte eines Kronleuchters schimmerte, empfing den alten Mann mit einem Lächeln und bot ihm etwas zu Trinken an.

»Für mich heute nicht, Gerald. Wo sind die anderen?«, fragte er.

Gerald nickte höflich und deutete in Richtung einer schweren, mit Schnitzereien verzierten Tür, die sich am Ende der holzvertäfelten Lobby befand. Zusammen gingen sie an einer Galerie aus Ölgemälden vorbei, die finster dreinblickende Admirale und andere Würdenträger zeigten. Gerald klopfte zweimal an und öffnete dann die Tür.

Der alte Mann betrat den Raum und wurde von sieben Augenpaaren begrüßt. Er gesellte sich an den großen, ovalen Konferenztisch und nahm einen Platz in der Nähe der Tür ein.

»Ich habe heute nicht viel Zeit, also legen wir gleich los. Wie ist die Lage?«, fragte er mit weicher, aber dennoch autoritärer Stimme.

»Alles läuft nach Plan. Der Präsident hat die Möglichkeit, sämtliche Aspekte von Landesverteidigung, Finanzen und Gesetzen in Alleinregie zu kontrollieren, falls ein nationaler Notfall eintritt – und dieser Begriff ist bewusst so schwammig gewählt. Jedenfalls wird in diesem Fall sämtliche Macht des Kongresses auf den Präsidenten übertragen. Dann kann er machen, was er will«, sagte der Pressesprecher des Weißen Hauses, der aus einem kleinen Notizbuch vorlas. In natura wirkte er dünner als in seinen fast täglichen TV-Auftritten.

»Sind wir immer noch sicher, dass es funktionieren wird? Einen Fehlschlag können wir uns nicht leisten«, warnte der ältere Mann.

»Es gibt keine Garantien, aber der mögliche Gewinn ist so hoch, dass es das Risiko wert scheint«, sagte ein Mann Mitte vierzig, in dessen sorgfältig gewählten Worten ein ruhiger Pragmatismus mitschwang.

»Meine Herren, ich bedanke mich für die Arbeit, die in die gesamte Vorbereitung geflossen ist. Wir haben jetzt nur noch ein Hindernis auf unserem Weg, diverse Probleme mit einem einzigen Handstreich zu lösen. Sobald wir die komplette Kontrolle über die afrikanischen Erdölreserven haben, sind die Chinesen unseren Bedingungen ausgeliefert. Ich will gar nicht ins Detail gehen, warum wir gewisse Regimes dort unten stürzen müssen, aber es hat nichts mit den Gründen zu tun, die wir täglich an die Medien weitergeben. Wir dürfen uns aber nichts vormachen; es wird eine enorme Kunstfertigkeit brauchen, diese Sache umzusetzen. Es dürfen keine Fehler gemacht werden. Nachdem es vorbei ist, will ich keine Youtube-Videos davon sehen. Keine WikiLeaks. Ist das klar?«, fragte der alte Mann und lehnte sich nach vorn, wobei er einen anderen mit einer Geste dazu aufforderte, ihm eine Flasche Wasser zu reichen. »Es darf keine Spur zurückbleiben, die man verfolgen kann, keine Notizen, die man finden kann.«

»Ich glaube nicht, dass irgendjemandem in diesem Raum nicht klar ist, was auf dem Spiel steht«, sagte ein dicklicher Mann mit schütterem Haar und einem schweren Südstaaten-Akzent vom anderen Ende des Tisches aus und schob eine Flasche in Richtung des alten Mannes.

»Dann reden wir doch mal Tacheles. Ich möchte ein komplettes Update über den momentanen Stand, wer für welchen Teil verantwortlich ist und wie gut vorbereitet unsere Presseerklärung ist. Nicht vergessen; wenn es soweit ist, dann passiert alles auf einmal, und wir müssen überrascht und unorganisiert wirken, doch gleichzeitig Kompetenz beweisen. Natürlich können wir uns auf die Hilfe unserer Verbündeten verlassen – die Briten werden uns sofort zur Seite springen, Kanada und Australien ebenso – aber wir können davon ausgehen, dass die Franzosen weitaus skeptischer sein werden, genau wie die Russen und Chinesen.«

Die Männer verbrachten die folgenden zwei Stunden damit, Szenarios durchzuspielen, ihre Vorbereitungen mehrfach zu überprüfen und zu hinterfragen, um sicher zu gehen, dass kein Detail übersehen wurde. Bis zum Ende des Termins spürte der alte Mann, wie sehr seine siebzig Lebensjahre auf ihm lasteten, doch auf der anderen Seite war er begeistert, wie nahe sie ihrem Ziel schon waren. Bald würde der letzte Schritt in einem Plan unternommen, dessen Vorbereitung Jahrzehnte gedauert hatte. Und er wusste, die Welt würde danach ein anderer Ort sein. So war es im Verlauf der Menschheitsgeschichte immer gewesen – die allergrößten Entwicklungssprünge waren nie hübsch organisiert gewesen, sondern hatten ein gewisses Maß an Aufruhr und Opfern mit sich gebracht. In der heutigen Welt war es an ihnen, einen solchen Wechsel herbeizuführen, um auf neue Bedrohungen zu reagieren. Schon in der nächsten Generation würde sich niemand mehr daran erinnern, wie die Dinge davor waren. Sie würden sich nur an einen Tag erinnern, an dem die Erde stillstand – an dem das Leben, wie sie es kannten, aufhörte und ein neues begann.

Als er vorsichtig die Treppe zum Auto hinab schritt, stöhnte er vor Schmerzen, denn von dem langen Sitzen waren seine Knie ganz steif geworden. Diese Treffen nahmen ihn immer sehr mit, aber sie waren notwendig, wenn sie Erfolg haben wollten. Es waren aufregende Zeiten, in denen sie sich befanden, und die Mühen der Mutigen würden am Ende reich belohnt werden.

So war der Lauf des Weltgeschehens. Und vor allem schrieben die Gewinner die Geschichtsbücher. Er war sicher, dass er in ihnen wohlwollend erwähnt werden würde. Als ihm sein Assistent die Tür aufhielt und er ins Auto stieg, war er sich ebenso sicher, dass sie an der Schwelle einer neuen Ära der Zivilisation standen, die sich fest in der Hand seiner Gruppe von Vertrauten befinden würde. Von da ab war es nur noch eine Frage der Zeit, bis sie absolut alles kontrollierten, was irgendeine Form von Wert hatte.

Sein Fahrer schaute ihn über den Rückspiegel an und hob die Augenbrauen.

»Nach Hause, Sidney, nach Hause«, sagte der Alte und schloss die Augen, während sein Assistent auf dem Beifahrersitz Platz nahm und der schwere Wagen sich von dem Parkplatz entfernte, für eventuelle Beobachter absolut unauffällig. Es war nur ein weiteres Regierungsfahrzeug in einer Stadt voller Bürokraten und Machtmenschen, völlig abseits des Radars – und doch wurden hinter den Kulissen Fäden gezogen, die das Schicksal von Millionen beeinflussen würden.

Die Vorbereitungen der nächsten Tage würden absolut kritisch sein.

Das Ziel war noch nie näher gewesen.

Er drehte den Kopf und schaute aus dem dunkel getönten Fenster auf den zähflüssigen Verkehr und das geschäftige Treiben auf den Gehwegen. Wie Ameisen hatten diese Menschen überhaupt keine Ahnung, was auf sie zukam und verfolgten wie selbstverständlich ihre alltäglichen Geschäfte, als wären sie selbst Herren ihres Schicksals. Doch die Wahrheit war eine ganz andere, das wusste er.

Alles im Leben wurde durch Eigeninteresse motiviert, da war er keine Ausnahme.

Es war Zeit für einen Wechsel, denn die ohnmächtigen Massen hatte man lange genug ins Leere laufen lassen – es war Zeit, ihnen eine neue Richtung zu geben. Eine, die deutlich weniger Freiheit beinhaltete, aber im Endeffekt eine kontrollierbarere und sicherere Zukunft.

Eine Zukunft, die nebenbei für ihn und seine Verbündeten sehr profitabel werden würde.

Die Limousine bog auf einen größeren Zubringer ein und näherte sich dem Freeway, wobei der leistungsstarke Motor ruhig vor sich hin brummte und sein Fahrer sowie sein Assistent vollkommen leidenschaftslos wirkten.

Bald.

Bald würde es soweit sein.

KAPITEL 14

MONTEVIDEO, URUGUAY

Sonnenlicht strömte durch die Hotelvorhänge, als der morgendliche Berufsverkehr begann. Lastwagen, die ihre Motoren aufheulen und ihre Kupplungen knirschen ließen, vermischten sich mit dem Geschrei von Lieferboten auf dem Gehweg und dem einheitlichen Dröhnen der vielen anderen Autos, die unterwegs in die Innenstadt waren.

Hannah zuckte im Schlaf und wälzte sich dann auf der Suche nach einer bequemeren Schlafposition herum, wobei ihr Arm auf der Hüfte ihrer Mutter landete. Jet öffnete ein Auge und linste auf ihre Uhr, woraufhin sie sich widerwillig von Hannah trennte und zum Badezimmer trottete. Dabei fiel ihr auf, dass Alans Bett leer war. Er musste sie im Rennen um den frühesten Frühsport geschlagen haben, was Jet aber auch nicht weiter störte – jeder Moment, den sie allein mit ihrer Tochter verbringen konnte, war unendlich mal mehr wert als irgendwelche Fitnessübungen.

Sie drehte die Dusche auf und hielt kurz inne, um sich im Spiegel zu betrachten. Sie würde ihr Aussehen noch einmal verändern müssen – vielleicht, indem sie ihre Haare deutlich aufhellte. Sie wollte sie nicht schon wieder abschneiden, denn schließlich waren sie nach ihrem letzten Kurzhaarschnitt gerade erst wieder gewachsen. Außerdem brauchte sie noch Optionen, falls sie sich später optisch noch stärker verändern müsste. Ihre smaragdgrünen Augen blitzten auf, als sie jeden einzelnen Aspekt ihres Gesichts unter die Lupe nahm und wanderten zu ihrem Körper, als sie ihr Schlaf-T-Shirt und die Boxershorts auszog.

Ihr vieles Training und die guten Gene sorgten dafür, dass sie immer noch die Physis einer Schwimmerin hatte – nirgends ein Gramm Fett. Nur feste, straffe Muskeln, die durch die absolute Notwendigkeit gestählt worden waren, immer auf dem Gipfel der Leistungsfähigkeit zu sein. In ihrem alten Beruf war der Unterschied zwischen faul und fit schließlich gleichbedeutend mit dem Unterschied zwischen lebendig und tot gewesen.

In den Rohrleitungen polterte es, als das heiße Wasser ankam, dessen Temperatur sie kurz unterhalb des Siedepunktes eingestellt hatte. Sie trat in den Strahl und ließ sich von dem Wasser aufwecken, während sie sich einseifte. Ein paar Minuten später war sie sauber und dachte daran, dass sie auch Hannah mal wieder abschrubben musste, am besten sofort, wenn sie aufgewacht war. Erst sollte sie aber noch in Ruhe ausschlafen.

Jet schlüpfte in die Kleidung, die sie am Abend zuvor in das Schränkchen im Badezimmer gelegt hatte und war damit für den Tag bereit. Hannah hingegen schlief immer noch wie ein Stein, was absolut typisch für sie war. Also beschäftigte sich Jet damit, ihren Rucksack zu packen, und da hörte sie auch schon, wie sich ein Schlüssel im Schloss der Zimmertür drehte. Als Alan hereinkam, von seinem Frühsport komplett schweißgebadet, signalisierte Jet mit einem auf den Mund gelegten Finger, dass Hannah noch schlief. Alan deutete fragend auf das Badezimmer und Jet nickte. Also schnappte er sich seine Tasche und verschwand möglichst leise im Bad.

Als er die Tür hinter sich geschlossen hatte, dachte Jet darüber nach, wie anders Alan im Vergleich zu David war. Allein schon optisch unterschieden sich Alans mittelblonden Haare mit ihrem eher zweckmäßigen Kurzhaarschnitt sehr von Davids schwarzer, wallender Mähne. Alan war auch ein paar Zentimeter größer als sein Bruder, er brachte es bestimmt auf knappe Eins-neunzig. Außerdem war er deutlich muskulöser, als aktiver Agent hatte er seinen Körper auf ähnliche Weise gestählt wie Jet. Alle Mitglieder des Teams mussten das gleiche, sehr anspruchsvolle Training durchlaufen und offensichtlich hatte Alan an dieser Routine festgehalten, trotz Jahren in Undercover-Einsätzen.

Bei allen Unterschieden sah sie allerdings auch die Ähnlichkeit zwischen den Brüdern, vor allem was die Gesichtszüge anging. Diese waren jedoch bei Alan symmetrischer und dadurch sah er wohl nach klassischem Empfinden attraktiver aus. David hatte dagegen durch seine leicht schiefen Züge etwas Markanteres gehabt, das auf Jet eine unglaubliche Anziehungskraft ausgeübt hatte. Nichtsdestoweniger ließ Alan sich gut anschauen und Jet erinnerte sich, dass er im Jemen noch ebenso schwarze Haare wie sie gehabt hatte. Vielleicht war das seine natürliche Haarfarbe? Das konnte man bei Agenten immer schwer sagen, da sie manchmal so oft ihr komplettes Aussehen ändern mussten wie andere Leute ihre Unterwäsche.

Hannah begann, sich im Bett zu wälzen, und öffnete schließlich die Augen. Dann schielte sie Jet mit der üblichen Mürrischkeit an, mit der sie jeden Morgen die Welt begrüßte – als ob die Notwendigkeit, aufzuwachen, eine Strafe dafür war, dass sie viel zu schön geschlafen hätte. Mit einem Stöhnen drehte sie sich um und setze sich dann auf, wobei sie Jet erwartungsvoll ansah.

»Guten Morgen, meine Süße! Bist du bereit, ein Bad zu nehmen und dann zu frühstücken?«, fragte Jet.

Hannah nickte, geistig immer noch nicht ganz anwesend.

»Wir warten noch ein paar Minuten, dann kommt Onkel Alan aus dem Badezimmer und wir sind dran.«

»Onke Alle?«, versuchte Hannah nachzusprechen und haderte dabei noch mit den Feinheiten der Schlusskonsonanten.

»So nennen wir ihn ab jetzt. Das wird ihm gefallen«, versicherte Jet.

Hannah zuckte desinteressiert mit den Schultern und schaute sich dann nach etwas um, mit dem sie sich die Zeit vertreiben konnte. Dann verkündete sie, dass sie auf die Toilette musste.

Jet klopfte an die Badezimmertür und hörte, wie die Dusche abgedreht wurde.

»Eine Minute!«

»Wir haben hier eine Zweijährige, die ganz dringend da rein muss!«

»Okay, dann gib mir eine Sekunde!«

»Mehr Zeit hast du auch nicht!«

Jet hörte hektisches Geklapper auf der anderen Seite der Tür, bis Alan diese kurz darauf öffnete, mit triefnassen Haaren und nur mit einem Handtuch bekleidet.

»Das Badezimmer gehört euch«, verkündete er feierlich mit einer angedeuteten Verbeugung. Hannah kicherte, vielleicht auch über seine nackte Brust und seine verwuschelte Frisur, als sie ins Bad verschwand. Jet folgte ihr und warf Alan einen unauffälligen Blick zu.

»Mädchenrunde, tut mir leid. Dauert nur ein paar Minuten«, sagte sie und zog die Tür hinter sich zu.

Alan hörte kurz zu, wie Jet ihre Tochter in der Toilettennutzung instruierte und ging dann zum Kleiderschrank, wo er sich seine Jeans und ein langärmliges, sandfarbenes Oberhemd anzog. Er betrachtete sich in dem halbhohen Spiegel und kramte dann in seiner Tasche nach einer Haarbürste, mit der er seine Frisur in Form brachte. Er verstaute seinen Kulturbeutel wieder, nachdem er der Meinung war, einigermaßen vorzeigbar auszusehen. Nach einigen Feinjustagen schaltete er den Fernseher an und zappte durch die Programme, bis er auf einen lokalen Nachrichtensender stieß.

Die Leichen der Russen waren gefunden worden und als Hintergrund dieses Blutbades nahm man in dem dreiminütigen Beitrag Konkurrenzkämpfe im Drogengeschäft an. Es gab zwar keine Zeugen, trotzdem wurden jede Menge Bürger vor die Kamera gezerrt, um ihre Meinung zu dem Geschehen kundzutun. Er wollte gerade wieder abschalten, als ein Repräsentant der Polizeikräfte an das Mikrofon trat. Die Aufnahme war offensichtlich Bestandteil einer Presseerklärung. Der nüchterne Beamte gab die üblichen Warnungen von sich und sagte, dass die Schuldigen zur Verantwortung gezogen werden würden. Vor allem aber betonte er, wie gefährlich und gnadenlos die Welt des organisierten Verbrechens war, aus der man sich lieber fernhalten sollte.

Mit anderen Worten: Die Polizei wusste gar nichts. Alan seufzte erleichtert und schaute den Rest der Sendung, die sich mit der örtlichen Wirtschaft, dem Wetter und guten acht Minuten Sport beschäftigte. Die Prioritäten schienen also zu stimmen.

Jet kam mit Hannah an der Hand aus dem Badezimmer und die Kleine fing daraufhin an, ihre Sachen sorgfältig in ihrer Hello-Kitty-Tasche zu verstauen.

»Ich schätze, wir sind startklar. Hast du eine Idee, wo wir frühstücken können? Ich bin am Verhungern«, sagte Jet mit einem Lächeln. Während Hannah sich mit ihren neuen Schuhen beschäftigte, lehnte sich Jet verschwörerisch zu Alan. »Irgendwas in den Nachrichten?«

»Nichts Spannendes. Keine Zeugen. Keine Spuren. Kein Problem. Zumindest bisher.«

»Das klingt doch gut«, sagte sie und schaute auf die Uhr. »Wir haben noch jede Menge Zeit, bis ich bei dem Anwalt sein muss. Dann gehen wir doch in eines der größeren Restaurants in der Gegend, und anschließend werde ich mit Hannah noch ein paar Klamotten kaufen. Damit können wir etwas Zeit totschlagen und sie braucht etwas zum Anziehen.«

»Zu ihren Diensten. Hast du ein bestimmtes Restaurant im Kopf?«

»Klar, auf dem Weg in Richtung Stadtzentrum gibt es so einige Läden, die wirklich gut sind.«

»Okay, sag mir einfach, wohin wir gehen, und ich bin dabei.«

»Wir brauchen noch einen Moment. Hannahs Haare brauchen immer ein bisschen, bis sie getrocknet und knotenfrei gebürstet sind.«

Eine halbe Stunde später fuhren sie mit dem Auto am Fluss entlang.

»Schau mal, da ist ein Parkplatz, neben dem Lieferwagen dort!«, rief Jet. Das war ein ziemlicher Glückstreffer, nur einige Meter von einem der Restaurants entfernt, die sie im Kopf gehabt hatte. Alan setzte den Blinker und versuchte, die Spur zu wechseln, was einen genervten Taxifahrer zu einem Hupkonzert inspirierte. Jet schaute Alan fragend an, doch der zuckte nur mit den Schultern – in Südamerika Auto zu fahren war kein Zuckerschlecken. Dementsprechend ignorierte Alan die obszönen Gesten des Taxifahrers und fuhr in aller Seelenruhe in die Parklücke, die Jet entdeckt hatte.

In dem gut besuchten Restaurant bekamen sie einen Tisch am Fenster und die Bedienung lächelte Hannah freundlich an, als sie die Karten brachte. Hannah lächelte in ihrem besten Filmstar-Look zurück. Jet bestellte eine Runde Orangensaft und Kaffee, dann betrachtete sie die in der Nähe sitzenden Gäste. Niemand von denen hatte eine Ahnung, dass Uruguays meistgesuchte Killer direkt unter ihnen weilten.

»Meinst du, bei dem Anwalt könnten wir irgendwelche Probleme bekommen?«, fragte Alan.

»Nein, ich denke nicht. Er schien mir gestern recht kompetent zu sein und mein Vorhaben scheint ziemlicher Standard zu sein, zumindest klang es so. Er sagte, wir sollten bis ein Uhr fertig sein, selbst wenn man ein bisschen Puffer einrechnet.«

»Und dann fahren wir los?«

»Je eher, desto besser, würde ich sagen. Ich glaube nicht, dass wir auf dem Weg aus der Stadt irgendwelche Schwierigkeiten bekommen werden, aber andererseits gibt es solche Schießereien hier selten … von daher stellt sich die Frage, wie die Polizei darauf reagiert.«

»Lass uns hoffen, dass die Gegenseite nicht einen anonymen Tipp abgegeben hat. Soll schon vorgekommen sein.«

»Ich kann mir nicht vorstellen, dass die ein Interesse daran haben, dass ich von der Polizei geschnappt werde. Das Schicksal, das denen für mich vorschwebt, sieht wohl anders aus.«

Damit war das Gespräch erst einmal beendet. Sie schauten zu, wie Hannah mit Jets Kugelschreiber etwas auf ihre Papierserviette zeichnete, das entfernt an einen Vogel erinnerte. Ihr Frühstück ließ eine Weile auf sich warten, da eine ganze Menge Leute vor ihnen bestellt hatten.

Alan schaute aus dem Fenster und beobachtete die Reflexionen im Wasser, während Jet sein Profil studierte, das von der Sonne beschienen wurde. Er sah zwar ein Stück weit besorgt aus, trotzdem schien er entspannt. Und da war noch ein anderer Ausdruck: Er war bereit. Er strahlte genau die gleiche Zuversicht aus, für alle Eventualitäten gewappnet zu sein, die Jet selbst besaß. In anderen Menschen hatte sie das schon lange nicht mehr gespürt. Die Amerikaner, mit denen sie es in Thailand zu tun gehabt hatte, waren erfahren gewesen, Jets eigenem Team aber um einiges unterlegen. Jet hatte schon fast vergessen, in was für einer hyperkompetenten Truppe sie gearbeitet hatte.

Man musste jedoch einschränkend erwähnen; bis auf sie und Alan waren wohl nicht alle kompetent genug gewesen, um zu überleben.

Das wollte Jet im Hinterkopf behalten, denn sie durfte nicht überheblich werden.

Sie alle hatten zu den Besten gehört. Doch nun waren sie tot.

Endlich kam das Frühstück und sie machten sich darüber her, jeder den eigenen Gedanken nachgehend. Jet fragte sich, wie es weitergehen würde. Die erste Salve der neuesten Bedrohung hatte sie abwehren können, aber sie brauchte sich gar nicht einzureden, dass es damit vorbei war. Ihre eigenen Erfahrungen hatten gezeigt, dass ein solcher Konflikt mit den Russen wie ein Käfigmatch war – nur einer der Kontrahenten würde lebend herauskommen.

Und deswegen würde sie erst ihre Tochter in Sicherheit bringen und Grigenko anschließend erledigen. Wenn er auf Streit aus war, hatte er sich genau mit der Richtigen angelegt.

Als sie Hannah zusah, wie diese das Essen auf ihrem Teller herumschob, schwor sie sich selbst, den Russen unter die Erde zu bringen – ihn zu erledigen, bevor er auch nur die Chance hatte, zu reagieren. Auf keinen Fall würde sie es zulassen, dass jemand ihr Baby bedrohte. Er mochte ein Vermögen geerbt haben, doch nun hatte er sein eigenes Todesurteil unterzeichnet, wie er bald herausfinden würde.

KAPITEL 15

HEUTE, IM NORDJEMEN

»Nein, bitte! Ich habe nichts getan. Ich schwöre es! Rein gar nichts …«

Der junge Mann war schmutzig, seine Kleidung war kaum mehr als zerfetzter Stoff. Er wog vermutlich nicht einmal halb so viel wie die beiden Männer, die ihn in einen halbdunklen Raum zerrten. Seine Handgelenke und Fußknöchel waren mit einem billigen Seil zusammengebunden, das von seinem früheren Einsatz als Abschleppseil noch mit Öl und Dreck beschmiert war.

»Sei still, du Hund! Wir wissen genau über deinen Verrat Bescheid. Aber mach dir keine Sorgen. Dein menschliches Versagen wird unserer Sache nicht in die Quere kommen«, zischte der Dünnere der beiden Wächter. Dann fixierte er die Fußfesseln des Gefangenen an einem Eisenring, der im Fußboden eingelassen war. Der panische Mann beteuerte weiter seine Unschuld und winselte um Gnade, doch es half alles nichts.

Die beiden Männer zogen sich zurück und verließen den Raum durch die dicke Stahltür, wodurch sie für einen dritten Mann Platz machten. Der Neuankömmling war jedoch anders gekleidet; nämlich in einen zwanzig Jahre alten iranischen Schutzanzug, der noch aus der Zeit des Krieges mit dem Irak stammte. Als der Gefangene ihn erblickte, wuchs seine Panik und er intensivierte seine Versuche, sich zu befreien und um Gnade zu betteln. Die Gestalt in dem unförmigen Anzug betrachtete ihn durch das Schutzglas der Maske, schüttelte dann den Kopf und deutete an die Decke, wo eine kleine Kamera montiert war, an der eine grüne Diode leuchtete. Der Mann begab sich zu einer Liege, neben der ein Eimer stand, zog eine Ampulle aus dem Behälter und betrachtete sie. Zufrieden hielt er sie hoch, damit die Kamera ein deutliches Bild davon bekam und ging dann zur Tür.

Nach einem letzten Blick auf den Gefangenen warf er die Ampulle in die Luft und schlug dann die Tür zu, die er von außen fest verriegelte. Das fragile Glasröhrchen zerbrach in der Nähe des Gefangenen auf dem Boden. Die Scherben flogen durch den Raum, während der Mann aus voller Kehle schrie – vergeblich.

Im Nachbarraum justierte ein Techniker den Blickwinkel der Kamera per Fernbedienung. Er zoomte an das zerbrochene Glas auf dem Boden heran und ging dann wieder in eine weite Einstellung. Hamid, der zweite in der Kommandokette sowie ein weiterer Mann betrachteten die Übertragung auf einem alten Farbfernseher, der auf einem verwitterten Gestell in der Ecke des Raumes stand. Beide sprangen auf, als ihr vollbärtiger und mit einer Robe bekleideter Anführer den Raum betrat, um ihm einen freien Platz vor dem Bildschirm anzubieten.

»Es ist geschehen, Herr«, flüsterte der Techniker.

»Sehr gut. Und habt ihr meine Anweisungen auch genau befolgt?«

»Ja, Herr. Wir haben gefilmt, dass er wie ein Kind um Gnade winselt. Gute Aufnahmen von dem Schutzanzug und der Ampulle. Genau wie Sie es befohlen haben.«

»Exzellent. Dann müssen wir jetzt nur noch warten, bis der Wirkstoff sich voll entfaltet hat. Ich werde dann am Nachmittag die Erklärung dazu verlesen. Habt ihr alles besorgt, was dafür nötig ist?«, fragte der Anführer, wobei sich seine Mundwinkel nach unten zogen.

»Natürlich, alles ist bereit«, antwortete der Techniker.

»Und die Webseite?«

Hamid stand auf und räusperte sich. »Sie wird online gehen, wenn wir den ersten Film an die Medien schicken. Die Seite wird nicht rückverfolgbar sein, weil sie auf verschiedenen Servern auf der ganzen Welt gehosted wird. Sobald das Video einen viralen Status erreicht, wird das Internet die Arbeit für uns machen. Es wird überall geposted und geteilt werden, und es wird keinerlei Möglichkeit geben, die Verbreitung zu bremsen oder zu unterbinden.«

»Und die erste Salve?«

»Wir haben bereits eine Warnung und eine Forderung geschickt. Die wird natürlich ignoriert werden, aber die Uhr läuft nun. Inhaltlich ähnelt die Nachricht der von letzter Woche, wir drohen mit schweren Konsequenzen, wenn die USA nicht sofort jegliche Unterstützung für Israel fallen lassen. Darauf bekamen wir keine Aufmerksamkeit. Vielleicht sollten wir diesmal etwas spezifischer werden, damit man uns ernst nimmt?«

»Ich glaube, auch das wird nichts helfen – aber sobald wir das Videomaterial haben, wird man uns sehr ernst nehmen. Todernst. Schließlich ist das Ziel unserer Form von Terrorismus nicht, viel Schaden anzurichten, sondern die größtmögliche Angst in der Bevölkerung zu erreichen. Das schaffen unsere Brüder mit ihren Märtyrertoden nicht. Wir haben nun schon Jahrzehnte voller junger Männer und Frauen erlebt, die sich für unsere Sache in die Luft gesprengt haben, und inzwischen sind alle völlig abgestumpft. Ein paar Tage nach so einer Tat spricht schon niemand mehr darüber. Wenn wir wollen, dass der Feind uns respektiert, müssen wir ihm eine Heidenangst einjagen – bis er sich nicht einmal mehr traut, aus dem Haus zu gehen. Erst dann haben wir unser Ziel erreicht.«

Nachdem der Anführer seinen Monolog beendet hatte, nickte er zufrieden, denn er spürte, dass seine Männer voll bei der Sache waren. Sie würden seine Anweisungen bis ins kleinste Detail befolgen. Wie gute Schafe würden sie niemals anzweifeln, was genau eigentlich das größere Ziel war, um das es hier ging.

Er stand auf und schritt nach einem letzten Blick auf den Gefangenen in Richtung Tür. »Habt ihr die Batterien aufgeladen und den Generator startklar, falls es einen Stromausfall gibt?«, fragte er im Hinausgehen. Die Stromversorgung in diesem abgelegenen Teil des Jemen war für ihre Unzuverlässigkeit berüchtigt.

»Wie Ihr befohlen habt, Herr.«

»Sehr gut. Dann werde ich mich für das Filmen der Erklärungen vorbereiten. Diese Aufnahmen werden zu den meistgesehenen in der Geschichte der Welt werden, deswegen will ich sicherstellen, dass alles perfekt ist«, sagte er und strich dabei geistesabwesend über seinen mächtigen Bart. »Ihr habt gute Arbeit geleitet. Sobald der Gefangene tot ist, schickt sofort den nächsten rein. Wir brauchen noch mehr Material. Aber lasst die erste Leiche liegen, das steigert noch den Effekt.«

Der Techniker und seine beiden Gefährten nickten. Ihr Führer, Saif Al-Diin, eine noch relativ unbekannte Größe im Kampf für ihre Sache, würde innerhalb einer Woche weltweit gefürchtet sein und für alle Zeit als der Mann in Erinnerung bleiben, der Amerika, den großen Satan, in die Knie gezwungen hatte. Sie fühlten sich alle geehrt, dazu auserkoren worden zu sein, in seinem heiligen Jihad mitzuwirken. Anders als viele, die vor ihm gekommen waren, dachte er global und hatte die nötigen Schritte ergriffen, Israel ein für alle Mal auszulöschen und die Region auch noch von den arroganten Amerikanern zu befreien, die dachten, sie könnten sich in einem fremden Land alles herausnehmen. Bald würden sie den Preis dafür kennenlernen, sich ganze Völker zu Feinden zu machen, indem sie sie angriffen, um Öl und Bodenschätze zu stehlen. Und dieser Preis würde hoch sein, geradezu schmerzhaft hoch – so hoch, dass er ihnen den Spaß daran vergällen würde, je wieder Kreuzritter zu spielen.

Die Tür schloss sich hinter Al-Diin und die drei Anwesenden wandten ihre Aufmerksamkeit wieder dem Videobild zu.

***

»Damit hätten wir es. Das Geld sollte bis zum Ende des Geschäftstages auf dem Konto sein, und dann muss Ihre, äh, Magdalena nur noch in ihrer Filiale in Maldonado Bescheid sagen, in welcher Form sie die monatlichen Auszahlungen erhalten möchte. Ich werde Ihnen zwei Kopien der Verträge vorbereiten, damit Sie ihr auch eine geben können, für den Fall, dass sie irgendwelche Fragen hat.« Der Anwalt musterte Jet zufrieden. »Sehen Sie, ich habe doch gesagt, dass das alles nicht kompliziert sein würde. Tut mir leid, dass es trotzdem ein klein bisschen länger gedauert hat, als ich dachte – manchmal steckt der Teufel eben in den Details.«

»Ja, das kenne ich nur allzu gut. Werden Sie mich in die Bank begleiten, um die Überweisung auszuführen, damit es keine Missverständnisse gibt?«, fragte Jet.

»Natürlich, von mir aus kann es sofort losgehen. Ich werde meine Sekretärin veranlassen, schon einmal die Kopien der Dokumente zu machen, dann ist alles fertig, wenn wir zurückkommen.«

»Und die Auszahlungen können dann am Ersten jedes Monates abgeholt werden?«

»Richtig – außer, wenn es ein Wochenende oder Feiertag ist. In diesem Fall wäre es dann am nächsten Geschäftstag.«

»Und die Summe – Eintausendfünfhundert Dollar im Monat – die ist doch angemessen, oder?«

»Wie ich Ihnen gestern schon sagte, lebt der Durchschnittsbürger hier von viel weniger. Ein typisches Jahreseinkommen liegt gerade einmal bei knapp über neuntausend Dollar. Außerdem ist das Grundkapital auf Wachstum angelegt, sodass die Summe steigen wird, sobald sich die

Zinsen von dem im Moment anhaltenden historischen Tief erholt haben. Da hat die Bank einen tollen Deal vorgeschlagen. Sie zahlen vier Prozent aus, und wenn sich die Wirtschaft erst einmal erholt, werden die Auszahlungen mittelfristig auf zweitausend Dollar im Monat steigen. Damit kann sie in Maldonado wirklich sehr gut leben, solange sie nicht zu sehr mit dem Geld um sich wirft.«

Jet stand auf; sie wollte die Formalitäten hinter sich bringen, damit sie endlich losfahren konnten. Sie hatte alle Punkte auf ihrer Checkliste erledigt, nur der Besuch in der Bank stand noch an – und sie wollte Montevideo so schnell wie möglich verlassen.

Sie gingen zur Bank und wurden dort von dem Manager wie Würdenträger empfangen. Eine Viertelstunde später waren das Geld überwiesen und der treuhänderische Fonds angelegt. Jet hoffte, dass sie Hannah nur ein bis zwei Wochen allein lassen musste – in dem Fall hätte Magdalena den Jackpot gewonnen, was den Arbeitseinsatz für eine lebenslange Sofortrente anging. Auf der anderen Seite verlangte Jet wirklich viel von dieser Frau, und wenn etwas schiefging, würde sie Hannah ganz allein aufziehen lassen. Jet drängte diesen düsteren Gedanken zurück und sagte sich, dass sie mit sechzig Millionen Dollar auf der hohen Kante so oder so großzügig sein konnte.

»Dann kommen wir nun zum Testament …«

»Natürlich hoffe ich, dass es nie gebraucht werden wird. Aber Sie haben es so angelegt, dass meine Tochter das Geld zu einhundert Prozent erben wird, sobald sie volljährig ist, zusammen mit dem Inhalt der diversen Schließfächer, richtig?«

»Genau. Und wie sie festgelegt haben, wird eine Million Dollar für Ausgaben und Ausbildung ihrer Tochter zurückgestellt, mit mir als Verwalter. Ich werde Ihnen noch die Kopien aushändigen, und dann sind wir fertig. Ich möchte aber hinzufügen, dass ich natürlich jederzeit gern zur Verfügung stehe, falls Sie noch weitere Wünsche haben.«

»Ich denke, mit dem Testament haben wir erst einmal alles.«

Wieder im Büro des Anwaltes unterzeichnete Jet die besagten Dokumente und erhielt daraufhin Kopien sämtlicher Unterlagen. Als sie zum Abschluss die Hände schüttelten, studierte der Anwalt sie ein letztes Mal. Was sollte er von dieser überaus reichen jungen Frau halten, die einfach so von der Straße hier hereingekommen war und ihm einen äußerst gut bezahlten Auftrag angeboten hatte? Unterm Strich hatte ihn das nicht zu interessieren, er war ein Anwalt und wusste, dass er sich nicht in die Angelegenheiten seiner Kunden einzumischen hatte.

Jet verließ das Gebäude und lief bis zur nächsten Querstraße. Dort warteten Alan und Hannah im Auto – Alan vertrieb sich die Zeit mit Radiohören, während Hannah mit ihren Spielsachen beschäftigt war. Als Jet ans Fenster klopfte, fing Hannah an zu strahlen. Alan drehte das Radio ab und entriegelte die Tür, sodass Jet einsteigen konnte.

»Alles nach Plan gelaufen?«, fragte Alan.

»Keine Überraschungen, abgesehen von der etwas längeren Wartezeit. Aber jetzt haben wir alles.«

»Das ist gut. Was steht als Nächstes auf dem Plan?«

»Wir verlassen die Stadt und ich rufe Magdalena an.«

Er startete den Motor. »Klingt gut. Wo fahre ich lang?«

»Einfach weiter die Straße runter, und wenn wir an die Avenida Italia kommen, nach Osten abbiegen und dann die Küste hinauf. Man kann es kaum verfehlen«, sagte Jet und zog ein Handy aus ihrer Handtasche. Magdalena sagte ihr in dem folgenden Gespräch, dass sie eine Zweiraumwohnung gemietet hatte und auf ihre Ankunft wartete.

Als sie den Fluss Carrasco Arroyo überquert hatten, bat Jet Alan, auf den Highway zu fahren. Dort kamen sie schnell voran. Als sie ihm gerade sagen wollte, dass sie nun aus dem Gröbsten heraus waren, wurden sie von einem Meer roter Bremslichtern begrüßt.

»Was ist denn hier los?«, fragte Alan.

»Ein Verkehrsunfall«, antwortete Jet mit Ruhe in der Stimme.

»Könnte aber auch eine Straßensperre der Polizei sein!«

»Aber was sollten sie suchen? Eine Gang von schwarz gekleideten Killern mit Sturmgewehren?«

»Sie müssen ja immerhin so tun, als würden sie etwas unternehmen. Im Radio waren lauter Berichte. Die Leute machen sich große Sorgen über die Schießerei. Offenbar ist hier schon lange nichts mehr in dieser Größenordnung passiert«, sagte Alan.

»Dann schau einfach unschuldig und alles wird gut!«

»Ich versuche es.«

Tatsächlich erreichten sie schon bald eine Straßensperre, die aus zwei Armeetransportern mit den dazugehörigen Soldaten bestand. Die Männer standen schwer bewaffnet in einer Reihe und waren offensichtlich kampfbereit. Vor ihnen waren vier Polizeibeamte damit beschäftigt, die Fahrzeuge zu kontrollieren.

Als sie an der Reihe waren, ließ Alan das Fenster hinunter und blickte freundlich in die versteinerte Miene des Polizisten, dem trotz der kühlen Nachmittagsbrise der Schweiß herunterlief. Er stieß eine Reihe von Fragen hervor, die immer aggressiver klangen und trat dann einen Schritt von dem Wagen zurück, wobei er eine Hand auf den Griff seiner Dienstwaffe legte. Mit einer Geste bedeutete er Alan, den Wagen auf den Seitenstreifen zu fahren, wo genauere Inspektionen durchgeführt wurden. Alan tat wie ihm geheißen und hielt hinter einem anderen Fahrzeug, das gerade von Soldaten auseinandergenommen wurde. Seine Augen suchten die von Jet im Rückspiegel.

»Sieht so aus, als hätten wir ein Problem.«

KAPITEL 16

Sergei Grigenkos Hände verkrampften sich unwillkürlich, als er die Rakete in der Holzkiste betrachtete, die den darauf gesprühten Bezeichnungen zufolge aus russischen Armeebeständen stammte. Ihm war noch nicht klar, dass seine Gewohnheit für jeden aufmerksamen Verhandlungspartner ein überdeutliches Zeichen dafür war, dass er etwas unbedingt haben wollte. Diese Marotte hatte er schon als Kind gehabt, wenn er es auf ein bestimmtes Spielzeug oder seine Milchflasche abgesehen hatte. Seine Hände zuckten noch einmal und die Muskeln in seinem Kiefer spannten sich an.

»Wie viele könnt ihr davon besorgen, und wie schnell?«

»Bis zu zwanzig Stück innerhalb weniger Tage«, antwortete Feodor, ein zwielichtiger, kleiner Mann, der sich fettige Haarsträhnen über seine Stirnglatze gekämmt hatte. »Sie sind brandneu und originalverpackt, wie Sie sehen können«, fügte er mit einem schiefen Lächeln hinzu.

»Wie sieht es mit einem Mengenrabatt aus?«

Feodors Augen glänzten. Er wippte auf den Fußballen und war ganz offensichtlich begeistert von dieser Frage. »Der Preis, den ich genannt habe, war bereits der mit Mengenrabatt! Aber wenn Sie die zwanzig Stück alle nehmen, bin ich sicher, dass wir noch etwas heruntergehen können … sagen wir … zehn Prozent?«

»Chef, hier ist ein Anruf für Sie!« Einer von Grigenkos Leibwächtern hielt ihm ein Mobiltelefon hin. Grigenko selbst trug nicht gern eines bei sich, er hatte schon viele Berichte über Zellschäden gelesen, die möglicherweise von der Strahlung ausgelöst werden könnten.

»Nicht jetzt«, zischte er, böse über die Störung.

»Es ist wichtig, Chef«, entschuldigte sich sein Leibwächter. »Es ist Grigori!«

Grigenko seufzte und signalisierte Feodor mit einem erhobenen Zeigefinger, dass es gleich weitergehen würde. Der gut gelaunte Waffenhändler nickte und entfernte sich ein paar Meter, wobei er seine Gefolgsleute mit einer Geste aufforderte, ihm zu folgen.

Grigenko schnappte sich das Telefon und bellte hinein. »Wo zur Hölle sind Sie? Ich habe seit fast vierundzwanzig Stunden keine Updates mehr bekommen!«

Er hörte gebannt zu, wobei die Farbe langsam aus seinem Gesicht wich. »Wie meinen Sie das, alle tot? Das ist doch unmöglich!«, sagte er und lauschte dann wieder. »Alles klar. Mit dieser Katastrophe beschäftige ich mich später. Ich bin gerade in einem Termin. Lassen Sie alle Männer einfliegen, die sie kriegen können, und kümmern Sie sich persönlich darum. Ist das klar? Sie wussten doch, dass die Sache schon einmal schiefgegangen ist. Die Männer, die sie jetzt geschickt haben, sollten doch besser als die letzten sein. Das hatten Sie mir versprochen!« Während seiner Rede stieg die Lautstärke mit jedem Wort und die letzte Wiederholung brüllte er fast in das Telefon: »Sie hatten es mir versprochen!«

Er warf das Handy wieder seiner Wache zu und kämpfte darum, seine Wut unter Kontrolle zu bekommen, indem er ein paar Schritte auf und ab ging. Wenn er nicht bekam, was er wollte, drohte er schnell die Fassung zu verlieren. Das war eine Nebenwirkung der vielen Steroide, die er nahm, um seinen athletischen Körperbau zu halten. Doch in der jetzigen Situation musste er ruhig bleiben, das war ihm bewusst. Er pumpte ein paarmal die Fäuste, dann winkte er den Waffenhändler wieder herbei und zwang sich mit tiefem Ein- und Ausatmen zur Entspannung.

»Ich nehme alle zwanzig, und ich will zwanzig Prozent Rabatt«, sagte er dann emotionslos.

Feodor gab vor, sich die Rakete anzuschauen, während die Gedanken in seinem Kopf rasten. Wie der junge Mann auf einmal aussah, gefiel ihm gar nicht, und sein Tonfall hatte ihm fast das Blut in den Adern gefrieren lassen. Er wählte seine Worte mit Bedacht, um die Lage nicht eskalieren zu lassen.

»Das muss ich mit den Leuten klären, für die ich dieses Geschäft abwickele. Am Ende ist es deren Entscheidung.«

Grigenko wurde knallrot und trat ganz dicht an Feodor heran, sodass seine Körpermasse den kleinen Mann erheblich bedrängte.

»Hör zu, du Kakerlake. Entweder verkaufst du mir, was ich haben will, zu dem Preis, den ich dir genannt habe, oder du lebst nicht mehr lange. Spiel keine Spielchen mit mir! Ich weiß genau, dass die Kosten deiner Lieferanten gleich Null sind, die klauen die Waffen einfach. Also überlege dir gut, ob du mich zum Feind haben willst – oder du überlegst dir die richtigen Worte, um deine Hintermänner zu überzeugen, meinem Angebot zuzustimmen. Ich bin heute nicht in der Stimmung für Widerworte!« Nach dieser Warnung beugte er sich ein Stück hinunter und packte Feodors Hand mit seiner Pranke.

Feodors Handlanger traten näher, bis ihr Boss den Kopf schüttelte – obwohl der Druck, den Grigenko auf seine Hand ausübte, inzwischen äußerst schmerzhaft wurde.

»Wenn ich noch fester zudrücke, werden deine Handknochen zerbersten und du wirst dir deinen Zigeunerarsch nie wieder ohne Hilfe abwischen können. Das würde ich wirklich gern machen, schon allein für die Beleidigung, die du dir erlaubt hast. Aber aus Respekt für unsere Geschäftsbeziehung werde ich noch einmal gnädig sein. Bedenke jedoch, kleiner Mann: Du tanzt für mich, nicht anders herum. Also stimme jetzt bitte zu und sage deinen Partnern, dass du die Raketen für diesen Preis verkaufen musstest, um nicht als Schweinefutter zu enden. Ist das klar?« Grigenko übte noch ein kleines bisschen mehr Druck aus, sodass Feodor der Atem stockte. Dann ließ er ihn los und schaute ihn mit einem engelsgleichen Lächeln an, während er auf die Antwort wartete.

»Du mieses Stück Scheiße, du weißt wohl nicht, mit wem du es hier zu tun …« Feodors Satz wurde durch Grigenkos Hand abgeschnitten, die ihn an der Kehle packte und ihm die Luft wegdrückte. Bevor jemand die beiden erreichen konnte, riss Grigenko Feodors Kopf in einer harten Bewegung zur Seite. Das Brechen seines Genickes war beinahe so laut wie ein Gewehrschuss und Feodors lebloser Körper fiel auf den Boden. Anschließend wandte sich Grigenko an Feodors Leibwächter.

»Steckt eure Waffen weg. Jeder, der möchte, arbeitet ab jetzt für mich – und das trotz der Tatsache, dass ihr euren Boss nicht retten konntet. Jeder, der nicht für mich arbeiten will, wird in fünf Sekunden tot sein. Entscheidet euch«, sagte er gleichgültig. Seine Männer hatten ihre Waffen gezogen und richteten sie auf die verblüfften Handlanger von Feodor.

Deren Anführer hielt schließlich seine Pistole hoch und steckte sie dann in sein Schulterholster. Seine Kollegen folgten dem Beispiel, was Grigenko mit einem zufriedenen Lächeln quittierte.

»Du bist also ihr Anführer? Dann sag den Hintermännern von unserem kürzlich Verstorbenen hier, dass er unsere Verhandlungen höchst fahrlässig geführt hat und dass sie doch bitte nicht den gleichen Fehler begehen mögen. Sag ihnen, dass ich ihre Zustimmung erwarte, zwanzig von diesen Raketen mit zwanzig Prozent Rabatt zu erwerben. Die Lieferung muss bis zum Ende der Woche erfolgen. Falls ihnen das nicht passt, können sie das gleiche Schicksal wie diese Kröte hier erwarten. Aber wenn sie dem Deal zustimmen, dann passiert das ohne den Mittelsmann, sodass sie seinen Anteil mit kassieren – gleiches gilt für jeden Deal in der Zukunft, den ich mit ihnen eingehen werde.« Grigenko grinste. »Versuche bitte, überzeugend zu wirken. Wie du dir denken kannst, toleriere ich kein Versagen.«

Der Mann, der bestimmt fünfzehn Jahre älter als Grigenko und ein kampfgestählter Ex-Speznaz war, nickte stumm. Er hatte Feodor sowieso nie leiden können. In vier Jahren hatte es nie ein Lob gegeben, geschweige denn eine Gehaltserhöhung. Dieser Jüngling war vielleicht völlig durchgeknallt, aber zumindest schien er sehr reich und damit hoffentlich etwas großzügiger.

»Ich rufe an, wenn es erledigt ist.«

Grigenko ließ ihn stehen und durchschritt das Lager in Richtung Ausgang. Um die Neuzugänge konnten sich seine Männer kümmern. Langsam ließ das Hämmern in seinen Schläfen nach und auch das Piepen in seinen Ohren wurde leiser. *Vielleicht hätte ich Feodor nicht gleich umbringen sollen,* dachte ein Teil seines Bewusstseins, was er jedoch gleich beiseite wischte. Diese Leute respektierten nur Kraft und Härte. Solange er gefürchtet war und skrupellos blieb, würde sein Geschäft laufen. Doch sobald er auch nur ein Zeichen von Schwäche zeigte, würden sich sofort die anderen Haie auf ihn stürzen. Das verstand er sehr gut. Seine Mutter hatte es ihm eingetrichtert, seit er ein kleiner Junge war, und mit ihren Ratschlägen lag sie immer richtig. In dieser Welt durfte man sich nie entschuldigen, niemals eine Beleidigung hinnehmen, und musste von Zeit zu Zeit die Menschen um sich mit einem Akt der Brutalität schockieren.

Konsequenzen musste er in diesem Fall nicht fürchten. Feodors Hintermänner würden sofort leuchtende Augen bekommen, wenn sie erfuhren, dass sie seinen Verkäuferanteil in Zukunft einsparen würden. Außerdem eilte Grigenko sein Ruf bereits voraus, obwohl er noch so jung war. In gewissen Kreisen hatte er sich schon einen Namen gemacht und jeder hatte Interesse daran, mit einer so finanzstarken Gruppe Geschäfte zu machen. Grigenkos Kontakte zu Waffenschiebern in Afrika und dem Mittleren Osten stellten sicher, dass er alles verkaufen konnte, was irgendjemand loswerden wollte. Feodor war nur ein Parasit gewesen, der aus jedem einzelnen Verkauf so viel Geld wie irgend möglich herausgesaugt hatte. Ohne ihn waren alle Beteiligten besser dran.

Grigenko verließ das Gebäude und ließ den Kopf kreisen, um den Druck auf seinen Nacken loszuwerden, der ihn wie ein Schraubstock im Griff hatte. Die Niederlage in Uruguay war ein schwerer Schlag, doch auch davon würde er sich erholen. Er hatte sämtliche Hintergrundinformationen über diese Frau gelesen und wusste, dass sie so tödlich wie eine Kobra war. Aber Grigori hatte ihm versichert, dass seine Männer sie zur Strecke bringen würden. Mit dieser Einschätzung war er offensichtlich etwas zu optimistisch gewesen, aber noch war das Spiel nicht aus. Schließlich hatte er quasi unbegrenzte Ressourcen, die er in den Ring werfen konnte. Sie war nur eine einzelne Frau. Er war eine Naturgewalt.

Doch für den Moment musste er diese Schmach seiner Mutter beichten, und davor graute es ihm. Es würde ihr nicht gefallen, und er mochte es gar nicht, sie zu enttäuschen.

Einige Minuten später verließen seine Männer das Gebäude und stiegen in ihre SUVs. Grigenko nahm in seiner Mercedes Stretchlimousine Platz und lauschte den Klängen von Chopins Nachtstücken, um seine strapazierten Nerven zu besänftigen.

Vielleicht würde er noch etwas warten, bevor er mit seiner Mutter redete.

Das schien ihm am schlauesten.

KAPITEL 17

Die Polizisten näherten sich dem Wagen und befahlen Alan, den Kofferraum zu öffnen, da sie das Gepäck kontrollieren müssten. Der jüngste der Beamten erklärte, dass sie nach Waffen oder anderen Anzeichen für kriminelle Aktivitäten suchten. Jet lachte charmant. »Vielleicht suchen Sie ja meine zweijährige Tochter hier! Ich bin ziemlich sicher, dass sie heimlich ein Mafia-Pate ist«, witzelte sie und der Polizist entspannte sich etwas, versuchte aber, sein Pokerface aufrecht zu halten.

»Wir haben unsere Befehle, Señora. Aber wir beeilen uns.«

»Kann ich mir ein bisschen die Beine vertreten, während Sie sicherstellen, dass wir keine Bombe im Kofferraum haben?« Die Augen des Mannes schnellten in Richtung seines Vorgesetzten. »Entfernen Sie sich aber nicht weiter als ein paar Schritte vom Auto!«

Hannah sprang heraus, denn ihr war schon langweilig von der Fahrt. Draußen lief sie mit ihrem Spielzeugauto herum und machte Motorengeräusche, während Jet ein Taschentuch aus ihrer Handtasche holte und Hannah hineinschnauben ließ. Dann ließ sie es auffällig wieder in der Tasche verschwinden.

Nachdem die Beamten das Gepäck durchsucht hatten, nickten sie Jet zu und beschäftigten sich dann mit dem nächsten Wagen. Also schob Jet Hannah wieder ins Auto und Alan fuhr vorsichtig los. Er fädelte sich in den Verkehr ein und für eine Minute schwiegen alle.

»Hattest du beide Waffen in deiner Handtasche?«, fragte Alan schließlich.

»Ich dachte, das wäre eine gute Idee, falls wir durchsucht werden. Deine war in deiner Tasche, aber eine Damenhandtasche wird bei einer Durchsuchung wesentlich leichter ausgelassen, vor allem, wenn sie mit vollgeschnaubten Taschentüchern gefüllt ist. Für so eine Durchsuchung würde sich kein Polizist der Welt freiwillig melden.« Sie lächelte ihn an.

»Damit hast du absolut recht!«

Nachdem sie es an dem Vorort Pinamar vorbeigeschafft hatten, dünnte sich der Verkehr aus und sie kamen gut auf der Küstenstraße voran, wobei sie immer mal wieder an Mautstellen anhalten mussten. Als sie die Gegend von Laguna del Sauce erreichten, die kurz vor Maldonado lag, schaltete Jet ihr Handy wieder an, wartete auf ein Signal und rief dann Magdalena an, um sich den Weg zu ihrem neuen Appartement beschreiben zu lassen.

Alan schlängelte sich anschließend durch den Berufsverkehr und nach fünfzehn Minuten parkten sie vor einem relativ neuen Wohnkomplex in einem sauberen, gut gepflegten Teil der Stadt. Magdalena kam heraus, um sie zu begrüßen, woraufhin Hannah losrannte, um sie zu umarmen. Ein gutes Zeichen für Jet, die bereits ein etwas schlechtes Gewissen hatte, ihre Tochter in einer fremden Stadt bei ihrer Haushälterin zurückzulassen. Doch von allen Möglichkeiten war dies die sicherste für Hannah. Es wäre etwas anderes, wenn Jet Familie oder enge Freunde hätte, aber sie war auf der Welt allein und Magdalena war wahrscheinlich der Mensch, der ihr noch am nächsten stand.

Sie gingen hinein und besichtigten die Wohnung. Jet erklärte die finanziellen Arrangements, die sie getroffen hatte, während Alan sein Bestes tat, Hannah zu beschäftigen. Die Aufregung der Reise hatte ihre Spuren bei der Kleinen hinterlassen und ihr fielen langsam die Augen zu. Jet wusste, dass nun die Zeit gekommen war, sich zu verabschieden.

»Süße, komm mal her. Mami muss sich um ein paar wichtige Dinge kümmern, deswegen bleibst du für ein paar Tage bei Magdalena. Ich möchte, dass du mir versprichst, solange brav zu sein und auf sie zu hören. Kannst du das machen?« Jet hatte sich hingekniet, wie sie das immer machte, wenn es etwas Ernstes mit Hannah zu besprechen gab.

Die Kleine schaute sie mit einem herzzerreißenden Blick an und nickte tapfer, obwohl sie offensichtlich keine Ahnung hatte, worum es ging. Doch sie wollte ihre Mutter stolz machen. Sie hatten schon während der Autofahrt darüber gesprochen, dass Jet sie ein Weilchen allein lassen musste, aber jetzt, im Moment der Wahrheit, kamen beiden fast die Tränen. Es kam Jet höchst ungerecht vor, dass sie schon wieder Zeit ohne ihre wunderschöne Tochter verbringen musste, auf die sie schon so lange hatte verzichten müssen.

Hannah warf ihre Arme um Jet und drückte sie ganz fest. Dann sprach sie die Worte, die ihrer Mutter fast das Herz brachen: »Ich liebe Mama. Ich bin brav. Versprochen!«

Jet hielt sie ganz fest, wobei ihr Tränen die Wangen hinunterliefen. Alan und Magdalena hielten sich betreten im Hintergrund, damit sie diesen Moment ganz allein für sich hatten.

»Ich weiß, Süße. Ich liebe dich auch. Und ich komme schon ganz bald zurück!«

Für einen langen Moment blieben sie einfach so, dann zog Hannah sich zurück und Jet tupfte sich die Augen mit ihrem Ärmel ab.

»Warum weint Mami?«, fragte Hannah verunsichert. Soviel sie wusste, ging es doch nur darum, einen oder auch zwei Tage ohne ihre Mutter zu verbringen.

»Ich habe dich einfach so doll lieb und mag es nicht, wenn wir getrennt sind.«

»Komm bald zurück!«

Dieser einfache Satz sagte mehr als tausend Worte.

Mutter und Tochter schauten in ihre frappierend ähnlich aussehenden Augen und ein stummer Austausch fand statt, der die Bindung zwischen ihnen noch verstärkte.

Ja, Jet würde bald zurückkommen. Und diejenigen, die sie in diese Situation gezwungen hatten, würden dafür bezahlen.

Dafür würde sie sorgen.

***

Zurück auf der Straße drehte sich Jet noch einmal zum Balkon der Wohnung und winkte Magdalena und Hannah zu, die hinter der Glastür standen und sie beobachteten. Sie erwiderten das Winken und Jet zwang sich, den nächsten

Schritt zu gehen. Die Gefahr war noch nicht vorbei – sie brauchte einen kühlen Kopf und einen Plan. Also wandte sie sich Alan zu.

»Alles in Ordnung?«, fragte er sanft.

»Es wird schon wieder. Natürlich gefällt mir das alles überhaupt nicht.«

»Das kann man auch nicht erwarten.«

»Okay, lass uns einen Ort zum Übernachten suchen und dann überlegen wir uns die nächsten Schritte. Wir müssen Uruguay verlassen.«

»Ich weiß. Immerhin habe ich ja auch noch meine Mission. Dabei habe ich zwar freie Hand, aber trotzdem muss ich herausfinden, was diese Terroristen planen und inwieweit Grigenko da mit drinhängt … ich muss ihn aufhalten. Letzte Woche konnte ich keine neuen Spuren suchen, deswegen muss ich langsam zurück. Tut mir leid, Jet, aber das ist wirklich wichtig. Diese Typen sind gefährlich, und nach den letzten Informationen, die mein Kontakt mir zugespielt hat, bevor er verschwunden ist, waren sie dabei, einen Deal mit Grigenko einzufädeln. Fragt sich nur, was für einen Deal – aber ich bin mir ziemlich sicher, dass es um eine schlimme Sache geht.«

»Vielleicht passt es dann ja genau in deinen Plan, mir zu helfen, Grigenko auszuschalten.«

»Vielleicht, aber ich habe noch keine Beweise, dass er dieser Gruppe irgendetwas verkauft. Das ist eines meiner Probleme.«

»Und was ist mit den Terroristen? Wer sind die?«

»Noch so ein Problem. Es ist eine neue Organisation. Sie sind nicht mit irgendwelchen etablierten Gruppen verbandelt. Wir haben erst letztes Jahr zum ersten Mal von ihnen oder besser gesagt von ihrem Anführer gehört. Je mehr wir erfahren haben, umso schlimmer wurde es. Seine aggressive Rhetorik lässt die der Hisbollah noch geradezu gemäßigt erscheinen. Es ist sozusagen al-Qaida mal zehn. Sein Plan ist, den Jihad endlich beginnen zu lassen – und sein Ziel sind natürlich Israel sowie sein verhasster Verbündeter, die USA.«

»Also sind sie nur eine weitere Gruppe durchgeknallter Irrer. Was ist das Besondere?«

»Sie scheinen viel besser organisiert und finanziell ausgestattet zu sein. Bevor ich aus dem Jemen fliehen musste, habe ich das Gerücht aufgeschnappt, dass die Gruppe etwas wirklich Großes vorhat, etwas Entscheidendes. Einige von den Mitgliedern meiner Truppe waren davon so beeindruckt, dass sie überlegten, zu den Neuen überzulaufen. Das kommt wirklich selten vor.«

»Wie nennt sich die Gruppe?«

»Das Licht der Wahrheit.«

»Haben die nicht vor einer Weile eine Drohung veröffentlicht? Der Name kommt mir bekannt vor.«

»Ja, aber es war nur das übliche Geschwafel, dem keine Taten gefolgt sind.«

»Und warum ist das jetzt anders?«

»Wegen der Gerüchte. Angeblich suchen sie nach einer schmutzigen Atombombe oder Biowaffen. Das ist wirklich ernst.«

»Al-Qaida versucht doch auch seit Jahren, so etwas auf die Beine zu stellen.«

»Ja, aber die neue Gruppe hat anscheinend unglaubliche Ressourcen. Die Geldmittel, von denen da gesprochen wurde, waren absurd hoch. Es ging um Milliarden!«

»Aber wie ist das möglich? So viel Geld kann man doch nicht herumschieben, ohne eine Spur zu hinterlassen!«

»Anscheinend ist die Spur weitaus weniger deutlich, als man denken würde. Der Mossad hat bereits ein Netzwerk von finanziellen Operationen aufgedeckt, über die das Geld verschoben wird. Hedgefonds und Offshore-Konten. In diesem Bereich gibt es kaum Regulierung, und deswegen ist es einfach, mal eben eine halbe Milliarde zu verschieben.«

»Wie kann das denn sein? Ich dachte, in den letzten Jahren sind die ganzen Bestimmungen diesbezüglich massiv verstärkt worden?«

»Für die richtig großen Summen gelten keine Bestimmungen, da regiert einfach die Gier. Die kleinen Fische müssen bluten, doch die Haie kommen ungestraft davon. Wenn du fünf Milliarden Dollar von A nach B schaffen lässt, dann lässt du Firma B Unmengen von Derivaten schreiben und verkaufst die an Firma A. Du wettest zum Beispiel, dass der Rubel in den nächsten drei Monaten zehn Prozent stärker wird. Vollkommen egal. Der Knackpunkt ist, dass es um immaterielle Dinge gehen muss. Einen Zustand, der todsicher nicht eintritt – dann ist die Überweisung nur das Ergebnis einer verlorenen Wette, wenn man so will. Wenn der Hedgefonds A also Geld verliert, gibt es dafür eine legitime Erklärung. Firma B hat hingegen das Geld erhalten und verteilt den Gewinn an seine Investoren, zu denen ganz zufällig die Terrorgruppe gehört.«

»Ernsthaft? So einfach kann man das machen?«

»Man kann es nicht nur machen, es wird jeden Tag gemacht. Das haben wir schon nachgewiesen. Die größten

Verbrechernetzwerke nutzen solche Mechanismen die ganze Zeit. Die italienische und die russische Mafia, die chinesischen Triaden, die japanische Yakuza … sie schwimmen alle im selben Becken. Und man kann nichts dagegen machen, es sei denn, man würde den Handel mit Derivaten regulieren, was niemals passieren wird – weil die Politiker die Hand aufhalten.«

»Also könnte das ›Licht der Wahrheit‹ tatsächlich genug Geld haben, um eine Atombombe zu kaufen?«

»Auf jeden Fall.«

Sie schwiegen für eine Weile und Jet dachte über das Gesagte nach, während Alan den Wagen auf eine Reihe von Hoteltürmen am Hafen von Punta del Este zusteuerte. Als sie sich dem Gebäudekomplex näherten, kramte sie ihre Sonnenbrille hervor und setzte sie auf.

»Und Grigenko kommt an solche Waffen heran?«, fragte sie.

»Das wissen wir noch nicht mit Sicherheit. Aber sein Name ist in dem Zusammenhang aufgetaucht. Mehr als einmal.«

»Warum dann der Eiertanz? Schubst ihn vor einen Zug und die Sache ist erledigt.«

»So einfach ist das nicht. Zum einen würde sein Platz dann einfach von jemand anderem eingenommen werden, über den wir noch nichts wissen. Es gibt aber einen unendlichen Nachschub von Missgeburten, die ohne mit der Wimper zu zucken unvorstellbar schreckliche Waffen an den Höchstbietenden verkaufen. Bei Grigenko haben wir wenigstens inzwischen eine grobe Vorstellung, woran wir sind.«

»Gegner, die man kennt, kann man einschätzen.«

»Genau so sieht es aus. Trotzdem ist mir die ganze Sache nicht geheuer.«

Sie wandte sich ihm zu. »Was meinst du damit?«

»Ich weiß nicht, wie ich es beschreiben soll. Aber ich habe schon lange mit Psychopathen dieser Größenordnung zu tun und dieses mal habe ich das Gefühl … das wirkt alles so geplant.«

»Klar ist es geplant. Sonst wäre diese neue Gruppe doch nicht so erfolgreich.«

»Das meine ich nicht. Ich meine das Tempo, in dem dieser Hassprediger von einem Niemand zu einem der meistgefürchteten Terroristen wurde. Und dazu noch der finanzielle Background mit scheinbar endlosen Ressourcen. Das bekommt man nicht hin, indem man in der Moschee mit einem Klingelbeutel herumgeht. Wir reden hier über die Geldmittel eines kleinen Staates … aber vielleicht auch über die eines großen Staates!«

»Das klingt jetzt ein bisschen nach Verschwörungstheorien.«

»Wie gesagt, ich kann noch nicht ganz den Finger darauf legen. Ich habe auch noch mit niemandem außer dir darüber gesprochen. Dazu muss man natürlich sagen, dass wir in unserem Beruf sowieso nicht gerade Plaudertaschen sind.«

»Stimmt, irgendwas war da.« Sie lächelte. »Außerdem sagtest du ja, dass du direkt für den Intendanten arbeitest. Da hast du nicht gerade ein großes Publikum, mit dem du deine Ideen teilen kannst.«

»Normalerweise hätte ich David involviert. Er war wirklich ein absolut brillanter Denker, dem dazu bestimmt etwas eingefallen wäre.« Alan machte eine Pause. »Aber da das leider nicht mehr möglich ist, mache ich mir meine eigenen Gedanken, und das eigentlich rund um die Uhr. Ich weiß nicht, was mir daran nicht passt, aber irgendwas an der Geschichte stinkt. Mehr kann ich dazu im Moment nicht sagen.«

»Dann schauen wir uns doch mal unser Hotel an. Von außen sieht es jedenfalls gut aus«, sagte Jet und zeigte auf ein Gebäude auf der anderen Seite des Jachthafens. Damit war die Diskussion erst einmal beendet.

Alan hielt in der Hoteleinfahrt und sie übergaben die Autoschlüssel einem Hotelangestellten, der den Wagen wegfuhr, nachdem ihre Koffer nach drinnen gebracht worden waren.

An der Rezeption wandte sich Jet an Alan. »Ich glaube, wir können besser über das Schicksal der Welt beraten, wenn wir dabei Meerblick haben!«

»Da bin ich mir absolut sicher. Ich mag deine Art zu denken«, stimmte er grinsend zu. Immerhin würde das ihre letzte Nacht in Uruguay sein, bevor Jet sich daran machte, einen der reichsten und bestbeschützten Männer in Russland zu töten.

KAPITEL 18

Nachdem sie sich in ihrem Zimmer mit Blick auf den Jachthafen eingerichtet hatten, entschieden sie sich für ein frühes Abendessen im Hotelrestaurant, in dem sie die einzigen Gäste waren.
Sie ließen sich Zeit und schlossen die Mahlzeit gemütlich mit einem Kaffee ab, während die untergehende Sonne eine dramatische Lichtshow auf dem glitzernden Wasser inszenierte. Möwen lieferten die passende Choreografie dazu, indem sie über die Boote sausten, die sich im Wind wiegten. Jet starrte nach draußen, mit den Gedanken in einer anderen Welt.

»Ihr geht es gut. Das weißt du doch«, sagte Alan und nippte an seinem Kaffee.

»Das hoffe ich. Aber ich will die Sache so schnell wie möglich hinter mich bringen, um noch einmal von vorn anzufangen.«

»Anscheinend musstest du in letzter Zeit öfter von vorn anfangen.«

»Das stimmt. Dabei würde ich so gern mal eine Pause machen … aber erst Trinidad, dann Thailand, und jetzt das. Es ist ein Wunder, wenn Hannah nicht schon einen seelischen Schaden genommen hat.«

»Sie scheint aus hartem Holz geschnitzt«, sagte er und fügte dann hinzu: »Wie ihre Mutter.«

Jet riss ihren Blick von der Wasseroberfläche los und rang sich ein Lächeln ab. »Ich schätze, jetzt muss Mutti mal beweisen, wie hart sie wirklich ist … statt weinerlich zu sein.«

»Das ist doch nur menschlich …«

»Mag sein, aber den Luxus, mich da hineinzusteigern, kann ich mir nicht leisten. Also lass uns mal über die Logistik sprechen. Ich brauche alle Daten, die der Mossad über Grigenko hat. Wie lange dauert das?«

»Wahrscheinlich ein paar Stunden, um auf den Servern alles zusammenzusuchen. Ich brauche nur einen Internetanschluss. Aber das wird alles kein Problem sein.«

»Gehen wir mal davon aus, dass ich nach Russland fliegen muss. Dafür brauchen wir einen Plan für die Einreise, Waffen, technische Unterstützung …«

»Was alles eine Frage von Zeit und Geld ist. Letzteres hast du ja genug, das ist also kein Problem. Was aber ein Problem ist, sind seine Verteidigungsmechanismen, denn die musst du überwinden, um ihn zu erledigen. Die Villa, die er sich gerade gekauft hat, ist die reinste Festung.«

»Aber selbst eine Festung ist nicht unüberwindbar. Das wissen wir beide. Es gibt nur verschiedene Schwierigkeitsgrade.«

»Ich kann mich noch gut daran erinnern, wie ich mir die Akten angeschaut habe – und sein Zuhause ist auf jeden Fall am oberen Ende der Skala«, warnte Alan.

»Das ist mein Spezialgebiet.«

»Kann sein. Aber wir dürfen nicht unvorbereitet an die Sache herangehen. Du hast nur eine Chance hinzukommen, und falls du es schaffst, brauchen wir auch noch einen Plan, um dich in einem Stück wieder herauszubekommen.«

»Falls?«

»Gut, das war vielleicht nicht die optimistischste Wortwahl. Ich meine nur, dass wir wirklich sehr gute Vorarbeit leisten müssen. Dafür brauchst du meine Hilfe. Und wie viel Zeit ich habe, hängt sehr stark davon ab, was die Terroristen inzwischen vorhaben. Ich kann nicht tausende Kilometer entfernt sein, wenn sie eine Aktion starten.«

»Das verstehe ich. Schau mal, Alan, ich weiß dein Angebot wirklich zu schätzen, aber abgesehen davon, dass du mir die Akten vom Mossad besorgst, musst du dich zu nichts verpflichtet fühlen. Ich bin schon groß und kann allein auf mich aufpassen.«

»Klar, das haben wir ja in Montevideo gesehen. Aber egal, ob es dir gefällt oder nicht: Ich bin der einzige Familienangehörige, den Hannah außer dir hat. Und deswegen hänge ich in der Sache mit drin, ob ich will oder nicht.«

Sie winkte ab. »Ich entlasse dich hiermit von allen Pflichten.«

»Diese Macht hast du nicht. Ich habe meinem Bruder als seinem letzten Wunsch versprochen, dass ich alles tun werde, was in meiner Macht steht, um Hannah zu schützen … und dich auch. Vielleicht brauchst du meine Hilfe wirklich nicht, trotzdem ändert das nichts an meiner Pflicht. Wenn es anders herum gewesen wäre und David mir dieses Versprechen gegeben hätte, dann hätte ihn nichts aufhalten können. Rein gar nichts. Also halten wir einfach mal fest, dass ich zum Team dieser Operation gehöre.«

»Okay. Ich wollte dich nur wissen lassen, dass du mir nichts schuldest.«

»Nett, dass du das sagst. Dann fange ich jetzt an, die Daten zusammenzusuchen. Und wenn ich schon auf dem Server bin, schaue ich gleich mal, was für Verbindungen wir nach Moskau haben. Bestimmt gibt es schon Ansatzpunkte, um an Waffen und Spezialausrüstung zu kommen, das dürfte kein Problem sein. Ich muss nur aufpassen, dass ich keine Spuren hinterlasse. Denn genau wie du denkt die ganze Welt, dass ich tot bin – mit Ausnahme des Intendanten.«

»Womit wir bei der Wahl unseres nächsten Reiseziels wären. Uruguay ist ein kleines Land. Wir können also keinen der Flughäfen benutzen, die werden bestimmt überwacht. Deswegen würde ich vorschlagen, wir fahren nach Argentinien und fliegen von dort nach Europa. Das einzige Problem ist, dass Argentinien zu den korruptesten Ländern der Welt gehört. Wir wissen nicht, wen Grigenko dort geschmiert haben könnte, um informiert zu werden, falls wir an einem der internationalen Flughäfen gesehen werden. Mit dem Thema habe ich mich schon auseinandergesetzt, als ich nach Uruguay kommen wollte – den argentinischen Behörden kann man auf diesem Gebiet nicht vertrauen.«

»Schön zu hören, dass sich nichts verändert hat, seit die ganzen Nazis dorthin geflohen sind. Aber woher sollten sie denn wissen, unter welchen Namen wir reisen?«

»Das weiß ich nicht – aber mich haben sie ja auch gefunden. Wenn du mir sagen kannst, wie sie das geschafft haben, wäre ich zuversichtlicher. Aber du weißt, dass sie auf jeden Fall Fotos von mir besitzen, wenn sie mich tagelang beschattet haben. Da möchte ich keine Risiken eingehen«, sagte sie.

»Das verstehe ich. Aber was machen wir dann?«

»Wir müssen wohl einige Hürden überwinden. Ich würde sagen, als Erstes stoßen wir das Auto ab und nehmen die Fähre nach Buenos Aires. Von dort können wir nach Mendoza auf der anderen Seite des Landes fliegen und dann mit dem Bus nach Santiago de Chile fahren. Die Grenze zwischen Argentinien und Chile ist meiner Recherche nach offen. Die Zollbeamten dort sind eigentlich nur dafür da, die Herde möglichst schnell hindurchzuleiten. Sobald wir dann in Santiago sind, können wir jedes Ziel der Welt ansteuern – das ist ein internationaler Knotenpunkt.«

»Und wie lange wird das alles dauern?«

»Höchstens ein paar Tage.«

»Willst du morgen gleich loslegen?«

»So früh wie möglich. Je schneller wir loskommen, desto schneller ist das Ganze vorbei.«

Jetzt war Alan an der Reihe, den Horizont anzustarren. Nach einer Weile kehrte seine Aufmerksamkeit zu Jet zurück. »Wir haben nie darüber gesprochen, was mit David passiert ist. Wie er gestorben ist«, sagte er.

»Das stimmt. Was willst du wissen?«

»Alles.«

Sie atmete tief durch und seufzte. »Diese letzte Woche, in der wir uns wiedergesehen haben, war wie ein Traum …«

***

Am nächsten Morgen standen sie früh auf und fuhren nach einem eiligen Frühstück wieder die Küste hinunter nach Montevideo. Unterwegs warfen sie ihre Pistolen in verschiedene Mülleimer. Jet hatte sie auseinandergebaut und gereinigt, damit es keine Chance auf Fingerabdrücke gab. Denn das Letzte, was sie gebrauchen konnten, waren Einträge in der Datenbank von Interpol in Bezug auf einen Massenmord in Südamerika. In Montevideo kaufte Alan einen Laptop und setzte Jet dann am Fährhafen ab, bevor er den Mietwagen wieder abgab und die Schäden daran bezahlte.

Jet informierte sich am Kartenverkauf und erfuhr, dass die Fähre erst in zwei Stunden auslaufen würde. Sie kaufte zwei Tickets und vertrieb sich die Zeit in einem Internet-Café, wo sie auf Alan wartete. Als sie gerade nach Flügen von Buenos Aires nach Mendoza schaute, spürte sie eine Präsenz hinter sich und schaute über ihre Schulter.

»Hat alles geklappt?«

»Die Autovermietung war nicht gerade begeistert von den Schrammen, aber sie haben sich ganz schnell beruhigt, als ich mein Bündel Geldscheine hervorgeholt habe. Wie sieht es mit den Flügen aus?«

»Es geht einer am späten Nachmittag, den sollten wir noch kriegen können. Dann übernachten wir in Mendoza und fahren morgen früh mit dem Bus los, jedenfalls wenn der Gebirgspass offen ist. Die Straße führt nämlich über die Anden und je nach Wetterlage kann sie manchmal tagelang gesperrt sein. Aber laut der Suchmaschine geht morgen ein Bus, also falls kein überraschender Blizzard auftaucht, sollte das klappen.«

»Wie lange dauert die Fahrt?«

»Hier ist die Rede von neun Stunden, aber auch das hängt sicherlich von der Witterung ab. Wir werden morgen auf jeden Fall ziemlich viel Sitzen, kauf dir am besten ein Buch.«

»Und wenn wir in Santiago sind?«

»Übernachten wir dort und nehmen tags darauf ein Flugzeug. Das kommt dann ganz darauf an, wo wir hinwollen.«

»Auf der Busfahrt haben wir ja noch genug Zeit, uns das zu überlegen.«

»Genau so dachte ich mir das. Willst du versuchen, online zu gehen?«

»Nicht hier. Ich möchte keine verfolgbaren IP-Adressen, die nach Uruguay weisen. Ich warte lieber, bis wir in Buenos Aires sind. Wie lange werden wir dort vor Ort sein?«

»Knapp drei Stunden.«

»Das sollte doch reichen. Wir suchen uns ein Internet-Café zwischen der Fähre und dem Flughafen, und dann lade ich alles herunter, was ich über Grigenko finden kann. Dann hast du auf jeden Fall etwas zu lesen für die Busfahrt.«

Ein Lautsprecher über ihren Köpfen kündigte quakend die baldige Abfahrt der Fähre an. Also bezahlte Jet und sie durchquerten den ausgestorbenen Zollbereich, um sich in die Schlange der wartenden Passagiere einzureihen. Als sie an Bord waren, suchten sie ihre reservierten Plätze auf und befanden sich schon bald in voller Fahrt Richtung Argentinien. Die schweren Dieselmotoren ließen das riesige Schiff vibrieren, während es durch die Wellen kreuzte.

Die Ankunft in Buenos Aires war extrem unspektakulär, da ihre Ausweise schon beim Boarding von argentinischen Zollbeamten abgestempelt worden waren. Als sie auf der Straße waren, stiegen sie in ein Taxi und baten den Fahrer, sie an einem Internet-Café in der Nähe des Flughafens abzusetzen. Fünfzehn Minuten später saßen sie in einem Coffeeshop mit dutzenden Rechnern. Alan fuhr seinen neuen Laptop hoch, während Jet zwei Kaffee bestellte und eine Stunde Arbeitszeit an den PCs buchte. Mithilfe einer Proxy-Maske für erhöhte Anonymität wählte Alan sich beim Mossad ein.

Die Getränke wurden gebracht und Jet schaute sich das Flugangebot von Chile aus an. Sie entschied sich für einen Direktflug nach Madrid, von wo sie ohne Probleme nach Moskau kommen würden. Sie schrieb sich die Details auf und schloss das Browserfenster. Dann vertrieb sie sich die Zeit mit Nachrichtenseiten, bis Alan mit seiner Recherche fertig war.

Er brauchte etwas mehr als eine Stunde, bis er alles heruntergeladen hatte, und lehnte sich anschließend zufrieden zurück.

»Das ist eine unglaubliche Menge an Details. Viel davon braucht man für einen Angriff nicht unbedingt zu wissen, aber du hast ja alle Zeit der Welt. Jedenfalls dachte ich mir; lieber zu viel Information als zu wenig.«

»Ganz meine Meinung. Ich beschäftige mich immer sehr intensiv mit meinen Zielen.«

»Dann haben wir das gemeinsam.« Er warf einen Blick auf die Uhr. »Möchtest du noch irgendwas Besonderes machen, während wir in Buenos Aires sind?«

»Nicht wirklich. Ich habe hier etwas Zeit mit Hannah verbracht, bevor wir nach Montevideo aufgebrochen waren. Die Stadt ist schon schön, aber die finanzielle Situation in Argentinien ist so angespannt, dass ich hier nicht leben wollte. Seit die Wirtschaft den Bach runtergegangen ist, wird es immer gefährlicher. Deshalb bin ich der Meinung: Je eher wir hier weg sind, umso besser.«

»Dann können wir ja direkt zum Flughafen aufbrechen.«

Sie nickte und er fuhr seinen Computer herunter. Die Daten überreichte er Jet auf einem USB-Stick.

»Pass gut darauf auf. Das ist alles, was der Mossad über Grigenko und seine Organisation hat. Natürlich habe ich es verschlüsselt – das Passwort ist ›Hannah‹.«

Sie bezahlten und traten hinaus an die breite, dicht befahrene Hauptstraße, wo Autos in halsbrecherischer Geschwindigkeit vorbeirasten. Sie hielten ein Taxi an, und auch dessen Fahrer schien darauf erpicht, den Temporekord für Landfahrzeuge zu brechen. Jet war in Gedanken jedoch gar nicht anwesend, denn sie sorgte sich um Hannah, die sie nach einem Tag der Trennung bereits sehr vermisste. Wut stieg in ihr auf, als sie darüber nachdachte, wem sie ihre Lage zu verdanken hatte. Also schwor sie, den Russen so schnell wir möglich zu erledigen, um zu dem normalen Leben zurückkehren zu können, das sie sich mit Hannah aufgebaut hatte. Wobei, war das überhaupt ein normales Leben? Der Gedanke brachte sie ins Grübeln. Glaubte sie wirklich, dass sie jemals ein ganz normales Leben führen konnte? Wahrscheinlich hatte David recht gehabt, als er sagte, sie würde niemals sicher sein. Seine Argumente hatte sie gehasst, aber die Wahrheit, die dahinter stand, war schwer zu leugnen.

Sie drückte diese Gedanken beiseite und konzentrierte sich auf das Positive. In Bezug auf Grigenko war das Überraschungselement jedenfalls auf ihrer Seite. Er würde garantiert nicht erwarten, dass ihn jemand in seiner Festung in Moskau angriff. Mit etwas Glück würde seine Kombination aus Unerfahrenheit, Hitzköpfigkeit und Selbstüberschätzung sein Untergang sein.

Alan, der ihre Aufregung spürte, rutschte etwas näher an sie heran und tätschelte ihren Arm. Ohne nachzudenken, schob sie ihre Hand zu ihm herüber und ergriff die seine. Dann erst wurde ihr klar, was sie getan hatte, und geriet in einen Zwiespalt, ob sie sie wieder zurückziehen sollte. Sie musste aber zugeben, dass es sich gut anfühlte, also ließ sie die Hand, wo sie war. Was auch immer passieren würde, mit einer Sache hatte Alan recht: Er war das, was für Hannah und auch für sie selbst einer Familie am nächsten kam, und seine Gegenwart beruhigte sie.

So fuhren sie schweigend in Richtung Flughafen und betrachteten die Slums, die gerade zwei Fahrminuten von den Multi-Millionen-Dollar-Wohnungen des Recoleta-Bezirks entfernt waren. Diese Armenviertel waren das eitrige Geschwür in der Skyline der Stadt, die schäbigen Holzbaracken waren mit Graffiti überzogen und die nicht asphaltierten Straßen ertranken in Müll und Abwässern. Dieser Anblick entbot jeglichen Kommentars und sie konzentrierten sich auf die emotionale Wärme, die sie in dieser ruhigen Atempause austauschten. Als das Taxi vor dem Terminal zum Stehen kam, zog Jet ihre Hand wortlos weg, der Moment war vergangen – doch er hatte eine wichtige Bindung zwischen ihnen aufgebaut. Ihre jeweilige Einsamkeit war durch die Gesellschaft des anderen aufgebrochen worden, wenn auch nur flüchtig.

Ihre Lage war alles andere als rosig und Jet konnte noch nicht einordnen, was zwischen ihnen war. Aber wenn sie bedachte, wie die letzten Tage verlaufen waren, war sie sehr dankbar dafür.

KAPITEL 19

Der Landeanflug auf Mendoza war turbulent, da der Abwind von den Anden das Flugzeug mit bis zu siebzig Knoten durchrüttelte, sodass es kaum Kurs halten konnte. Als die Räder endlich qualmend auf der Runway aufsetzten, ging ein kollektiver Seufzer der Erleichterung durch die Kabine.

Nachdem sie es durch das kleine Terminal geschafft hatten, winkten Jet und Alan ein Taxi herbei und gaben als Ziel das Sheraton Hotel in der Innenstadt an. Blätter und ganze Äste wurden über die Straße gepustet, da die auf dem Flughafengelände zahlreich gepflanzten Weinranken dem Wind nicht standhalten konnten.

Das Hotel war sauber und modern und besaß sogar ein Spielcasino in der ersten Etage. Als sie in ihrem Zimmer ankamen, wurden sie angenehm überrascht, denn es bot einen schönen Blick über mehrere kleinere Gebäude und einen angrenzenden Park, der zu den beliebtesten Freizeittreffs in der Stadt gehörte. Sie duschten beide und holten sich anschließend an der Rezeption einige Empfehlungen für gute Restaurants.

Der Concierge nannte ihnen zwei Optionen, die beide in Laufweite vom Hotel entfernt waren, also spazierten sie zunächst in Richtung des Parks. Der Wind war inzwischen zu einer angenehmen Brise abgeflaut, doch es war immer noch frisch.

»Ganz schön kalt. Ich habe gar nicht bedacht, dass wir uns fast eintausend Meter über dem Meeresspiegel befinden. Da bin ich von Uruguay ganz schön verwöhnt«, kommentierte Jet die Temperaturen, während sie sich an einer Gruppe von Fußgängern vorbeiquetschten, die unterwegs zum feierabendlichen Shopping waren.

»Ich bin zum ersten Mal hier. Erinnert mich aus irgendeinem Grund an Frankreich!«

»Oder Italien … nur irgendwie sauberer.«

Sie bogen am Ende des Blocks in eine Querstraße ab und mischten sich in eine Gruppe von Leuten, die fröhlich bei Rot über die Straße gingen – trotz der heranrasenden Autos. Auf der anderen Seite wurden sie auf ihrem Spaziergang an einer Restaurant- und Ladenzeile entlang von einer Fülle verschiedenster Sprachen umhüllt. Ein bisschen Englisch hier, ein bisschen Italienisch dort – und natürlich überall Spanisch, das aber mit dem unverkennbaren argentinischen Akzent gesprochen wurde. Dieser ist auf der Welt einzigartig, zum Beispiel klingt ein Doppel-L nicht wie ein ›i‹, sondern wie ein in die Länge gezogenes, weiches ›j‹ und der allgemeine Tonfall erinnerte fast mehr an Italienisch als an Spanisch.

Sie entschieden sich für ein Restaurant an der Hauptstraße gegenüber des Parks und bekamen einen Platz direkt neben einer unglaublich riesigen, verglasten Weinkammer. Alan schien geistesabwesend seinen Gedanken nachzuhängen und Jet ließ ihn in Ruhe, nachdem sie bestellt hatten.

»Das sieht köstlich aus«, sagte sie schließlich, als der Kellner ein saftiges Filet mit Trüffeln vor ihr abstellte. »Argentinien ist bekannt für sein gutes Rindfleisch«, kommentierte Alan und pikste dabei seine Forelle. »Ich hoffe, der Fisch kann da mithalten.«

Beide Gerichte waren köstlich, und als sie aßen, sprach Jet ein Thema an, das sie schon die ganze Zeit beschäftigte. »Was meinst du, wie Grigenkos Leute mich gefunden haben?«

»Die einzige Möglichkeit sind deine Bankgeschäfte. Glaube mir, ich habe alle Register gezogen, um dir auf die Spur zu kommen, und nichts gefunden.«

»Aber wie sollten sie an Bankdaten herankommen.«

Alan legte seine Gabel beiseite und schüttelte den Kopf. »Das ist wirklich beunruhigend. Die wahrscheinlichste Möglichkeit ist, dass es innerhalb des Mossad eine Schwachstelle gibt. Aber wer auch immer verantwortlich sein könnte, es gibt keine Spuren. Laut des Zugriffsregisters hat nur David die Daten bearbeitet, als er das Konto angelegt hat, und später ich, als ich dich finden musste.«

»Kann man das System denn manipulieren?«

»Ich schätze, alles ist manipulierbar, zumindest theoretisch, aber in dem Fall wüsste ich wirklich nicht, wie. Das übersteigt meine Kenntnisse.«

»Was ist mit den Systemadministratoren?«

»Da muss man gegeneinander abwägen, was möglich ist und was wahrscheinlich. Falls jemand das System ausgetrickst hat, muss er unglaubliche Fähigkeiten und Wissen haben. Denn wenn ein Zugriffsregister nicht zu hundert Prozent sicher ist, dann ist es komplett nutzlos. Außerdem reden wir hier über eines der am besten gesicherten Systeme auf dem ganzen Planeten.«

Schweigend beendeten sie ihre Mahlzeit und Jet dachte über das Gesagte nach. »Ich habe dir nie etwas über den Spitzel im Mossad erzählt, den wir enttarnt haben«, sagte sie.

Alan schaute sie mit großen Augen an. »Wie bitte?«

»David und ich hatten uns überlegt, dass es einen Verräter geben muss. Denn Grigenkos Vater hatte Infos über sämtliche Teammitglieder, und die einzige Möglichkeit, wie er daran gekommen sein konnte, war ein hochrangiger Mossad-Mitarbeiter.«

»Was? Wer ist es?«

Sie rutschte etwas unangenehm berührt in ihrem Sitz hin und her, während ein Kellner die Teller abräumte. »Es war einer der Vizeintendanten. Ich hatte seinen Namen nie gehört, aber David kannte ihn. Er arbeitete im operativen Geschäft, von daher kannte er die Agenten. Ich war immer direkt im Einsatz, und wie du weißt, brauchen wir die Namen unserer Vorgesetzten nicht zu kennen.«

»Aber dann haben wir doch die Antwort! Der Kerl muss dahinterstecken!«

»Das denke ich auch. Denn die Informationen könnten noch aus der Zeit des alten Grigenko stammen – und dann hat sein Sohn eben so lange gebraucht, um etwas aus den Daten zu machen und meine Abbuchungen aufzuspüren.«

»Woher weißt du, dass er die Details nicht erst vor Kurzem weitergegeben hat?«, fragte Alan.

Sie tupfte eine Weile verlegen mit der Serviette ihre Mundwinkel ab, bis sie den Stoff wieder zusammenfaltete und auf dem Tisch ablegte. »David hat ihn erledigt. Den Vizeintendanten.«

Alan lehnte sich mit Entsetzen im Blick zurück. »Ihr habt einen Vizeintendanten des Mossad ausgeschaltet? Seid ihr komplett wahnsinnig?«

»Es war eine schwierige Situation. Der geheime Unterschlupf war gerade angegriffen und alle Teammitglieder ermordet worden. David selbst war verletzt. Das war nicht der Zeitpunkt für halbe Sachen.«

»Wie war sein Name?«

»Eli Cohen?«

Alan schüttelte den Kopf. »Nie gehört.«

»Wie gesagt, ich auch nicht. Er gehörte den oberen Kreisen an – und deren Identitäten gehören zu den bestgehüteten Geheimnissen. So heißt es zumindest. Denn die Namen der Teammitglieder waren ebenfalls geheim. Und deswegen war David sicher, dass er sie verraten haben musste, denn es gab keinen anderen Kontakt.«

Alan versuchte noch, diese Informationen zu verdauen, als eine Kellnerin mit der Rechnung auftauchte. Er zählte ein paar Scheine ab und legte sie auf ihr Tablett. »Dann muss ich Davids Instinkten wohl einfach vertrauen. Er war der Beste. Wenn er der Meinung war, dieser Eli Cohen war ein Spitzel, dann wird es so gewesen sein.«

Sie standen auf und verließen das Lokal, vorbei an einer Schlange wartender Paare, die sich inzwischen angesammelt hatten. Draußen war es inzwischen windstill; die Luft war frisch, aber angenehm.

»Ich fand die Sache auch immer komisch. David sagte zwar, Cohen hätte gestanden, Grigenko Informationen zugespielt zu haben, aber ich war nicht dabei. Und wir wissen beide, dass man sich auf Aussagen unter Folter nicht verlassen kann. Sonst hätte es bei den Hexenjagden im Mittelalter ja nie Geständnisse gegeben. Ab einem gewissen Punkt gibt man einfach nach, damit die Schmerzen aufhören …«

Alan blieb auf dem Gehweg stehen. »Moment. Du willst damit sagen, David hat ihn auch noch gefoltert?«

»Und ihn dann getötet, genau.«

Sie liefen durch den Park zurück, wobei sie an knutschenden Teenie-Pärchen und Hippie-Händlern mit Bauchläden vorbei kamen, die Räucherstäbchen oder Lederschmuck verkauften. Eine plötzlich aufkommende, eisige Brise ließ sie frösteln. Jet drückte sich dichter an Alan heran und er nahm ihre Hand.

»Wird schon ganz schön kühl hier, was?«

»So ist das direkt neben den Anden.« Er zog seine Hand nicht weg. Ihre Hand passte wunderbar in die seine, und sie fingen an, händchenhaltend mit den Armen zu schwingen, so wie Kinder es manchmal machen. Als sie sich dem Ende des Parks näherten, verschwand sein Grinsen jedoch.

»Wir stecken ganz schön in der Scheiße, oder?«, fragte er leise.

Sie wusste genau, was er durchmachte. Seit dem Angriff in Trinidad hatte sie sich schon fast daran gewöhnt, dass ihr Leben immer in Gefahr war. Jeder Augenblick brachte neue Bedrohungen, sie konnte niemandem trauen. Und sie wusste, wie viel Kraft das kostete. Nichts war, wie es schien. Jet war zehn Jahre am Stück immerzu im Einsatz gewesen, von Mission zu Mission geschickt worden, doch nichts hatte sie darauf vorbereiten können. Im Einsatz wusste man wenigstens, wer die Guten und wer die Bösen waren. Jedenfalls schien es so, dass die eigene Seite immer die Guten waren. Doch in ihrer jetzigen Situation war gar nichts sicher. Es war ein reines Chaos, und die einzige Art, wie sie damit umgehen konnte, war, es einfach zu akzeptieren und sich auf die Dinge zu konzentrieren, an denen sie etwas ändern konnte.

Doch nichts davon sagte sie. Es würde nicht helfen. Da musste er selbst drauf kommen.

»Da sind wir, Alan. Leider.«

Wieder im Hotel angekommen verkündete Alan, dass er einen Drink brauchte, und sie begleitete ihn in die Bar im Erdgeschoss, die abseits vom Trubel der Casino-Etage gelegen war. Sie bestellten eine halbe Flasche Malbec – also gerade genug für ein Glas für jeden. Alan sagte nicht viel und Jet hielt es nicht für nötig, Small Talk zu halten.

Als sie wieder in ihrem Zimmer waren, machten sie sich bettfertig. Jet kroch schließlich in ihrem übergroßen T-Shirt und einer Jogginghose unter die Decke und schmiegte sich an Alan. Er verstand ihr Bedürfnis, festgehalten zu werden, und legte seine Arme um sie.

Für einen kurzen Augenblick fühlten sie sich sicher.

Jets letzter Gedanke, bevor sie mit seinem warmen Atem an ihrem Nacken einschlief, war, wie unterschiedlich die beiden Brüder waren und doch ihre individuellen Stärken hatten. Auf eine etwas schräge Art war sie froh, jetzt Alan zu haben, nachdem David nicht mehr da war. Vielleicht hatte er sogar das vor seinem Tod noch selbst eingefädelt, denn so war er gewesen – immer wollte er Pläne schmieden und die Dinge unter Kontrolle haben. Von daher war es durchaus möglich, dass dies sein letztes Geschenk an sie war – die unausgesprochene Entschuldigung für seine Taten kam in Form seines Bruders.

KAPITEL 20

Jet wachte schon früh auf, sie fühlte sich ruhelos und angespannt. Alan schlief noch, also zog sie sich ein frisches Shirt über und nahm den Fahrstuhl in die Hotellobby. Draußen machte sie ein paar Dehnübungen und begann dann einen Lauf durch die Innenstadt, die in den Morgenstunden noch ziemlich ausgestorben war.

Sie trieb sich selbst immer weiter an, musste sich jedoch eingestehen, dass ihre Ausdauer etwas gelitten hatte. Dann fiel ihr aber ein, dass sie sich in höheren Gefilden befand, sodass auch der Luftdruck ein anderer war und weniger Sauerstoff zur Verfügung stand.

Eine Stunde später kehrte sie ins Hotel zurück und hatte ein viel deutlicheres Bild von der Stadt im Kopf. Es gab wirklich viele Parallelen zu europäischen Metropolen und auch eine Ähnlichkeit zu Uruguay, was nicht zuletzt daran lag, dass ein Großteil der Bevölkerung ursprünglich europäische Wurzeln hatte. Wenn Jet diese Sache hinter sich gebracht hatte, wollte sie ernsthaft über Mendoza als neue Heimat nachdenken. Es ging hier ruhiger zu als in Buenos Aires, das mit hoher Kriminalitätsrate, Energiekrisen und Volksaufständen von sich reden machte.

Als sie auf das Zimmer zurückkehrte, war Alan gerade unter der Dusche, also schaltete sie die Nachrichten an, um nach neuen Erkenntnissen zu der Schießerei in Uruguay zu schauen. Es war jedoch keine Rede davon, vermutlich wurde es im Nachbarland als ein lokales Problem gesehen – und abgesehen davon verloren die Zuschauer meistens schon nach wenigen Tagen das Interesse an einem Thema, zu dem es keine handfesten Neuigkeiten gab.

Alan kam mit einem Handtuch bekleidet aus dem Bad und deutete auf die offene Tür. »Jetzt bist du dran.«

»Brauchst du noch irgendwas von da drinnen?«

»Nein, ich habe schon alles eingesammelt und packe jetzt meine Tasche. Wir sollten in fünfzehn Minuten hier raus sein, wenn wir den Bus noch bekommen wollen. Gab es irgendwas neues im Fernsehen?«

»Nein, es scheint hier niemanden zu interessieren, was in Uruguay passiert.«

Das Wasser fühlte sich gut auf ihrer Haut an und erfrischte sie. Leider hatte sie nicht viel Zeit und zog sich schnell noch einen Kamm durch die Haare, als sie das Badezimmer verlassen hatte. Alan packte gerade seinen Laptop ein. »Ich habe ihn voll aufgeladen. Der Akku sollte also für die gesamte Fahrt bis nach Chile reichen, damit du dich über Grigenko schlaumachen kannst.«

Der Busbahnhof gehörte zu den saubersten, die sie auf ihren Reisen kennengelernt hatte, und in Gedanken gab sie Mendoza einen weiteren Pluspunkt. Bis jetzt schnitt die Stadt wirklich sehr gut ab. Sie kauften ihre Fahrkarten und warteten zwanzig Minuten, bis sich die Türen des Busses mit einem hydraulischen Zischen öffneten und die müde aussehenden Passagiere begannen, Platz zu nehmen.

Die Aussicht auf den hohen Pässen der Anden war atemberaubend, aber Jet hatte nur Augen für die Informationen, die Alan über den Russen heruntergeladen hatte. Sie saß am Fenster und brütete über den Berichten, wobei ihr immer wieder auffiel, wie arrogant Grigenko Junior auf den Fotos aussah. Kein Wunder, wenn man Erbe eines Netzwerkes von Firmen war, die zusammen mehrere Milliarden Dollar auf die Waage brachten. Fünfundzwanzig Jahre alt, Single und Bewohner einer Villa im exklusivsten Viertel Moskaus. Dazu noch geschützt von einer kleinen Armee ehemaliger Speznaz-Elitesoldaten. Schon vor dem verfrühten Ableben seines Vaters hatte er beeindruckende Summen verdient, nachdem er die Universität mit 19 Jahren abgebrochen hatte. In der Schule hatte er noch wegen herausragender Leistung eine Klasse übersprungen, doch das höhere Bildungswesen war nicht nach seinem Geschmack ausgefallen. Anscheinend hatten ihn die Professoren gelangweilt, sodass er seine Aufmerksamkeit darauf verlegt hatte, seinen Kommilitonen Drogen zu verkaufen. Daraus entwickelte sich schnell ein ganzes Netzwerk, bei dem ihm die Kontakte seines Vaters zur russischen und tschetschenischen Mafia sehr zugutekamen. Nach seinem Studienabbruch verschwand er komplett von der Bildfläche und tauchte unvermittelt mit dreiundzwanzig Jahren wieder im Rampenlicht auf, Gerüchten zufolge als Kopf einer mächtigen neuen Unterweltgruppierung, die sich auf Waffenschieberei, Drogenhandel und Auftragsmord spezialisiert hatte.

»Der Typ ist wirklich einer von der ganz üblen Sorte. Er ist doch so reich, dass er sich mit dem ganzen illegalen Kram gar nicht abgeben müsste«, sagte sie zu Alan, als der

Bus gerade eine weitere der scheinbar unendlichen Haarnadelkurven passierte.

»Manche Menschen tun sich eben schwer damit, mit alten Gewohnheiten zu brechen. Vielleicht geht es ihm gerade um den Kick, auf der anderen Seite des Gesetzes zu stehen. Wahrscheinlich ist er ein Soziopath, der sich selbst als Zentrum des Universums sieht und andere Menschen nur als Dinge, mit denen er spielen kann – als ob sie nur zu seiner Unterhaltung existieren würden. So klingt es jedenfalls in seinem Psychologie-Profil, vielleicht solltest du das als Nächstes lesen.«

»Auf jeden Fall. Aber abgesehen davon, dass er sowieso innerhalb der nächsten Woche sterben wird, finde ich es schon bemerkenswert, dass er sich sogar mit Terroristen abgibt – und dann auch noch im höchst gefährlichen Bereich der Massenvernichtungswaffen. Es gibt kaum Dinge, die das organisierte Verbrechen ablehnt, aber normalerweise steht so etwas ganz oben auf der Liste.«

»Genau deswegen solltest du das Profil lesen. Unsere Psychologen sind zu dem Schluss gekommen, dass er adrenalinsüchtig ist und für dieses Laster alles aufs Spiel setzen würde. Er hätte es nicht nötig gehabt, sich mit der Unterwelt einzulassen, da er auch mit den Firmen seines Vaters ein Vermögen hätte verdienen können – oder er hätte warten können, bis er alles erbt. Stattdessen hat er sich das gefährlichste Gebiet von allen gesucht und hatte damit viel Erfolg. Man muss schon ein ganz spezieller Mensch sein, um Berge von Geld liegen zu lassen und sich stattdessen mit dem Bodensatz der übelsten Verbrecher zu umgeben. Und genau das hat er getan.«

Jet widmete sich wieder ihrer Lektüre, schaute sich die Pläne seiner Villa und seines Bürogebäudes an und las die ausufernden Beschreibungen seines Privatlebens.

»Das ist wirklich ein schlimmer Mensch, Alan. Ein ganz, ganz schlimmer.«

»Kann man nicht anders sagen. Aber eine Sache, die wir ihm nicht nachweisen können, sind die Waffengeschäfte. Über seine Verbindungen zu Terroristen haben wir leider keinerlei belastbares Material.«

»Zum Glück bin ich in dieser Angelegenheit Richterin, Geschworene und Henkerin in einer Person. Und mich braucht niemand mehr zu überzeugen. Dieser Wichser ist so gut wie erledigt. Dabei dachte ich schon, sein Vater wäre schlimm gewesen, aber anscheinend kommt der Sohn nach dem anderen Zwilling – du weißt, dass ich den auch erledigt habe, oder? Der war auch im Waffengeschäft. Auch eine ganz fiese Nummer, und er hatte sich ebenfalls mit Sicherheitsmaßnahmen erster Güte umgeben. Aber das hat ihm nichts geholfen.«

»Unser bester Verbündeter ist die Überraschung – er wird nicht erwarten, dass du ihn angreifst, statt dich unter irgendeinem Stein in Uruguay zu verstecken. Wenn es gut läuft, bist du bereits wieder aus Moskau raus, bevor sich irgendjemand zusammenreimt, dass Verstecken nicht dein Ding ist.«

»Meinst du nicht, dass er durch seine Recherchen über mich weiß, dass ich ihn möglicherweise angreifen werde?«

»Ich glaube, es ist ihm einfach egal – denk dran, er ist ein Soziopath und Narzisst. Für ihn geht es nur darum, was er mit dir anstellen will, nicht anders herum. Anscheinend sieht er sich in einer Art Blutfehde – er will dich töten, um seinen Vater zu rächen. Obwohl es natürlich nicht offiziell ist, haben dich wohl genug Mitglieder von Grigenkos Sicherheitsteam gesehen, als du auf dem Schiff warst. Da braucht es nicht viel Fantasie, um sich auszurechnen, wer Papa auf dem Gewissen hat. Trotzdem glaube ich nicht, dass ihm der Gedanke kommt, du könntest seine Verteidigungsmechanismen überwinden. Keine Chance. Und das spielt uns in die Hände: Er hält sich selbst für unantastbar.«

»Genau wie sein Vater. Der war auch total eingebildet und von seiner Überlegenheit überzeugt. Irgendwie witzig, denn gestorben ist er wie jeder andere auch.«

»Dieses Schicksal scheint ja jedem zu blühen, mit dem du dich anlegst. Aber du hast recht, seine größte Schwäche ist sein Ego. Er ist einfach zu sehr von sich überzeugt.« Der Subtext von Alans Bemerkung war klar – mache nicht denselben Fehler!

Sie überlegte, ob sie eine schnippische Retourkutsche liefern sollte, kam aber zu dem Schluss, dass er nicht unrecht hatte. In dieser Hinsicht ähnelte er wiederum David, denn auch er hatte immer zu Vorsicht und Demut geraten. Natürlich war da etwas dran. Im Einsatz hatte sie es immer wieder gesehen – ihre Ziele wähnten sich in Sicherheit. Und genau das war ihr Untergang.

Zwei Stunden später näherte sich der Bus einem zugefrorenen Pass in der Nähe des Gipfels. Als ein Blizzard aufzog, kam das Fahrzeug nur noch im Schritttempo voran, die Sichtweite sank auf wenige Meter. Der Fahrer arbeitete unter höchster Konzentration; er kannte die Strecke wie seine Westentasche und wusste, wo die größten Gefahren lauerten.

Und genau darin sah Jet eine starke Parallele zu ihrer eigenen Situation: Dieser Mann war die Route schon tausende Male abgefahren, trotzdem war er voll bei der Sache und auf alle Eventualitäten vorbereitet. Dieses Verhalten sicherte nicht nur das Überleben seiner Fahrgäste, sondern auch sein eigenes – und so würde er morgen die nächste Tour fahren.

Keine schlechte Idee, dachte sich Jet, und beschloss, immer daran zu denken, wenn sie sich einmal wieder zu siegessicher war.

Der Nachmittag zog sich in die Länge, doch irgendwann ging es endlich bergab und sie näherten sich Chile. Es waren nur noch wenige Stunden, bis sie ankommen würden. Jet hatte die Zeit höchst sinnvoll genutzt, denn sie besaß nun ein umfassendes Bild der Gewohnheiten und Beweggründe ihrer Zielperson.

»Wir werden sein Haus angreifen. Denn dort, wo er lebt, wird er es am wenigsten erwarten. Da ist er am verletzlichsten«, verkündete sie am Stadtrand von Santiago.

»Ich hatte mir gedacht, dass du das sagen würdest«, bemerkte Alan und verstaute den Laptop, da Jets Recherchen für den Augenblick beendet waren.

Sie beobachteten, wie das ländliche Gebiet immer urbaner wurde, als sie sich der Hauptstadt dieses Küstenstaates näherten. Nach ihrer Ankunft eilten sie sofort weiter, da sie nur wenige Stunden Aufenthalt in einem Hotel vor sich hatten, bevor es am nächsten Morgen mit dem ersten Flugzeug weitergehen würde.

KAPITEL 21

MOSKAU, RUSSISCHE FÖDERATION

Die Straßen um Grigenkos superteure Villa waren um Mitternacht leer und verlassen. Das Anwesen war nur wenige Blocks von der Christ-Erlöser-Kathedrale an der Moskwa entfernt und befand sich in der exklusivsten Gegend Moskaus, die nur von den reichsten der Reichen bewohnt wurde. In den Parkhäfen tummelten sich Mercedes-, Bentley- und andere Luxuslimousinen – und diese gehörten bloß den »armen Schluckern«, die sich keine eigenen Garagen leisten konnten, ganz im Gegensatz zu Grigenko.

Er hatte die Villa zwei Wochen nach dem Tod seines Vaters gekauft und sich so Wohnraum geschaffen, der einem der reichsten Oligarchen der Stadt würdig war. Kaum hatte er den Kaufvertrag unterzeichnet, hatte er das alte Haus seines Vaters und sämtliche damit in Verbindung stehenden Besitztümer abgestoßen, um jegliche Erinnerung an den alten Herrn und seine eiserne Hand loszuwerden.

Ein Porsche rollte langsam durch die ruhige Straße vor der Villa, die Stereoanlage voll aufgedreht, was argwöhnische Blicke des Sicherheitspersonals hervorrief. Am Ende des Blocks beschleunigte der Wagen wieder.

»Sieht gut aus«, sprach Alan in seinen Ohrstöpsel, nachdem er die Musik heruntergedreht hatte und stattdessen dem Schnurren des Motors lauschte.

»Dann begebe ich mich in Position. Ich schätze, ich brauche eine halbe Stunde. Schließlich muss ich mich mit den Schlössern auseinandersetzen und auch noch einen Puffer einrechnen, falls andere Schwierigkeiten auftreten«, antwortete Jet, die ein paar Blocks weiter in einem dunklen Hauseingang stand. Sie überprüfte die ausgestorbene Straße, schulterte ihren schwarzen Rucksack und ging zu dem Gullydeckel, den sie sich auf einem Plan der Kanalisation ausgeguckt hatte.

Ein weiterer Kontrollblick bestätigte ihr, dass sie immer noch allein war, also zögerte sie nicht und stemmte die Metallscheibe aus ihrer Verankerung. Dann ließ sie sich in die Dunkelheit hinunter in dem Wissen, dass Alan gleich auftauchen würde, um den Gully wieder zu verschließen. Denn sie hatte keine Zeit zu verlieren bei ihrem Weg durch die verschachtelte Kanalisation, deren bestialischer Gestank sofort einen Würgreflex auslöste. Sie atmete nur noch durch den Mund und kämpfte um Selbstbeherrschung, wobei sie sich darauf konzentrierte, den Puls und damit den empfundenen Schwindel niedrig zu halten.

Ein haariges Etwas huschte über die Plattform unter ihr und sie hörte das Quietschen einer der berüchtigten Moskauer Kanalratten, die angeblich die Größe kleinerer Hunde erreichen konnten. Sie wartete einen Augenblick und setzte ihren Abstieg auf der Leiter dann fort, bis ihre Füße den Tunnelboden erspürten. Sie tastete in ihrer Tasche herum und zog das Nachtsichtgerät heraus, das wenig später ihre unappetitliche Umgebung in gleißenden Grüntönen abbildete.

»Denk an den Plan. In zwanzig Minuten ist Schichtwechsel. Ich gebe dir Bescheid, wenn die Ablösung ankommt – während der Wachübergabe hast du drei Minuten, um hinein und wieder heraus zu kommen. In sechzig Sekunden schließe ich den Gullydeckel«, murmelte Alans Stimme leise aus ihrem Ohrstöpsel. Jet tippte zweimal auf das Gerät, um das Gesagte zu bestätigen, und setzte sich dann ein Atemgerät ein. Sie klemmte es zwischen ihre Zähne und drehte ein Ventil auf, sodass herrlich saubere Luft in ihre Lunge strömte.

Sie hatten bereits drei Tage in Moskau verbracht, um die Ausrüstung zusammenzustellen und das Gebäude zu überwachen. Einmal hatte sich Alan als Paketbote getarnt, einmal sie sich als Touristin. Die Villa wurde rund um die Uhr von jeweils acht Mann bewacht. Die Ablösung fand offenbar immer zur gleichen Zeit statt, und so waren sie sicher, dass auch in dieser Nacht genau eine halbe Stunde nach Mitternacht eine neue Mannschaft einträfe, die dann acht Stunden Dienst schieben würde.

Die gigantischen Rohre vibrierten unter ihren Schritten, während sie den Plänen folgte, die sie an eine Abzweigung führten. Sie nahm die rechte Passage und hielt sich dann an der nächsten Kreuzung links. Hier änderte sich die Struktur des Tunnels, von gegossenem Beton ging es mit alten, verwitterten Pflastersteinen weiter, die teilweise mit glitschigem Schimmel überzogen waren. Sie wusste, dass sie gleich an ein Sicherheitsgitter kommen würde und sich dann schon fast in einem kleinen Pumpwerk befand, das ein Nebengebäude von Grigenkos Villa war. Laut der Karte sollte es über eine uralte Treppe direkt mit der Kanalisation verbunden sein.

Eine weitere neugierige Ratte kam auf sie zu – die pelzigen Umrisse konnte sie mit ihrem Nachtsichtgerät problemlos wahrnehmen. Doch das Tier bekam es dann doch mit der Angst zu tun, drehte um und verschwand in der Dunkelheit. Hinter der letzten Abzweigung zählte Jet ihre Schritte und schob sich den Rucksack auf ihrem Rücken zurecht. Darin war alles, was sie brauchte, um den Russen zu erledigen – sogar eine Lösung, um die beiden Schlösser zu überwinden, die ihr gleich den Weg versperren würden.

Sie erreichte das Metalltor und blieb stehen, wobei sie das übergroße Vorhängeschloss beäugte. Trotz des üblen Gestanks um sie herum huschte ein Lächeln über Jets Gesicht, als sie eine kleine Sprühflasche hervorholte und die Hälfte des Inhaltes in das Schlüsselloch sprühte. Chemische Dämpfe stiegen aus dem uralten Stahlmechanismus auf und nach drei Minuten hebelte sie es mit dem Brecheisen auf, das ihr auch schon den Gully geöffnet hatte.

Das rostige Tor selbst ließ sich jedoch nicht bewegen und widerstand sogar einem harten Rempler ihrer Schulter. Also setzte sie wieder das Brecheisen an und schon bald stand die Tür weit offen. Bevor sie weiterging, überlegte Jet, den Durchgang wieder zu verschließen – entschied sich dann aber dagegen, falls sie ihn als Fluchtweg nutzen musste. In der Dunkelheit vor sich konnte sie bröckelige Treppenstufen ausmachen, die sich am Rand des Durchganges in die Höhe wandten. Es waren jedoch zwei separate Aufgänge, und nicht nur einer, wie sie erwartet hatte.

Sie zählte ihre Schritte und kam zu dem Schluss, dass die erste Treppe jene sein musste, die sie suchte. Vorsichtig erklomm sie die porösen Stufen und stoppte, als sie eine uralte Metalltür erreichte. Sie drückte die verrostete Klinke, doch nichts passierte. Also entleerte sie den Rest der Aerosolflasche in das Schlüsselloch und riss dann noch einmal an dem Türgriff. Diesmal öffnete sich die Tür, wenn auch unter dem protestierenden Quietschen der korrodierten Scharniere.

Jet betrat einen dunklen Maschinenraum, in dem drei übergroße Pumpen ihren Dienst verrichteten – es war die Frisch- und Abwasser-Anlage des Anwesens. Jet packte ihren Rucksack weiter aus und holte eine kleinere Umhängetasche sowie eine schallgedämpfte Maschinenpistole vom Typ FN-P90 hervor. Als sie ihr Atemgerät ausspuckte, stellte sie fest, dass die Luft immer noch furchtbar war, aber zumindest konnte sie es aushalten. Jet verstaute den Rucksack hinter einer der Pumpen, schloss die Tür zur Kanalisation und schlich auf den Ausgang zu, wobei sie aufmerksam lauschte.

Das Hauptgebäude hatte einen Türsteher und einen weiteren bewaffneten Sicherheitsmann, aber sie würden beide am Vordereingang stehen, nicht am hintersten Ende der Gebäudetechnik. Jets Strategie war einfach: Auf das Dach gelangen, sich an der Seite abseilen und so in Grigenkos Schlafzimmer im zweiten Obergeschoss gelangen. Sie wusste aus den Akten des Mossad, dass alle Fenster aus kugelsicherem Glas bestanden, doch man konnte sie trotzdem öffnen. Und ein kleines Fensterschloss würde sie einfach mit der zweiten Sprühflasche ihrer geheimen Säuremischung aufbekommen. Der Rest würde dann ganz einfach sein: Das Fenster aufmachen, Grigenko erschießen und dann den Weg zurück nehmen, den sie gekommen war. Danach ein paar Stunden Schönheitsschlaf im Hotel und Russland anschließend auf Nimmerwiedersehen sagen.

Ein ganz einfacher Plan. Das waren immer die besten.

Sie öffnete die Tür einen Spalt und schaltete das Nachtsichtgerät aus, denn das schwache Licht einer alten Glühbirne an der Decke war ausreichend. Am Ende des Gangs war eine Stahltür, die, wie sie wusste, in die Lobby führte. Ein Müllschacht hatte daneben seinen Auswurf, der geradewegs in eine bereitstehende Abfalltonne führte. Ihr Interesse galt aber dem schmalen Treppenaufgang, der sich bis hinauf auf das Dach wand.

Ihre Schritte auf den brüchigen Kacheln waren sanft wie die einer Katze und auch die Treppen erklomm sie völlig geräuschlos, obwohl sie zwei Stufen auf einmal nahm. Ein Blick auf die Uhr verriet ihr, dass die Wachen in vier Minuten abgelöst werden würden, was ihr genug Zeit gab, um in Position zu gehen.

Eine weitere Dosis aus ihrer zweiten Sprühdose öffnete das Schloss der Tür zum Dach und einen Augenblick später atmete sie wieder die kühle Nachtluft ein. Kies knirschte unter ihren Füßen, als sie die Distanz bis zur gegenüberliegenden Brüstung überwand, von der es fünf Stockwerke in die Tiefe ging. Sie zog ein langes, schwarzes Bergsteigerseil aus ihrem Rucksack und befestigte ein Ende an einem Stahlrohr in der Nähe. Dann zog sie ihren schwarzen Pullover hoch und führte das Seil durch eine Öse an dem Klettergurt, den sie darunter trug. Schließlich schaute sie nach unten auf Grigenkos Villa, die an das Gebäude angrenzte, und wartete darauf, dass Alan über Funk grünes Licht gab. Ihr Puls war normal, sie atmete ganz ruhig ein und aus. Sie war bereit.

»Abbruch, irgendetwas stimmt nicht! Der Schichtwechsel findet nicht statt!« Alans Stimme klang alarmiert.

»Negativ, vielleicht sind sie nur etwas spät dran. Lass uns abwarten!«

Alan schwieg. Die Minuten krochen wie in Zeitlupe dahin. Plötzlich bemerkte Jet Bewegung auf Grigenkos Dach. Sie ließ sich auf den Bauch fallen und spähte vorsichtig über die Dachkante nach unten – wobei sie sofort bemerkte, dass sie direkt in die Mündung eines Scharfschützen-Gewehres starrte.

Gerade noch rechtzeitig rollte sie sich zur Seite; der erste Schuss ließ den Kies aufspritzen, der zweite ließ Teile der gemauerten Brüstung durch die Luft splittern.

»Sie schießen, ich breche ab! Bleib dran, du musst mich abholen, aber ich weiß noch nicht wo!«, rief sie, als sie ihren Körper in einen tief gebeugten Sprint zwang. An dem Stahlrohr stoppte sie kurz, um den Karabinerhaken zu entfernen, und stopfte das Seil zurück in ihre Tasche, bevor sie die Tür aufriss und die Treppe mit drei Stufen pro Schritt nach unten hetzte.

Es würde knapp werden. Verdammt knapp. Ihre Gegner mussten die Villa verlassen, hier herüber rennen, die Lobby betreten und die Wache überzeugen, die Stahltür zur Gebäudetechnik zu öffnen. In etwa genausolange würde sie brauchen, um wieder im Erdgeschoss anzukommen.

Dieser Gedanke brachte sie auf eine Idee: Sie befestigte den Karabiner am Treppengeländer und warf sich in die

Tiefe. So fiel sie innerhalb von Sekunden vier Etagen, bis ihr Fall kurz vor dem Boden durch das Seil gebremst wurde. Jet ließ ihr Butterfly-Messer herumwirbeln und durchschnitt das Seil, landete wackelig auf den Füßen und hetzte daraufhin den Gang hinunter. Als sie den Raum mit den Pumpen erreichte, hörte sie Schreie aus Richtung der Lobby, ihr erdachter Zeitplan war also absolut akkurat. Sie hatte vielleicht fünfzehn Sekunden gewonnen, auf keinen Fall mehr.

Jet stürzte in den engen Raum und schob den Riegel vor die Tür, dann rannte sie zur gegenüberliegenden Wand und zog ihren Rucksack hinter der Pumpe hervor. Sie zog sich wieder das Nachtsichtgerät über und riss die Tür zur Kanalisation auf. Von der anderen Seite rammte sie ihr Brecheisen unter das Türblatt, in der Hoffnung, dass es ihre Verfolger kurz aufhielt. Es würde sehr knapp werden, aber durch die beiden versperrten Türen hatte sie vielleicht genug Vorsprung gewonnen, um es zu schaffen.

Sie rannte den Tunnel hinunter und wühlte dabei auf der Suche nach dem Atemgerät in ihrem Rucksack, da der Gestank von Methan und Schwefel bereits drohte, sie zu überwältigen. Zum Glück würde es ihren Verfolgern nicht anders gehen.

Die Tür hinter ihr wurde von zwei heftigen Stößen erschüttert und flog dann schließlich auf, die Männer waren also im Tunnel. Jet hatte vielleicht hundert Meter Abstand, aber sie besaß etwas, das den anderen fehlte: Eine genaue Vorstellung davon, welchen Weg sie nehmen musste. Schritte hallten hinter ihr durch das Gewölbe, doch sie kamen schon bald aus dem Takt, was Jet der fehlenden Atemluft zuschrieb. Sie trieb sich selbst an und zwängte sich durch das alte Tor, das sie nicht einmal hinter sich schloss. Von da verfiel sie in einen Sprint, ihre Schuhe ließen die giftigen Pfützen aufspritzen, die überall verteilt waren. Sie wollte gar nicht darüber nachdenken, wie viel Luft sie noch hatte. Immerhin hatte sie überhaupt Luft, im Gegensatz zu ihren Verfolgern.

Die Strahlen von Taschenlampen huschten über die Wände hinter ihr und sie bog geduckt an einer Kreuzung nach rechts ab. Dann hetzte sie weiter und schaffte die Distanz bis zur nächsten Abzweigung in zwanzig Sekunden. Die Geräusche hinter ihr wurden immer leiser, bis zu dem Punkt, wo Jet sie kaum noch wahrnehmen konnte.

Nun war die Frage, wo sollte sie die Kanalisation verlassen? Die Zeit war knapp. Da sie ihre Verfolger abgeschüttelt hatte, würden sie nun sicherlich die Polizei alarmieren und das Netz würde schnell immer dichter gezogen.

Sie erreichte die Stahltritte in der Wand, die sie heruntergekommen war und legte den Kopf schief. Die fernen Geräusche wurden durch Echos verzerrt, doch die Schritte klangen weit entfernt und dumpf, die Männer mussten definitiv eine falsche Abzweigung genommen haben. Sollte sie warten, bis sie sich zeigten, oder das Risiko auf sich nehmen, durch die Geräusche beim Öffnen des Gullydeckels ihre Position zu verraten?

Jets Luftvorrat war verbraucht und damit war die Entscheidung gefällt. Sie musste hier raus. Sofort.

Sie zog sich die Leiter hinauf und bedauerte, das Brecheisen zurückgelassen zu haben. Verzweifelt rammte sie ihre Schulter gegen die schwere Eisenscheibe und spürte, dass sie sich bewegte, aber nur ein winziges Stück.

Jet drückte sich mit aller Kraft hoch und der Deckel hob sich für einige Zentimeter. Sie stemmte ihre Hand so fest dagegen, dass ihre Muskeln fast rissen, und schob das Ding beiseite. Sofort wurde sie von einem Schwall frischer Luft begrüßt und schwang sich mit neuer Kraft in die Nacht hinauf. Ächzend schob sie den Gullydeckel wieder in Position, was zu ihrem Leidwesen unglaublich laut war. Dann sprintete sie die Straße hinunter und tippte ihren Ohrstöpsel an.

»Ich bin draußen … komm zu dem Juwelier, der zwei Blocks von meinem Einstiegspunkt entfernt war. Ich müsste in ein paar Minuten …«

Sie hörte, wie der Gullydeckel hinter ihr zerbarst, wirbelte herum und hob dabei die P90 in Schussposition. Noch in der Drehung deckte sie die Straße mit einem Kugelhagel ein. Ein Mann fiel mit gespaltenem Schädel in die Kanalisation zurück und sie hörte einen Schrei, als er auf seine Kollegen stürzte. Das würde die Verfolger für einen Moment aufhalten. Niemand würde der Held sein wollen, der seinen Kopf herausstreckte, während eine Kugel auf ihn wartete. Jet riss sich die Nachtsichtbrille vom Kopf und ließ sie in ihren Rucksack fallen, dann rannte sie los und tippte erneut an den Ohrhörer.

»Wie gesagt, hol mich bei dem Juwelier ab. Ich bin in zwei Minuten da!«

»Alles in Ordnung?« Alans geflüsterte Frage kitzelte sie im Ohr.

»Bin nicht verletzt. Bis in zwei Minuten!«

»Roger.«

In der Ferne heulten Sirenen auf, was sie daran erinnerte, dass sie immer noch ein Rennen gegen die Uhr gewinnen musste. Es würde knapp werden. Sehr knapp.

Gleichzeitig überschlugen sich in ihrem Kopf die Fragen, wie es zu dieser Katastrophe hatte kommen können. Grigenkos Männer mussten etwas geahnt haben, also hatte Alan recht gehabt.

Was wiederum bedeutete, dass ihnen jemand einen Tipp gegeben haben musste.

Sie bog um eine Ecke und verlangsamte ihr Tempo, dann warf sie ihren großen Rucksack in eine halb volle Mülltonne, die zur Abholung an den Straßenrand gestellt worden war. Jetzt war sie nur noch eine nette junge Frau, die nach einer schönen Nacht voller Cocktails zur Wohnung ihres reichen Geliebten zurückkehrte.

Einige Meter die Flaniermeile hinunter sah sie die leuchtenden Werbeschilder mit Diamanten. Sie überquerte gerade die Straße, als sie einen leistungsstarken Motor aufheulen hörte, und schon rollte der Porsche neben ihr aus.

»Spring rein!«, rief Alan.

Jet zog sich die kleine Tasche ab und ließ sie auf die winzige Rückbank fallen, dann schwang sie sich in den tief liegenden Beifahrersitz. Sie schlug gerade die Tür zu, als ein Polizeiauto mit Blaulicht und Sirene kreischend einen Block entfernt um die Ecke gebogen kam und genau auf sie zuhielt. Alan warf ihr einen Blick zu, rammte den ersten Gang hinein und gab Vollgas. Der Sportwagen machte einen Satz nach vorn und stürzte sich in die Moskauer Nacht.

KAPITEL 22

»Wir wurden verraten. Die wussten, dass wir kommen.« Jets Stimme war ruhig, ohne jegliche Gefühlsregung, als sie durch die leeren Straßen fegten, den Polizeiwagen dicht auf den Fersen.

»Das habe ich gemerkt«, erwiderte Alan, wobei er das Steuer herumriss und den flachen Wagen um eine enge Kurve peitschte, wobei das Heck für einen Moment unkontrolliert wegrutschte, bis Alan kurz vom Gas ging und gegenlenkte. Dann trat er das Pedal wieder durch und das Auto schoss nach vorn – die Beschleunigung glich einem abstürzenden Fahrstuhl und die beiden wurden kräftig in ihre Sitze gepresst.

»Vielleicht schnallst du dich besser an«, kommentierte Alan das Geschehen. Sein Blick flog zum Rückspiegel und peilte den Streifenwagen an.

»Wieso, ist das hier gesetzlich vorgeschrieben?«, fragte sie grinsend und ließ den Gurt einschnappen. »Das ist doch totale Zeitverschwendung; wenn ich sie in Stücke schießen will, muss ich mich sowieso erst wieder abschnallen.«

»Ich glaube, es wäre besser, wenn du keine Schießerei in der Moskauer Innenstadt anfängst. Das ist nicht wirklich unauffällig.«

»Dann leg mal einen Zahn zu und arbeite an deinen Fahrkünsten – wenn wir die Jungs nicht bald abgehängt haben, werden die tendenziell eher mehr als weniger. Einem Funkgerät kann man schließlich schlecht davonfahren.«

»Das ist ein gutes Argument. Schnapp dir das GPS, das vor deinem Sitz liegt und spiele den Navigator!«

Sie schaltete das Gerät ein und drückte ein paar Knöpfe, bis eine Karte der Umgebung erschien. Jet studierte diese kurz und nickte dann. »Bieg die übernächste Straße rechts ab. Dann die nächste links!«

»Rechts, dann links, verstanden! Wo geht's denn hin?«

»Zur nächsten U-Bahn-Station. Bis jetzt haben sie keine Beschreibung von uns, nur von dem Auto. Also lassen wir es stehen und verschwinden in die Bahnstation. Dann trennen wir uns und treffen uns später wieder. Übrigens, wenn du nächstes Mal ein Auto für eine Mission klaust, dann such dir eine andere Farbe aus. Kein Rot. Nur so als Tipp.«

»Wieso, ist doch schick«, entgegnete er und trat das Gaspedal durch. Sie fegten über Kopfsteinpflaster, bis er rechts abbog. Dabei gewannen sie schnell Abstand zu dem Polizeiwagen, der inzwischen fast drei Blocks entfernt war. »Außerdem wollte ich immer schon mal einen Porsche richtig ausfahren, und das war der einzige, den ich finden konnte.«

»Wenn wir nach dem Linksabbiegen an die Hauptstraße kommen, fährst du noch drei Blocks und lässt mich dann an der Haltestelle raus. Dann lass die Karre irgendwo stehen und triff mich in einer Stunde im Metropol Hotel.«

»Alles klar. Am besten, du spülst dir noch die Schuhe ab, sobald du draußen bist, denn der Gestank ist ziemlich verräterisch.« Er deutete auf eine Flasche auf dem Notsitz.

»Mache ich.«

Als sie angekommen waren, fuhr Alan kurz an den Bordstein und Jet sprang aus dem Wagen, etwa fünfzig Meter vom Eingang der U-Bahnstation entfernt. Sie duckte sich hinter ein paar riesigen Betonkübeln mit Grünpflanzen und wusch sich den Dreck von den Schuhen. Dann ging sie ganz gelassen zur Rolltreppe und fuhr in aller Seelenruhe hinunter. Dabei hatte sie zufällig eine der längsten Rolltreppen Europas erwischt – die Station Park Pobedy lag 84 Meter unter der Erde und die Fahrt mit der Rolltreppe dauerte drei Minuten. Auf dem Weg spürte sie langsam, wie die Luft wärmer wurde und den typischen Geruch annahm, der auf allen U-Bahnstationen der Welt mehr oder weniger gleich war. Schließlich kam sie auf dem Bahnsteig an und wartete auf den nächsten Zug, den sie bereits irgendwo in dem dunklen Tunnel rumpeln hörte.

Ein Polizeibeamter trat ebenfalls auf den Bahnsteig und studierte die wenigen Menschen, die auf eine Bahn warteten. Die meisten sahen nach einer langen Nacht des Feierns sehr müde und erschöpft aus. Ein paar Teenager lachten am anderen Ende des Bahnsteiges laut auf und alberten herum, einer von ihnen hörte jedoch abrupt mit seinem Herumschreien auf, als er den Polizisten entdeckte. Auch der Rest der Gruppe wurde ganz schnell ruhig, als der Beamte ihnen seine volle Aufmerksamkeit widmete.

Eine U-Bahn fuhr lautstark ein und die Türen öffneten sich unter viel Geklapper. Die Reisenden auf dem Bahnsteig warteten, bis einige wenige Personen ausgestiegen waren, und betraten dann den halb leeren Zug. Viele von ihnen rochen nach Alkohol – Jet schätzte, dass mindestens die Hälfte ihrer Mitreisenden ordentlich getrunken hatte, einige schienen kaum noch bei Bewusstsein.

Der Polizist stieg in den angrenzenden Wagen und setzte sich hin. Was auch immer er tat, er suchte auf jeden Fall nicht nach Jet, also entspannte sie sich. Nun war sie nur noch eine von Millionen Personen in dieser riesigen Stadt und unterschied sich überhaupt nicht von den anderen Menschen.

Abgesehen von ihrem Ohrstöpsel.

Verdammt! Den hatte sie ganz vergessen. Glücklicherweise bedeckten ihre Haare zwar die Ohren, aber das war handwerklich gesehen einfach eine sehr schwache Leistung und sie gab sich in Gedanken selbst einen Tritt in den Hintern. Unauffällig zog sie das Gerät heraus und ließ es in ihrer Tasche verschwinden – sie würde es vielleicht später noch brauchen, um mit Alan Kontakt aufzunehmen.

Der Zug rumpelte durch den Tunnel und erreichte schon bald die nächste Station. Jet hatte sich den Fahrplan eingeprägt und würde nur noch ein paar Haltestellen weiterfahren, bis sie sich wieder in der Nähe des Metropol Hotels befand, das nicht allzu weit entfernt von Grigenkos Villa lag.

Ihr Einsatz war auf jeden Fall eine absolute Katastrophe gewesen. Irgendwie hatte der Russe einen Tipp bekommen. Und das bedeutete, dass sie und Alan ein riesiges Problem hatten – denn sie wussten nicht, wie viel Grigenko genau wusste. Was jedoch noch schlimmer war: Sie hatten das Überraschungsmoment verloren. Die Erfolgschancen waren dadurch beträchtlich gefallen, vielleicht sogar in den einstelligen Bereich.

Ihre Sorgen waren also noch schlimmer geworden. Eigentlich hätte es eine ganz einfache Infiltration mit lautlosem Ausschalten der Zielperson werden sollen, stattdessen mündete das Ganze in eine Autoverfolgungsjagd quer durch Moskau. Die Polizei war also auch schon involviert und dazu kam ein toter Wachmann – was bedeutete, dass sie des Mordes angeklagt werden würde, wenn man sie schnappte.

Den Rest ihres Lebens in russischem Strafvollzug abzusitzen stand so gar nicht auf der Liste der Dinge, die sie noch erleben wollte, und deswegen würde Jet ab sofort sehr vorsichtig sein müssen. Viel vorsichtiger, als sie bisher gewesen war. Und sie musste herausfinden, wie der Gegner von dem Plan gewusst haben konnte. Das hatte absolute Priorität. Ohne diese Information brauchte sie gar keinen zweiten Versuch wagen.

Zwei Stationen später stieg Jet aus und schaute auf die Uhr. Sie hatte immer noch vierzig Minuten bis zum verabredeten Treffen mit Alan. Sie hoffte, dass er den Wagen ohne Probleme losgeworden war. Aber schließlich war er ein hoch spezialisierter Agent, deshalb brauchte sie sich eigentlich keine Sorgen machen.

Als sie das Hotel erreichte, ging sie an die Bar, doch die war bereits geschlossen. Jet wollte aber auch nicht in der Lobby herumsitzen, wo sie möglicherweise Aufmerksamkeit auf sich ziehen würde, und fragte deswegen an der Rezeption nach einer Möglichkeit, ins Internet zu gehen. Sie wurde in die Business-Lounge geschickt, die rund um die Uhr geöffnet war. Dort mietete sie einen Computer und schaute sich als erstes die Nachrichten aus Uruguay an, bevor sie zu den globalen News wechselte.

Fünfzehn Minuten später legten sich zwei starke Hände auf ihre Schultern und begannen, ihre strapazierte Muskulatur zu massieren.

»Wusste ich doch, dass ich dich hier finde«, sagte Alan in einem gut gelaunten Tonfall.

»Das musst du dir ansehen, Alan – jetzt gleich!« Jets Stimme klang merkwürdig angespannt. Sie wandte sich ihm zu und schaute ihm in die Augen. Ihr Gesichtsausdruck alarmierte ihn und er blickte auf den Bildschirm.

»Was ist denn?«

Jet deutete auf einen Artikel und klickte ein Video an.

Eine in Schwarz gehüllte Gestalt sprach in gebrochenem Englisch in die Kamera. Eine Schrifteinblendung darunter identifizierte ihn als Saif Al-Diin, das »Schwert des Glaubens« und Anführer der Gruppe »Licht der Wahrheit«. Alan deutete auf die Kopfhörer und Jet reichte sie ihm. Wortlos lauschte Alan dem Statement der Gruppe, das von Videomaterial unterlegt war, das einen sterbenden Mann in einer Gefängniszelle zeigte.

Als das Video nach fünf Minuten endete, war die Farbe aus Alans Gesicht gewichen. Jet scrollte herunter und klickte eine weitere Schlagzeile an, die sie mit Entsetzen lasen.

Terroristengruppe droht mit tödlicher Biowaffe; warnt USA und Israel vor bevorstehendem Angriff.

KAPITEL 23

Jet und Alan sahen sich das Video noch zweimal an und lasen dann die Kommentare dazu. Die einhellige Meinung war, dass die Aufnahmen echt seien und dass die Drohung ernst genommen werden sollte. Besorgte Nachrichtensprecher befragten sämtliche Experten, die die Sender hatten aufreiben können. Ein Mitarbeiter des Nordamerikanischen Zentrums für Seuchenkontrolle war besonders deutlich: »Wir wussten immer von der Gefahr, dass gegnerische Mächte einen Angriff mit Biowaffen durchführen könnten. Die Folgen des Angriffs auf das World Trade Center wären nur ein klitzekleiner Vorgeschmack dessen, was ein solcher Anschlag an Panik verbreiten würde. Damals kam es zu der massiven Angst vor Anthrax-Angriffen und unzählige Amerikaner reisten nach Mexiko, um das Gegenmittel Coproflaxin zu kaufen, oder bestellten dieses in Kanada, nachdem die Bestände in den USA aufgebraucht waren. Und dabei ging es um eine Krankheit, die man behandeln *kann*. Nun stellen sie sich die Wirkung eines Angriffs mit einem viralen Wirkstoff vor, wie das Video ihn zeigt. Da sprechen wir vom schlimmsten Albtraum eines Epidemiologen, eines medizinischen Notstandes und überhaupt einer nationalen Krise der höchsten Größenordnung. Wobei man sagen muss, das betrifft ja nicht nur die USA, sondern aus guten Gründen auch die ganze Welt. Denn wenn erst einmal eine Terroristengruppe diese Büchse der Pandora öffnet, wird es kein Halten mehr geben. Alles, was wir im Moment tun können, ist, uns auf das absolut Schlimmste vorzubereiten.«

Die Terrorwarnstufe war in den USA auf ›Rot‹ angehoben worden, also höchste Alarmbereitschaft. Es war unklar, was das in der Praxis bedeutete, aber es wurde deutlich, dass bereits Stunden nach der Verbreitung des Videos Panik herrschte.

CNN verfolgte eine andere Richtung und konzentrierte sich auf die Berichterstattung über den Unfrieden, der bereits in vielen Städten ausgebrochen war. Eine ernst aussehende Blondine mit raffinierter Frisur las mit düsterem Blick vom Teleprompter ab: »Tja, Frank, was ich dir auf jeden Fall sagen kann, ist, dass viele Bürger diese Drohung nicht einfach folgenlos hinnehmen. Wir bekommen aus dem ganzen Land Berichte über Hamsterkäufe, nicht nur von Lebensmitteln, sondern auch von Schusswaffen und Munition. Die vorherrschende Meinung scheint zu sein, dass wir dieser Krise mit Kellern voller Konservendosen und Bewaffnung bis an die Zähne gegenübertreten sollten. In der Vergangenheit haben wir ähnliche Verhaltensmuster beobachten können, doch es ist beachtlich, was jetzt schon wenige Stunden nach der Veröffentlichung passiert. Das Video des »Lichtes der Wahrheit« sorgt für eine echte Hysterie. Auf Youtube hat das Video bereits über achtzig Millionen Klicks und bringt die Firma an die Grenzen ihrer Serverkapazität. Und da sind noch nicht einmal die vielen Nachrichtenseiten mit ihren eigenen Versionen des Filmes eingerechnet.«

Jet wechselte auf eine andere amerikanische Nachrichtenseite und schaute den Bericht von zwei wohlgenährten Nachrichtensprechern, die schockierend schlechte Haarschnitte hatten und ebenso schlechte Anzüge trugen. Sie präsentierten Videoschnipsel einer Volksbefragung auf der Straße und die meisten Interviewten verlangten nach einer sofortigen Intervention der USA.

»Verdammt, wir sollten die ganzen Iraner und wen auch immer wegbomben! Am besten mit Atomwaffen! Die Bastarde hassen uns wegen unserer Freiheit und unseres Lebensstils. Ich sage, dafür sprengen wir sie in die Steinzeit zurück, möge der Herrgott über sie richten!«, verkündete ein speckiger Mann mit Bluthochdruck in Richtung Kamera. Während er seine Auffassung von internationaler Politik verkündete, drehte er seine Baseball-Kappe nach hinten.

Einer der Moderatoren kommentierte daraufhin, dass der Schutzanzug, der in dem Video zu erkennen war, aus iranischer Produktion stammen soll, was zu der Befürchtung führe, der Iran stehe hinter den Drohung – möglicherweise als Rache für die Sanktionen gegen das eigene Atomprogramm.

»Dick, ich will dich nicht kritisieren, aber kein Land, abgesehen von den USA, hat je behauptet, dass der Iran eine höhere Anreicherung an Uran vornehmen würde, als die zwanzig Prozent, die für medizinische Zwecke nötig sind. Verschiedene internationale Geheimdienste sind zu dem Schluss gekommen, dass es für die amerikanischen Beschuldigungen keine Beweise gibt. Die politische Führung des Iran hat zudem mehrfach versichert, dass sie nicht an Waffen arbeite, was durch mehrere unabhängige Inspekteure bestätigt wurde.«

»Das ist deine typische liberale Haltung, Howard. Ich sage, wir dürfen uns in dem Fall keine halben Sachen erlauben. Natürlich sagen sie, dass sie unschuldig sind. Aber was ist, wenn sie lügen? Dann haben wir bald nukleares Chaos in der Region.«

»Dick, ich bitte dich. Die gleichen Gründe haben die USA angeführt, um den Irak anzugreifen. Und es hat sich herausgestellt, dass die Informationen komplett falsch waren. Ich schätze, die Frage ist, welches Recht haben die USA, in souveräne Staaten einzufallen? Wenn sich herausstellt, dass dies auf Basis von falschen Beschuldigungen geschieht, findest du das nicht beunruhigend?«

»Irgendjemand muss ja die Hosen anhaben und für Frieden sorgen, Howard. Ob es dir gefällt oder nicht, wir sind die Friedenswächter!«

»Klingt toll, aber was sagst du dazu, wenn wir unter falschen Vorgaben in den Krieg ziehen und Regierungen stürzen, die wir vorher jahrzehntelang unterstützt haben – genau aus dem Grund, den Frieden zu wahren? Schau mal, ich bin selbst nicht unfehlbar, aber ich muss die Motive unserer Regierung ernsthaft anzweifeln. Die politischen Aussagen passen nicht zu den Handlungen. Zum Beispiel hat Bush 2006 gesagt, dass ein präventiver Atomangriff gegen den Iran durchaus denkbar sei. Das geht gegen internationale Gesetze, da die USA und alle anderen Atommächte sich darauf geeinigt haben, dass eine Atommacht eine Nicht-Atommacht auf keinen Fall mit nuklearen Angriffen bedrohen darf. Sieht denn außer mir keiner, wie krank das alles ist?«

»Ich glaube, du schätzt die Situation falsch ein Howard. Aber egal, wir schalten jetzt noch mal live zu einer Bürgerbefragung, diesmal in New Orleans.« Der Moderator hatte es offensichtlich extrem eilig, seinem Gegenüber das Wort abzuschneiden.

Alan und Jet sahen sich noch einige weitere Berichte an, doch irgendwann gähnte Jet und schaute auf die Uhr. »Wir müssen weitermachen. Was uns zu der Frage bringt, was schief gegangen ist, und was wir dagegen tun können?«

Alan rieb sich das Gesicht, die Müdigkeit machte sich bei ihm bereits deutlich bemerkbar. »Ich glaube, wir sollten erst einmal ein paar Stunden schlafen. Und dann muss ich den Intendanten wegen der Biowaffen-Drohung sprechen. Das ändert alles. Ich dachte, diese Entwicklung würde sich noch in die Länge ziehen, sodass wir mehr Zeit hätten, um herauszufinden, mit wem wir es hier zu tun haben. Das müssen wir jetzt nicht mehr machen, denn sie haben es uns selbst gesagt. Nur bedeutet das leider, dass sie schon so kurz davor sind, ihre Drohungen wahr zu machen, dass sie nicht mal mehr Angst haben, dass man sie aufhalten könnte. Deswegen muss ich mich zuerst darum kümmern. Und sobald ich mit dem Intendanten gesprochen habe, überlegen wir, was wir bezüglich Grigenko unternehmen.«

»Aber bevor wir uns hinlegen, müssen wir darüber reden, woher Grigenko wissen konnte, dass ich komme. Ich kann mir nicht besonders viele Möglichkeiten ausdenken, als dass es ihm der Intendant persönlich gesteckt hat«, grummelte Jet.

»Spinnst du? Wir reden hier über den Chef des Mossad! Warum zur Hölle sollte er mit einem russischen Waffenhändler zusammenarbeiten, der jetzt vielleicht sogar unsere

Gegner mit Massenvernichtungswaffen ausstattet?« Alan klang ernsthaft wütend, er musste sich wirklich beherrschen, um sich im Zaum zu halten.

»Was ist denn deine Theorie? David hat immer gesagt, dass es eine undichte Stelle geben muss. Vielleicht hat er den Falschen erledigt.«

Alan lehnte sich zurück, dachte nach, schüttelte den Kopf. »Unmöglich. Der Mann ist über jeden Zweifel erhaben. Er hat sein ganzes Leben in den Dienst der guten Sache gestellt! Das ist absurd!«

»Schau mal Alan, ich bin genauso Patriot wie jeder andere von uns. Aber was gibt es für eine alternative Erklärung? Er hat die Möglichkeit, meine Konten einzusehen. Und er ist der Einzige, der weiß, dass du in Russland bist. Wenn das der Fall ist, sind wir am Arsch, denn dann hat er Informationen herausgegeben. Vielleicht nicht direkt an Grigenko, sondern an den KGB, und es gibt dort eine undichte Stelle.«

»Das kann ich nicht glauben. Es kann einfach nicht sein.«

»Was ist dann deine Erklärung?«

Alan stand auf und ging zum Ausgang des Business-Centers, während Jet sich ausloggte und dem Angestellten ein kleines Vermögen für ihre Online-Zeit bezahlte. »Vielleicht gibt es eine undichte Stelle in seinem Büro – ein Vertrauter, der zum Verräter geworden ist? Es gibt keine Chance, dass er mit Grigenko zusammenarbeitet. Aber offensichtlich habe ich auch noch keine Lösung gefunden.«

»Dann lass dir Zeit. Bis dahin bleibt die Frage: Wie viel weiß er? Nur für den höchst unwahrscheinlichen Fall, dass ich recht habe?«

Alan überlegte. »Er weiß nur, dass ich in Moskau bin … und gestern habe ich ihm gesagt, dass ich wahrscheinlich am nächsten Tag mit meinem Projekt hier durch sein würde.« Noch während er diese Worte sagte, wurde ihm die Tragweite bewusst. »Das bedeutet … wenn er etwas vermutet hat bezüglich Grigenko, wusste er ziemlich genau, wann wir losschlagen.«

Jet verließ das Business-Center und bedeutete Alan, ihr zu folgen. In der Lobby blieb sie stehen. »Weißt du, was ich hasse? Ich hasse es, annehmen zu müssen, dass mehrere überdeutliche Zeichen nur Zufall sind. Weißt du, was ich meine?«

»Ich denke darüber nach. Aber bis konkrete Beweise da sind, richte ich mich nach der Unschuldsvermutung.«

»Eine Frage noch. Weiß er, unter welchem Decknamen du in Russland bist?«

Alan dachte kurz nach. »Das könnte er herausfinden, die Macht hat er.«

»Nimm es mir nicht übel, aber ich glaube, in dem Fall übernachte ich heute nicht in deinem Hotel. Du kannst mich gern paranoid nennen, das kann man nämlich schnell werden, wenn man von bewaffneten Gangstern durch die Moskauer Kanalisation gejagt wird.«

»Wo willst du denn dann schlafen?«

»Da fällt mir schon etwas ein. Es wird sowieso in ein paar Stunden hell. Vielleicht spaziere ich einfach durch die Gegend und hoffe, dass mich ein paar Straßendiebe angreifen – nur, um im Training zu bleiben.«

Obwohl er todmüde war und ihm die Aufregung der Verfolgungsjagd noch in den Knochen saß, musste er lächeln.

»Du bist auf jeden Fall die letzte Braut, die ich überfallen wollen würde!«

Sie schaute ihn böse an. »Wieso denn nicht? Und Braut möchte ich auch nicht genannt werden – wir leben doch nicht mehr in den Achtzigern!«

»So oder so kann ich mir nicht vorstellen, dass es für den Dieb gut ausgehen würde. Belassen wir es dabei.«

»Kommt drauf an, wer mich ausrauben will … wenn du es wärst, würde ich vielleicht nicht ganz so hart zuschlagen.«

Er nahm ihre Hand. »Ich weiß, das ist alles nicht so gelaufen, wie du wolltest, und es tut mir leid. Ich werde deine Sorgen bezüglich des Intendanten ernst nehmen. Du kannst dich auf jeden Fall auf mich verlassen, wir werden das zusammen durchziehen. Das verspreche ich dir. Und das nicht nur, weil ich meinem Bruder ein Versprechen gegeben habe.« Am Ende schien seine Stimme zu versagen.

Jet stellte sich auf die Zehenspitzen und drückte ihre Lippen schnell auf die seinen, dann zog sie sich zurück und hielt einen halben Meter Abstand. »Das hättest du nicht sagen müssen. Aber ich bin froh, dass du es getan hast«, sagte sie, ebenfalls mit einem leichten Zittern in der Stimme.

»Ich auch«, seufzte er. »Wenn das hier vorbei ist, müssen wir eine ganze Menge Dinge angehen, oder?«

Sie starrte in die Ferne. »Im Moment plane ich immer nur bis zum nächsten Tag, Alan. Mach dir nicht zu viele Gedanken. Meistens regelt sich alles von allein.«

»Auf die eine oder die andere Art.«

»Ich komme auf jeden Fall auch allein klar. Geh du mal zurück in deine Luxus-Suite im Cosmos, ich wühle derweil in den Mülleimern Moskaus nach etwas zu essen«, witzelte sie, dann zog sie ihn mit sich in Richtung des Haupteinganges. »Sei im Hotel aber vorsichtig. Einen Angriff kann man nicht ausschließen.«

»Ich weiß, werde das Hotel wechseln – ich hole nur meine Sachen und haue ab. Du findest mich dann im Hilton – unter anderem Namen.« Er schloss die Augen und überlegte, welche Pässe er noch dabei hatte. »Roberto Guglioni, ein Italiener.«

»Roberto Guglioni. Okay, habe ich mir gemerkt. Dann verschwinde und tue, was du tun musst.«

Sie traten auf den Gehweg hinaus und er wandte sich ihr ein letztes Mal zu. »Pass auf dich auf.«

Sie überlegte, ob sie ihn noch einmal küssen sollte, und gab dem Impuls dann nach. Diesmal war der Kuss deutlich leidenschaftlicher. Als sie sich trennten, raste ihr Herz.

»Du auch.«

Damit drehte sie sich um und verschwand in die Nacht, in Richtung des Bolschoi-Theaters. Alans Blick folgte ihr, bis ihre Silhouette mit der Dunkelheit verschmolzen war.

KAPITEL 24

»Ist das eine sichere Leitung?«, fragte Alan.

»Was glaubst du denn?«, polterte Samuel Hershod, der leitende Intendant des Mossad, in seinem typisch-sarkastischen Tonfall.

»Ich rufe von einem Münztelefon aus an, also auf meiner Seite sollte es passen.«

»Schön zu hören. Dann sage mir doch jetzt mal, was zur Hölle du wegen diesen Verbrechern vom Licht der Wahrheit machen wirst? Ich dachte, du hast das im Griff, aber in Wahrheit bist du in Russland, während sich im Mittleren Osten die größte Gefahr meiner gesamten Karriere zusammenbraut! Verzeih mir, wenn ich irgendwie besorgt klinge – meiner Meinung nach bist du auf dem Holzweg.«

»Ich versorge mich gerade in diesem Moment mit Informationen. Aber ich muss zugeben, das Ganze hat mich kalt erwischt.«

»Fantastisch. Das macht mich ja total zuversichtlich. Dann erkläre mir bitte noch mal, warum ich nicht sofort zwanzig unserer besten Leute darauf ansetzen sollte?«

»Vielleicht solltest du das tun, aber dann bitte ohne mich. Ich kümmere mich um die Organisation, so wie damals, als das Team noch existierte. Das war doch auch für dich die effektivste Herangehensweise, oder?«

»Dann machen wir es so.«

»Schau mal, wir brauchen jeden Vorteil, den wir jetzt auf die Schnelle herausarbeiten können. Die Tatsache, dass mich niemand auf dem Radar hat, ist schon mal ein großer Gewinn. Nicht zuletzt, weil man so alles verleugnen kann, falls ich zu drastischen Mitteln greifen muss … und ich denke, das wird nötig sein. Gleichzeitig musst du aber auch offiziell irgendwelche Maßnahmen einleiten, also ist es sicher das Beste, du stellst eine Taskforce zusammen und setzt jeden Mitarbeiter des Mossad da hinein. Es kann nicht schaden. Aber stelle bitte sicher, dass ich jederzeit Zugang zu den allerneusten Berichten habe.«

»Willst du mir nicht vielleicht noch verraten, was du in Russland machst? Immerhin bin ich der Chef der Agentur.«

»Das willst du nicht wissen. Ich habe eine Gruppe im Auge, die möglicherweise die biologischen Kampfstoffe an die Terroristen liefern wird. Es hängt direkt damit zusammen. Läuft über einen Möchtegern-Waffenhändler der russischen Mafia.«

»Wenn er Massenvernichtungswaffen verkauft, ist er nicht gerade ein Möchtegern.«

»Wir sind aber noch nicht sicher, ob er der Richtige ist. Ich habe noch keine stichfesten Beweise. Aber ich habe erfahren, dass die Terroristen sich mehrfach mit einem Russen getroffen haben, bevor meine Quelle verstummt ist. Ich dachte, darum kümmere ich mich, während im Jemen nichts passiert.«

»Ich glaube, man könnte jetzt behaupten, dass im Jemen etwas passiert. Meinst du, die Terroristen sind noch dort?«

»Das ist schwer zu sagen. Dieser Al-Diin hat die Angewohnheit, öfter herumzureisen als der durchschnittliche Hassprediger. Aber ich werde es herausfinden. Ich nehme morgen den ersten Flieger!«

Alan hörte, wie der Intendant seufzte. »Rain. Das ist wirklich eine ernste Sache. Ernster geht nicht. Lass uns bitte nicht im Stich!«

»Ich weiß.«

»Wenn dieses Zeug in Israel losgelassen wird, wäre das eine Katastrophe. Es würde alle unsere Feinde ermutigen und unseren Status schwächen. Wir können es nicht zulassen, was auch immer es kostet, verstehst du?«

»Ja, ich verstehe. Aber ich bin gar nicht sicher, ob Israel das Ziel ist. Die USA sind viel verwundbarer. Ihre Sicherheit ist im Vergleich zu der unseren ein Witz. Und es ist ein riesiges Land. Wenn ich den größtmöglichen Effekt erzielen wollte, würde ich die Amerikaner attackieren.«

»Das glaube ich zwar auch, trotzdem wird Israel als der wahre Grund für den Angriff gelten. Das haben diese Bastarde schön konstruiert. Ich kann den Aufschrei schon hören: *Warum wird Israel von den Amerikanern beschützt? Die sollen doch allein klarkommen!* Egal was passiert, der Schaden wird immens sein – ich wurde bereits vom Militär-Oberkommando einbestellt. Es ist jetzt schon eine diplomatische Krise von epischen Ausmaßen. Und wenn sie diesen Kampfstoff tatsächlich einsetzen … dann wird es noch hundertmal schlimmer.«

»Ich möchte es mir gar nicht vorstellen. Was sagst du zu den Spekulationen bezüglich des Iran?«

»Dessen Präsident hat gerade erklärt, dass sie in keiner Weise Terroristen unterstützen, was nach unseren Kenntnissen natürlich gelogen ist. Er sagt, sie hätten keinerlei Verbindungen zu dieser Gruppe, und den Teil glaube ich ihm sogar. Er klang genauso besorgt wie wir. Er hat sich wirklich Mühe gegeben, klarzustellen, dass diese Drohungen rein gar nichts mit seinem Land zu tun haben.«

»Das würde er so oder so sagen. Was findest du daran glaubwürdig?«

»Er sagte, er hätte nie etwas von dieser Gruppe gehört, bis sie mit ihrer ersten Forderung aufgetaucht seien – und das ging uns genauso. Dabei würde man doch denken, dass wir wirklich gut vernetzt sind. Die kamen einfach aus dem Nichts!«

»Erinnert dich das vielleicht an irgendwelche anderen Gruppen?«, hakte Alan nach.

»Darüber diskutiere ich nicht. Wir kennen alle die Zweifel und Theorien, die sich um al-Qaida ranken. Das hilft uns aber im Moment nicht weiter.« Die Worte des Intendanten waren von einer deutlich frostigen Stimmung gefärbt.

»Wo auch immer diese Gruppe herkommt, es ist deine Aufgabe, sie zu stoppen. Du hast durch deine Überwachung die aktuellsten Bilder von Al-Diin, was dir einen riesigen Vorsprung gegenüber jedem anderen verschafft. Finde ihn und halte ihn auf. Das Denken ist meine Sache. Deswegen trage ich einen Anzug und sitze in einem schicken Büro.«

»Alles klar, Chef. Ich verlasse Russland morgen früh, hier kann ich nichts mehr tun. Aber nur aus reiner Neugier; weiß irgendjemand sonst noch, dass ich am Leben bin, beziehungsweise, dass ich gerade hier bin?« Alan versuchte, die Frage möglichst beiläufig klingen zu lassen.

»Wieso, wie kommst du denn darauf? Es ist doch genau der Sinn der Sache, dass alle dich für tot halten!«

Alan bemerkte, dass er die Frage nicht direkt beantwortet hatte, und überlegte, sie noch einmal zu stellen, entschied sich aber dagegen. Falls Hershod die undichte Stelle war, würde er das natürlich nicht zugeben. Vielleicht war diese indirekte Antwort also das Definitivste, was er aus ihm herausbekommen würde.

»Genau das war der Plan.«

»Warum fragst du das?«

»Bei meinem Lauschangriff auf den mutmaßlichen Waffenhändler bin ich aufgeflogen. Ich frage mich, wie das passieren konnte.«

Das Schweigen dauerte erst eine Sekunde, dann zwei.

»Aber da du anrufst, ist dir offensichtlich nichts passiert.«

»Richtig.«

»Und wird es irgendwelche Folgen haben, dass deine Tarnung aufgeflogen ist?«

»Keine längerfristigen. Aber falls das noch einmal passiert, könnte es katastrophal ausgehen – bei allem, was jetzt auf dem Spiel steht!« Alan dachte, es könnte nicht schaden, die schweren Geschütze aufzufahren. Denn für den Fall, dass der Intendant tatsächlich Informationen weitergegeben hatte, wusste er vielleicht gar nicht, welche Rolle Grigenko spielte. Oder falls er vom KGB gefragt worden war, hatte er es vielleicht nicht für wichtig gehalten. Alan hatte den Russen nie als Verdächtigen erwähnt, von daher wäre das eine Möglichkeit. Seine Gedanken rasten, als sich das Gespräch dem Ende näherte. Konnte es sein? War es möglich? Er konnte es nicht glauben, aber der Intendant sagte nichts, um seine Zweifel zu zerstreuen.

»Tut mir leid, das zu hören. Aber wie auch immer; du musst diesen Anschlag verhindern. Du hast die komplette Autorität, alles zu machen, was nötig ist. Alles. Egal, welche Ressourcen du brauchst, welche Schritte du unternehmen musst – du kannst davon ausgehen, dass ich es bereits genehmigt habe. Mach keine halben Sachen, ist das klar?«

»Kristallklar.«

Als Alan auflegte, war er stärker beunruhigt, als vor dem Anruf. Er hatte ein deutliches Gefühl des Unbehagens und ihm fiel auf, dass er trotz der morgendlichen Kühle schwitzte. Die Bestätigung, die er sich erhofft hatte, hatte er nicht bekommen, im Gegenteil hatte das Gespräch einige Untertöne gehabt, die ihm gar nicht gefielen. Zum Beispiel dieses Zögern und die ausweichende Antwort auf die Millionen-Dollar-Frage, egal wie elegant der Intendant ihr ausgewichen war.

Den Anruf hatte er aus einer Reihe von Münztelefonen an der U-Bahn-Station getätigt, also lief er nun zum Hotel zurück und dachte darüber nach, ob mögliche Verbindungen des Intendanten zum KGB oder sogar Grigenko für seine Mission überhaupt Relevanz hatten. Er kam zu dem Schluss, dass dem nicht so war. Dennoch könnte eine Zusammenarbeit dieser mächtigen Geheimdienste, so nützlich sie in anderen Belangen auch war, in diesem speziellen Fall sein Leben kosten.

Als er wieder in seinem Hotelzimmer ankam, benutzte er seinen Laptop, um nach Flügen zu schauen. Er würde erst nach Europa reisen und sich von dort die unauffälligste Route in den Jemen überlegen, wo die Wurzel seiner momentanen Probleme lag. Alle Wege führten zurück in dieses Land, in die unwirtlichen Wüsten, die Saif Al-Diin seine Heimat nannte.

Es waren genau solche Situationen, in denen er den Rat

seines Bruders vermisste. In seiner Fähigkeit zu planen war David absolut konkurrenzlos gewesen, er hatte immer zehn Schritte im Voraus gedacht. Alan hatte so etwas noch nie erlebt – David hätte ohne Probleme ein Schachspieler von Weltklasse sein können, wenn er das gewollt hätte. Alan war zwar selbst einigermaßen schlau, spielte aber dennoch in einer ganz anderen Liga. Und dieses Wissen störte ihn nicht einmal – es war einfach ein Fakt.

Er fand einen Flug nach Frankfurt um 13 Uhr – eine frühere Maschine wollte er nicht nehmen, denn Jet würde Zeit brauchen, um Kontakt mit ihm aufzunehmen und die nächsten Schritte abzustimmen.

Und hier schweiften seine Gedanken ab.

Jet.

Es war klar, dass er sie anziehend fand. Sie war schön, exotisch, intelligent und unabhängig. Alles Qualitäten, die ganz oben auf seiner Liste standen. Und sie schien ihn auch zu mögen.

Aber sie war die Freundin seines toten Bruders.

Sozusagen, erinnerte er sich. Sie war nur seine *geheime* Freundin … und die Mutter seines Kindes.

Ein kurzer Eindruck ihrer leuchtend grünen Augen und ihres betörenden Lächelns flackerte in seinem Bewusstsein auf und es gelang ihm nur mit Mühe, es zu verbannen. Stattdessen dachte er an ihre letzten Worte. Er solle sich keine Sorgen machen, es würde schon alles werden.

Er legte sich auf das immer noch unberührte Bett und atmete laut aus. Er war todmüde.

Es wird schon alles werden.

Sie hatte leicht reden.

KAPITEL 25

Am nächsten Morgen trafen sich Jet und Alan zum Frühstück im Hilton und er berichtete von den neuesten Entwicklungen. Sie hörte gespannt zu und machte sich ihre eigenen Gedanken, während sie auf das Essen warteten. Der Kellner stellte schließlich die Teller vor ihnen ab, goss Kaffee nach und verschwand wieder, um sich um die anderen Gäste zu kümmern.

Jet schaufelte sich Rührei in den Mund und nickte, als sie aufgegessen hatte. »Ich komme mit.«

Das hatte Alan sich anders vorgestellt. »Keine gute Idee. Und außerdem solltest du dich um Grigenko kümmern.« Seine Augen schnellten prüfend zur Seite, doch keiner der anderen Gäste schien sie zu belauschen. Zwei Tische entfernt fielen ihm lediglich drei Geschäftsmänner auf, die Probleme damit hatten, ihre Blicke von Jet zu lösen.

»Ich kann mich immer noch um ihn kümmern, nachdem wir die Welt vor radikalislamistischen Terroristen gerettet haben. Das wird doch nicht allzu lange dauern, oder?« Sie lächelte schelmisch und nahm dann einen Schluck aus ihrem Saftglas. »Das schmeckt ja widerlich! Hier in der Gegend müsste es doch herrlichen Orangensaft geben!«

Jet richtete ihre Aufmerksamkeit wieder auf Alan. »Falls es dir noch nicht aufgefallen ist, Alan, ich bin schon ein großes Mädchen. Ich kann selbst auf mich aufpassen und brauche keinen starken Beschützer, der meine Kämpfe für mich austrägt. Und vergiss nicht, ich war damals die Beste im Team.«

»Ich dachte, das war ich!«

»Das haben sie dir nur gesagt, um deine Gefühle nicht zu verletzen. Schau mal, können wir uns nicht einfach darauf einigen, das zusammen anzugehen? Zu zweit sind wir doch viel gefährlicher als allein – wenigstens das kannst du mir doch wohl zugestehen«, bekräftigte sie.

Alan nahm einen Schluck Kaffee. »Der ist auch nicht viel besser als der Saft.«

»Das werte ich mal als Zustimmung. Also wenn man bedenkt, dass du damit beauftragt wurdest, die größte Bedrohung unserer nationalen Sicherheit aller Zeiten abzuwenden, würde es doch schon Sinn machen, die potenziell talentierteste Mitarbeiterin dafür zu rekrutieren. Oder habe ich irgendwas verpasst?«

Er musste zugeben, dass ihr Argument sehr überzeugend war, wollte sie aber keiner Gefahr aussetzen. »Darum geht es nicht. Es ist doch ganz einfach: Du hast Grigenko, ich habe die Terroristen. Und so wird es auch laufen.«

»Du vergisst aber die gemeinsame Schnittmenge. Denn schließlich steckt Grigenko mit den Terroristen unter einer Decke, deshalb ist er auch dein Problem. Ich schlage vor, dass wir zusammenarbeiten und dieser Hydra beide Köpfe abschlagen. Dabei liegt die Priorität natürlich auf den Terroristen, denn wenn wir uns Grigenko zuerst schnappen, werden sie einfach verschwinden und dann in ein paar Monaten oder Jahren wieder auftauchen, wenn sie einen anderen Händler gefunden haben. Komm schon. Du weißt, dass ich recht habe. So muss die Reihenfolge lauten: erst die Terroristen, dann Grigenko.«

Sie bemerkte, wie Alan zu den Geschäftsleuten hinüberschaute und folgte seinem Blick. Dann wandte sie sich ihm lächelnd wieder zu. »Abgesehen davon, auch wenn ich nicht mehr beim Mossad bin, geht es mich genauso etwas an wie dich. Ich habe jahrelang alles für mein Land gegeben und bin auch jetzt noch bereit, das zu tun.«

»Was schlägst du vor?« Sein Widerstand schmolz.

»Ich treffe dich im Jemen. Wir finden heraus, wo diese Verbrecher sind, und dann löschen wir sie aus. Nachdem das getan ist, kehren wir nach Moskau zurück und du hilfst mir, Grigenko zu erledigen. Und dann schauen wir mal, wie es weiter geht.«

Er nickte. »Ich muss sagen, das klingt schon nicht schlecht.«

»Was, der Teil wo wir alle töten, oder wie es danach weiter geht?«

»Ehrlich gesagt beides.«

Sie griff über den Tisch nach seiner Hand, drehte die Handfläche nach oben und fuhr mit ihren Fingern seine Lebenslinie entlang.

»Wenn ich deine Hand lese, sehe ich, dass du ein wundervolles, langes Leben haben wirst!«

»Echt? Und steht da auch was über die nächsten Tage?«

»Nicht so viel. Aber ich glaube, ich habe meinen Standpunkt klar gemacht.« Sie ließ seine Hand los und widmete sich wieder ihrem Frühstück. »Was hast du denn für Flüge gebucht? Ich will sichergehen, dass ich andere Verbindungen nehme.«

Und damit war alles geklärt, ohne dass Alan weitere Widerworte lieferte. Er war von sechzig Kilo geballter weiblicher Genialität überstimmt worden.

Das fühlte sich gar nicht so schlecht an.

***

Der Russe hatte zugelassen, sich die Augen verbinden zu lassen, nachdem man ihn an dem vereinbarten Treffpunkt abgeholt hatte. Jetzt saß er auf dem Rücksitz eines Chevrolet Suburban, der über eine buckelige Piste rumpelte. Er musste fast würgen, da die beiden Männer zu seinen beiden Seiten einen wahrlich penetranten Schweißgeruch verströmten. Die Fahrt schien sich ewig hinzuziehen, bis das Gefährt schließlich langsamer wurde und er wenig später in ein Gebäude geführt wurde. Er hörte, wie sich hinter ihm eine Tür schloss und spürte, wie fremde Hände an der Augenbinde herumfummelten. Als sie endlich entfernt wurde, sah er sich Saif Al-Diin gegenüber, der in seinem üblichen Aufzug auf einem kunstvoll verzierten Teppich saß.

»Setzen Sie sich«, lud er mit einer Geste ein. Hamid, sein erster Gefolgsmann, stand in der Ecke und starrte förmlich Löcher in den Russen, sein Blick der eines fanatisch Gläubigen. Mürrisch kaute er auf Khat-Blättern herum, einer milden Droge, die im Jemen zum erfolgreichsten Agrarprodukt geworden war. Dem Brauch entsprechend formte man die gekauten Blätter in der Backentasche zu einer Kugel, ähnlich Kautabak.

»Danke« sagte der Russe und ließ sich gegenüber dem Terroristen nieder. Al-Diin ergriff das Wort: »Wir haben unsere eigenen Tests mit dem Wirkstoff gemacht, und er funktioniert wie angekündigt. Nun möchten wir unsere Bestellung aufgeben und den Preis und die Lieferbedingungen festlegen.«

»Da habe ich gute Nachrichten und schlechte. Zuerst die Schlechte: Wir können es nicht ansteckend machen. Das wäre viel zu aufwendig und kostspielig in der Entwicklung.«

Saif Al-Diin nickte, da er diese Entwicklung erwartet hatte. »Und die gute?«

»Wir können den Wirkstoff in der gleichen Qualität wie in der Probe innerhalb einer Woche in einer Menge herstellen, die zehntausend Menschen töten kann. Vorausgesetzt, es wird in das Lüftungssystem einer geschlossenen Anlage geleitet. Die Effektivität des Stoffes hängt dann natürlich wiederum mit der Größe des Einsatzgebietes zusammen.«

»Natürlich. Ich gehe davon aus, dass die Freisetzung einfach zu bewerkstelligen ist?«

»Richtig. Ich werde Instruktionen dazu bereitstellen, sobald wir eine Einigung sowie die Hälfte der Summe als Vorschuss erhalten haben.«

»Das klingt fair. Und wie lautet die Summe?«

»Fünfhundert.«

Saif Al-Diins Augen verengten sich zu Schlitzen. »Ist das eine Art russischen Humors?«

»Nein, ist es nicht. So viel kostet es.«

Al-Diin schloss die Augen, seine Gesichtszüge ließen keinerlei Emotion erkennen. Als er sie wieder öffnete, war seine Wut jedoch offensichtlich. »Das ist deutlich mehr, als je zur Debatte stand. Über das Doppelte von den Zweihundert, die Sie einmal erwähnten!«

»Das stimmt. Aber dadurch, dass sie das Material im Netz veröffentlicht haben und die ganze Welt in Alarmbereitschaft versetzt haben, hat das unser Risiko massiv erhöht. Dafür verlangt mein Auftraggeber eine Kompensation und Sie können froh sein, dass er nicht komplett von dem Geschäft zurücktritt – schließlich hatten wir explizit davor gewarnt, die Existenz von dem Wirkstoff vor seiner Anwendung publik zu machen«, erklärte der Russe sachlich.

»Und jetzt, wo ihr Boss weiß, dass ich es benutzen will und es bald brauche, hat er beschlossen, mich richtig bluten zu lassen, wie ihr im Westen sagt.«

»Davon weiß ich nichts. Ich wurde nur instruiert, Ihnen den Preis zu nennen, für den Fall, dass Sie das Produkt erwerben wollen. Wenn das nicht mehr der Fall, ist das für uns natürlich auch in Ordnung und wir würden hoffen, dass Sie eventuell in Zukunft an uns denken, wenn Sie wieder etwas brauchen.«

Saif Al-Diin zog die Mundwinkel nach unten. »Vielleicht sollte ich sie in Einzelteilen an ihren Chef zurückschicken. Kleine, blutige Einzelteile. Das würde ich wirklich ganz gern machen und dann mit ihrem Nachfolger verhandeln.«

Der Russe ließ sich keine Gefühlsregung anmerken. »Ich kann Ihnen nur sagen, dass ein solches Vorgehen die Verhandlungsbereitschaft meines Auftraggebers auf null reduzieren würde«, sagte er.

Der Terroristenführer nickte. »Vermutlich haben Sie recht. Auf der anderen Seite könnte ich auch einfach einen anderen Wirkstoff aus einer anderen Quelle beziehen. Es gibt immer noch große Mengen von Nervengas, die ich ausfindig gemacht habe. Das wäre weitaus günstiger.«

»Ein Nervengas, sofern es sein Ablaufdatum noch nicht erreicht hat, würde für Ihre Zwecke vielleicht ebenfalls funktionieren – aber ich glaube, Sie unterschätzen die Schwierigkeit, es zu transportieren und es effektiv in großen Mengen freizusetzen. Bei unserem Wirkstoff bekommen sie einen narrensicheren Mechanismus, der ganz einfach per Mobiltelefon oder Timer betätigt werden kann. Sie sollten den Wert eines garantierten Erfolges gegen einen Fehlschlag mit einer minderwertigen Substanz abwägen.«

Saif Al-Diin seufzte. »Der Wert ist in der Tat beachtlich«, musste er zugeben.

»Wenn Sie möchten, denken Sie ein paar Tage darüber nach. Wir haben es nicht eilig. Unser Preis bleibt für achtundvierzig Stunden fixiert. Weitere Garantien darf ich Ihnen zu diesem Zeitpunkt jedoch nicht geben.«

Hamid folgte dem Wortwechsel mit großem Interesse, durch die Khat-Blätter war er nervös und fummelte an der Kalaschnikow herum, die an einem Lederriemen über seine Schulter hing. Er war sich nicht sicher, ob er das Sturmgewehr benutzen sollte, um den Russen zu erledigen, oder den Dolch, der an seinem Gürtel befestigt war.

Al-Diin seufzte erneut. »Ich kann es kaum erwarten, meine Pläne in Bewegung zu bringen, deswegen ist heute Ihr Glückstag. Ich akzeptiere Ihre Bedingungen und den Preis. Jetzt erläutern Sie mir die Details der Lieferung sowie die beste Art der Freisetzung des Stoffes.«

Das Gespräch ging noch eine halbe Stunde weiter, in der der Terroristenführer sich viele gedankliche Notizen machte und viele Detailfragen stellte, während sein erster Gefolgsmann aufmerksam zuhörte und gelegentlich seine Gedanken in schnell gesprochenem Arabisch mitteilte. Nachdem alles gesagt war, hatte Saif Al-Diin das Gefühl, gut Bescheid zu wissen und alle Parameter zu kennen, nach denen sie das Ziel für den Einsatz der biologischen Waffe auswählen sollten.

»Ich wünschte nur, Sie könnten es ansteckend machen«, sagte er zum Schluss mit Bedauern.

»Tja, das ist nicht möglich, tut mir leid. Aber wir könnten eine größere Menge herstellen, wenn Ihnen die zusätzliche Wartezeit nichts ausmacht.«

»Ich kann nicht länger warten, denn die Zeit arbeitet gegen uns. Ich werde morgen die Mittel auf das gleiche Konto transferieren. Und ich erwarte, Sie in fünf Werktagen wiederzusehen, wie vereinbart.«

Der Russe stand auf. »Wo möchten Sie die Lieferung erhalten? Denken Sie daran, die maximale Wirksamkeit besteht nur in der Woche, in der Sie den Stoff erhalten. Danach sinkt sie jeden Tag um fünfzig Prozent – ein unvermeidlicher Nebeneffekt der Zusammensetzung.«

Saif Al-Diin beantwortete seine Frage und der Blick des Russen verriet eine kurze Irritation, bevor er nickte. »Wie Sie wünschen. Das sollte sich einrichten lassen. Brauchen Sie zusätzlich irgendwelche Baupläne, Ausweispapiere oder andere Dokumente für Ihr geplantes Ziel?«

»Können Sie die denn beschaffen?«

»Natürlich. Sagen Sie mir, was Sie brauchen, und ich kümmere mich darum. Das geht aufs Haus.« Der Russe konnte es sich erlauben, großzügig zu sein.

Sie sprachen einige weitere Minuten und dann schritt der Russe zum Ausgang. »Ich sehe Sie innerhalb einer Woche.«

Der Terroristenführer nickte Hamid zu und er trat mit der Augenbinde an den Besucher heran. Eine Stunde später packte der Russe seine Reisetasche, bereit für die lange Kombination von Flügen, die ihn wieder nach Moskau bringen würde. Er holte ein Satellitentelefon hervor, öffnete die zweiflügelige Glastür zum Balkon und wartete, bis das Gerät ein Signal anzeigte.

»Sie haben zugestimmt. Das Geld wird morgen da sein. Ich nehme den ersten Flug hier raus.«

Grigenkos Stimme am anderen Ende klang erfreut. So leicht hatte er noch nie eine halbe Milliarde verdient!

Der Russe beendete den Anruf und verstaute das Telefon wieder in seiner Tasche. Anschließend holte er eine kleine Ledertasche hervor und platzierte sie sorgsam auf dem rustikalen Holztisch neben dem Fenster und setzte sich auf den Stuhl daneben. Er öffnete den Reißverschluss und förderte eine Spritze sowie eine kleine Ampulle weißen Pulvers zutage. Daneben legte er einen Löffel, ein Feuerzeug und eine kleine Flasche destillierten Wassers. Ein Kontakt in Schweden war in der Lage, ihm Heroin von pharmazeutischer Reinheit zu besorgen, indem er Rezepte fälschte. Der Stoff war nämlich in vielen europäischen Ländern unter medizinischen Gesichtspunkten erhältlich, um Süchtige aus der Spirale aus Beschaffungskriminalität und Krankheit zu befreien. Die Qualität wurde dabei konstant gehalten, sodass die Gefahr einer unabsichtlichen Überdosierung ausgeschlossen werden konnte.

Der letzte Gegenstand, den er hervorholte, war eine kleine Kerze. Die Venen in seinen Armen waren aufgrund der langjährigen Abhängigkeit bereits kollabiert, also benutzte er jetzt abwechselnd die Femoralvenen seiner Beine – eine Praxis, die ein gewisses Risiko beinhaltete. Andererseits war auch der Verkauf von Massenvernichtungswaffen an religiöse Fanatiker nicht ganz ungefährlich. Auf seinem Kriegseinsatz in Afghanistan hatte er gelernt, das der magische Mohn die Bedrohung deutlich erträglicher machte, ohne die kognitiven Funktionen zu sehr einzuschränken.

Er zündete die Kerze an und schüttelte mit einstudierter Präzision eine Menge von ungefähr zweihundert Milligramm in den Löffel. Anschließend gab er etwas Wasser dazu und hielt das Gemisch über die Flamme. Nachdem das Pulver sich verflüssigt hatte, nahm er es mit der Spritze auf und injizierte es sich mit einem zufriedenen Grunzen.

Er schaffte es gerade noch vom Stuhl in sein Bett, wo er in einem Zustand der Ekstase zusammenbrach. Seine letzte Wahrnehmung war der Ruf eines Muezzins, der in der nahegelegenen Moschee zum Abendgebet aufrief, und er konnte dem langgezogenen *Allahu Akbar* nur zustimmen – Gott war in der Tat groß.

KAPITEL 26

Alan verfolgte die Berichterstattung über das Terroristenvideo mit beinahe fieberhafter Besessenheit, bis er das Hotel verlassen musste. Die Hysterie in den USA hatte sich weiter gesteigert, da die Bevölkerung inzwischen genug Zeit gehabt hatte, sich die schlimmsten Szenarien auszumalen. In Israel hingegen, wo die Bevölkerung unter der ständigen Gefahr von Angriffen lebte, nahm man die Nachrichten deutlich gelassener auf.

Alle Fernsehsender brachten die Story als Hauptthema und widmeten ihr ununterbrochene Berichterstattung; ein nicht enden wollender Strom von Experten und Kommentatoren ergoss sich über die Zuschauer. Von Gesundheitsfachleuten bis hin zu Autoren, die sich mit fiktionalen Terrorangriffen beschäftigt hatten. Jeder hatte scheinbar etwas zu der Diskussion beizusteuern und der planlose Aktionismus der Medienmacher war faszinierend. Eine ganze Nation hielt den Atem an, von der kanadischen Grenze bis hinunter nach Mexiko. Es wurde darüber nachgedacht, Schulen zu schließen, die Sicherheit an den Flughäfen wurde massiv erhöht und es kam sogar zu Fertigungsstopps in großen Fabriken. Die Hassverbrechen nahmen deutlich zu, denn Moslems oder auch jeder, der nur ansatzweise orientalisch aussah, wurde zur Zielscheibe der besonders Ignoranten und Ängstlichen.

Der Iran wurde in praktisch jedem Bericht erwähnt und so erschien die bloße Vermutung, dass das Land hinter dieser neuen Bedrohung stand, schon bald wie ein unumstößlicher Fakt. Nur wenige vernünftige Stimmen wiesen darauf hin, dass es keinerlei Hinweise darauf gab, abgesehen vom Auftauchen eines uralten Schutzanzuges in dem Video.

Weitere Analysen des dort gezeigten Krankheitsverlaufes ließen die Experten immerhin zu einer einhelligen Meinung gelangen, um was für einen Erreger es sich handeln könnte. Genau diese Entwicklung sah Alan als letztes, als er gerade seine Tasche fertig packte. Der Chefarzt eines großen New Yorker Krankenhauses mit eigener Seuchenzentrale wurde von einer Moderatorin interviewt, die ganz offensichtlich höchst erfreut schien, dass eine solch epische Story auf ihrem Schreibtisch gelandet war.

»Es scheint sich um eine Kombination aus Beulenpest und Wundfieber zu handeln, allerdings in einer synthetisch potenzierten Form. Die Ausbreitungsgeschwindigkeit ist bemerkenswert. Daran sieht man, dass es definitiv künstlich gezüchtete Erreger sind; eine im Labor hergestellte Waffe. Die Frage ist nur, woher kommt sie?«

Alan murmelte vor sich hin, als er den Reißverschluss seiner Tasche zuzog.

»Aus Russland, du Idiot. Aus einem dieser Laboratorien, von denen die Regierung jedem versichert hat, dass sie geschlossen wurden. Aber wer kann auch ahnen, dass Regierungen routinemäßig lügen?«, herrschte er frustriert den Fernseher an. Dann schaute er auf die Uhr und stellte fest, dass er zu lange getrödelt hatte. Es würde ziemlich knapp werden, zum Flughafen und durch die Sicherheitskontrollen zu kommen. Mit der Tasche in der Hand hetzte er zur Tür, in Gedanken bei Jet, die erst später am Tag fliegen würde – ebenfalls über Deutschland. Sie hatten vereinbart, sich in zwei Tagen im Jemen zu treffen, sodass sie beide genug Zeit hatten, sich Visa für das vom Bürgerkrieg zerrüttete Land zu besorgen.

In der Zwischenzeit hatte er den Intendanten noch einmal angerufen, um ihn wissen zu lassen, dass er unterwegs war. Beiden Männern war klar, dass die Uhr tickte, obwohl die Welt momentan nicht mehr Informationen hatte als ein Video und ein Statement. Es gab keinerlei weitere Verlautbarungen vom »Licht der Wahrheit«, die in den letzten zwölf Stunden konkurrenzlos im Fokus der Medien gestanden hatten. Hastig zusammengeschusterte Kurzdokumentationen waren von mehreren Sendern ausgestrahlt worden und der Mangel an konkreten Informationen in diesen Produktionen war schon fast lächerlich.

Alan hatte seine eigenen Recherchen angestellt und einige seiner jemenitischen Kontakte zusammengetrommelt – Personen, die ihn nicht aus dem Umfeld der Terrorgruppe kannten, die er infiltriert hatte. Zusätzlich hatte auch der Mossad inzwischen ein Spezialistenteam im Einsatz, das rund um die Uhr Informationen zu Saif Al-Diin zusammentrug.

Jeder tat sein Bestes, doch am Ende des Tages kam nicht viel dabei herum. Es blieb nur abzuwarten, bis einer der Terroristen einen Fehler machte. In der Zwischenzeit arbeitete das Technikteam des Mossad daran, den Ort zurückzuverfolgen, von dem aus das Video hochgeladen worden war. Es bestand vorsichtiger Optimismus, dass sie es schaffen konnten, aber es würde dauern.

Alan winkte ein Taxi herbei und raste wenig später in einer Mitsubishi-Limousine durch den Verkehr, die von ihrem übermotivierten Fahrer wie ein Formel-Eins-Bolide behandelt wurde. Die Laune des Mannes hatte sich schlagartig verbessert, als Alan einen dicken Bonus in Aussicht gestellt hatte, falls sie es in Rekordzeit zum Flughafen schaffen würden.

Alans Stimmung war hingegen gar nicht gut. Mit trübem Blick betrachtete er die Parade aus vorbeiziehenden Bausünden der Sowjetzeit, während sich seine Gedanken um das Video drehten. Es war nun einmal fakt, dass ein motivierter Terrorist, der bereit war, sein Leben zu opfern, in der Regel katastrophalen Schaden anrichten konnte, und das Statement der Gruppe ließ kaum Zweifel daran, dass sie bereit waren, loszuschlagen. Falls seine Leute nicht unglaubliches Glück haben sollten, konnten sie dem nicht viel entgegensetzen, und er überlegte bereits, wie er dem Intendanten beibringen sollte, dass man sich auf das schlimmstmögliche Szenario vorbereiten musste – nämlich, dass der Mossad seine Strategie auf der Annahme aufbauen sollte, dass ein Schlag erfolgen würde, und nicht darauf, dass man ihn verhindern könne.

Eine unschöne, aber höchst pragmatische Sichtweise, außerdem die realistischste. Wenn die Terroristen den Kampfstoff erfolgreich freisetzen würden, hätte das katastrophale Folgen. Die Welt würde sich trotzdem weiter drehen.

Das wollte niemand hören, aber darauf würde es wahrscheinlich hinauslaufen.

Alan wurde aus seinem Sitz gehoben, als das Taxi fast mit einem Motorrad zusammenstieß. Beide Fahrer gestikulierten mit ihren Fäusten, bevor sie ihre Reise fortsetzten. Alan prüfte noch einmal, ob sein Sicherheitsgurt wirklich ordnungsgemäß befestigt war, und schloss dann die Augen – er war schon jetzt erschöpft, dabei hatte seine Reise noch nicht einmal begonnen.

***

WASHINGTON DC, VEREINIGTE STAATEN VON AMERIKA

Das Mittagessen im Klub war eine ruhige Angelegenheit. Der private Koch bereitete ein fantastisches Fünf-Gänge-Menü zu, erfüllte aber auch individuelle Wünsche. Die übliche Gruppe war zusammengekommen und saß nach dem Essen beim Kaffee.

»Ich kann mit Fug und Recht behaupten, dass das eines der besten Essen war, das ich je genossen habe«, erklärte der alte Mann, wobei er sich über den Bauch strich. Seine handgeschneiderte Anzugjacke spannte, als er sich in seinem Stuhl aufrichtete. »Nun, da wir für unser Wohl gesorgt haben, lassen Sie uns doch Tacheles reden. Wo stehen wir? Tony?«

Der Angesprochene stand auf und räusperte sich, als würde er die Dankesrede bei einer Preisverleihung halten. Nach einem letzten Kontrollblick auf sein iPad fing er an zu sprechen: »Das Video hat eine noch größere Wirkung, als wir gedacht hatten. Die Leute rasten förmlich aus. Es gibt

Schlägereien, in einigen Gegenden sogar Unruhen. Mehrere Städte haben Hilfe angefordert, um die Sicherheit der Bürger gewährleisten zu können. Die Hälfte aller Bundesstaaten hat bereits die Nationalgarde in Bereitschaft gestellt, und diese Zahl wird sicher noch zunehmen. Kurz gesagt, ganz ähnliche Zustände wie nach dem elften September, und dabei sind noch nicht einmal irgendwelche Gebäude eingestürzt. Auch die Notaufnahmen in den Krankenhäusern werden mit psychosomatischen Symptomen überschwemmt, was beweist, dass der psychische Druck auf der Bevölkerung bereits extrem hoch ist. «

»Mir ist außerdem aufgefallen, dass die Verbindung zum Iran sehr früh ins Spiel gebracht wurde«, sagte der alte Mann nickend.

»Ja, der Schutzanzug hat seinen Zweck erfüllt. Niemand glaubt ihren Unschuldsbekundungen. Zumindest niemand in den USA, und darum geht es uns schließlich. Die Medien befeuern die Empörung nur noch mehr, und zahllose Experten haben erklärt, dass der Iran ein gefährlicher Unterstützer des Terrorismus ist und dass ihr Atomprogramm eine erhebliche Bedrohung für die freie Welt darstellt.«

»Die verdammte Internationale Atombehörde ziert sich aber immer noch mit ihrer offiziellen Einschätzung, oder? Ich denke, viele unserer Verbündeten fühlen sich immer noch wegen unserer Fehlinformationen zum Irak gebrandmarkt. Das wird diesmal nicht so einfach wie damals, die Leute sind skeptischer. Sie vertrauen der Regierung nicht mehr blind«, grummelte der alte Mann.

»Aber zum Glück glauben sie, was sie im Fernsehen sehen, und momentan läuft dort nichts anderes, als dass der

Iran eine Bedrohung für den Weltfrieden ist. Ich habe sogar einen Autor, der eine vollkommen fiktive Geschichte über einen Angriff iranischer Fundamentalisten auf Israel geschrieben hat, schon in Interviews mit drei verschiedenen Sendern gesehen. Als ob seine Meinung irgendein Gewicht in dieser Sache hätte.«

»Das ist wie mit Tom Clancy nach den Anschlägen vom elften September, erinnert ihr euch?«, fragte ein anderer Mann kichernd. »Er war überall in den Nachrichten. Ich konnte meinen Augen nicht trauen, als ich das erste Interview mit ihm sah – das war wirklich ein Meisterstück.«

Tony ignorierte diesen Einwurf. »Zurück zum Thema. Das Video hat einen viel größeren Eindruck hinterlassen, als wir es je zu hoffen gewagt hätten. Das halbe Land steht bereits hinter einem präventiven Erstschlag gegen den Iran, und die andere Hälfte hat zu viel Schiss, um etwas dagegen zu sagen. Nur die üblichen Verschwörungstheoretiker mucken auf, aber die lassen sich leicht übertönen«, fuhr er fort.

»Spielverderber«, spottete der alte Mann. Die versammelte Runde lachte höflich.

»Um es kurz zu machen, alles läuft perfekt. Man kann sagen, dass es keinerlei Überraschungen oder Probleme gibt.« Damit war Tony am Ende angekommen und setzte sich, woraufhin er einen Schluck aus seiner Kaffeetasse nahm.

Der alte Mann beobachtete die Gesichtszüge der Anwesenden. Manche waren mittleren Alters, manche so alt wie er selbst, aber bei jedem sah er nichts anderes als feste Entschlossenheit.

»Wie wir alle wissen, ist der größte Geldgeber des Terrorismus leider unser verbündetes Saudi-Arabien. Es ist eine

Schande, die wir kontinuierlich herunterspielen. Und wie wir gemerkt haben, solange die Medien das ignorieren, ignoriert es der Normalbürger auch. Aber wir müssen immer darauf vorbereitet sein, dass das Thema doch mal an die große Glocke gehängt wird. Zum Glück ist das Risiko relativ gering, das haben uns der Irak und Afghanistan schon gelehrt. Jeder, der den Status quo anzweifelt, wird entweder als Verräter oder Verschwörungstheoretiker gebrandmarkt. Trotzdem dürfen wir nicht zu bequem werden. Wenn die unvermeidlichen Fragen aufkommen, müssen wir die richtigen Antworten haben. Abgesehen davon müssen wir, glaube ich, jetzt, was unsere Vorbereitungen angeht, nichts weiter tun, als uns zurückzulehnen. Der schwierige Teil der Arbeit ist getan und wir haben keine Zweifel daran, dass unser Team hervorragend funktionieren wird.«

Er pausierte einen Moment, um dieser Information Raum zu geben. »Lassen Sie uns nicht vergessen, dass nicht jeder unsere Story glauben wird, und diese Abweichler müssen wir mundtot machen. Die Europäer werden die Verbindung vom Iran zu den Biowaffen nicht schlucken. Deswegen brauchen wir eine vorbereitete Reaktion darauf, und damit fangen wir am besten sofort an. Lassen Sie uns einige Geschichten erfinden, warum die Franzosen, Deutschen und Russen ganz eigene, fragwürdige Gründe haben, um den Iran zu verteidigen. Wenn wir immer einen Schritt voraus bleiben, werden wir es einfach haben.«

Er nahm noch einen Schluck Kaffee und stand dann auf. »Ich befürchte, dies ist unser letztes Treffen vor dem Tag X. Und danach wird es nicht mehr möglich sein, uns in einem Raum zu treffen, egal wie diskret wir das anstellen. Von daher möchte ich nun die Gelegenheit ergreifen, Ihnen allen noch einmal zu danken – für ihre Unterstützung und harte Arbeit, und natürlich für das viele schöne Geld!«

Wieder lachten alle, die Anspannung löste sich.

»Ohne dieses Geld wäre das alles nicht möglich. Doch ich bin sicher, dass wir unsere Investition in den kommenden Jahren tausendfach zurückbekommen. Es ist eine kluge Geldanlage, nicht mehr und nicht weniger. Wenn Sie mich dann jetzt entschuldigen, ich muss zurück ins Weiße Haus. Offensichtlich kann der Präsident den Teleprompter nicht bedienen und die abendliche Pressekonferenz steht an.«

Er wurde mit weiterem Gelächter bedacht und damit war das Meeting beendet. Alle erhoben sich.

Auf dem Weg nach draußen ließ er sich von dem Bediensteten im Smoking sein Handy zurückgeben – eine der wichtigsten Regeln des Klubs. Telefone waren verboten, damit niemand abgehört werden konnte. Die Technologie, um ein Telefon zu aktivieren, das eigentlich ausgeschaltet war, gab es schon seit Jahren, und er verstand es besser als alle anderen, dass es sich lohnte, paranoid zu sein.

Sein Fahrer wartete bereits auf ihn, und als er in der kleinen Gasse auftauchte, lief sein Assistent um den Wagen, um ihm die Tür zu öffnen. Der alte Mann tätigte bereits einen Anruf, um seinen Hintermännern Bericht zu erstatten. Sie würden erleichtert sein, dass alles nach Plan lief. Sogar besser als nach Plan.

Jetzt mussten sie nur noch Geduld haben.

Das war immer der schwierigste Teil.

KAPITEL 27

SANAA, JEMEN

Das Video begann mit den inzwischen bekannten Augen von Saif Al-Diin, dem Anführer des »Lichtes der Wahrheit«. Er saß in dem gleichen Raum wie in dem ersten Video und die gleichen Banner mit aufstachelnden arabischen Slogans hingen hinter ihm. Seine sorgfältig gewählten Worte warnten die »Teufel im Westen und die Schergen Israels« mit ruhiger Stimme, dass bald ihr Stündlein schlagen würde und der unbarmherzige Arm der Rache sie dann im tiefsten Inneren träfe. Damit würde den arroganten Amerikanern für immer die Lektion erteilt, dass sie nicht unverwundbar sind, sondern nur noch als Zielscheibe für die anwachsende Armee der Gerechten dienen.

»Ihr, die Ihr uns das Recht zur Selbstbestimmung genommen habt, unser Erbe, unseren Stolz – und das nur, damit Eure imperialistische Gier befriedigt werden kann – Ihr habt Euch eitel benommen, als könnten wir uns nicht wehren. Ihr habt gedacht, die arabische Welt wäre Euer still leidender Prügelknabe, unsere Länder und Bodenschätze nichts weiter als Opfertische, die Eure Firmen nach Herzenslust und ohne Konsequenzen ausplündern können.

Tja, meine vermeintlich überlegenen Freunde, ich habe Neuigkeiten für Euch. Meine Nachricht wird schon bald geliefert werden, es sei denn, Eure Regierung stimmt unseren Forderungen zu. Wenn das nicht passiert, wird Eure Bevölkerung einen hohen Preis bezahlen müssen. Den ersten in einer langen Reihe, so wie Ihr es für den schamlosen Missbrauch unserer Region verdient. Unsere Forderungen sind einfach und nicht verhandelbar.«

Saif Al-Diin nahm sich ein Glas Wasser, da seine Stimme heiser wurde. Nachdem er einen Schluck getrunken hatte, fuhr er fort: »Die amerikanische Regierung muss sofort ihre Unterstützung für den illegalen Staat Israel beenden. Sie muss damit aufhören, ihre finanzielle Macht dazu zu missbrauchen, dem Rest der Welt ihre fragwürdigen Ziele aufzuzwingen.«

Saif Al-Diin verlagerte sein Gewicht und räusperte sich.

»Des Weiteren müssen die USA ihre Politik der Nötigung bezüglich des Nuklearprogramms des Iran beenden. Der Iran ist ein friedliches und verantwortungsbewusstes Land und an rein friedlicher Nutzung der Atomenergie interessiert, wie es sein Recht ist. Was als verbrecherischer Schurkenstaat diffamiert wird, ist eine traditionsreiche Nation, die sogar vor über fünfzig Jahren von den USA zur Atommacht erhoben wurde – doch heute argumentieren die Vereinigten Staaten, dass das Land eine Gefahr für die gesamte Region ist. Angeblich geht es dabei um Religion und Extremisten, aber jeder, der die Fakten studiert, wird eine andere Wahrheit erkennen, als die westlichen, regierungsgesteuerten Medien behaupten.

Meine Nachricht ist klar und deutlich: Zwingen Sie Ihre Regierung durch einen Aufschrei des Volkes, die Region nicht weiter auszubeuten und das wahre Regime des Terrors nicht weiter zu unterstützen. Andernfalls werden Sie die Konsequenzen zu tragen haben – Konsequenzen, die den Krieg, der gegen unsere Religion geführt wird, zu Ihnen nach Hause bringen. Ihre Regierung lügt Sie jeden Tag an und stellt sich dabei noch als der gemeinnützige Friedensstifter dar. Das ist sie jedoch nicht. Sie steht für Kriegstreiberei, Hungersnöte, Ungerechtigkeit, Intoleranz und Völkermord, und das alles nur, um kapitalistische Ziele zu erreichen. Diese Regierung ist nichts anderes als ein Diener des Teufels, wenn nicht sogar die körperliche Repräsentation Satans auf dieser Erde!«

Die Kamera zoomte theatralisch heran, bis der Kopf des Terroristen das gesamte Bild ausfüllte. In seinen Augen loderte grenzenloser Hass.

»Wenn Ihre Regierung nicht auf den korrekten Kurs umschwenkt, wird es keine Gnade geben. Ihr werdet so leiden wie wir, Eure armseligen Sklaven, die jeden Tag unter Eurer Unterdrückung leiden. Ich werde eine Plage über Euch bringen, die niemals vergessen werden wird. Dies ist die letzte Warnung. Ignoriert sie, wenn Ihr Euch traut. Es gibt keine Gnade vor der Rache Allahs, wenn das Licht der Wahrheit mit all seiner Macht scheint.«

Das Bild wechselte zu dem Raum, in dem bereits ein Gefangener zugrunde gegangen war. Sein verrottender Körper lag noch immer auf dem Boden, inzwischen von einer Pfütze unappetitlicher Flüssigkeiten umgeben. Nun kauerte ein zweiter Mann gefesselt in der Ecke, der abwechselnd weinte und um Gnade bettelte – in englischer Sprache. Während der eingeblendete Timer voranschritt, nahm die Krankheit wieder den gleichen, grausamen Verlauf wie in dem ersten Video. Am Schluss ruhte die Kamera noch eine Weile auf den sterblichen Überresten des zweiten Mannes.

Jet und Alan tauschten in seinem Hotelzimmer in Sanaa besorgte Blicke aus. Dann stand Alan auf und ging im Zimmer hin und her, während Jet die Kommentare vorlas, die schon Sekunden nach der Veröffentlichung des Videos geschrieben wurden.

»Die Reaktionen sind so, was man erwarten würde. Die US-Regierung sagt, sie verhandeln nicht mit Terroristen. Israel verurteilt die Drohungen als Eskalation des Terrors seitens seiner Feinde.«

»Überrascht dich irgendetwas davon?«, fragte Alan.

»Nicht wirklich. Oh, das amerikanische Opfer in dem Video wurde als der freiberufliche Journalist identifiziert, der vor etwas mehr als einer Woche in Saudi-Arabien verschwunden ist. Gregory Monk. Er arbeitete an einer Story über die aktuellen Entwicklungen dort.«

»Eine ziemlich widerliche, aber sehr effektive Show. Es ist eine Sache, einen Ausländer unter Höllenqualen sterben zu sehen – mit einem Landsmann ist es noch einmal etwas anderes. Es macht die Bedrohung realer, man fühlt sich selbst noch mehr als Ziel.«

»Was ich an seinen Aussagen interessant finde, ist die Mischung aus Lügen und Wahrheit darin. Ich meine, es ist kein Geheimnis, dass die USA damals dem Schah des Iran nukleares Know-how geliefert haben. Aber die Sorge, dass das heutige Regime an Atomwaffen arbeitet, wird komplett ausgeblendet.«

»Hast du etwa erwartet, dass sich Terroristen an die Wahrheit halten? Seit wann das denn?«

»Ich finde es nur spannend, dass der Iran so in den Fokus gerückt wird – die Gruppe beschwert sich ja explizit über die Sanktionen und schwächt damit die Behauptungen des Iran, nichts mit der Gruppe zu tun zu haben. Andererseits …«

»Ich weiß. Spuck es schon aus!«

»Das ist zu flach. Da wird vordergründig viel zu deutlich eine Verbindung geschaffen, die der Iran niemals offenbaren würde, wenn sie wirklich existierte. Wenn ich an der Stelle des Iran wäre und eine Gruppe unterstützen würde, die im Begriff ist, Biowaffen gegen die USA und Israel einzusetzen, würde ich diesen Umstand dann öffentlich machen?«

»Man könnte sagen, dass dies ein weiterer Beweis ist, dass sie nichts damit zu tun haben. Sich freiwillig mit dieser Gruppe in Verbindung zu bringen, wäre Selbstmord«, stimmte Alan zu.

»Richtig, und schau dir mal die Reaktionen an! Die amerikanischen Medien stürzen sich förmlich auf diese Iran-Connection und führen Volksbefragungen zu dem Thema durch. Die breite Mehrheit unterstützt bereits einen Erstschlag gegen das Land! Im amerikanischen Bewusstsein ist es also schon jetzt eine gute Idee, erst Bomben zu werfen und später Fragen zu stellen. Erinnert dich das an irgendetwas?«

»Ziemlich gruselig, oder?«

»Wir müssen das aufhalten«, sagte Jet, während sie weitere Newsseiten anklickte, um sich die Wellen von Empörung und Meinungsmache durchzulesen.

»Deswegen sind wir hier. Jedenfalls habe ich nicht vor, nur einen bezahlten Urlaub im Jemen zu machen.«

Sie waren auf getrennten Wegen vor zwei Tagen angekommen und hatten sich in verschiedene Hotels eingebucht. Alan hatte die Fühler nach seinen Kontaktpersonen ausgestreckt, die er abseits der Terrorzelle, die er vor Jahren infiltriert hatte, noch ansprechen konnte. Doch wie jede Informationsbeschaffung war es ein langsamer und umständlicher Prozess, den er nicht einmal mit Bestechungsgeldern beschleunigen konnte. Seine Hoffnung auf einen schnellen Durchbruch schwand dahin.

»Irgendetwas fühlt sich falsch an, findest du nicht auch?«, fragte Jet nicht nur Alan, sondern auch sich selbst.

»Richtig. Aber das ist jetzt im Moment nicht wichtig. Egal, was du von den Aussagen von diesem Saif Al-Diin hältst, es zählt erst einmal nur, dass wir ihn aufhalten.«

»Ich weiß. Ich sage es ja nur.«

Die Kommentare aus den USA waren furchteinflößend – in den Großstädten machte sich bereits Panik breit, obwohl die Behörden zur Besonnenheit aufriefen. Die Berichterstattung zeigte die Mobilisierung der Nationalgarde genauso wie Demonstrationen verängstigter Hausfrauen, die von der Regierung verlangten, etwas zu tun – auch wenn es kaum etwas gab, das getan werden konnte. Die Emotionen kochten hoch und spontane Gewaltausbrüche nahmen zu, als die Parasiten der Gesellschaft aus ihren Löchern krochen und die Bedrohung als Rechtfertigung missbrauchten, um zu plündern und zu randalieren.

Unterm Strich wurde in den Medien eine Nation am Rande des Zusammenbruchs heraufbeschworen, und Jet fragte sich, was die Macher damit bezweckten. Sensationsheischende Berichterstattung brachte natürlich bessere Einschaltquoten als nüchterne Wahrheit, und sie hatte keine Zweifel daran, dass die Meinungsmache deswegen auf die Spitze getrieben wurde.

Die Reaktionen aus dem Rest der Welt waren gemäßigter, wobei die Drohungen natürlich vehement verurteilt wurden und sich die Regierungen mit den USA und Israel solidarisierten. Jet fand besonders die Reaktion Israels interessant, denn diese fand quasi gar nicht statt, gemäß der üblichen Strategie, sich nicht in die Karten schauen zu lassen. Im Grunde war ja auch nichts passiert, außer dass eine Gruppe von Irren wilde Drohungen ausgestoßen hatte, die keines Kommentars bedurften. Im Verlauf der Geschichte hatte es immer solche Anschuldigungen und Drohungen gegeben, das war nichts Neues. Israel war umringt von unzähligen Gruppen, deren erklärtes Ziel es war, das Land komplett auszuradieren. Auf jede Drohung mit einer Presseerklärung zu reagieren wäre ein viel zu großer Aufwand. Jet fragte sich, warum die Amerikaner so ganz anders vorgingen. Vielleicht lag es daran, dass sie über Generationen vor der Gefahr direkter Angriffe abgeschirmt gewesen waren, mal abgesehen vom eher abstrakten Druck des Kalten Krieges. Sie dagegen war mit Raketenangriffen und Selbstmordanschlägen aufgewachsen und der religiöse Hass hatte leider ein Stück weit zum Alltag gehört. Die Amerikaner hatten derweil den Abstand einer geografischen Isolation genossen.

Während sie las und schaute, schüttelte Jet unwillkürlich den Kopf. In der Welt war so viel außer Kontrolle geraten, so viel Gewalt und Missgunst. Frieden und Sicherheit waren eher die Ausnahme als die Regel. Es war kein Wunder, dass früher oder später etwas davon auch nach Amerika schwappte. Der ganze Planet schien mit jedem Tag zu schrumpfen und Informationen verbreiteten sich schneller als Krankheiten.

Alan hatte mit einer Sache recht: Das Ganze entwickelte sich in eine wirklich schlimme Richtung und die Terroristen mussten in jedem Fall davon abgehalten werden, ihre Drohungen wahr zu machen. Sie hoffte einfach, dass sie die nötigen Informationen bekommen würden, bevor es zu spät war. Der Einsatz war noch nie höher gewesen und es gab keinen Spielraum für Versagen.

KAPITEL 28

Staub blies durch die Straßen von Sa'da im nördlichen Jemen. Die andauernde Trockenperiode machte das Dasein der Einwohner noch kläglicher – als ob die jahrelang andauernden Stammeskämpfe um die Vorherrschaft in den gebirgigen Gegenden nicht schon schlimm genug wären. Ein säuerlicher Geruch waberte in der Luft; es war eine Mischung aus Abwässern, Müll und ungewaschenen Körpern. Sa'da war die Hauptstadt des gleichnamigen Regierungsbezirks und vom Krieg ebenso mitgenommen wie der Rest des belagerten Landes. Sie war immer wieder Schauplatz von Gefechten zwischen den Regierungstruppen und Huthi-Rebellen, die momentan die effektive Kontrolle über das Städtchen mit seinen 50.000 Einwohnern hatten. Zur Zeit herrschte ein fragiler temporärer Frieden – bis die nächste Attacke ohne Vorwarnung kommen würde.

Es war lange angenommen worden, dass der Iran die Rebellen unterstützte, und diese Behauptung bekam dadurch Gewicht, dass die iranische Marine im Golf von Aden präsent war. Angeblich, um somalische Piraten zu bekämpfen, doch mutmaßlich um den Huthi Waffen zu liefern. Die Hisbollah, eine weitere terroristische Organisation, half gerüchteweise, in den Küstenregionen die Kämpfer zu trainieren, und es verging keine Woche, ohne dass neue Anschuldigungen über Waffenlieferungen seitens der iranischen Marine im Küstenbereich des Roten Meeres ausgesprochen wurden.

Eine kühle Brise ließ die wenigen Einheimischen erschaudern, die im Randgebiet der Stadt zu Fuß unterwegs waren, während vereinzelte Fahrzeuge vorbeirollten, oft besetzt mit Bewaffneten, die unterwegs waren, um die Kontrollpunkte der Rebellen an den Hauptstraßen aufzustocken. Ein abgemagerter Hund, der von vier dünnen Welpen verfolgt wurde, schnüffelte in Bergen von Abfall, die sich vor einigen heruntergekommenen Behausungen türmten. Der Hund hatte ein wirklich schweres Schicksal, ausgerechnet in einer der ärmsten Gegenden auf dem Kontinent nach Nahrung für seine hilflosen Nachkommen suchen zu müssen.

Jet und Alan hatten inzwischen fast fünf Tage im Jemen verbracht, zunächst in der Hauptstadt Sanaa und nun in den tödlichen Nordgebieten, auf einer Spur aus Informationen, die das Informanten-Netzwerk des Mossad zusammengetragen hatte. Viel davon basierte auf Gerüchten, und die Angaben galten als alles andere als verlässlich. Doch gestern hatten sie einen Hinweis auf ein Haus am Stadtrand von Sa'da bekommen, das angeblich ein provisorisches Hauptquartier des »Lichtes der Wahrheit« sein sollte. Keiner von beiden hatte allzu viel Hoffnung, dass sich die Information als wahr herausstellen würde, aber da sie keine anderen konkreten Spuren besaßen, machten sie sich mithilfe von Umar, einem langjährigen Kontaktmann des Mossad, in einem SUV auf die gefährliche Reise. Ihre Tarnidentitäten waren die von Journalisten, die angeblich an einer Story arbeiteten, die den Konflikt vom Standpunkt der Rebellen her positiv beleuchtete, was hoffentlich verhindern würde, dass man sie sofort erschoss.

Nachdem sie in der trostlosen Gebirgsstadt angekommen waren, warteten sie zunächst den Einbruch der Dunkelheit ab. Dann holten sie ihre Waffen aus einem Schmugglerversteck unterhalb des Laderaumes des Wagens hervor und bezogen Stellung in der Nähe des von einer Mauer umgebenen Anwesens. Dummerweise gab es keinerlei höhere Bauwerke in der Gegend, sodass sie einen Blindflug wagen mussten. Zudem würden in einer kleinen Siedlung wie Sa'da sofort die Alarmglocken schrillen, wenn Fremde sich auffällig umschauen würden. Der Nordjemen war eine der unattraktivsten Gegenden, in der man sich aufhalten konnte, und es gab überhaupt keine Nachfrage nach Wohneigentum – kein Wunder, wenn man die unkontrollierbaren Gefechte zwischen den verschiedenen bewaffneten Parteien bedachte.

Jet trug die traditionelle Kombination aus Abaya, Niqab und Hijab – eine schwarze Ganzkörper-Robe mit Schleier und Kopfbedeckung, die von den meisten jemenitischen Frauen bevorzugt wurde. Die vielen konturlosen Falten dieser Bekleidung machten es ihr leicht, völlig unauffällig ein Sturmgewehr vom Typ MTAR-21 mit angeschraubtem Schalldämpfer mitzuführen. Dementsprechend lautete der Plan, das Anwesen erst einmal aus der Ferne zu beobachten und Jet auf einige Patrouillengänge zu schicken, falls irgendeine verdächtige Aktivität zu bemerken wäre.

Als sie die staubige Straße hinunterfuhren, die an dem Grundstück vorbeiführte, entdeckten sie auf den Dächern der angrenzenden Gebäude zwei Männer mit Schusswaffen.

Im Nordjemen bedeutete das Tragen eines Sturmgewehres erst einmal noch nichts, aber offensichtlich handelte es sich bei den Männern um gezielt postierte Aufpasser. Alan und Jet tauschten vielsagende Blicke aus, als sie ihre Fahrt ins Dunkle fortsetzten.

»Interessant. Ich habe keine anderen Behausungen gesehen, die von Bewaffneten bewacht wurden, und du?«, fragte sie.

»Nein, sieht so aus, als könnte an dem Tipp tatsächlich etwas dran sein«, bestätigte er.

»Wie sollen wir vorgehen?«

»Ich würde sagen, wir warten erst mal ab, und schauen, was passiert.«

»Aber wie sollen wir das machen? Wenn wir einfach zurückfahren, wäre das auffällig!«

»Dann lass uns zu Fuß gehen und schauen, ob wir irgendwo die Nacht verbringen können, von wo wir einen Blick auf das Anwesen haben. Wenn bis zum Sonnenaufgang nichts passiert, denken wir uns einen neuen Plan aus.«

Sie schaute ihn an. »Nicht sehr elegant, oder?«

Er nickte, denn er musste ihr recht geben. »Hast du eine bessere Idee?«, fragte er und hatte schon Angst vor der Antwort.

»Nun ja …«

***

Ein Meer aus Sternen glitzerte am klaren Nachthimmel und die schmale Mondsichel lieferte nur spärliche Beleuchtung, während sich die Nacht langsam dem Morgen näherte. Eine Stunde vor Sonnenaufgang rumpelte ein heruntergekommener brauner Kombi die staubige Straße herunter und stoppte nur wenige Meter von der Grundstücksmauer entfernt. Zwei Männer stiegen aus und näherten sich dem Vordereingang, und als sich die Tür öffnete, konnte Jet mithilfe ihres Nachtsichtgeräts erkennen, dass der Mann im Inneren ein Sturmgewehr in der Hand hielt. Mit einem kurzen Kontrollblick auf die Straße winkte der Mann die Neuankömmlinge hinein, und nachdem sie eingetreten waren, warf er einen weiteren Blick in die Dunkelheit, bevor er die Tür wieder schloss.

»Ich glaube, wir haben nicht mehr viel Zeit – es sei denn, wir wollen morgen noch mal wiederkommen und hoffen, dass die bösen Jungs dann gerade eine Mitarbeiterversammlung abhalten. Meiner Meinung nach sollten wir jetzt zuschlagen.« Jet spähte immer noch durch das Nachtsichtgerät, die Vergrößerung auf Faktor 10, während sie mit Alan in dem SUV saß, der drei Blocks entfernt geparkt war.

Alan war zwiegespalten. Falls dies tatsächlich die Basis der Terroristen war, aber ihr Anführer nicht anwesend war, würden sie mit einem Angriff die Chance verspielen, ihn zu erwischen. Diese Bedenken äußerte er auch, aber Jet schüttelte nur den Kopf, wobei die Nachtsichtoptik auf ihrem Kopf wackelte. Umar saß leidenschaftslos auf dem Beifahrersitz und behielt das Gelände im Auge.

»Es ist aber nur eine Vermutung, dass er nicht da ist, und selbst wenn es so ist, wissen wir ja gar nicht, ob er noch einmal hierher kommen wird. Er könnte genauso gut tausende Meilen entfernt sein, vielleicht steigt er gerade in Moskau aus einem Privatjet, um sich die Biowaffe abzuholen. Glaub mir Alan, die Lage wird nicht besser, so beschissen sie auch ist. Wir haben nur diese eine Chance und müssen das Beste daraus machen. Ich würde sagen: Jetzt oder nie.«

»Ich stürze mich nicht gern in eine vollkommen unbekannte Situation«, erwiderte er.

»Ich auch nicht. Du kennst mich doch, ich plane immer alles sorgfältig durch. Aber jetzt ist es eilig und diesen Luxus können wir uns nicht leisten.«

Er wog erneut die Optionen ab und nickte. »Okay. Dann sag ich dir jetzt mal, wie wir es machen werden.«

***

Die beiden bewaffneten Wächter sahen die Frau näherkommen, die traditionell von Kopf bis Fuß in Schwarz gehüllt war und einen ausgebeulten Sack mit irgendwelchen Waren trug. Als sie nur noch etwa fünfzig Meter entfernt war, rutschte ihre Hand aus und der Beutel schlug mit einem dumpfen Geräusch in den Dreck. Verschiedene Dinge rollten auf den Boden und sie machte sich hastig daran, alles wieder einzusammeln. Als sie wieder aufstand, fiel der einen Wache auf, dass sie noch gar nicht alles aufgesammelt hatte.

Das MTAR-21 mit Schall- und Mündungsfeuerdämpfer spuckte drei Kugeln aus und der Kopf des Wachmannes löste sich in kleine Einzelteile auf. Der zweite Kerl fummelte noch an seiner Waffe herum, als ein kleiner roter Lichtpunkt auf seinem Hals auftauchte und eine weitere schallgedämpfte Salve vom anderen Ende der Straße herangezischt kam und ihn beinahe in zwei Hälften teilte.

Jet wartete unter Anstrengung sämtlicher Sinne auf der offenen Straße, doch es waren keinerlei Geräusche oder

Bewegungen mehr auszumachen. Nur Alans gedämpfte Schritte hörte sie, als er sich aus seinem Versteck näherte.

Der Beutel voll mit Abfällen hatte das Wachpersonal gerade lange genug abgelenkt, um Jet und Alan einen kleinen Vorteil zu verschaffen, doch von jetzt an würde es weitaus schwieriger werden. Alan schlich an der seitlichen Begrenzungsmauer entlang, bis er nahe am Eingang war, woraufhin Jet ihren Schleier und die Robe abnahm, sorgfältig am Straßenrand ablegte und sich dann den Halteriemen ihres MTAR über die Schulter legte.

»Bereit?«, flüsterte sie in ihren Ohrstöpsel.

»Los«, antwortete Alan.

Sie sprintete auf die vier Meter hohe Mauer zu und rannte dann einige Schritte seitlich daran hoch, bis ihr Fuß einen kleinen Vorsprung an einem Stützpfeiler fand, von dem sie sich abstieß, um das obere Ende der Mauer zu erreichen. Sie zog sich nach oben, rollte darüber und landete in geduckter Haltung auf der anderen Seite. Dann schwang sie das MTAR in Schussposition und überprüfte ihre Umgebung auf verdächtige Bewegungen. Am anderen Ende des Hofes, in dem sie sich nun befand, stand ein zweistöckiges Gebäude, in dem in zwei Fenstern Licht brannte.

Jet huschte zur Tür. Dann schob sie den Riegel beiseite und ließ Alan hinein, der ebenfalls sein MTAR schussbereit hielt, dessen futuristische Form ein Hinweis auf seine absolut todbringende Wirkung war.

Jet deutete auf das Haus und gestikulierte in Richtung der Eingangstür, dann zeigte sie auf ihn. Sie kniff die Augen zusammen und spähte in die Dunkelheit, dann zögerte sie kurz und trat schließlich an seine Seite.

»Ich versuche es zuerst im Obergeschoss. Sie werden niemals erwarten, dass dort jemand hereinkommt. Warte an der Vordertür auf mein Signal!«

Bevor Alan eine Chance hatte, etwas zu antworten, war sie auch schon losgesprintet. Sie sprang auf die seitliche Wand zu, wiederholte das Manöver von der Außenmauer und packte einen Fensterrahmen im ersten Stock. Alan sah zu, wie sie scheinbar die Schwerkraft aushebelte und ihren Körper elegant nach oben schwang. Sie drückte ein Fenster auf und glitt hindurch, noch bevor er überhaupt den Weg zur Eingangstür überwunden hatte.

Innerhalb eines Wimpernschlages hatte Jet ihre Umgebung analysiert: Es war ein leeres Schlafzimmer mit einem kühlen, gekachelten Boden. Die Tür war geschlossen, neben dem Bett stand eine Reisetasche und eine Auswahl verschiedenfarbiger Roben lagen ausgebreitet über einem Stuhl. Von unten drang das Gemurmel männlicher Stimmen an ihre Ohren, und das trotz der schweren Holztür.

»Ich bin drin. Das Zimmer ist leer. Willst du auch hier reinkommen, oder auf der Rückseite des Hauses nach einem Eingang schauen?«, hauchte sie in ihren Ohrstöpsel.

»Ich nehme den Hintereingang«, antwortete Alan knapp.

Sie trat an die Tür und brachte das MTAR in Feuerstellung, wobei sie eine Hand um Griff und Abzug legte, die andere an die Türklinke. Dann zögerte sie – die Türscharniere sahen uralt aus und es bestand eine empfindliche Gefahr, dass sie laut quietschen würden.

Jet holte zweimal tief Luft, denn der Sauerstoff war auf dieser Höhe von über zweitausend Metern über dem Meeresspiegel etwas spärlich. Dann machte sie die Tür einen

Spalt auf, wartete kurz und öffnete sie dann ein paar Zentimeter mehr. Die Scharniere ächzten, aber zum Glück nicht besonders laut. Jet hoffte, dass die Männer im Erdgeschoss so vertieft in ihr Gespräch waren, dass sie es nicht wahrnehmen würden. Sie befanden sich direkt unter ihr, das Obergeschoss bestand aus drei Schlafzimmern und einem Gang, der nur durch eine hüfthohe Mauer begrenzt war und so mit dem großen Raum im Erdgeschoss ein Atrium bildete.

Am anderen Ende des Ganges öffnete sich eine Tür und ein gähnender Mann kam heraus, der sich am Kopf kratzte. Seine Augen weiteten sich im Schrecken und er wollte gerade zu einem Schrei ansetzen, als eine rasiermesserscharfe Stahlklinge durch die Luft fegte und sich in seine Kehle bohrte. Der Mann schnappte wie ein Fisch auf dem Trockenen stumm nach Luft, wobei eine Blutfontäne aus seinem Hals sprühte, bis seine Knie nachgaben. Jet hechtete auf ihn zu, als er nach vorn kippte, und ließ ihn vorsichtig auf den Boden gleiten, der zunächst seine letzte Ruhestätte sein sollte.

Sie wartete ein paar Sekunden, bis er das Bewusstsein verloren hatte. Dann zuckte ein Bein und kratzte über die Fliesen unter seinen Füßen. Eine Stimme rief von unten herauf.

»Amir? Beeil dich. Wir müssen bald los!«

Sie hörte einen gedämpften Kommentar und etwas Gelächter. Dann stand sie auf und wägte ihre Optionen ab, bis ein weiterer Ruf die Entscheidung für sie traf.

»Amir? Was ist da oben los?«

***

Drei Männer saßen um einen krude gezimmerten Holztisch herum, tranken Tee und kauten Khat. Ihre Gewehre lehnten gegen die Wände beziehungsweise den vierten, leeren Stuhl. Einer der Männer, Hamid, der Vizekommandant, schaute noch einmal die Treppe hinauf, genervt, dass sein Kompagnon trödelte.

»Ami–«

Sein Ruf wurde durch einen fallenden Körper unterbrochen, der krachend auf dem Tisch landete. Die Männer kippten vor Schreck fast hintenüber und griffen dann hektisch nach ihren Waffen.

Der Mann, welcher der rustikalen Küche am nächsten saß, hatte als erster seine AK-47 erreicht und riss gerade den Lauf nach oben, als sich der rote Lichtpunkt auf seiner Stirn niederließ und das MTAR seine tödliche Ladung ausspuckte. Sein Gehirn und Teile des Schädels spritzten an die Wand hinter ihm und sein Partner schrie entsetzt auf, als er nach seinem Gewehr griff. Eine weitere Salve peitschte durch seinen Oberkörper; die Kugeln zerfetzten seine Robe und ließen ihn einen makabren Tanz aus Zuckungen vollführen, bevor er auf den Boden schlug. Hamid hatte gerade eine Hand an seiner Waffe, als eine weitere Person von oben herunterfiel und Amirs leblosen Körper als Polster nutzte. Plötzlich sah sich Hamid einer schwarz gekleideten Frau gegenüber, die eine aggressiv aussehende Waffe auf seine Brust richtete.

»Denk nicht mal dran. Es ist aus. Finger von der Waffe, sofort!«, schrie sie auf Arabisch, wobei sie ihren Worten mit einem Heben des Gewehrlaufes Nachdruck verlieh. »Lass sie los, oder du bist tot!«

Sie sah in seinen Augen, wie er in einem Bruchteil einer Sekunde eine Entscheidung traf und die Zeit schien sich zu verlangsamen, als sich seine Mundwinkel nach unten zogen und er die Kalaschnikow aus ihrer Ruheposition an der Wand riss. Jet trat einen Schritt nach vorn und schlug ihm ihren Gewehrkolben gegen den Schädel. Sein Kopf wurde zur Seite gerissen und das Gewehr fiel nutzlos zu Boden, als sein Körper mit einem ungesund klingenden Krachen auf den harten Stein aufschlug. Eine Blutpfütze begann sich unter seinem Kopf zu bilden und mit dem Ende dieses Gewaltausbruchs schien die Zeit wieder ihren normalen Lauf zu nehmen. Alle lagen reglos da, mit Ausnahme von Jet.

In ihrem Ohrstöpsel knackte es.

»Was ist da drinnen los?«, fragte Alan mit einem rauen Flüstern.

»Es ist vorbei. Einer lebt noch, aber ich weiß nicht, wie lange. Ich mache dir die Tür auf«, sagte sie in ihrer normalen Sprechstimme, und sie hatte das Gefühl, in den Augen des überlebenden Terroristen ein Flackern zu sehen, als er sie hebräisch sprechen hörte.

»Ganz richtig, du rückgratloses Schwein! Anscheinend bist du nicht mehr so ein harter Hund, wenn dein Opfer ebenfalls bewaffnet ist, was?«, zischte sie ihn an. Dann machte sie vier lange Schritte zur Tür und riss sie auf.

Alan huschte herein, die Waffe im Anschlag, doch als Jet den Kopf schüttelte, ließ er sie sinken und näherte sich Hamids schlaffem Körper. Das Blut unter dessen Kopf hatte sich inzwischen zu einem kleinen Teich mit etwa einem Meter Durchmesser ausgebreitet. Alan schaute ohne Mitleid auf ihn herunter und ihre Augen trafen sich, wobei alarmierender Hass aus den Augen des Terroristen blitzte.

»Wo ist Saif Al-Diin? Das Spiel ist aus!«, knurrte Alan.

Hamid starrte ihn an, unfähig, sich zu bewegen.

Jet schulterte ihre Waffe und trat an ihn heran. Dann hob sie seinen Kopf, um den Blutfluss zu stoppen, doch sie zog ihre Hand sofort zurück, als sie etwas Weiches auf der Rückseite seines Schädels spürte. Sie schaute Alan an und schüttelte kaum merklich den Kopf.

»Du hast versagt. Wo ist er? Und wo ist die Biowaffe?«, wollte Alan wissen und zog sein Kampfmesser als Argumentationsverstärker aus seiner Weste.

»Ich… habe versagt? Ihr seid es, die versagt haben! Schon bald wird euer dreckiges Land zusammen mit den Amerikanern um Gnade winseln«, zischte Hamid.

»Alles Lügen! Ihr habt verloren. Es ist nur eine Frage der Zeit, bis wir Euren Anführer auslöschen, wie so ein Haufen Scheiße es verdient hat«, zischte Jet. Dann stand sie auf und ging zu einem der Toten, an dessen Robe sie sich das Blut von den Händen wischte.

»Ha. In ein paar Tagen werdet ihr die Rache der Wahrheit zu spüren bekommen! Dann werdet ihr erfahren, was die Hölle wirklich ist. Eure Leute werden schreien, während ihnen das Fleisch von den Knochen fällt. Ich habe nichts zu fürchten, und ich werde meine Belohnung bekommen. Aber ihr werdet zuschauen, wie eure Welt auseinanderfällt …«, drohte Hamid, bis seine Kraft ihn verließ.

»Zum letzten Mal. Wo ist er? Wenn du es mir nicht sagst, werde ich sicherstellen, dass deine letzten Minuten auf diesem Planeten unerträglich werden. Du wirst sterben wie ein Hund und vorher um Gnade winseln«, sagte Alan, und brachte das Messer dann in unmittelbare Nähe des rechten Auges des Terroristen. »Willst du deinen Jungfrauen blind und entstellt gegenübertreten? Das kann ich arrangieren!«

»Du hast keine Macht über mich«, fauchte Hamid.

Jet schüttelte den Kopf und ging zur Tür. »Schneide ihn in kleine Stückchen. Ich habe draußen ein paar Hunde gesehen, die etwas zu Fressen brauchen. Dann erfüllt dieses miese Stück Scheiße wenigstens einen nützlichen Zweck, jedenfalls wenn der Gestank seiner Angst das Fleisch nicht verdirbt. Hab eine schöne Ewigkeit in der Hölle, du Bastard«, knurrte sie und trat hinaus in die Morgendämmerung.

Alan folgte ihr fünf Minuten später.

»Hat er dir irgendwas gesagt«, fragte sie, ohne sich zu große Hoffnungen zu machen.

»Nein, ich denke auch nicht, dass er viel wusste. Aber ich hatte den Eindruck, dass er sich überhaupt keine Sorgen machte, dass wir seinen ruhmreichen Anführer erwischen könnten, deshalb glaube ich nicht, dass der noch einmal hierher zurückkehrt.«

»Dann sind wir also kein bisschen weiter gekommen.«

»Das würde ich nicht sagen. Ich habe sie alle fotografiert und werde die Bilder an den Mossad schicken, sobald ich Empfang habe. Vielleicht finden die etwas heraus. Wenn einer von den Jungs in der Datenbank ist, wird uns das helfen. Das wäre definitiv besser als nichts«, sagte Alan, wenn auch mit etwas mutloser Stimme.

»Dann sollten wir so schnell wie möglich nach Sanaa zurückkehren, damit du die Bilder hochladen kannst.«

»Genau. Ich habe auch ihre Finger gescannt, sodass sie die Abdrücke checken können. Vielleicht springt ja wirklich etwas dabei heraus.«

»Hoffen wir es. Obwohl ich Hoffnung als brauchbare Strategie schon lange ausgeschlossen habe.«

»Ich auch. Aber manchmal bleibt uns nichts anderes übrig.«

»Ich weiß«, murmelte sie, als sie sich dem Ausgang näherte. »Möge uns Gott helfen.«

KAPITEL 29

Die Rückreise war unspektakulär. Auf dem Weg nach Norden, als sie nach Sa'dah gefahren waren, hatte es noch so ausgesehen, als wären sie unterwegs zu einem Showdown mit ihrem Feind. Jetzt hingegen, wo sie so schnell es die Straßen erlaubten, wieder in Richtung Sanaa rasten, stand ihnen nur eine Reise ins Ungewisse bevor. Der letzte Terrorist war sich seiner Sache unangenehm sicher gewesen – selbst, als er im Sterben lag. Sein unumstößliches Vertrauen darin, dass die Welt kurz vor einem Wendepunkt stand und sein Tod nicht umsonst sein würde, war zwar von Hass genährt, doch konnte man eine solche Überzeugung nicht vorspielen. Er war sich wirklich sicher gewesen, dass sie nur Tage von einem grandiosen Triumph seiner Gruppierung entfernt waren – und es immer noch sind.

Eine halbe Stunde, bevor sie die Hauptstadt erreichten, zeigte Alans iPhone endlich ein Signal an und er schickte alle Aufnahmen, die er besaß, an das Hauptquartier, wo sie mit einer Datenbank von tausenden Datensätzen bekannter Terroristen abgeglichen werden würden. Der Mossad hatte ein dichtes Netzwerk und die Kooperation vieler großer Geheimdienste, und wenn die Chance bestand, einen der Toten zu identifizieren, dann würde es auch gelingen. Alan wusste um diese Möglichkeiten und war zuversichtlich.

Jet hingegen war niedergeschlagen. Sie hatte das Gefühl, nur Zeit verschwendet zu haben. Trotzdem versuchte sie, positiv gestimmt zu bleiben, während sie in ihrer schwarzen Robe und dem Schleier beinahe im Beifahrersitz versank.

Sie erreichten Sanaa zum Ende des Berufsverkehrs und der Fahrer ließ Jet in der Innenstadt aussteigen. Sie wollte nicht, dass irgendjemand wusste, wo sie übernachtete, egal wie sehr Alan seinen Kontaktleuten vertraute. Als sie in ihrem Hotelzimmer ankam, war sie vollkommen erschöpft, kein Wunder nach einer schlaflosen Nacht und Unmengen ausgeschüttetem Adrenalins. Obwohl es erst Vormittag war, entschied sie, sich ein paar Stunden hinzulegen, damit sie später ausgeruht sein würde, wenn Alan sie brauchte.

Der Stadtverkehr unter ihrem Fenster donnerte und röhrte aus voller Kraft, also zog sie die Vorhänge zu und machte sich bettfertig. Unten kämpften knatternde Autos mit tonnenschweren Lastkraftwagen um die Vorherrschaft, während Motorroller mit Todessehnsucht dazwischen umherwieselten. Als Jet sich auf die Matratze fallen ließ, war ihr klar, dass sie innerhalb von Sekunden einschlafen würde, doch als sie langsam wegdöste, beschlich sie das Gefühl, dass etwas nicht stimmte.

Sie übersahen ein elementares Teil des Puzzles. Sie wusste leider nicht, welches, aber sie war sich vollkommen sicher. Ihr Gefühl täuschte sie so gut wie nie.

***

Es war inzwischen später Nachmittag und Alan sah aus, als hätte er die ganze Woche nicht geschlafen. Man sah ihm die Erschöpfung und die Last auf seinen Schultern an. Jet hatte die Nachrichten überflogen und die Hysterie über die Drohungen hatte noch einmal neue Dimensionen angenommen. In New Orleans und Philadelphia war es zu so heftigen Ausschreitungen gekommen, dass das öffentliche Leben quasi brachlag.

»Du siehst echt beschissen aus«, lästerte Jet, als sie die Tür zu seinem Zimmer öffnete.

»Ich freue mich ebenfalls, dich zu sehen«, antwortete er heiser und trat beiseite, um sie hereinzulassen. »Das Outfit gefällt dir wirklich, oder?«

Sie wirbelte in ihrer Vollverschleierung herum, als wäre sie ein Model auf dem Laufsteg. »Das hier ist die unanständige Version davon – sie nennen sie ›sexy Krankenschwester‹, weil man beinahe die Zehenspitzen sehen kann!«

»Die sind wirklich hübsch«, bemerkte er.

»Und, gibt es was Neues? Hast du den Fall schon geknackt?«

»Nicht wirklich. Ich müsste bald einen Rückruf auf dem Satellitentelefon bekommen. Ich hoffe, dass sie irgendwelche neuen Infos haben, die uns weiterbringen.«

»Sonst kommen wir definitiv nicht voran.«

»Und sind so gut wie tot und begraben.«

»Komplett erledigt.«

»Endstation!«

Sie kicherten beide; der überbordende Stress und der Schlafmangel machten sich bemerkbar.

»Hast du die Nachrichten gesehen?«, fragte sie.

»Sonst habe ich ja nicht viel zu tun. Klingt so, als würde bald die Hölle losbrechen. Der Iran hat eine weitere Erklärung abgegeben und ein internationales Team eingeladen, um die Atomanlagen zu inspizieren. Sogar die machen sich Sorgen. Zu Recht. Denn egal, ob sie in der Sache mit drinstecken, die USA behandeln sie schon so.«

»Wenn die Terroristen Erfolg haben, wird das den Iran am Ende deutlich härter treffen als die Amerikaner, und das wissen sie genau.«

»Die stecken wirklich ganz schön in der Klemme. Ich meine, vermutlich haben sie eine Menge Dreck am Stecken, aber ich glaube, mit der Sache haben sie wirklich nichts zu tun«, sagte Alan. »Lass uns hoffen, dass wir das Ganze stoppen können, bevor es zum Schlimmsten kommt. Und daran arbeite ich gerade. Kannst du in der Lobby auf mich warten? Ich muss mich auf den Anruf vorbereiten.«

»Klar. Ich sitze liebend gern in jemenitischen Hotellobbys herum und warte auf meinen Traummann.«

»Ich hatte gehofft, dass du das sagen würdest.«

Jet ging brav die Treppe hinunter und setzte sich auf eines der Ledersofas. Nachdem sie einige der Broschüren für Touristen gelesen hatte, fischte sie ein Mobiltelefon aus den Tiefen ihrer Robe hervor. Sie wählte eine der Schnellwahlnummern aus und wartete geduldig auf das Tuten.

»Hola!« Magdalenas Stimme klang weit weg, aber erfreut.

»Hallo Magdalena, wie geht es dir?«

»Oh, Señora, sehr gut! Ich möchte Ihnen noch einmal danken. Es ist, als wäre ein Traum wahr geworden!«

»Ich bin dankbar, dass du mir hilfst, Magdalena. Wie geht es Hannah?«

»Sie hat schon neue Freunde auf dem Spielplatz gefunden … aber ich merke, dass sie Sie vermisst.«

»Das mit den Freunden klingt super. Ist sie da? Ich würde gern mit ihr reden.«

»Natürlich, einen Moment!« Jet hörte, wie Magdalena Hannah rief und dann ein Rascheln, als ihr das Telefon gereicht wurde.

»Hallo?« Hannahs Stimme klang winzig und aufgeregt.

»Hallo, meine Süße, wie geht es dir?«

»Mama! Hannah ist brav! Ich spiele ganz viel!«

»Magdalena hat gesagt, du hast schon neue Freunde gefunden?«

»Zwei. Zwei Kinder!«, verkündete Hannah stolz.

»Das ist super. Und bist auch immer schön artig?«

»Ja, Mama.«

Sie sprachen noch für weitere zwei Minuten, dann trat Alan aus dem Fahrstuhl, sein Gesichtsausdruck aufgeregt.

»Ich muss jetzt los, Süße! Mama kommt bald nach Hause! Ich hab dich lieb, Hannah.«

»Hannah liebt Mami!«

Als Jet auflegte, fühlte sie sich, als hätte sie jemand von einem Hochhaus geschubst. Sie wandte sich Alan zu, der sich ihr gegenüber hingesetzt hatte.

»Wie geht es ihr?«, fragte er.

»Gut. Sie genießt ihren Urlaub. Es klingt so, als würde Magdalena sie sehr verwöhnen. Aber jetzt sag du mir mal, wie dein Anruf gelaufen ist!«

»Ich glaube, wir haben vielleicht den Glückstreffer gelandet, auf den wir gehofft hatten. Ich will nicht zu viel versprechen, aber einer der Terroristen war in unseren Datenbanken. Er ist Jemenit, was nicht weiter verwunderlich ist, aber er ist auch ein bekannter Kontakt von einem der schweren Jungs aus der Terrorzelle, die ich infiltriert habe. Ein Typ namens Abdul Nasr.«

»Das ist super. Aber wie hilft es uns?«

»Bevor ich meinen Abgang inszeniert hatte, war Nasr unzufrieden, weil er der Meinung war, dass die Zelle keine ausreichenden Fortschritte machte, und er hatte angedeutet, dass er sich vielleicht neue Mitstreiter sucht, um seinen mörderischen Extremismus in die Welt zu tragen. Also eine neue Gruppe. Der Typ ist ein gottverdammter Irrer, aber er wird als vertrauenswürdig angesehen, wenn es um brutalste Auslegung der Ideologie geht.«

»Und du weißt, wo er wohnt?«

»Das tue ich in der Tat. Oder zumindest weiß ich, wo er vor fünf Monaten gewohnt hat. Ich glaube aber nicht, dass er umgezogen ist. Menschen ändern ihre Gewohnheiten nicht ohne Grund. Deswegen denke ich, dass wir ihn finden und dann beobachten können. Es gibt keine Garantie auf Erfolg, aber es ist besser als alles andere, was wir haben.«

»Die Terroristenwelt ist doch ein Dorf, was?«

»Allerdings. Vor allem in einer Region wie dem Jemen. Die wirklich Extremen kannst du an einer Hand abzählen – denn Mord und Totschlag ist wirklich nicht jedermanns Sache, und die meisten, die darauf stehen, schließen sich einfach den Rebellen an. Aber die wirklich ergebenen religiösen Fanatiker kennen sich wahrscheinlich alle. Gleich und gleich gesellt sich eben gern.«

»Zu dumm, dass du kein Überwachungsteam hierherbringen kannst.«

»Stimmt, aber das geht auf keinen Fall. Schließlich ist der Jemen nicht gerade uneingeschränkt auf unserer Seite. Und wegen des Bürgerkriegs sind die Kontrollen so streng, dass sie eine Truppe von Mossad-Spezialisten garantiert erkennen würden. Und davon abgesehen läuft uns sowieso die Zeit davon. Wir müssen sofort loslegen!«

»Von mir aus gern. Hast du ein Dossier von unserer Zielperson? Fotos? Ich kann gern die erste Schicht übernehmen, wenn du willst. Wenn wir die Überwachung zwischen uns beiden und dem Fahrer aufteilen sind das jeweils vier Stunden Dienst und dann acht Stunden Pause, das hält man gut durch.«

Alan stand auf. »Dann lass uns nach oben gehen, da habe ich alle Informationen parat.«

»Hey Alan, du willst mich doch wohl nicht in dein Zimmer locken?«, witzelte Jet mit einem verführerischen Augenaufschlag. Der Rest ihres Gesichtes war sowieso von ihrer Kopfbedeckung verhüllt.

»Ich wünschte, wir hätten Zeit für so was, glaub mir.«

Schweigend warteten sie auf den Fahrstuhl. Als sie einstiegen, nahm Jet seine Hand. »Du siehst echt erschöpft aus, Alan. Gib mir einfach die Daten und leg dich dann ‚ne Weile schlafen. Denn wenn du so müde bist, dass du anfängst, Fehler zu machen, haben wir beide nichts davon.«

Er drückte ihre Hand. »Ich mache niemals Fehler!«

»Das ist mir auch schon aufgefallen. Dennoch bist du erschöpft. Schubs mich einfach in die richtige Richtung und ich übernehme die erste Wache. Die Chance, dass beim ersten Versuch gleich etwas passiert, ist sowieso winzig. Du legst dich hin und dann macht Umar die zweite Schicht. Er kann dich ja anrufen, wenn irgendwas Spannendes passiert, und dann alarmierst du mich. Wir haben noch unsere Waffen, deshalb denke ich, dass wir auf jeden Fall mit so ein paar jämmerlichen Amateurterroristen fertig werden. Ich meine, das letzte Haus habe ich ganz allein unter Kontrolle gebracht und bin dabei nicht mal ins Schwitzen gekommen.«

»Was du sagst, klingt wirklich verlockend.«

Die Fahrstuhltür öffnete sich und sie gingen in sein Zimmer. Dort angekommen startete er den Laptop auf seinem Schreibtisch und zeigte Jet einige Bilder.

»Das ist der Typ. Er dürfte kaum zu verfehlen sein – er humpelt, das ist ein Geburtsfehler. Das linke Bein ist etwas kürzer als das rechte. Vielleicht ist er deswegen Terrorist geworden.«

»Oder er hat als Baby nicht die Brust bekommen.«

»Niemand hat ihn verstanden.«

»Keiner der anderen Terroristen wollte Selbstmordanschlag mit ihm spielen.«

Sie lachten, während sie die Bilder betrachteten.

»Wie alt sind die Aufnahmen?«

»Weniger als ein Jahr. Ich habe sie selbst gemacht. Ich kenne diesen Fiesling seit über drei Jahren und optisch hat er sich in der Zeit überhaupt nicht verändert. Du solltest ihn leicht erkennen können. Er hat ein Zimmer in einem alten Haus in der Nähe des Al-Thawra-Stadions. Hier ist die Adresse … und hier ein Foto von dem Gebäude.«

Alan rief eine andere Fotografie auf.

»Hat er ein Auto?«

»Nein, ein Motorrad. Er steht ziemlich weit unten in der finanziellen Nahrungskette.«

Sie nickte. »Alles klar. Dann schicke mir die Bilder per Mail, damit ich von meinem Telefon darauf zugreifen kann.« Sie kritzelte die Adresse auf einen vom Hotel bereitgestellten Notizblock. »Ich fahre direkt dorthin. Du hast doch ein Auto, oder?«

Er drückte ihr eine Marke vom Parkservice in die Hand. »Es ist ein grüner Toyota Highlander. Ich kann mir einen anderen Wagen besorgen, und Umar hat seinen Land Cruiser.«

Sie betrachtete sein Gesicht, das von einem Dreitagebart verdunkelt wurde und legte schließlich ihre kühlen Hände auf seine Wangen. »Schlaf mal ein bisschen. Das meine ich ernst. Selbst wenn es nur ein paar Stunden sind.«

Er nickte und setzte an, etwas zu sagen, entschied sich dann aber dagegen und grinste sie stattdessen an.

»Ich schätze mal, du willst deine Waffen mitnehmen, oder?« Er ging zu dem Seesack in der Ecke des Raumes und holte ein MTAR mit vier Extra-Magazinen hervor. Dazu legte er eine schallgedämpfte Pistole, ein Nachtsichtgerät, einige Messer und einen schwarzen Nylonrucksack.

»Was, das ist alles für mich? Du weißt wirklich, wie man das Herz einer Dame erobert! Hast du die Magazine auch nachgeladen?«, fragte sie, als sie an das Bett herantrat, auf das er die Waffen gelegt hatte.

»Jawohl, die sind alle voll. Aber unternimm nichts, bevor du mich angerufen hast und wir alle auf dem Posten sind! Bitte versprich mir das!«

Sie verstaute alles im Rucksack, wobei das MTAR ziemlich weit herausragte, und warf ihn sich dann über die Schulter.

»Ich bin bereit. Mit dieser Feuerkraft kann ich es mit der ganzen Stadt aufnehmen!«

»Denk bitte daran; wenn du etwas Verdächtiges siehst, rufst du mich erst an!«

Sie ging zur Tür. »Sonst noch was?«

»Pass auf dich auf!«

KAPITEL 30

Die Gegend war heruntergekommen, die Gebäude bröckelten und die Straße war in erbarmungswürdigem Zustand. In dieser Ecke der Stadt waren nur die großen Zubringer asphaltiert, der Rest Lehmpisten. Müll lag überall herum und in dem ganzen Viertel roch es nach Verwesung, was durch die vielen Pfützen fragwürdiger Herkunft noch verschlimmert wurde. Jet sah sich um, während sie herumfuhr, und je weiter sie sich von der letzten größeren Straßenkreuzung entfernte, umso schlimmer wurde es. Die meisten Gebäude waren nur noch verlassene Gerippe oder schmucklose Backsteinbehausungen mit Gittern an den Fenstern.

Sie sah auf die Uhr. Es waren noch drei Stunden, bevor die Sonne untergehen würde. Sobald es dunkel war, konnte sie in der Nähe des Zielgebäudes parken und es direkt aus dem Auto überwachen, doch im Moment wäre das noch zu verdächtig. Also beschloss sie, den Wagen ein paar Blocks entfernt stehen zu lassen und sich zu Fuß zu nähern. Durch ihre Kleidung war sie von den dutzenden anderen jemenitischen Frauen nicht zu unterscheiden, die wie schwarze Geister durch die Straßen schlichen.

Jet ließ das MTAR im Wagen und versteckte es unter einer traditionellen Decke. Dann näherte sie sich dem heruntergekommenen Haus, einem primitiven zweistöckigen Quader aus Backsteinen, in dem Nasr ein Zimmer gemietet hatte. Fliegen umschwirrten sie, während sie die Lehmstraße hinunterging und ihren Rucksack so trug, als wären Einkäufe darin. Sie hatte zwei der Wurfmesser an ihrem Gürtel befestigt und die Pistole in eine Tasche der Cargohose gesteckt, die sie unter der Robe trug. In dem Rucksack waren also nur die Magazine und das Nachtsichtgerät.

Zwei andere Frauen in voller Montur liefen vorsichtig auf der anderen Seite der altertümlichen Straße und versuchten, den übel riechenden Pfützen auszuweichen. Als sie dieses Bild betrachtete, wurde Jet klar, dass Alans Sorge, bei der Wachschicht erkannt werden zu können, vollkommen unbegründet war. Sie holte ihr Telefon hervor und wählte seine Nummer.

»Schläfst du schon?«, fragte sie, als er abgenommen hatte.

»Ich schwöre, ich wollte mich gerade hinlegen«, log er.

»Dann schreib dir noch Abaya, Niqab und Hijab auf deinen Einkaufszettel.«

»Wieso, ist etwas mit deiner Kleidung passiert?«

»Nein, das ist für dich. Wenn du dich ein bisschen kleinmachst, gehst du auch als große Frau durch. Dann kann niemand etwas von dir sehen, nur deine Augen. Als Frau wird dir sowieso niemand einen zweiten Blick widmen. Wenn du dann noch im Auto sitzt, bist du quasi unsichtbar. Niemand wird dich erkennen. Es ist einfach perfekt.«

»Ich soll mich als Frau verkleiden …«

»Richtig. Niemand verdächtigt eine Frau. Das nutze ich schon seit Jahren zu meinem Vorteil. Wenn es dir hilft, dich auf die Rolle vorzubereiten, rasiere dir vorher noch die Beine und zieh dir pinkfarbene Unterwäsche an.«

Es entstand eine längere Pause, während er über ihren Rat nachdachte. »Weißt du was? Eigentlich macht das Sinn. Mal abgesehen von der Rasur und der Unterwäsche.«

»Selbst eine kaputte Uhr geht zweimal am Tag richtig«, erklärte sie.

»Dann lege ich mich jetzt mal hin.«

»Schöne Gegend hier, übrigens.«

»Dann muss sich da wohl einiges getan haben, seit ich das letzte Mal da war.«

»Ja, der Dreck ist jetzt noch mit Dreck verziert.«

»Hm, vielleicht hat sich dann doch nicht viel verändert.«

»Übernimmt Umar die nächste Schicht oder machst du das?«, fragte sie.

»Umar. Ich mache die Morgenschicht.«

»Dann werde ich nach ihm Ausschau halten. Gute Nacht!«

Jet drückte das Gespräch weg und näherte sich dem Gebäude. Ein paar uralte Geländewagen rosteten in der Nähe vor sich hin. Doch als sie die Backsteinmauer passiert hatte, die den Vorhof umgab, sah sie durch das Tor, das dort keine Fahrzeuge standen. Sie schaute nach oben zu dem Fenster, das Alan als jenes von Nasrs Wohnung markiert hatte. Es war offen, was darauf hindeuten konnte, dass er zuhause war.

Sie setzte ihren Weg auf der unwirtlichen Straße fort, bis sie an der nächsten Ecke an einen kleinen Marktstand kam. Dahinter saß ein extrem fetter, schwitzender Mann, der Khat kaute und dabei einen kleinen Schwarz-Weiß-Fernseher betrachtete. Sie kaufte eine Flasche Wasser und stellte fest, dass er nicht mal von dem Bildschirm aufschaute und einfach nur nickend die Münzen betastete, die sie ihm gegeben hatte.

Der Rückweg zu ihrem Highlander war ebenso ereignislos. Es gab kaum Lebenszeichen auf der Straße, außer dass von hier und da blechern klingende Musik an ihre Ohren drang. Irgendwo schrie eine Frauenstimme ein paar Kinder an.

Diese vier Stunden würden lang werden.

Jet erreichte den Wagen und stieg ein – sie war weit genug entfernt, um nicht aufzufallen, aber nah genug dran, um zu sehen, wenn jemand in das Gebäude ging oder herauskam. Ein unangenehmes Gefühl überkam sie, als sie an das Gespräch mit ihrer Tochter dachte, doch sie schob die Gedanken beiseite. Sie beide würden schon bald wieder vereint sein und sich dann ein neues Zuhause suchen, in dem sie hoffentlich nie wieder bedroht würden. Es war eine Schande, dass sie umziehen mussten, da Jet Montevideo wirklich gern mochte – aber Uruguay war für sie jetzt nicht mehr sicher. Vielleicht würden sie als nächstes Mendoza probieren, das war einen Versuch wert.

Zwei Stunden später tauchten mehrere Männer in der Straße auf, die mit staubigen Kleidern von der Arbeit zurückkehrten. Mit hängenden Schultern deuteten sie ihre hoffnungslose Situation an und kaum jemand beachtete die Frau in dem Auto – sie hatten alle ihre eigenen Probleme und kaum einen Blick für die Umgebung übrig. Vier heranwachsende Jungen näherten sich Nasrs Behausung und fingen an, einen zerbeulten Fußball über den Hof zu kicken, wobei sie lachten und schrien. Ihre Arme und Beine wirbelten wild herum, während sie den Ball durch die Luft schossen und versuchten, ihn sich gegenseitig abzujagen. Wieder spürte Jet einen Stich im Herzen. Selbst in einem fiesen Loch wie diesem hier schafften es die jungen Leute,

Spaß zu haben – genau wie es Hannah tat, während ihre Mutter um ihr beider Überleben kämpfte.

Sie wurde abrupt aus ihrer Melancholie gerissen, als ein humpelnder Mann aus dem Haus kam, der einen Motorroller neben sich herschob. Den trat er an und knatterte an ihr vorbei. Jet startete ihren Motor und legte den Gang ein, gleichzeitig griff sie nach ihrem Telefon. Der arme Alan würde nicht allzu viel Schlaf bekommen – denn der Mann auf dem Roller war eindeutig Nasr.

***

Jet wieselte sich durch den Verkehr, der zum Glück im Randbereich der Stadt nicht besonders dicht war. Die meisten Reisenden waren in entgegengesetzter Richtung unterwegs, als der Berufsverkehr einsetzte. Der Motorroller war auch nicht besonders schnell, was gut war, da Nasr in dem typischen halsbrecherischen Stil fuhr, der hier Brauch war. Mit einem schnelleren fahrbaren Untersatz wäre Jet ihm vermutlich kaum hinterhergekommen.

Nach fünfzehn Minuten wurde der Roller langsamer und hielt dann bei einem großen Anwesen, das von einer imposanten Begrenzungsmauer umgeben war, die oben mit Stacheln und Glassplittern gesichert wurde. Dort angekommen, telefonierte Nasr auf seinem Handy. Wenig später öffnete sich das Haupttor und er fuhr langsam hinein, woraufhin sich das Tor wieder schloss. Jet passierte das Gebäude, wobei sie Sicherheitskameras auf den Eckpfeilern des Tores bemerkte. Dann parkte sie etwa achtzig Meter entfernt auf der anderen Straßenseite, deutlich außerhalb des Blickfeldes der Kameras.

Alan würde in zwanzig Minuten hier sein, und ab diesem Moment konnten sie eine deutlich unauffälligere Beschattung mit zwei verschiedenen Fahrzeugen beginnen. Dann würde niemand Verdacht schöpfen, der die geparkten Autos im Auge behielt. Die Gegend war zwar deutlich befahrener als die bei Nasrs Wohnung und es standen diverse Fahrzeuge am Straßenrand, aber Jet wollte kein Risiko eingehen.

Die Minuten vergingen quälend langsam, während es dunkel wurde, und dann öffnete sich das Tor wieder. Nasr schob seinen Motorroller auf die Straße und startete ihn. Nun war Jet unschlüssig. Sollte sie an Ort und Stelle bleiben oder ihm folgen? Er ließ den Motor aufheulen und zischte in einer Wolke aus blauem Rauch davon. Jet startete ihren Wagen. Alan hatte ja die Adresse, er konnte die Beschattung also fortführen, sobald er da war. Sie rief ihn an und erklärte, was passierte, dann konzentrierte sie sich wieder auf die Verfolgung, in dem ruhigen Gewissen, dass Alan in wenigen Minuten ankommen würde.

Drei Minuten später klingelte ihr Telefon. Alan hatte das verdächtige Gebäude erreicht.

Der Motorroller verließ derweil die befestigten Straßen und senkte sein Tempo. Langsam fing die Gegend an, bekannt zu wirken – er war auf dem Weg nach Hause. In dem Moment, wo sich Jet dessen sicher war, bog er ab und parkte an einer Moschee, die einige Blocks von seinem Zuhause entfernt war. Die Gläubigen strömten gerade für das Abendgebet in das Gebäude. Jet rief Alan an und teilte ihm den aktuellen Stand mit, und er sagte ihr, dass er Umar zu der Moschee schicken würde, damit er Nasr im Inneren im Auge behalten konnte, für den Fall, dass er sich dort mit jemandem traf. Jet konnte dies nicht übernehmen, da die Frauen in einem von den Männern getrennten Bereich saßen. Alan sagte, dass Umar in maximal zehn Minuten da wäre, sodass Jet dann ihre Beschattung beenden könnte.

Die Moschee schloss gerade ihre Türen, als Umars SUV anhielt und er heraussprang. Ein Mann am Eingang winkte ihn hektisch heran – der Gottesdienst würde jeden Moment beginnen.

Jet wartete, bis er drinnen verschwand, und fuhr dann wieder los, um sich mit Alan zu treffen.

Als sie nur noch eine Meile entfernt war, vibrierte ihr Telefon.

»Ja?«

»Das Spiel geht los. Ein blauer Lieferwagen ist gerade angekommen und daraus stieg niemand anders als Saif Al-Diin! Er ist jetzt in dem Gebäude, in Begleitung einer nervös wirkenden Truppe. Ich schätze mal, sie haben inzwischen von dem Haus in Sa'dah erfahren.«

»Ich bin gleich da. Was willst du machen?«

»Am liebsten würde ich so schnell wie möglich zuschlagen. Jetzt, wo wir wissen, dass er da ist, gibt es keinen Grund zu warten. Vielleicht hat er den Kampfstoff noch gar nicht, aber das ist egal. Wenn er tot ist, kann er keinen Massenmord mehr anzetteln, richtig?«

»Ein Teil von mir hat das Gefühl, wir sollten abwarten und schauen, was er vorhat – aber der größere Teil stimmt dir zu. Haben wir noch irgendwelche Verstärkung?«

»Nur uns beide. Umar ist kein Kämpfer. Ich wünschte wirklich, wir könnten hier eine Eingreiftruppe hinbestellen, aber das ist unmöglich.« Die Frustration in seiner

Stimme war deutlich spürbar. »Ich hasse solche spontanen Einsätze.«

»Ich auch. Aber immerhin wissen wir, wo er ist. So eine Chance hatten wir noch nie.«

»Okay. Es ist beinahe dunkel. Ich würde sagen, wir warten noch ein bisschen, dass sich der Verkehr beruhigt, und schlagen dann zu, wenn sie zu Abend essen.«

»Alles klar. Ich bin in fünf Minuten da.«

KAPITEL 31

Die Nacht war ruhig. Die Mischung aus Staub und Smog, die über der Stadt hing, dämpfte alle Geräusche mit ihren Abgasen und Chemikalien. Jet hatte schon so viel herumgeschnüffelt, wie es möglich war, ohne sich komplett auffällig zu machen. Dadurch hatte sie inzwischen ein gutes Gefühl von der Lage des Hauses und seiner Umgebung. Auf der anderen Seite befand sich eine kleine Gasse, und der gesamte Komplex war von der Mauer umgeben, die Eindringlinge fernhielt und Blicke abschirmte. Das eigentliche Haus, in dem sich Saif Al-Diin aufhielt, war sehr groß, aber das konnte zu ihrem Vorteil sein – denn dadurch gab es viele Einstiegspunkte.

Eine Sache gefiel ihr aber gar nicht, und das war der kleine Hinterausgang in die Gasse. Der machte es für nur zwei Personen schwierig, den gesamten Komplex abzusichern. Deswegen musste ihr Angriff extrem schnell verlaufen – sie mussten alle Personen in dem Gebäude ausschalten, bevor sie fliehen konnten.

Mit dem Rucksack im Schlepptau ging Jet die Straße hinunter, das MTAR verbarg sie in den Tiefen ihrer Robe, die sie extra mit einem Schlitz versehen hatte, um die Waffe besonders schnell einsatzbereit zu haben. Alan war nun ebenfalls als Frau gekleidet, und so sah es aus, als wären sie zum Selbstschutz des Nachts zu zweit unterwegs – ein ganz typisches Bild.

Wie vereinbart ging Alan allein weiter, als sie die erste Kamera erreichten, und Jet sprang an der Fassade des Nebengebäudes hoch, von der sie sich in einer Drehung abstieß und das obere Ende der Mauer ergriff, auf dem sich zum Glück keine Glassplitter befanden. Sie zog sich hoch und schlich auf den Pfosten mit der Kamera zu, natürlich außerhalb des Blickfeldes. Dann zog sie ihr Kampfmesser und schnitt die Kabel durch, die hinten aus dem Gerät hingen. Ohne Zeit zu verschwenden, machte sie einen Salto und landete sanft im Innenhof. Wie ein Geist flitzte sie lautlos zum Tor und öffnete es, wobei leider ein lautes, metallisches Ächzen erklang. Alan war kaum durch die Tür, als ein Feuerwerk aus Schüssen in die Nacht zu schallen begann und Kugeln in der Wand hinter ihnen einschlugen.

Alan stieß einen Fluch aus, als Jet schon auf dem Boden rollte und in Richtung des Gebäudes schoss, woraufhin sie hinter einem abgestellten Geländewagen in Deckung ging. Sie hörte, wie Alans MTAR in das Feuergefecht einstieg, und die beiden feuerten eine Salve nach der anderen in Richtung der Mündungsfeuer in den Fenstern.

Nun steckten sie wirklich in der Klemme; sie hatten es noch nicht mal bis zum Eingang geschafft und standen schon unter Feuer. Der Plan war gewesen, sich genauso wie in Sa'dah heranzuschleichen, aber ganz offensichtlich war etwas schiefgegangen. Entweder war noch irgendwo anders eine Kamera versteckt gewesen oder sie hatte einen Bewegungsmelder ausgelöst. Am wahrscheinlichsten war, dass das Tor mit einem Sensor ausgestattet war. Das war eben das Problem bei einem solch spontanen Zugriff, es fehlte die Zeit der gründlichen Vorbereitung und sie befanden sich in einem Blindflug.

Ihr MTAR spuckte seine tödliche Ladung in Richtung der Gegner, während der Geländewagen vor Jet von Kugeln durchsiebt wurde. Sie hörte Männer schreien und lugte vorsichtig am vorderen Kotflügel vorbei. Vier Kämpfer kamen aus dem Haupteingang gerannt und bezogen Stellung hinter einer hüfthohen Mauer, die seitlich davon verlief. Das würde es noch schwerer machen, hineinzukommen – mal ganz davon abgesehen, dass sie die Überraschung nun nicht mehr auf ihrer Seite hatten.

Die Männer ließen ein paar Salven in Richtung Alan los und Jet antwortete mit Deckungsfeuer. Sie mussten versuchen, abwechselnd zu schießen, um die Gegner unter Kontrolle zu halten. Das beste, worauf sie jetzt hoffen konnten, war, dass die Schützen etwas Dummes tun würden, zum Beispiel, indem sie einen Sturmangriff wagten – oder dass das jemenitische Militär auftauchen würde, wobei das wiederum ganz eigene Probleme mit sich bringen würde.

Ein Querschläger traf den Geländewagen und Jet nahm den Geruch von Benzin wahr. Sie schaute in Richtung der Hinterräder und sah, wie sich dort eine Pfütze bildete. Vielleicht konnte sie das Gefährt als Ablenkung benutzen, als improvisierte Bombe. Eine weitere Salve zerschmetterte die Fenster des Wagens und Jet duckte sich instinktiv, doch das Sicherheitsglas verteilte sich harmlos auf ihrer Robe und dem Boden.

Sie spähte noch einmal an der Stoßstange vorbei und sah, wie einer der Schützen auf Alan anlegte. Da tanzte auch schon der rote Laserpunkt über sein Gesicht und sie betätigte den Abzug. Das kurze Gewehr zuckte, als es sein Stakkato ausspuckte und Jet sah, wie der Schütze hinter der Mauer zusammenbrach, wobei sein Gewehr auf der anderen Seite landete.

Einer weniger.

Ein Grunzen begrüßte sie über den Sprechfunk. Alan.

Das Gewehrfeuer ging weiter und ein Hagel aus Schüssen ergoss sich über sie, als sie ihren Ohrstöpsel antippte.

»Bist du okay?«, flüsterte sie.

»Alles in Ordnung. Diese Betonwürfel bieten eine gute Deckung. Aber einer von denen hatte Glück und ein Querschläger hat meine Schulter gestreift. Ich werde es überleben, das ist auch gar nicht unser Problem. Aber sie haben uns festgenagelt. Wenn nicht ein Wunder passiert, sind wir erledigt!«

»Ich weiß, aber mir fallen gerade keine Wunder ein. Hast du eine Idee?«

Er zögerte. »Ich habe zwei Handgranaten.«

»Stimmt, aber was ist mit deinem Arm?«

»Für einen Drei-Punkte-Wurf habe ich zu große Schmerzen, aber ich denke schon, dass ich sie erreichen kann.«

»Dann lieber jetzt als später. Sag Bescheid, wenn du Deckungsfeuer brauchst und ich verballere ein Magazin für dich.«

»Auf drei!«

Sie warf ihr halbleeres Magazin aus und schlug ein neues in die Waffe, dann stellte sie auf Dauerfeuer.

»Eins, zwei, DREI!«

Jet schoss auf die Mauer, hinter der sich die Männer versteckten und hatte das Magazin innerhalb weniger Sekunden geleert. Dann ließ ein Knall die Nacht erzittern, als die erste Granate hinter der Mauer hochging. Alans Wurfkünste waren absolut ausreichend gewesen. Jets Waffe war leer, also ließ sie das Magazin zu Boden fallen und legte nach, wobei sie wieder in den Salven-Modus schaltete, bei dem das Gewehr mit jedem Betätigen des Abzugs drei Schuss abfeuerte. Das Dauerfeuer benutzte sie eigentlich nie, da ein normales Magazin mit dreißig Patronen bei einer theoretischen Schussfrequenz von etwa achthundert Schuss pro Minute einfach viel zu schnell leer war.

Das Gegenfeuer erstarb und Alans Stimme erklang in ihrem Ohr. »Auf geht's!«

Sie stand gerade auf, als eine massive Explosion im Inneren des Hauses die Fenster zerbersten ließ und eine Dusche aus geschmolzenem Glas auf sie herniederging. Feuersäulen zischten in blendendem Licht durch alle Öffnungen und sie und Alan wurden von der Druckwelle fast von den Füßen gerissen. Dann folgten zwei weitere, kleinere Explosionen im Inneren, bevor der Gastank hochging.

Flammen loderten im Haus auf und schwarzer Rauch verdunkelte die Luft. Jet schob ihren Schrecken beiseite und lief in geduckter Haltung zur Wand.

Die drei übrigen Kämpfer waren durch die Kombination aus der Granate und der riesigen Explosion in Stücke gerissen worden.

»Ich gehe zum Hintereingang! Was zu Hölle war das?«, fragte sie.

»Sie müssen das Gebäude mit Sprengstoff präpariert haben. Entweder das, oder sie hatten einfach einen riesigen Haufen Semtex herumliegen und jemand hat ungeschickt mit dem Zünder herumgespielt, als er versucht hat, eine Bombe zusammenzubauen, um uns zu erledigen.«

Sie holte tief Luft und setzte sich in Bewegung, bis sie die Rückseite des Hauses erreicht hatte, wo ebenfalls ein Inferno loderte. Sie versuchte, sich der Hintertür zu nähern, aber diese war in Stücke gesprengt worden und die Flammen waren viel zu dicht.

»Da drinnen ist auf jeden Fall niemand mehr am Leben«, kommentierte sie.

»Würde ich auch sagen.«

In der Ferne erklangen Sirenen, kein ungewöhnlicher Klang in dieser belagerten Stadt.

Alan schloss zu ihr auf, als sie sich dem hinteren Ausgang des Schutzwalls näherte.

»Lass uns abhauen. Ich will nicht erklären müssen, was zwei verkleidete Mossad-Agenten hier zu suchen haben.«

»Guter Plan. Sollen wir gleich hier hinten raus?«

»Ja, da haben wir weniger Publikum!«, sagte er und lief los.

Zwei Minuten später saßen sie in seinem Auto und versuchten, sich einen Reim darauf zu machen, was passiert war.

»Unglaublich«, sagte er, als er sich den Schleier vom Kopf zog.

Sie betrachtete sein Gesicht und lächelte. »Das war doch dezent und unauffällig. Ich finde, es ist gut gelaufen. Und ein Feuerwerk gab es gratis!«

»Ich wünschte, wir könnten es uns zuschreiben, dass dieser Bastard tot ist, aber das hat er ganz allein erledigt. Wo kriegen diese Freaks bloß ihren Todeswunsch her? Kannst du das nachvollziehen?«

»Also ich würde lieber in einem Kugelhagel sterben, als mich in die Luft zu sprengen. Auf der anderen Seite wissen wir nicht, ob es ein Unfall war. Ich schätze mal, die Chance ist fifty-fifty, dass sie das Haus mit Sprengfallen ausgestattet hatten. Das würde mich wirklich kein bisschen wundern.« Jet lächelte hinter ihrem Schleier. »Du machst dich als Frau übrigens gar nicht so schlecht. Bisschen große Hände vielleicht, aber sonst …«

»Schön zu hören, dass ich Optionen habe.«

Sie musterte ihn. »Wie geht es deiner Schulter?«

»Verschorft schon langsam. Wie gesagt, das ist nur ein Kratzer. Den klebe ich mit ein bisschen Dermabond zu und dann ist alles wieder wie neu«, versicherte er. »Ist schließlich nicht das erste Mal.«

Die Sirenen waren nicht mehr weit entfernt. Jet stieß die Tür auf und ließ ihr MTAR im Fußraum des Wagens liegen. »Ich sehe dich dann nachher. Hast du heute Abend schon was vor?«, fragte sie in neutraler Tonlage.

»Ich würde dich gern einladen, aber ich habe das Gefühl, das wird eine lange Nacht. Ich muss sofort den Intendanten anrufen und einen Bericht abgeben. Als Nächstes muss dann das weitere Vorgehen geplant werden. Kann ich vielleicht eine Krankschreibung einreichen?«

Sie hielt kurz inne. »Bei mir brauchst du nicht mal einen Attest, Alan.«

Und dann war sie verschwunden. Die Tür fiel leise ins Schloss, während Jet wie ein schwarzes Gespenst mit der Nacht verschmolz, lautlos wie der Tod.

KAPITEL 32

»Wie schnell können wir von hier verschwinden?«, fragte Jet am nächsten Tag beim Mittagessen. »Ich habe ja immer noch einen Termin in Moskau, den ich nicht verpassen darf.«

»Ich sehe keinen Grund, noch weiter hier herumzuhängen. Es sei denn, du erwartest eine Führung durch die größten Sehenswürdigkeiten von Sanaa.«

»Hast du die Nachrichten gesehen?«

»Ja, sie haben gesagt, dass sich ein geheimer Unterschlupf der Rebellen versehentlich selbst in die Luft gesprengt hat. Eine ganz traurige Geschichte.«

»Das habe ich auch im Fernsehen gesehen. Die Berichte über eine Schießerei vor der Explosion wurden dabei gründlich ignoriert.«

»Wir sind hier im Jemen. Da wirst du doch wohl nicht erwarten, dass ein paar unbequeme Fakten eine ansonsten perfekte Theorie verderben?«

»Und was hat der Intendant gesagt?«

»Er hat uns gratuliert. Seiner Meinung nach ist dieses unschöne Kapitel nun abgeschlossen. Er hat gesagt, er könnte glücklicher nicht sein. Ich finde auch, wenn sich dein Erzfeind selbst in die Luft sprengt, ist es Zeit, den Champagner zu köpfen.«

»Trotzdem hatte ich mir das irgendwie ganz anders vorgestellt.«

»Ich weiß, es ist irgendwie surreal. Aber dadurch wird unser Job doch erst interessant! Also, wie dem auch sei, es ist jetzt vorbei, und wie du schon sagtest, müssen wir uns noch um den Russen kümmern.«

»Du kommst doch mit, oder?«

»Machst du dich über mich lustig? Das würde ich um keinen Preis der Welt verpassen wollen. Außerdem bin ich offiziell tot, ich habe sonst nicht viel zu tun …«

»Das Gefühl kenne ich. Was macht dein Arm?«

»Super. Ich werde schon am Wochenende wieder Tennis spielen können!«

Sie aßen schweigend weiter und dachten dabei über die Ereignisse der vergangenen Nacht nach. Nachdem der Kellner ihre Teller abgeräumt hatte, ergriff Jet das Wort. »Also, wieder getrennte Flüge … Treffen wir uns dann in Frankfurt oder in Moskau?«

»Moskau. Es ist sicherer, wenn wir nicht zusammen reisen. Außerdem wollen wir es im Gegensatz zu unserem letzten Desaster diesmal ordentlich planen. Einen Versuch haben wir ja bereits vergeigt«, meinte Alan.

»Was mich daran erinnert, dass ich dich zu absoluter Geheimhaltung verpflichten muss. Du darfst absolut niemandem sagen, dass wir nach Russland aufbrechen. Auch nicht dem Intendanten, niemandem!«

»Das habe ich verstanden. Ich glaube zwar immer noch, dass du dich in ihm täuschst, aber ich stimme zu, dass es das Risiko nicht wert ist. Ich habe ihn deswegen in dem Glauben gelassen, dass ich ein paar Tage Auszeit nehmen werde, um mich von dem Einsatz zu erholen, und dann meine nächsten Schritte plane.«

Sie nahm seine Hand. »Danke, dass du mir dabei hilfst, Alan, Ich weiß es wirklich zu schätzen.« Sie schaute ihm tief in die Augen. In manchen Momenten, wie diesem hier, erinnerte er sie wirklich an David – es waren kleine Details in seinem Verhalten und den Gesten. Das musste wohl in den Genen liegen, vermutete sie.

»Das ist doch reine Wiedergutmachung. Eine Hand wäscht die andere, meinst du nicht? Du hast mir geholfen, als ich Hilfe brauchte, und natürlich kannst du jetzt dasselbe von mir erwarten.«

»Okay, also treffen wir uns in Moskau. Morgen? Übermorgen?«

»Ich denke, eher übermorgen. Ich werde wieder im Hilton einchecken, das hat mir gut gefallen. Ich versuche, morgen auszufliegen, aber da kann man sich nicht drauf verlassen. Hier ist es eher Glück, wenn man überhaupt einen Flug bekommt.«

»Ich weiß. Habe schon nachgeschaut und für heute gab es gar keine freien Plätze in irgendeine Richtung, die mir etwas genützt hätte. Welchen Namen wirst du benutzen?«

Er dachte kurz nach. »Richard. Richard Davis. Ein Brite.«

»Alles klar, Richard Davis. Ich nehme den ersten Flug, den ich kriegen kann. Paris, Frankfurt, Madrid, vollkommen egal. Ich kann überall umsteigen. Und was machst du den Rest des Tages noch so?«

»Der Intendant wollte, dass ich aufmerksam bleibe, falls in dem Schutt irgendwelche Hinweise gefunden werden, die auf die Quelle des Kampfstoffes hinweisen. Falls sie den überhaupt dort hatten. Das werden wir erst morgen mit Sicherheit wissen, aber ich habe schon angefangen, mit Geldscheinen zu wedeln, um an Informationen zu kommen. Die örtlichen Cops halten immer gern die Hände auf.«

»Dann werde ich dich in meine Pläne für heute Abend nicht mit einbeziehen …«

»Ich fürchte nicht. Ich habe ja selbst keine Ahnung, wo ich sein werde und wie lange. Tut mir leid«, entgegnete er und rieb sich das Gesicht. Ihre Reaktion konnte er nicht deuten, doch nachdem sie ihn eine Weile einfach nur angeschaut hatte, tätschelte sie seine Hand. »Mir auch, Alan, mir auch.«

***

Das Flugzeug schwenkte in den Landeanflug und rumpelte durch die dichte Wolkendecke, die Moskau verhüllte. Turbulenzen schüttelten die Passagiere ordentlich durch, als die Maschine mit dem Seitenwind kämpfte. Der Mann neben Jet war ganz fahl im Gesicht und umklammerte seine Sitzlehnen, als würden sie ihm Geld schulden. Er verströmte den Geruch von einigen Scotch on the Rocks, gemischt mit purer Angst.

Jet schaute aus dem Fenster, als sie die untere Wolkenschicht durchbrachen und sich der Runway näherten. Die Flügel schnitten durch den dichten Regen, der ihnen mit der geballten Kraft von Mutter Natur entgegengeschleudert wurde. Als die Räder den Asphalt berührten und der Schub umgekehrt wurde, um die Maschine zu bremsen, liefen Schockwellen durch das Flugzeug, als würden die Turbinen gleich abgerissen werden. Für einen kurzen Schreckmoment driftete das Flugzeug zur Seite, bevor es sich stabilisierte und endlich deutlich langsamer wurde.

Die Zollabfertigung war der übliche Zirkus, den sie an diesem Land so hasste. Alles dauerte dreimal so lange wie überall anders auf der Welt, eine eklatante Ausnahme von der sonstigen Effizienz, die das heutige Russland an den Tag legte. Als sie endlich im Ankunftsterminal angekommen war, hätte sie am liebsten gleich umgedreht und das Land wieder verlassen. Das Einzige, was sie zwang, einfach weiter zu gehen, war die Aufgabe, die sie bewältigen musste, um ihre Tochter in Sicherheit zu bringen.

Sie entschied, im Metropol Hotel abzusteigen, denn sie mochte sowohl die zentrale Lage als auch den Prunk im Hotel. Das Beste aber war, dass es nicht weit von Grigenkos Zuhause und auch seinem Büro entfernt war. Bei ihrem letzten Aufenthalt in Moskau hatte sie sich die Umgebung gut eingeprägt und inzwischen war sie zu dem Schluss gekommen, dass ein weiterer Angriff auf seine Villa nicht ratsam wäre. Jede Armee war bestens auf den letzten Krieg vorbereitet, aber nicht auf den nächsten. Sie wusste, falls je die Chance bestanden hatte, mit ihrem Abseiltrick in sein Schlafzimmer zu gelangen, war dieser Zug inzwischen abgefahren. Dadurch waren ihre Möglichkeiten jetzt begrenzt: Sie konnte versuchen, ihn zu erwischen, während er unterwegs war, oder irgendwie in sein Bürogebäude eindringen.

Ihr Zimmer war reichlich schmuckvoll, aber verwohnt, was durchaus zu ihrer Stimmung passte, als sie in den kalten, grauen Himmel schaute. Sie malte ein Muster auf die beschlagenen Scheiben und dachte geistesabwesend darüber nach, woher ihre Melancholie stammte. Vielleicht lag es daran, dass sie Hannah vermisste, oder es war die Angst, dass sie niemals wirklich in Sicherheit sein würde. Vielleicht war es aber auch ganz einfach die Tatsache, dass sie trotz ihrer harten Schale im Inneren einsam war. Es hatte ihr nie etwas ausgemacht, allein zu sein – was ihr fehlte, war etwas anderes. Ein gewisses Vakuum, dessen Vorhandensein sie bisher immer verdrängt hatte. Bis zu dem Zeitpunkt, an dem sie ihre Tochter zurückerhalten hatte. Früher hatte sie immer gedacht, ihre Welt bestünde nur aus ihr allein. Aber Hannah hatte ihr gezeigt, dass es noch etwas anderes gab, und davon wollte sie jetzt mehr.

Ihre Gedanken wanderten zu Alan, als sie ihre Habseligkeiten auspackte und ihre Kleidung aufhängte. Was für Gefühle hatte sie für ihn? Die mentale Barriere, dass er Davids Bruder war, hatte sie inzwischen überwunden. Nach einem langen Heilungsprozess, der sich über Thailand und Uruguay hinweg gezogen hatte, schien die Vergangenheit nun weit entfernt. Alan war wirklich attraktiv, und er war an ihr interessiert … nicht zuletzt hatte es wirklich Funken gegeben, als sie sich geküsst hatten. Vor allem aber gefiel es ihr, seine Hand zu halten und mit ihm zu scherzen, und sie mochte seinen Geruch, wenn sie sich nahe waren. Unterm Strich fühlte sie sich in seiner Anwesenheit sicher, auch wenn Sicherheit eine Illusion war. Aber Illusion hin oder her, es fühlte sich gut an, irgendwie gab diese Zweisamkeit ihr das Gefühl, endlich vollkommen zu sein.

Es kam wirklich selten vor, dass Jet sich über die Entscheidungen auf ihrem Lebensweg grämte. Sie hatte ihrem Land selbstlos gedient, hatte getan, was getan werden musste, und das unter völliger Selbstaufopferung. Aber jetzt war sie hin- und hergerissen zwischen der Angst, nicht auf eine bessere Zukunft hoffen zu können, und sich ebendiese in allen Details auszumalen – als Teil einer Familie, so unwahrscheinlich diese Möglichkeit vor wenigen Monaten noch ausgesehen hatte. War es möglich, die Sünden der Vergangenheit wegzuwaschen und noch einmal von vorn zu beginnen? Oder war das genau der Quatsch, der nur in schnulzigen Groschenromanen funktionierte?

Sie ließ sich auf das Bett fallen und betrachtete den Stuck an der Decke.

Könnte nach dieser vermeintlich letzten Mission wirklich alles anders werden? Gab es eine Chance, diesen Traum eines ganz normalen Lebens zu erfüllen, in dem die einzige Sorge Arztbesuche und Einkaufslisten waren? Erleichtert durch die Gewissheit, einen fürsorglichen Mann an ihrer Seite zu haben?

Als ihr russisches Einwegtelefon klingelte, riss sie das abrupt aus ihren Gedanken. Sie nahm das Gespräch an und hielt sich das Gerät ans Ohr. »Ja?«

»Sorry, ich werde es nicht schaffen. Es gibt hier noch zu viele offene Baustellen. Ich werde erst morgen ausreisen, also sehen wir uns entweder morgen Abend oder den Morgen darauf. Ist bei dir alles gut gelaufen?«, fragte Alan ernst.

»Ich bin in einem Stück hier angekommen. Es schüttet wie aus Kübeln, aber vielleicht bringst du ja ein bisschen Sonne mit.«

»Das hoffe ich. Lass mich wissen, falls du in der Zwischenzeit irgendetwas brauchst.«

Sie dachte darüber nach. Was brauchte sie schon, außer ihre Tochter in ihren Armen und die Gewissheit, dass dieser Albtraum bald vorbei sein würde?

»Mir fehlt nichts. Ich warte hier auf dich. Bei dir alles okay?«

»Nichts, worüber man sich Sorgen machen müsste. Aber ganz offensichtlich ist es nicht mehr wie in den alten Zeiten, wo ich irgendwo hinkommen konnte, um dort alles in die Luft zu sprengen, und dann einfach wieder gegangen bin. Verdammtes Management«, witzelte er.

Sie lachte. »Aber immerhin bekommst du gratis Kugelschreiber!«

»Ja, das ist eine tolle Motivation!«

»Niemand hat gesagt, dass das Leben fair ist.«

»Ich muss mal meinen Vertrag lesen. Ich will mein Geld zurück!«

Nachdem sie sich für den nächsten Abend zum Essen im Hilton verabredet hatten, legten sie auf. Jet stellte fest, dass sie sich nach dem Gespräch besser fühlte.

Vielleicht war das ja ein Zeichen. Auch wenn dabei kein Feuerwerk abgefackelt wurde, so wie bei Matt, war vielleicht die Tatsache, dass allein ein Gespräch mit Alan ihr gute Laune machte, eine Menge wert.

Vielleicht war genau das der Schlüssel zum Glück, den sie so lange suchte.

Sie hatte auf jeden Fall eine Menge, über das sie nachdenken musste, dachte sie, während der Regen gegen das Fenster hämmerte. Eine schöne Erinnerung daran, dass alles auch noch viel schlimmer sein könnte, denn zumindest befand sie sich im Trocknen.

Sie konnte einfach ganz entspannt darauf warten, dass der Sturm vorüber zog.

Und auf Alan.

KAPITEL 33

SONORA-WÜSTE, MEXIKO

Die Hitze war unerträglich, selbst in dem kleinen Lieferwagen, denn die schwachbrüstige Aircondition schaffte es nicht, die Temperatur im Zaum zu halten – schon gar nicht, wenn zehn Passagiere auf dem Boden saßen, die ihre mageren Habseligkeiten an sich pressten. Die Stoßdämpfer des Wagens ächzten, als sie über eine Schotterpiste im Hinterland der Sonora-Wüste peitschten. Die Sonne neigte sich dem Horizont entgegen, während sie sich der amerikanischen Grenze näherten.

Jeder im Fahrzeug hatte wertvolle Dollars bezahlt, um an dieser Reise teilzunehmen – um genau zu sein, mindestens zweitausend, in manchen Fällen sogar deutlich mehr. Die sogenannten Kojoten, die Menschen über die Grenze schleusten, waren eine skrupellose und sehr pragmatische Truppe. Ihre Gang gehörte zu den teuersten, aber auch zuverlässigsten. Das bedeutete jedoch nicht, dass es eine Garantie gab, dass sie einem keine Kugel in den Rücken jagten, um Wertsachen zu stehlen. Das konnte durchaus passieren, aber nicht, wenn es irgendeine Gefahr der Rache gab, zum Beispiel, wenn man Verbindungen zu einem der

Drogenkartelle oder anderen kriminellen Vereinigungen besaß. Trotzdem waren andere Anbieter deutlich mörderischer – sie verlangten zwar nur fünfhundert bis tausend Dollar, waren aber dafür bekannt, schon mal eine ganze Wagenladung Unglücklicher in der Wüste verrotten zu lassen, wenn es ein mechanisches Problem gab oder die Cops ihnen auf die Schliche kamen.

Die Passagiere waren im mexikanischen Ort Caborca eingestiegen, sechsundsechzig Meilen südlich der Grenze zu Arizona. Um halb elf Uhr nachts war es losgegangen, und im Schutz der Dunkelheit hatten sie die Schotterpisten durch die gebirgige Wüste überquert, wobei die Durchschnittsgeschwindigkeit vielleicht gerade einmal dreißig Stundenkilometer erreichte. Niemand sprach während der Fahrt auch nur ein Wort – es gab einfach nichts zu sagen. Es war eine wild durcheinandergewürfelte Truppe; für die meisten von ihnen war dieser Trip die letzte Chance, in eine bessere Zukunft zu entkommen. Dazu hatten viele ihre gesamten Ersparnisse oder sogar die ihrer Familien investiert. Obwohl zum ersten Mal seit der Finanzkrise die Zahl der ausreisenden Mexikaner ohne Aufenthaltsgenehmigung die der Einreisenden in die USA überstieg, hatte die Flucht nach Norden noch immer einen großen Reiz.

Die Kojoten hatten alles genau erklärt, bevor es losgegangen war. Der Bereich der Grenze, zu dem sie fahren würden, war verlassen – im Umkreis von dreißig Meilen gab es nichts als ein paar verdorrte Büsche und Kakteen und nur gelegentliche Patrouillen des Grenzschutzes. Es stand dort zwar ein Zaun, doch große Strecken davon waren brüchig und durchlöchert und trotz der Bemühungen der Behörden war ein ungehindertes Überqueren meist problemlos möglich.

In Mexiko war es ein wohlbekanntes Geheimnis, dass es mit dem nötigen Geld in der Tasche relativ einfach war, über die Grenze zu kommen … auch wenn es dank der Hysterie wegen der Terrorwarnungen der letzten Wochen etwas schwieriger geworden war. Aber solche Gedanken schienen in dieser schwülen Nacht weit entfernt; die Temperatur lag immer noch bei über dreißig Grad, obwohl die Sonne schon vor Stunden untergegangen war.

Der Mann im Beifahrersitz, ein speckiger Kerl mit schlecht rasiertem Bart und mehreren auffälligen Stahlzähnen in seinem Mund, drehte sich um und richtete sein Wort an die menschliche Fracht.

»Es gibt Klapperschlangen im Busch und überall abseits der Straße, also haltet euch vom Unterholz fern, es sei denn, ihr seht ein Auto kommen. Ganz selten haben die Amerikaner auch mal einen Hubschrauber im Einsatz, aber eure Chancen stehen gut, es zu schaffen. Einige von euch haben für einen Führer auf der anderen Seite bezahlt, der wird euch dann nach Nogales bringen. Das ist eine harte Reise und ihr müsst tapfer sein – es kann viele Stunden dauern. Aber zum Glück findet das meiste davon in der Nacht statt, denn wenn die Sonne aufgeht, wird es heißer als in der Hölle.«

Er ließ das Fenster herunter und spuckte nach draußen, wobei ein Schwall glutheißer Luft hereinwirbelte. Dann kurbelte er es wieder hoch. »Die mit dem Führer gehen direkt am Zaun entlang, bis ihr an das Loch kommt. Alle anderen versuchen bitte nicht, ihnen zu folgen. Ihr seid auf euch allein gestellt und könnt nicht mitkommen. Sucht euch euren eigenen Weg!«

Während die Passagiere von der unebenen Straße durchgeschüttelt wurden, starrten sie ihn wortlos an. Jeder kannte die Abmachung. Einige von ihnen hatten mehr gezahlt, um nach Nogales gebracht zu werden, andere versuchten es auf eigene Faust. Dann gab es aber auch noch einen, der eine ganz andere Vereinbarung getroffen hatte und deswegen interessierten ihn die Warnungen alle nicht.

Sie rumpelten weiter die Straße entlang, bis der Wagen zwanzig Minuten später endlich stehen blieb und die Scheinwerfer ausgeschaltet wurden. Die beiden Mitglieder der Kojoten stiegen aus und begaben sich zur Hecktür, die sie öffneten, um die Passagiere aussteigen zu lassen.

»Alles klar, wir sind da. Ich hoffe, ihr habt alle Wasser mitgebracht, so wie ich es euch empfohlen habe. Wenn nicht, kann ich euch für zwanzig Dollar eine Flasche verkaufen. Ihr müsst dreißig bis fünfzig Meilen durch eine der heißesten Wüsten- und Gebirgsregionen wandern, und ihr könnt euch sicher vorstellen, dass eine Flasche Wasser bei diesen Temperaturen den Unterschied zwischen Leben und Tod bedeuten kann. Seid nicht geizig und dumm!«

Eine Frau sah ihn panisch an und suchte in ihren Taschen nach ihrem letzten Geld – es war nur ein Zehndollarschein. Der Kojote grinste mörderisch und schüttelte den Kopf. Das reichte nicht. Sie kramte weiter in ihren Habseligkeiten, hatte aber nichts. Der Rest der Gruppe schob sich an ihr vorbei und kletterte aus dem Lieferwagen, alle hatten es eilig, voranzukommen.

»Hier entlang! Es sind nur noch zweihundert Meter, ihr könnt den Zaun schon im Mondlicht sehen! Da gibt es mindestens drei Stellen, an denen ihr durch könnt. Drückt einfach unten dagegen, bis ihr eine Stelle findet, wo der Zaun nachgibt. Drückt ihn dann ein, aber schiebt ihn bitte wieder zurück, wenn ihr auf der anderen Seite seid. Und leise!«, flüsterte der Fahrer.

Die Frau hatte inzwischen drei weitere Eindollarscheine gefunden und sah den Fahrer flehend an. Er zuckte mit den Schultern und sein Partner ging zurück zur Fahrerkabine, aus der er eine Anderthalbliterflasche Wasser hervorholte, die er ihr reichte.

»Heute ist dein Glückstag. Wenn du besser aussehen würdest, hätte ich dich die sieben Dollar abarbeiten lassen, aber hier ist es nicht dunkel genug, um diesen Gedanken attraktiv zu machen. Jetzt verschwinde! Los!«

Die Passagiere gingen auf den Zaun zu und der Fahrer packte einen älteren Mann am Arm, der sich kein Stück bewegte.

»Dein Führer wird auf der anderen Seite auf dich warten, etwa fünfhundert Meter die Straße runter. Er hat ein Quad. Am besten gibst du ihm ein gutes Trinkgeld, sobald ihr in Nogales ankommt!«, knurrte der Fahrer, während sein Blick die Dunkelheit nach irgendwelchen Anzeichen des Grenzschutzes absuchte. »Warte kurz, bis die anderen durch den Zaun sind und weiter nach rechts gehen. Du folgst stattdessen der Straße, dann wird mein Kollege dich schon finden.«

Der Mann nickte und setzte sich in Bewegung, der Gruppe zu folgen.

Auf der anderen Seite des Zaunes gingen zwei der Reisenden nach rechts, um nach ihrem Führer Ausschau zu halten. Die anderen folgten ihnen, da sie nicht wussten, wohin. Der ältere Mann wartete, bis sie außer Sichtweite waren und lief dann die Straße entlang. Seine dunklen Jeans und das passende Hemd boten dabei gute Tarnung in der Nacht. Nachdem er fünf Minuten gelaufen war, flüsterte eine Stimme vom Straßenrand her: »Yo, Cheffe! Taxi?«

Der Mann, der einen schweren Rucksack trug, wandte sich dem Führer zu, sagte aber kein Wort.

»Ich bin José, dein Ticket in die Freiheit. Das Ganze läuft folgendermaßen: Ich bringe dich vor Sonnenaufgang nach Nogales, und dann bist du auf dich gestellt. Es sei denn, du hast noch mehr Kohle, dann kann ich dich auch nach Tucson bringen. Ich fahre, du hältst dich fest. Alles klar?«

Der Mann nickte.

»Bist nicht besonders gesprächig, was?«, stellte José mit einem Schulterzucken fest. Dann stieg er auf den Fahrersitz des Quads und bedeutete dem Mann, hinter ihm Platz zu nehmen. Der Motor sprang schnurrend an und wenig später rasten sie in Richtung der Zivilisation, beleuchtet nur von Mond und Sternen.

Der Ältere ließ einen erleichterten Seufzer los, während ihm der Wind durch die Haare wehte. Das hatte er sich schlimmer vorgestellt, dabei war es doch ein Klacks. Die Mexikaner fanden das heiß? Jeglicher Respekt, den er für sie empfunden hatte, war jetzt verpufft. Sie waren im Endeffekt genauso weinerliche Babys wie ihre Nachbarn im Norden.

Nachdem sie in Sichtweite von Nogales waren, würde er den Fahrer unter irgendeinem Vorwand anhalten und ihm dann das Genick brechen, noch bevor er von seinem Sitz gestiegen war. Von dort würde er seinen eigenen Weg finden. Schließlich hatte er schon einen Wagen arrangiert, der ihn an das Ziel seiner Reise bringen würde: Los Angeles.

Er war noch nie zuvor in den USA gewesen, aber das machte ihm keine Sorgen. Sein Englisch war mehr als brauchbar und sobald er in L.A. war, würde er eine Menge Unterstützung für seinen Kurzbesuch haben.

Das Quad bretterte an einem Steilhang entlang und erreichte einen weiteren Pfad, der nach Osten führte.

Die Sicherheitsstandards der Grenze waren wirklich ein Witz. Da wäre ja ein Baby durchgekommen. Er sah, wie ein verdorrter Busch an ihnen vorbeifegte und grinste in sich hinein.

So weit, so gut.

KAPITEL 34

Jet saß an einem kleinen Tisch auf dem Gehweg, nur einen Block von Grigenkos Bürogebäude entfernt und kniff die Augen zusammen, um das dreißigstöckige Gebilde im klaren Licht des frühen Morgens unter die Lupe zu nehmen. Was sie sah, gefiel ihr – manche Häuser waren schwerer zu bezwingen als andere, aber dieses sah so aus, als wäre es vor etwa fünfzehn Jahren gebaut worden – in einem Stil, der ihrem Vorhaben sehr entgegenkam.

Sie trank einen Kaffee und beobachtete die Garageneinfahrt neben dem Vordereingang, die zu einer Tiefgarage führte. Als eine Mercedes Stretchlimousine angerollt kam, richtete sie sich auf und beobachtete, wie mehrere muskulöse Handlanger in Anzügen vom Haupteingang her angelaufen kamen, zu denen dann acht weitere stießen, die die Besatzungen von zwei hinterherfahrenden SUVs gebildet hatten.

Jet zog ein kleines Fernglas aus der Tasche und schaute hindurch, wobei sie sicherging, dass sie im Schatten saß. Sie erkannte Grigenko von den Fotos, die Alan ihr besorgt hatte. Wie ein Pfau stolzierte er in das Gebäude, während seine Männer ihn abschirmten. Jet sah auf die Uhr, es war genau neun. Die Informationen des Mossad waren also goldrichtig, denn da hatte sie gelesen, dass er jeden Morgen um neun Uhr kam und bis neun Uhr abends arbeitete. Sie wusste auch, dass er ein Sportstudio da oben besaß, eine Sauna und sogar ein Arztzimmer – alles Teil der oberen drei Etagen des Gebäudes, die sein Reich bildeten.

Die Berichte waren eindeutig gewesen: Die Sicherheit dieses Büroturmes war unüberwindbar. Grigenkos obere zwei Etagen waren nur mit einem privaten Fahrstuhl zugänglich. Die darunter enthielt öffentliche Büros und war für Jets Anliegen nutzlos, denn sie bot keinerlei Zugang zu den darüberliegenden Stockwerken.

Sich den Weg durch die Lobby freizuschießen würde nichts nützen, denn der Privatfahrtstuhl war mit Sicherheitskameras ausgestattet und konnte jederzeit von Grigenko selbst gestoppt werden. Außerdem brauchte man einen Sicherheitscode, der sich täglich änderte. Als er das Gebäude nach dem Tod seines Vaters kaufte, hatte Grigenko nichts dem Zufall überlassen und es zur wahren Festung ausgebaut, dabei hatte er keine Kosten gescheut. Damit war ein gewaltsames Eindringen von der Straße her komplett aussichtslos.

Schon bei der Planung ihres letzten Abenteuers in Moskau hatte sie festgestellt, dass ein Zugriff aus der Luft ebenso unmöglich war. Der Luftraum wurde streng kontrolliert, also kam der Einsatz eines Helikopters nicht in Frage, ebenso wenig ein Fallschirmsprung. Denn das Dach war mit Bewegungssensoren ausgestattet, die Alarm schlagen würden, sobald sich irgendetwas, das größer als ein Vogel war, auf dreißig Meter näherte.

Die Sicherheitsmaßnahmen waren für Moskauer Oligarchen das, was für Filmproduzenten aus Hollywood die

Rolex war – ein Statussymbol. Wenn man Milliarden besaß, taugte zum Angeben ein neuer Ferrari oder Bentley nichts. Auch die Anzahl der über sechzig Millionen Dollar teuren Gulfstream-Jets am Flughafen, die sich in Privatbesitz befanden, war inzwischen lächerlich. Aber wenn man über hundert Millionen ausgab, um sein Domizil mit dem Neuesten des Neuen zu sichern und sich selbst vor Mordanschlägen zu schützen … das war schon eine Sache, die man im Klub mal nebenbei fallen lassen konnte.

Somit blieb Jet als Möglichkeit zum Beispiel noch ein Raketenangriff. Aber selbst das war nicht allzu vielversprechend, denn Grigenko hatte die Außenwände mit einem Schutz aus superdichtem Beton und Stahlnetzen absichern lassen, der beinahe ein Meter dick war. Da würde es schon eine Mittelstreckenrakete brauchen, um durchzudringen. Und an so eine würde sie wohl schwerlich herankommen – es sei denn, sie kaufte sie von Grigenko selbst. Die Ironie bei diesem Vorgehen gefiel ihr zwar, aber sie war nicht besonders geduldig und wollte die Sache innerhalb der nächsten Tage hinter sich bringen, statt Wochen oder Monate damit zu verbringen, eine Tarnung aufzubauen, mit der sie Grigenko gegenüber als Käuferin auftreten konnte. Denn selbst wenn sie das täte, könnte er den Einschlag im dümmsten Fall überleben. Der Mann hatte sich einen Bunker gebaut, was von eindeutiger Paranoia zeugte – die aber in diesem Fall durchaus angebracht war.

Jet hatte schon darüber nachgedacht, seine Limousine mit einer Panzerfaust anzugreifen, aber das war fast noch problematischer: Laut der Überwachung nahm er jeden Tag eine andere Route und natürlich war auch sein Gefährt so stark gepanzert, dass es fast jedem Beschuss standhalten konnte. Würde sie ihn hingegen angreifen, wenn er den Wagen schon verlassen hatte, stellte sich ihr das gleiche Problem wie bei der Nutzung eines Scharfschützengewehrs: Es gab keine gute Schussposition in der Nähe. Keines der umstehenden Gebäude bot eine Möglichkeit, die einen Volltreffer garantieren würde.

Die Stromversorgung zu kappen war auch keine Option, denn natürlich war das Gebäude mit einem Notstromaggregat versehen.

Es blieben also kaum noch Möglichkeiten. Eine Bombe am Auto würde wegen der peniblen Kontrollen sofort auffallen. Ein Feuer irgendwo im Gebäude, um ihn herauszulocken, war auch wenig aussichtsreich – er würde einfach einen Hubschrauber rufen, der ihn vom Dach abholte. Ein Gasangriff war auch nicht möglich, denn dazu müsste sie in den Wartungsbereich des Hauses gelangen, der von einer schwedischen Sicherheitsfirma bewacht wurde.

Sie kritzelte ein paar Notizen auf einen kleinen Block, den sie bei einem Straßenhändler gekauft hatte, und schlug ihn zu, als der Kellner ankam, um sie nach weiteren Wünschen zu fragen. Sie schüttelte den Kopf und verlangte die Rechnung. Als er ging, betrachtete Jet noch einmal die Nachbargebäude, dann schob sie das Opernglas wieder in ihre Handtasche. Sie hatte immer noch ein paar Ideen, die funktionieren konnten. Denn sie wusste genau, absolute Sicherheit gab es nicht, egal wie viel man ausgab, um dieses utopische Ziel zu erreichen. Schließlich hatte sie den Großteil ihrer Karriere damit verbracht, angeblich unüberwindliche Sicherheitssysteme zu infiltrieren. Somit war Grigenkos

Festung nichts weiter als eine Herausforderung. Dass sie hineinkommen würde, stand fest. Die Frage war nur, wie.

Zurück im Hotel schaute sie sich noch einmal alle Informationen an, die sie von Alan bekommen hatte, vor allem die Konstruktionszeichnungen des Gebäudes. Sie ließ sich Zeit und sparte sich sogar das Mittagessen, um sich alles einzuprägen. Am frühen Nachmittag entdeckte sie endlich eine Schwachstelle.

Damit war es ganz einfach.

Alles, was sie brauchte, war unglaubliches Können, Nerven aus Stahl, die Physis einer Athletin und ein gewisses Quäntchen Glück. Und das Wetter musste mitspielen. Regen oder starke Winde wären katastrophal, also brauchte sie eine klare, ruhige Nacht.

Jet ging online und schaute sich den Wetterbericht an, der sagte, dass die nächsten beiden Tage relativ warm und trocken werden würden, mit nur leichtem Wind. Als sie den Plan durchdachte, der sich gerade in ihrem Kopf zu formen begann, wurde sie allmählich richtig aufgeregt.

Es könnte funktionieren.

Nein, mit ein bisschen Vorbereitung und Verfeinerung *würde* es funktionieren.

Dafür würde sie sorgen.

***

Als Jet durch die Glastüren am Eingang des Moskauer Hiltons schritt, wartete Alan bereits auf einem der Sofas auf sie. Er stand auf, als sie näherkam, und sah in seinen olivfarbenen Hosen und dem blassblauen Hemd einfach umwerfend aus. Spontan entschied sie sich dazu, die Arme um ihn zu werfen und ihn zu küssen. Er erwiderte den Kuss und erst nach einer gefühlten Ewigkeit zog sie sich zurück, woraufhin sie ihn an der Hand zum Hotelrestaurant führte.

»Ich würde sagen, lass uns ein Zimmer mieten, aber wir haben ja schon eines …«, sagte sie mit einem Lächeln. Ihr war gar nicht klar gewesen, wie sehr sie ihn vermisst hatte, bis er vor ihr gestanden hatte.

»Eine sehr treffende Beobachtung, wie immer. Hast du Hunger?«

»Großen Hunger! Was gibt es Neues?«, fragte sie, nachdem eine Hostess ihnen einen romantisch beleuchteten Ecktisch zugewiesen hatte.

»Nichts Weltbewegendes. Nach dem ganzen Herumfliegen heute bin ich ganz schön alle. Das ist wirklich nervig, wie du weißt.«

»Ich hoffe, wenn ich hier rausfliege, muss ich den Sheremetyevo-Flughafen nie wieder sehen. Das meine ich ernst«, stimmte Jet zu.

»Du bist anscheinend immer noch kein großer Freund des russischen Volkes, wie ich sehe.«

»Man könnte sagen, dass ich etwas vorbelastet bin. Das kann schon passieren, wenn jeder, der aufkreuzt, um dich umzubringen, ein Russe ist.«

»Hm, ich verstehe, was du meinst. Jetzt erzähl mir doch mal, wie dein Tag so war. Irgendwelche Durchbrüche?«

Sie wollte ihm gerade ihren Plan erklären, wie sie in Grigenkos Gebäude hereinkommen würde, als sein Telefon klingelte.

»Warte einen Moment, ich muss da rangehen.« Nachdem er abgenommen hatte, erhob er nach ein paar Sekunden den Zeigefinger und stand auf, woraufhin er sich in Richtung der Lobby bewegte. Der Kellner brachte die Speisekarten, die Jet studierte, während sie auf Alans Rückkehr wartete.

Als er sich wieder hinsetzte, sah er aus, als hätte ihm jemand einen Tiefschlag versetzt. »Es tut mir leid, ich muss los. Jetzt sofort. Ich muss mir meine Tasche schnappen und zum Flughafen. Wenn ich es nach Deutschland schaffe, kann ich noch heute Nacht einen Flieger über den Atlantik kriegen.«

»Über den Atlantik? Was ist los?«

Er sah sich um. »Das war der Intendant. Der Mossad hat einen Hinweis bekommen, dass Saif Al-Diin morgen Abend in Los Angeles sein wird, um die Biowaffe freizusetzen«, flüsterte er.

Ihre Mundwinkel zogen sich nach unten, als sie diese Nachricht verarbeitete. »Das ist unmöglich! Wir haben doch die Explosion gesehen. Niemand kann das überlebt haben!«

»Stimmt, aber das bedeutet, er muss durch die Hintertür abgehauen sein, während wir vorn herumgeballert haben. Entweder das, oder sie hatten einen Fluchttunnel.«

»Es wurde aber kein Tunnel gefunden, oder?«

»Nein, deshalb ist es am wahrscheinlichsten, dass er auf der einen Seite rausgerannt ist, während wir auf der anderen seine Männer bekämpft haben.«

Sie schüttelte den Kopf. »Aber warum sollte jemand den Mossad informieren und nicht die USA? Das ergibt keinen Sinn!«

»Offensichtlich hat der Tippgeber Angst, dass die Amerikaner die Information durchsickern lassen oder es anderweitig vergeigen, sodass die Person verraten wird oder sich die Terroristen einfach ein anderes Ziel suchen.«

»Und was sollst du jetzt dort? Los Angeles ist riesig! Gab es irgendwelche Details?«

»Nicht, dass ich wüsste. Aber er will, dass ich sofort starte. Der Tippgeber hat gesagt, er wird sich morgen mit Details melden, wo der Angriff stattfinden soll.«

Alan stand auf und Jet mit ihm.

»Du meinst es also ernst.«

»Absolut. Ich habe keine Wahl. Aber ich habe bereits meinen Verbindungsmann hier kontaktiert und er wird die Waffen besorgen, die du mir aufgelistet hattest. Reicht dir das?«

»Sollte reichen.« Jet war ganz eindeutig nicht glücklich.

Er schaute auf die Uhr und zuckte mit den Schultern. »Ich muss los. Ich rufe dich auf dem Weg zum Flughafen noch mal an. Es tut mir leid …«

»Du musst dich nicht entschuldigen. Ich weiß ja, wie das Spiel läuft. Außerdem hättest du mich wahrscheinlich sowieso nur aufgehalten«, sagte sie und trippelte dann an ihn heran, um ihn zu küssen. »Du weißt ja gar nicht, was dir entgeht …«

»Ich befürchte, das weiß ich ganz gut, und ich will auch gar nicht weg … Aber ich hätte schon vor sechzig Sekunden hier raus sein müssen. Ich weiß, es klingt dumm … aber ich muss wieder eine Krankschreibung einreichen.«

»Raus mit dir! Los! Und pass auf dich auf. Mir gefällt das gar nicht. Anonyme Tipps sind gruselig. Woher weißt du überhaupt, dass da was dran ist, und es nicht einfach eine Falle ist? Kommt es dir nicht komisch vor?«

»In letzter Zeit kommt mir alles komisch vor. Aber ich habe keinen Verhandlungsspielraum. Der Intendant hat mir befohlen, nach Los Angeles zu fliegen, also mache ich das.« Er hielt auf einmal inne. »Scheiße. Wie kommst du denn jetzt an Grigenko ran? Daran habe ich gar nicht mehr gedacht …«

»Mach dir um mich keine Sorgen. Ich kann allein mit ihm fertig werden. Um ehrlich zu sein, glaube ich, dass ich den perfekten Plan habe.«

Er schaute sie skeptisch an. »Tatsächlich?«

»Klar. Also bevor du gehst, hast du noch eine Idee, wo ich hier in der Gegend ein Schweißgerät bekomme?«

KAPITEL 35

Alan kam ohne Probleme durch den Zoll des Los Angeles International Airport, dank seines israelischen Diplomatenausweises. Dort holte ihn Jeffrey ab, einer der Attachés des Konsulats. Diese Position war auf der ganzen Welt eine beliebte Deckung für aktive Mitglieder der Geheimdienste. Sie tauschten ein paar Nettigkeiten aus und liefen dann schweigend zu seinem Fahrzeug, einer unauffälligen, grauen US-Limousine.

Nachdem sie das Parkhaus verlassen hatten, benutzte Alan sein Satellitentelefon und rief den Intendanten an, um herauszufinden, was er verpasst hatte, während er in der Luft gewesen war.

»Wir haben den zweiten Anruf erhalten. Haben ihn nach Kalifornien zurückverfolgt, aber er war zu schnell – genauer ging es nicht. Die Sache soll heute Nacht steigen, in wenigen Stunden. Das Ziel ist eine Sporthalle in der Innenstadt. Der Anrufer hat gesagt, Al-Diin wird sich als Servicetechniker verkleiden. Es findet dort heute ein Eislaufwettkampf statt, der landesweit im Fernsehen übertragen wird – da werden massenweise Kinder und Rentner im Publikum sein. Der Typ ist wirklich ein krankes Schwein. Die Hasswelle danach wird … okay, das brauche ich dir nicht erklären.« Der

Intendant fuhr damit fort, ihm die wichtigsten Details zu erläutern. Alan schaute auf die Uhr. Er hatte drei Stunden.

Als er aufgelegt hatte, dehnte er die Arme und versuchte, die schmerzenden Stellen an seinem Nacken zu massieren, denn die fast zwanzig Stunden Flugzeit hatten ihre Spuren hinterlassen. An einer Straßenkreuzung in Richtung Freeway mussten sie aufgrund eines Staus anhalten, und Alan wandte sich an Jeffrey.

»Ich brauche eine Waffe und ein paar andere Dinge. Vor allem einen Ausweis und die dazu passende Marke von der Polizei. Liegt so was zufällig im Konsulat herum?«

Jeffrey grinste bemüht. »Wir befinden uns im Land der Waffen, der erste Teil ist also kein Problem. Und wenn du dich als Polizist ausgeben musst … dann kann ich dir wohl auch damit helfen. Lass mich ein paar Anrufe machen. Sonst noch etwas?«

Alan sagte ihm die letzte Sache, woraufhin Jeffrey nickte und das Telefon an sein Ohr hob – trotz des Verbotes, dies am Steuer zu tun – und begann, in ruhigem Tonfall zu sprechen.

***

Der Bürgersteig vor der riesigen Arena war voller Mütter und ihrer Töchter, viele von ihnen sicherlich Hobbyeisläuferinnen, die sich extra herausgeputzt hatten, um einige der Größen dieses Sports live zu sehen. Fernsehteams saßen in ihren Übertragungswagen und aßen Sandwiches, bevor die Show losgehen würde. Das Ereignis wurde auf allen Sportkanälen und einigen Spartensendern übertragen und die gesamte Vorbereitung war bereits erledigt. Die meisten der vierzehntausend Zuschauer waren bereits drinnen und warteten aufgeregt auf den Beginn der Show, welche die Künste der Goldmedaillisten der Winterolympiade ins Rampenlicht stellen würde. Eigentlich passten gute zwanzigtausend Gäste in die Halle, aber nach der ganzen Terrorhysterie waren die Zuschauerzahlen zurückgegangen – und das, obwohl die Regierung wiederholt dazu aufgerufen hatte, sich normal zu verhalten. Denn andernfalls hätten die Terroristen bereits gewonnen.

Ein Servicetechniker drängte sich durch die Reihen der kleinen Mädchen, die die Hände ihrer Mütter hielten, und näherte sich dem Lieferanteneingang, wo sich ein paar gelangweilt aussehende Polizisten mit vier Mitgliedern einer Sicherheitsfirma unterhielten, ihres Zeichens alle Ex-Cops, die als zusätzliche Wachkräfte eingestellt waren. Das war so ungefähr der entspannteste Job, den man in diesem Bereich ergattern konnte, denn das Publikum beim Eiskunstlauf war nicht gerade für gewalttätige Ausschreitungen bekannt.

Der Techniker hielt eine laminierte Karte hoch, die an einem Band um seinen Hals hing und die Männer winkten ihn durch, ohne großartig hinzuschauen. Das Alter und die Uniform des Mannes besagten, dass er zum niedrigsten Bedrohungsprofil gehörte. Er spazierte an den Wachmännern vorbei und schleppte seine schwere Werkzeugkiste in Richtung der Niederungen des riesigen Stadions.

Er hatte gehofft, eine noch exponiertere Bühne zu bekommen – wie den Kennedy-Flughafen in New York oder die Grand Central Station – aber das Risiko war zu groß.

Denn das waren die nächstliegenden Ziele, die deswegen am besten geschützt waren und nach seinen beiden Videos erst recht nur so vor Sicherheitskräften wimmelten. Trotzdem würde der grauenhafte Tod von fast fünfzehntausend Menschen, und das noch live im Fernsehen übertragen, mehr als genug Aufmerksamkeit auf sich ziehen. Vor allem, wenn erst einmal die große Panik in der Masse ausbrechen würde, sobald sich die ersten Symptome zeigten.

Bis dahin wäre er längst weg, schon auf halber Strecke nach Palm Springs und damit weit entfernt von dem Albtraum, den seine Tat hervorrufen würde. Die Folgen würden eine unglaubliche Tragweite haben, schwerer als alle Terroranschläge der Vergangenheit, und dieser Gedanke zauberte ihm ein Lächeln auf sein Gesicht, das frisch rasiert und mit Bleichcreme aufgehellt war. Selbst wenn Fotos von ihm in Umlauf waren, würden diese einen dunklen Mann mit riesigem Bart zeigen – so weit entfernt von diesem Gebäudetechniker wie nur möglich.

Zwei Reinigungskräfte kamen ihm entgegen und einer nickte ihm zu, wobei er ihm ein »Alles klar?« zumurmelte, anscheinend eine typische amerikanische Begrüßung. Saif Al-Diin, das flammende Schwert der Wahrheit, grinste den Mann an wie ein Zurückgebliebener und setzte seinen Weg fort. Seine schweren Arbeiterstiefel donnerten über den Zugang zum zweiten Tiefgeschoss und damit der Gebäudetechnik.

Er passierte eine rote Stahltür mit dem Aufdruck ›Nur für Gebäudepersonal‹ und fand sich anschließend in einem kleinen Treppenhaus wieder, das eine Etage nach unten führte. Al-Diin sah sich unten um und stellte zufrieden fest, dass niemand dort war, der Notiz von ihm nehmen konnte. Nun hatte er sein Ziel fast erreicht.

Die Musik der Show echote durch den langen, verzweigten Gang im zweiten Untergeschoss, versank allerdings im Dröhnen der riesigen Generatoren, die für die Kühlung der Eisfläche verantwortlich waren. Er warf einen Kontrollblick auf sein Telefon und zählte die Türen, bis er bei der richtigen ankam. Die gelbe Schrift auf der roten Tür zeigte in großen Buchstaben an, dass sich dahinter die Luftfilteranlage befand. Er drückte die Klinke, doch es war abgeschlossen – worauf er natürlich vorbereitet war. In den Taschen seines Overalls ertastete er einen Schlüssel, den ihm einer seiner amerikanischen Unterstützer besorgt hatte, ein echter Gläubiger, der monatelang auf diesen glorreichen Tag hingearbeitet hatte. Den Tag, der für die Amerikaner alles ändern würde – und damit auch für den Mittleren Osten.

Der Schlüssel glitt ins Schloss und er drehte ihn. Quietschend öffnete sich die Tür und im Inneren des großen Raumes wurde er von lärmenden Maschinen und riesigen Pumpen begrüßt. Am anderen Ende des Raumes waren massive Ventilatoren angebracht, die Luft in die Arena pusteten. An der Seite riesige Filteranlagen, die sie reinigten und mit frischer Luft anreicherten, die von draußen hineingesaugt wurde.

Als er den russischen Ungläubigen nach der Filteranlage ausfragte, hatte sich Al-Diin besonders für genau das Szenario interessiert, welches er nun umsetzen würde: Ein gesamtes Stadion mit einem einzigen Kanister des tödlichen Kampfstoffes zu verseuchen. Die Verteilung durch die Luftfilteranlage würde dafür sorgen, dass jedes lebende Wesen in dem Gebäude innerhalb von zehn bis fünfzehn Minuten mit dem Stoff in Kontakt gekommen war – der Russe war sogar der Meinung gewesen, fünf Minuten würden reichen.

Al-Diin studierte die endlosen Reihen meterhoher Pumpen und fand dann den Bereich, nach dem er suchte. Riesige Ventilatoren, die die Luft hinauf in den Hauptraum trieben. Er kniete sich an dieser Stelle hin, öffnete die Werkzeugkiste und holte den blauen Kanister hervor, der als Reinigungsspray getarnt war. Mit zitternden Fingern schraubte er den Deckel ab und montierte stattdessen ein ferngesteuertes Ventil. Nachdem er sich vergewissert hatte, dass alles fest saß, entfernte er den doppelten Boden des Werkzeugkastens und entnahm die kleine, schallgedämpfte Pistole und ein Gerät, das der Russe ihm besorgt hatte. Es war ein digitaler Timer, der den Inhalt des Kanisters versprühen würde, wenn die Zeit abgelaufen war. Er steckte sich die Pistole an den Gürtel und befestigte dann vorsichtig den Timer am Ventil.

Nachdem er die Ventilatoren für einen Moment gemustert hatte, platzierte er den Kanister hinter dem Metallgitter, das die zischenden Blätter des Ventilators abdeckte und tippte eine Reihe von Zahlen in den Timer. Nachdem er das kleine LED-Display noch einmal kontrolliert hatte, nickte er und drückte dann den roten Knopf, der den Countdown startete. Er schloss die Werkzeugkiste, stand auf, wandte sich dem Ausgang zu und setzte sich in Bewegung.

Als er noch fünfzehn Meter von der Tür entfernt war, rüttelte jemand an der Klinke – kurz darauf explodierte der Griff nach innen, als er von drei Kugeln durchsiebt wurde. Al-Diin duckte sich hinter einer Maschine, als die

Tür durch einen Tritt aufgestoßen wurde und ein großer, blonder Mann in einem anthrazitfarbenen Blazer und schwarzer Hose in den Raum kam – in seiner Hand eine Pistole.

Alan hielt die Waffe fest im Griff. Er wirbelt herum, suchte nach einem Ziel, und als er keines fand, ging er langsam auf die Ventilatoren zu. Auf halber Strecke rief ihn eine Stimme an.

»Bleiben Sie stehen und legen Sie langsam die Waffe auf den Boden!«

Alan fror mitten in seiner Bewegung ein und wägte seine Optionen ab, als die Stimme erneut erklang. »Ich ziele mit einer Pistole auf Sie. Entweder machen Sie sofort, was ich sage, oder ich erschieße Sie von hinten!«

Alan kniete sich langsam hin und legte seine Waffe auf den Boden, dann hielt er die Hände über den Kopf.

Al-Diin trat hinter einer der Pumpen hervor, die kleine Waffe auf Alan gerichtet. »Drehen Sie sich um!«

Er tat wie ihm befohlen.

»Wer sind Sie?«, fragte der Terrorist mit seinem orientalischen Akzent.

»Warum interessiert Sie das?«, entgegnete Alan in flüssigem Arabisch.

»Ich habe Sie etwas gefragt! Für wen arbeiten Sie?« Er hob die Pistole und wedelte damit herum, um seinen Worten Nachdruck zu verleihen. »Wer sind Sie? Sie arbeiten nicht für Homeland Security. Nein, Sie sind kein Amerikaner …« Seine Augen weiteten sich. »Arbeiten Sie etwa … für den Mossad?«

Alan antwortete nicht auf die Frage.

»Sie haben keine Ahnung, womit Sie es hier zu tun haben, oder?«, fragte der Terrorist, wobei der Satz mehr als Aussage denn als Frage gemeint war. »Sie denken, dass Sie Israel – und die Welt – vor Terroristen schützen, stimmt's? Sie Narr! Sie wissen gar nichts.«

»Ich weiß, dass dieses Gebäude von Agenten durchsetzt ist. Sie kommen niemals davon!«

»Vielleicht. Aber ich vermute, dass Sie den Amerikanern nichts gesagt haben, richtig?«

Alans Augen verengten sich, aber er sagte nichts.

»Aha. Wie ich es mir dachte. Denn wenn Sie das getan hätten, wüsste ich davon.« Al-Diin erfreute sich an Alans überraschtem Blick. »Das ist richtig, Sie Kretin! Sie haben keine Ahnung, worin sie da stecken, nicht die leiseste Ahnung!« Er schüttelte angewidert den Kopf. »Ich wüsste davon, weil ich für die Amerikaner arbeite.«

»Was?«

»Dachte ich mir doch, dass Sie das interessieren würde! Ich schätze, es ist auch egal, weil ich Sie sowieso erschießen muss. Aber es geht hier um etwas ganz anderes, als Sie denken. Für Sie bin ich wohl ein eigenbrötlerischer Terrorist, hm? Dann sind Sie ein Idiot, und ihre Vorgesetzten sind noch dümmer. Ihr seid nur Bauern in einem viel größeren Spiel, als euch klar ist«, zischte Al-Diin.

Alan überlegte, wie viele Schritte er brauchen würde, um den Terroristen zu erreichen.

»Denken Sie nicht mal dran! Jeder in diesem Gebäude ist bereit tot. Auch Sie – alle. Das Mittel wird sich in wenigen Minuten ausbreiten und damit hat der erwartete Terroristenangriff stattgefunden. Aber Sie wissen nicht warum, oder? Natürlich nicht. Sie sind ja zu sehr damit beschäftigt, zu glauben, dass sich alles um Sie dreht. Also, was sagen Sie dazu, dass ich für die Amerikaner arbeite?«

»Ich glaube nicht, dass Sie für die Regierung arbeiten.«

»Nun, vielleicht nicht für die Regierung, aber für die Mächte, die dahinter stehen. Sie haben ja wirklich gar keine Ahnung. Ich gebe Ihnen einen Tipp: Es geht um den Iran.«

»Was soll das denn sein, irgendeine Fantasie, in der es um Erdöl geht? Das kenne ich doch aus dem Internet. Sie lügen!«, behauptete Alan.

»Es geht aber nicht um Öl. Sondern um Geld – den Dollar!«

»Was ist damit?«

»Der Iran ist gefährlich, aber nicht auf die Art, an die Sie denken. Sie wollen damit aufhören, ihr Öl gegen Dollar zu handeln. Sie wollen den Dinar zur Goldwährung machen. Wenn das passiert, ist der Dollar erledigt, und die amerikanischen Banker werden alle Macht verlieren, die sie nach dem Zweiten Weltkrieg angesammelt haben, als der Dollar zur Weltwährung wurde – und der Ölhandel über Dollars begann.«

»Moment. Das ist also alles nur ein Vorwand, um die iranische Regierung zu stürzen?«

»Es geht um mehr als das, aber Sie denken schon in die richtige Richtung. Es gab noch zwei andere Länder im Mittleren Osten, die nationale Zentralbanken besaßen, die nicht den privaten Bankiers gehören, die hinter der Bundesreservebank der USA stehen. Diese Länder wollten auch den Dinar als Goldwährung für ihren Ölhandel. Und beide Länder wurden angegriffen: Irak und Libyen. Jetzt ist nur noch der Iran übrig.« Al-Diin spuckte auf den Boden neben seinen Füßen und machte eine Geste mit der Pistole. »Es mag auch um Öl gehen, aber in erster Linie geht es darum, die Macht der Amerikaner zu schützen, ihre Währung, und das um jeden Preis. Amerika kann den Iran nicht angreifen, so wie die Dinge im Moment stehen. Die Behauptungen bezüglich ihres Atomprogramms lassen sich zu leicht von internationalen Inspektoren widerlegen, zumal der Iran jederzeit mit diesen kooperiert. Die amerikanischen Anschuldigungen, dass sie Nuklearwaffen entwickeln wollen, werden vom Rest der Welt noch misstrauischer beäugt als die Behauptung, dass der Irak Massenvernichtungswaffen besitze. Aber wenn es so aussieht, als gäbe es einen Terrorangriff, den der Iran finanziert … dann wird das Land fallen, eine Marionettenregierung wird installiert und der Traum einer Goldwährung ist geplatzt.«

»Und deswegen sollen all diese Menschen sterben?«

»Genau, damit der Iran angegriffen werden kann und der Dollar auch in Zukunft die Währung bleibt, mit der Öl gehandelt wird. In …«, Al-Diin schaute auf die Uhr, »… etwa vier Minuten. Und bis dahin werde ich das Gebäude verlassen haben, und Sie Ihrem Schöpfer begegnet sein.«

Alan dachte über das Gesagte nach. »Sie sind ein Monster!«

»Nein, ich bin ein Pragmatiker. Und Sie sind ein toter Mann. Drehen Sie sich um! Sofort!«, schrie Al-Diin. Alan wirbelte herum, wobei er verzweifelt nach irgendetwas Ausschau hielt, dass er als Waffe benutzen konnte, aber das Einzige, das er sah, war seine Waffe auf dem Boden. Al-Diin erhob seine Waffe und dann hallte eine Reihe von Schüssen durch den Raum, die aus Richtung der Tür kamen. Der

Kopf des Terroristen wurde auseinandergerissen, als drei Kugeln ihn durchdrangen, und sein Körper fiel wie ein Sack voller Steine zu Boden. Alan wirbelte herum und stellte fest, dass ein dünner blonder Mann vor ihm stand, den er noch nie in seinem Leben gesehen hatte.

»Er hat die Biowaffe hier irgendwo versteckt! Wir müssen ihn aufhalten!«, rief Alan.

Der Mann ließ seine Waffe sinken. »Haben Sie schon danach gesucht? Wo ist sie?«, fragte er. Alan bemerkte einen minimalen russischen Akzent. Der Mann deutete auf Alans Waffe auf dem Boden. »Nehmen Sie Ihre Waffe und lassen Sie uns das verdammte Ding finden, bevor es zu spät ist!«

Alan drehte sich um und näherte sich seiner Pistole, als ein Schlag auf seinen Nacken niederging. Der Raum um ihn herum wurde dunkel, als er bewusstlos auf dem Boden zusammensackte.

KAPITEL 36

Das erste, was in sein Bewusstsein kam, waren die Schmerzen, die durch seinen Schädel hämmerten, als wäre er von einem Lastwagen überfahren worden. Er betastete seinen Nacken und spürte eine Beule von der Größe eines Hühnereis. Als er sie berührte, ließen die Schmerzen ihn zusammenzucken.

Mühsam kämpfte er sich in eine aufrechte Position und schwankte einige Sekunden, bevor ihm alles wieder einfiel: Er musste die Biowaffe finden! Und Al-Diin war tot.

Der mysteriöse Russe musste ihn erledigt haben – aber warum? Und wieso hatte er Alan k.o. geschlagen? Er schaute auf die Uhr. Er war beinahe vier Minuten bewusstlos gewesen.

Hektisch begann er zu suchen.

Wo wäre die logischste Position für die Bio-Waffe?

Bei den Ventilatoren.

Er hechtete vorwärts, auf die riesigen rotierenden Klingen zu, und hörte ein Piepen, als er noch etwa drei Meter entfernt war. Seine Pupillen weiteten sich, als ein Zischen aus der Richtung des mittleren Ventilators erklang. Mit unsicheren Schritten rannte er darauf zu … und sah den Kanister, der gerade mit einem Seufzen den letzten Rest seines Inhalts in die Luft sprühte. Die kleine Wolke wurde sofort von dem Ventilator eingesaugt und verschwand. Alan wirbelte herum, in Richtung Tür. Es musste doch irgendwo einen Ausschalter geben! Es musste einen Weg geben, den Strom abzustellen, damit das tödliche Mittel nicht im ganzen Stadion verteilt würde – und damit in die Lungen der nichts ahnenden Unschuldigen!

Der Raum drehte sich, als er das Gleichgewicht verlor. Er hielt sich an einer der Pumpen fest, um seinen Fall zu dämpfen, doch dann hüllte sich eine warme Decke aus Geborgenheit um ihn und die Welt hörte auf zu existieren.

***

Als Alan wieder zu sich kam, wusste er sofort alles wieder. Er griff nach einem nahegelegenen Rohr, um sich auf die Füße zu ziehen. Ihm war immer noch schwindelig und er bewegte sich langsam, um nicht wieder ohnmächtig zu werden. Erneut schaute er auf die Uhr: Er war zehn Minuten bewusstlos gewesen.

Das bedeutete, sie waren alle tot. Jeder in dem Gebäude. Es war nur eine Frage der Zeit. Er zog sein Handy aus der Jackentasche und hielt es hoch. Mit einiger Mühe schaffte er es, seinen Blick auf das Display zu fokussieren, doch er hatte keinen Empfang. Natürlich nicht. Er war im zweiten Untergeschoss und von Beton umgeben.

Alan stolperte auf die verbeulte Tür zu und hinaus in den leeren Korridor. Im Hintergrund hörte er das Poltern der Generatoren und die leise im Hintergrund vor sich hindudelnde Musik – ein deutlicher Hinweis darauf, dass noch niemand in dem Gebäude etwas von seinem bevorstehenden Schicksal ahnte. Langsam erklomm er die Treppen, jede

Stufe bedeutete große Anstrengung. Oben angekommen musste er sich an der Wand abstützen, um den Hauptraum zu erreichen. Er hatte nicht einmal einen Plan – alles, was er tun konnte, war die Sicherheitskräfte zu erreichen und sie zu warnen.

Sie würden alle sterben.

Er öffnete die Zugangstür des Wartungsbereichs und trat hinaus, seine Schritte immer noch unsicher. Dann entdeckte er zwei Wachmänner in der Nähe der riesigen Glaspaneele am Eingang.

»Hey, ihr zwei! Habt ihr ein Funkgerät?«

Sie tauschten einen fragenden Blick aus, dann hielt einer von ihnen sein Walkie-Talkie hoch.

»Warum, wer sind Sie, und hat Sie ein Bus überfahren? Sind Sie okay? Was ist passiert?«

»Sie müssen sofort Homeland Security anrufen. Es gab einen … es gab einen Zwischenfall. Ein unbekannter Stoff ist in die Lüftungsanlage geraten. Es ist gefährlich. Terrorangriff.«

Ihr verwunderter Blick wich reiner Angst.

»Wer sind Sie? Ist das ein Scherz? Sind Sie betrunken oder so was?«, fragte der Kleinere von den beiden. »Für so einen Spruch können Sie eingelocht werden, und zwar richtig lange! Darüber macht man keine …«

»Es ist kein Witz. Da unten liegt ein Toter im Lüftungsraum. Er wurde erschossen. Ein Terrorist. Der aus den Videos. Er hat da irgendeinen Stoff freigesetzt. Ich will nicht, dass Panik ausbricht, aber Sie müssen das sofort melden.« Alan zog seinen Ausweis. »Ich bin von einem ausländischen Geheimdienst. Machen Sie den Anruf! Sofort!«

Die Augen der Männer weiteten sich und der mit dem Walkie-Talkie führte das Gerät mit zitternden Händen an seinen Mund. Mit Panik in der Stimme gab er die Meldung weiter.

Sechzig Sekunden später war Alan von Polizisten mit gezogenen Waffen umgeben.

Er hob die Hände über den Kopf und wartete geduldig, bis sie ihn durchsucht hatten. Dann trat ein älterer Beamter auf ihn zu, um ihn zu verhören. Doch Alan schnitt ihm das Wort ab.

»Sie müssen Homeland Security verständigen. Sie haben hier einen Notfall. Das ist kein Scherz! Informieren Sie sie sofort, sonst könnte es einen Notstand geben und die ganze Stadt im Chaos versinken!«, sagte Alan und wiederholte dann seine Geschichte mit dem Lüftungssystem und dem Terroristen.

Der Beamte entfernte sich, ohne ein Wort zu sagen, und sprach dann in sein Funkgerät.

Zehn Minuten später war Alan in Handschellen und saß in einer improvisierten Zelle im Erdgeschoss, während Männer in Schutzanzügen die Türen mit schweren Ketten absicherten, sodass niemand das Gebäude verlassen konnte, außer durch den Haupteingang. Ein grauhaariger Mann in einem faltigen Anzug und mit zerknirschtem Gesichtsausdruck näherte sich ihm von der anderen Seite des Glases aus, er stand draußen auf dem Gehweg. Einer der Beamten im Gebäude nahm Alan die Handschellen ab und reichte ihm ein Mobiltelefon. Er hielt es sich ans Ohr und der Mann draußen stellte sich als Agent Ryker von Homeland Security vor. Dann löcherte er ihn mit Fragen.

»Wir haben die Leiche und dieses Gerät unten gefunden. Wer sind Sie?«, fragte Ryker.

»Lassen Sie meinen Ausweis überprüfen. Ich arbeite für das israelische Konsulat.«

»Das habe ich gesehen. Mossad, hab ich recht?«

Alan antwortete nicht.

»Sie wissen, wie schlimm das ist, oder?«, fragte Ryker.

»Dessen bin ich mir voll bewusst. Ich war dem Stoff ausgesetzt. Ich befinde mich also im selben Boot wie alle hier drin. Sie müssen mir nicht sagen, wie schlimm das ist.«

»Was ist passiert?«

Alan ging die Geschehnisse noch einmal durch.

»Das ist ein Albtraum, vierzehntausend Menschen unter Kontrolle zu halten, die alle nach draußen wollen, ist fast unmöglich. Wir müssen wissen, ob das Zeug ansteckend ist … denn in dem Fall können wir niemanden nach draußen lassen.«

»Darf ich einen Vorschlag machen?«

Ryker studierte Alans Gesicht. »Klar. Was habe ich zu verlieren?«, antwortete er trübe.

»Die beste Art, wie Sie die Leute im Gebäude halten können ist, indem sie ihnen sagen, dass es *draußen* eine Gefahr gibt. Ein chemisches Leck oder eine biologische Gefahr auf der Straße vor dem Stadion, die erst entfernt werden muss.«

Ryker dachte über die Idee nach, dann nickte er. »Das ist nicht schlecht. Auf jeden Fall verschafft es uns Zeit, um den Waffenkanister zu überprüfen und herauszufinden, womit wir es zu tun haben.«

»Die einzige Art, wie sie alle davon abhalten können, nach draußen zu kommen ist, indem Sie sie bitten, drinnen zu bleiben.«

Ryker nickte erneut. »Wollen Sie mit jemandem von Ihren Leuten Kontakt aufnehmen?«, fragte er. »Technisch gesehen sind Sie nicht verhaftet. Sie genießen diplomatische Immunität. Aber ich würde mich freuen, wenn Sie mit uns zusammenarbeiten würden.«

»Das verstehe ich. Ich habe ein Handy, das wurde mit dem Rest meiner Sachen konfisziert. Dürfte ich das Telefon und meinen Ausweis zurückhaben?«

»Alles klar.« Ryker schaute Alan warnend an. »Ich muss Ihnen ja wohl nicht sagen, dass Sie bitte diskret bleiben.«

»Nein, das ist mir schon klar.«

Zwanzig Minuten später wurde die Eiskunstshow unterbrochen und über die Lautsprecher kam eine Durchsage, dass es außerhalb des Stadions eine Gefahr gäbe, die von den Behörden beseitigt werden müsse. Dann ging die Show noch eine Stunde weiter. Es gab vereinzelte Fälle von Beunruhigung, um die sich die Sicherheitsleute in dem Gebäude kümmerten, während draußen die Nationalgarde anrückte, sowie jedes Expertenteam für gefährliche Kampfstoffe, dessen man kurzfristig habhaft werden konnte – und natürlich tausende Polizisten und Feuerwehrleute.

Alan rief den Intendanten an und erklärte die Situation. Es gab nicht viel, was man zu seinem Bericht sagen konnte. Der Intendant schien berührt, als er Alan das Beste wünschte und auflegte. Das war nicht sehr tröstlich.

Die Minuten vergingen und wurden zu Stunden. Nachdem drei davon um waren, kehrte Ryker zurück, eine

Gruppe ernst dreinblickender Männer im Schlepptau. »Sagen Sie mir sofort, was zur Hölle hier los ist!«

»Es scheint Sie wütend zu machen, dass ich und ein ganzes Stadion voller Frauen und Kinder nicht tot sind.«

»Der Kanister war sauber. Es gab keinen Kampfstoff«, sagte Ryker knapp.

Alan nickte. »Das habe ich mir inzwischen auch zusammengereimt. Ich lebe nämlich noch. Und ich bin ziemlich gut darin, eins und eins zusammenzuzählen.«

»Was ist mit dem Zeug passiert?«

Alan schüttelte den Kopf. »Woher soll ich das wissen? Offensichtlich ist für die bösen Jungs irgendwas schiefgelaufen. Die Katastrophe wurde jedenfalls abgewendet.«

Ryker sah Alan böse an, ein nervöses Zucken machte sich in seinem rechten Augenlid bemerkbar. »Wenn da unten nicht ein toter Terrorist liegen würde, dessen Fingerabdrücke überall auf dem Kanister sind, würde ich Sie verhaften … Diplomatenstatus hin oder her! Sie hatten eine gefälschte Polizeimarke und eine Waffe bei sich!«

»Aber wie Sie schon erwähnt haben, genieße ich diplomatische Immunität, deswegen ist es müßig, darüber nachzudenken. Schauen Sie mal, wir haben ein Riesenglück mit diesem Anschlag gehabt. Manchmal ist das eben so. Vielleicht sollten Sie heute Abend ein kleines Gebet sprechen, denn so viel Glück hat man wirklich nicht oft.«

Alan schaute sich die Menschenmassen an, die draußen vorbeigingen, nachdem man den Leuten im Stadion endlich erlaubt hatte, sich nach Hause zu begeben. »Und gerade bei dieser Sache war es besonders wichtig, Glück zu haben. Ich hoffe, das wissen Sie.«

Zwei etwa vierzigjährige Männer mit militärischem Aussehen kamen den Flur herunter und stellten sich dann mit verschränkten Armen in eine Ecke, von der aus sie Alan beobachteten.

»Was ist mit diesem mysteriösen Fremden, der Saif Al-Diin erschossen hat. Können Sie den beschreiben?«, wollte Ryker wissen.

»Das habe ich Ihnen doch schon gesagt. Er war etwa einen Meter achtzig groß, dünn und blond oder grau-blond. Er trug Jeans und eine braune Lederjacke. Keine besonderen Merkmale. Und ich hatte den Eindruck, dass er Russe war. Da war so ein kleiner Akzent. Unauffällig, aber dennoch vorhanden.«

»Ein Russe. Und der kam plötzlich rein, hat Al-Diin abgeknallt und Sie dann niedergeschlagen. Einfach so«, fasste Ryker skeptisch zusammen.

Alan fasste sich demonstrativ an seine dicke Beule. »Genau so ist es gewesen. Und dann bin ich ohnmächtig geworden.«

Die beiden Neuankömmlinge tauschten vielsagende Blicke mit Ryker aus.

»Erklären Sie mir noch mal Ihr Gespräch mit dem Terroristen. Was hat er gesagt?«, fragte Ryker.

»Das sind wir doch schon mehrfach durchgegangen. Er hat gesagt, dass er alle töten wird, dass es der größte Anschlag der Geschichte wäre, dass Allah groß sei … das Übliche halt.«

»Und hatten Sie nicht etwas in Bezug auf den Iran gesagt?«

»Ja, das war irgendwie verwirrend. Er hat den Iran erwähnt. Aber das machte irgendwie keinen Sinn. Jedenfalls für mich nicht.«

»Hat er gesagt, dass der Iran hinter dem Angriff steht?«

»Nein, das war es definitiv nicht. Es … es tut mir leid. Der Moment, direkt bevor ich k.o. ging, ist immer noch sehr unklar in meinem Kopf. Die Erinnerungen sind zwar irgendwie da, aber wenn ich mich darauf konzentrieren will … dann entwischen sie mir immer!«

»Sie sind also nicht sicher, ob er gesagt hat, dass der Iran dahintersteckt?«, fragte einer der beiden Neuankömmlinge, ohne seine Position in der Ecke zu verlassen.

»Wie gesagt, es tut mir leid. Aber ich dachte, ich hätte mich verständlich ausgedrückt: Er hat in keiner Weise gesagt, dass der Iran dahintersteckt. Er hat nur irgendwas über Israel und den Iran erzählt und dann kam auch schon der Russe rein und hat ihn erschossen. Ende der Geschichte.«

Rykers Funkgerät knackte, er hörte kurz zu und murmelte dann etwas ins Mikrofon. Danach musterte er Alan von oben bis unten und schüttelte den Kopf. »Ich muss Sie ein bisschen länger hierbehalten. Ich hoffe, das ist kein Problem.«

»Leider ist es ein Problem – ich habe einen schweren Schlag auf den Kopf bekommen, mir ist schwindelig, ich habe Erinnerungslücken und fühle mich desorientiert. Ich habe Ihren Leuten schon mehrfach gesagt, dass ich ins Krankenhaus muss. Das erste Mal vor drei Stunden. Ich brauche ein CT und muss mich hinlegen – nicht hier herumsitzen und immer wieder die gleichen Fragen gestellt bekommen. Vor allem habe ich Al-Diin als Erster gestellt. Deswegen muss ich Ihren Wunsch ablehnen – ich brauche medizinische Hilfe. Und Sie haben kein Recht mich hierzubehalten. Oder habe ich etwas verpasst?«

Ryker näherte sich Alan, bis seine Nase nur noch ein paar Zentimeter entfernt war. »Ich kann alles machen, was ich will. Ich kann Sie ohne Angabe von Gründen monatelang festhalten. Erzählen Sie mir keinen Scheiß! Ihre Geschichte, warum Sie hier waren und wie Sie Al-Diin gefunden haben, ist kompletter Bullshit! Ich werde Sie festhalten, bis ich richtige Antworten bekomme, und damit meine ich die ganze Wahrheit!«

Ein Schatten huschte über Alans Gesicht. »Ich habe vor ein paar Minuten mit dem israelischen Konsulat gesprochen. Sie schicken Leute hierher. Die wissen, dass ich hier bin, dass ich mich kooperativ verhalten habe und dass ich medizinische Hilfe brauche. Nun haben Sie die Wahl: Entweder, Sie lassen mich gehen, wenn die ankommen, oder Sie dürfen sich auf schwerwiegende internationale Probleme einstellen, weil Sie einen Verbündeten drangsalieren, der Ihnen gerade den Arsch gerettet hat. Für mich ist die bessere Entscheidung ganz eindeutig, aber wenn Sie unbedingt einen auf dicke Hose machen wollen, dann verlange ich jetzt einen Anwalt, sage gar nichts mehr und verklage hier alles und jeden auf grob fahrlässige Gefährdung meiner gesundheitlichen Situation. Und da ich mehrfach vor Zeugen gesagt habe, dass ich medizinische Betreuung wünsche, kann ich Sie auch persönlich verklagen, da Sie eindeutig Vorschriften verletzen. Ich habe das Gefühl, das liegt daran, dass Sie irgendwas an mir persönlich stört. Vielleicht, dass ich Israeli bin? Ich frage mich, wie das in der Presse klingen würde … *US-Behörde verletzt diplomatische Rechte von israelischem Helden.* Das klingt für mich nach einem Karriereende. Sicher, dass Sie auf diese Art abtreten wollen, Ryker?«

Rykers Funkgerät knackte wieder und unterbrach damit diesen verbalen Schlagabtausch. Er hörte kurz zu und sagte dann leise etwas, bevor er sich wieder Alan zuwandte.

»Hier sind zwei Diplomaten vom israelischen Konsulat, die Sie ins Krankenhaus bringen werden«, schäumte er.

Alan nickte. »Und mein Ausweis? Mein Telefon habe ich ja bereits, ganz offensichtlich …«

Ryker schaute kurz die beiden Männer in der Ecke an und griff dann in die Innentasche seiner Jacke, aus der er Alans Ausweis hervorholte. Er reichte ihn hinüber, ohne ein Wort zu sagen.

Ein weiterer Beamter an der Tür winkte Alan heran. Er stand auf und näherte sich ihm. Dann gingen die beiden durch die Tür, und ohne dass Alan noch einmal zurückschaute, liefen die beiden Männer den langen Gang hinunter, an dessen Ende die Mitarbeiter der Botschaft warteten.

Ryker schüttelte den Kopf. »Was denken Sie?«, fragte er die beiden Männer.

Der Größere von ihnen verzog das Gesicht.

»Er lügt.«

KAPITEL 37

WASHINGTON D.C., VEREINIGTE STAATEN VON AMERIKA

Die Tür des Klubs schwang auf und der alte Mann ging hinein, dann stolzierte er in den üblichen Raum, ohne ein Wort zu sagen. Drinnen schwebte eine Wolke Zigarettenrauch über den Tisch, die Airconditioner kamen nicht damit hinterher, die Luft zu reinigen. Der Alte setzte sich auf seinen angestammten Platz und atmete laut aus.

»Das ist eine Katastrophe«, sagte er knapp.

»Wir versuchen immer noch, die Details zu erfahren, aber es sieht nicht gut aus«, meinte ein schwitzender, speckig glänzender Glatzkopf aus einer der Ecken, während er wild auf einen Laptop einhackte.

»Was ist passiert?«

»Es sieht so aus, als wäre der Stoff freigesetzt worden … aber er war harmlos. Wir wissen nicht, was wir uns darauf für einen Reim machen sollen.«

»Oh, das weiß ich! Wir wurden verarscht! Warum haben wir uns nicht etwas von unseren eigenen Quellen besorgt? Warum haben wir die ganze Operation in Gefahr gebracht, indem wir von diesem Russen gekauft haben?«, fragte der alte Mann mit Galle in der Stimme.

Ein weiter Herr, mit Ende dreißig einer der jüngeren in der Truppe, legte seinen Stift auf den Tisch und seufzte. »Es war eine gute Entscheidung. Auf diese Art gab es keinerlei Verbindung zu uns, die man zurückverfolgen könnte. So hätte man den Eindruck gehabt, eine dritte Macht stünde dahinter – eine, die mit Sicherheit Verbindungen zum Iran hätte.«

»Das ist immer das Dumme an Theorien, habe ich recht? Dass sie manchmal mit der Realität kollidieren?«, ätzte der alte Mann.

»Niemand ist glücklich über diesen Ausgang. Aber statt nur schwarz zu sehen, würde ich sagen, machen wir das Beste daraus. Wir können die Sache immer noch für unsere Zwecke nutzen. Es geht hier schließlich um einen feigen Terroranschlag auf Frauen und Kinder, der nur durch den grandiosen Einsatz unserer Sicherheitskräfte vereitelt werden konnte. Die öffentliche Wut darüber wird beträchtlich sein.«

»Aber nicht mal annähernd so sehr, als wenn der Angriff Erfolg gehabt hätte. Das wissen wir alle. Sicher, wir müssen uns jetzt darauf konzentrieren, ein Omelett zu machen, nachdem alle Eier kaputtgegangen sind. Aber genau hier liegt der schmale Grat zwischen Erfolg und Niederlage. Die internationale Gemeinschaft wird nicht beiseitetreten und uns den Iran angreifen lassen, nur weil es einen gescheiterten Terrorangriff gab – egal wie sehr wir die Medien und damit die öffentliche Meinung beeinflussen. Wir wurden bereits auf sehr höfliche Art von den Atombehörden als Lügner bezeichnet, als wir die angeblichen Beweise über ein iranisches Atomwaffenprogramm vorgelegt haben. Meine Herren, nach der Sache mit dem Irak haben wir den Luxus nicht mehr, dass man uns blind glaubt. Dieses Ass haben wir mit den Massenvernichtungswaffen ausgespielt, die nie gefunden wurden. So eine Nummer können wir uns nicht noch einmal leisten. Wir haben also ein ernsthaftes Problem. Ich sage Ihnen; wir befinden uns jetzt auf sehr dünnem Eis!«

Der alte Mann griff nach einer Karaffe und goss sich ein Glas Wasser ein, wohingegen die meisten der Anwesenden einen Scotch vor sich stehen hatten. »Also, was genau wissen wir?«

»Wir haben die Nachricht herausgegeben, dass dies der schwerste versuchte Terroranschlag der Geschichte ist. Von allen unseren verbündeten Publikationen kommen auch schon Berichte herein und Al-Diin wird flächendeckend als ›Terrorist mit iranischer Rückendeckung‹ bezeichnet. Wir hoffen, dass wir damit genug Schub aufbauen können, um …«

»Die Russen, Franzosen und Deutschen werden sagen, dass das reine Spekulation und niemand zu Schaden gekommen ist. Und damit werden sie recht haben. Klar, innerhalb unserer Landesgrenzen kriegen wir die Geschichte so verkauft, wie wir wollen, aber das gibt uns keinen Freifahrtschein im Rest der Welt!« Der alte Mann schüttelte den Kopf.

»Der Präsident wird innerhalb der nächsten Stunde ein gepfeffertes Statement abgeben.«

»Ganz toll. Lassen Sie mich raten: *Terrorismus ist schlecht! Wir werden nicht ruhen, bis wir diese Kerle zur Rechenschaft gezogen haben! Ihre Hintermänner werden wir auch erwischen, bla bla bla.* Alles super, aber wir haben keine Videoaufnahmen von kleinen Kindern, die tot im Schutt liegen. Keine Leichen bedeutet kein Fleißbienchen! Vielleicht bekommen wir es noch hin, aber meine Mitarbeiter sind der Meinung, dass wir diese Runde verloren haben. Ganz zu schweigen davon, dass wir eine halbe Milliarde Dollar für nichts ausgegeben haben!«

»Gehen wir mal davon aus, dass Sie recht haben. Trotzdem müssen wir zugeben, dass wir schon allein mit den Videos unserem Ziel deutlich näher gekommen sind, dazu noch die Aufregung mit dem Stadion. Wir sind vielleicht noch nicht auf der Zielgeraden, aber wir liegen gut im Rennen. Wir müssen nur eine weitere Sache planen, die das Fass zum überlaufen bringt«, sagte der jüngere Mann.

Der Alte rieb sich das Gesicht und ließ sich dann in seinem Stuhl zurückfallen. Nach einer kurzen Pause lehnte er sich wieder nach vorn und legte seine Handflächen flach auf den Tisch.

»Es gibt hier ein großes Risiko, meine Herren«, krächzte er. »Wir dürfen nicht zulassen, dass uns jetzt alles durch die Finger rinnt. Aber ich habe das Gefühl, genau das passiert gerade. Niemand hat einen Plan für die nächsten Tage, weil wir in diesem Raum sitzen werden, um Schadensbegrenzung zu betreiben. Also holen Sie jetzt erst mal das Weiße Haus an die Strippe, damit ich ein paar Feinheiten an der Rede ändern kann. Wenn wir schon eine Bruchlandung hingelegt haben, müssen wenigstens alle Details stimmen. Und machen Sie Ihre verdammten Zigaretten aus!«

***

MOSKAU, RUSSISCHE FÖDERATION

Jet machte einen letzten Kontrollblick durch die verlassene Straße, bevor sie in vollem Sprint auf das Gebäude zurannte und einen großen Steinquader als Startrampe benutzte, um sich in die Luft zu schwingen. Ihre Hände bekamen einen der dekorativen Stahlträger zu fassen, die am oberen Ende der vier Meter hohen Beton– und Glasmauer des Erdgeschosses herausragten. Mit den Zehen rutschte sie auf dem glatt polierten Putz herum und bemühte sich, Fuß zu fassen. Zentimeter um Zentimeter kämpfte sie sich nach oben und erreichte endlich ihr Ziel: Zwei Stahlträger, die mit etwa eineinhalb Metern Abstand das ganze Gebäude hinaufliefen. Sie klemmte ihre Füße jeweils links und rechts gegen das Metall und verschaffte sich so einen Halt.

Dann atmete sie tief durch und schob sich weiter nach oben. Unter großer Kraftanstrengung drückte sie sich Etage um Etage in die Höhe. Als sie im zehnten Stock ankam, wurde der Wind langsam stärker und zerrte an ihrer schwarzen Kleidung sowie ihrem Rucksack. Doch Jet ließ sich nicht beirren, erreichte den fünfzehnten Stock, den zwanzigsten und den fünfundzwanzigsten. An der Seite dieses postmodernen Hochhauses sah sie aus wie eine Fliege, die sich unnachgiebig nach oben kämpfte und für Beobachter von der Straßenseite aus so gut wie unsichtbar war. Nicht, dass überhaupt viele Menschen in diesem Bezirk unterwegs gewesen wären, nachdem es um sieben Uhr dunkel geworden war.

Oben angekommen packte sie den Vorsprung, der die Fassade abschloss und schwang ihren Oberkörper hoch, was aussah, als würde sie der Schwerkraft trotzen. Dann umschloss sie das darüber liegende Geländer mit ihren Beinen und zog sich daran hoch, wodurch sie ihren Körper über den Vorsprung brachte. Die Bewegungsmelder waren darauf ausgerichtet, den Luftraum über dem Gebäude zu überwachen, nicht aber das Dach selbst – der entscheidende Fehler in den ultrateuren Sicherheitsvorkehrungen. Sie verstand aber den Gedanken dahinter: Es sollte eine frühzeitige Warnung geben, falls etwas von oben auf das Dach fiel oder heruntergelassen wurde. Zum Zeitpunkt des Aufpralls wäre der Alarm längst ausgelöst und dadurch wären Drucksensoren auf dem Dach eigentlich überflüssig.

Sie ließ sich auf der anderen Seite des Geländers einen Meter nach unten fallen und blickte sich um. Laut ihrer Uhr war es zehn nach acht. Also hatte sie nicht viel Zeit. Auf der anderen Seite war sie darauf eingestellt, zur Not die Nacht hier oben zu verbringen, falls Grigenko früh Feierabend machen würde. Sie hoffte aber, dass sie das Ganze so schnell wie möglich hinter sich bringen konnte.

Alan hatte am frühen Abend angerufen, um ihr eine Zusammenfassung der Geschehnisse rund um den gescheiterten Terroranschlag zu liefern, inklusive der Enthüllung der Verschwörung, die hinter der ganzen Sache steckte. Jet überraschte inzwischen nichts mehr – sie hatte schon genug Betrug und Doppelmoral erlebt, dass es für zwanzig Leben gereicht hätte. Es fiel ihr deshalb gar nicht schwer zu glauben, dass irgendwelche Hintermänner im Dunklen die wahre Macht über eine Regierung hatten und einen Angriff auf ihr eigenes Volk planten, um ihre eigennützigen Ziele durchzusetzen. Es war ein allzu bekanntes Muster in der Geschichte der Menschheit und in diesem Sinne war es nicht einmal besonders originell.

Jet schaute sich um und entdeckte einen Hubschrauberlandeplatz, neben dem sich die Zugangstür zum Treppenhaus befand. Sie wusste allerdings, dass sie diese Tür nicht aufknacken sollte – denn es gab sowohl Bewegungsmelder als auch Wärmedetektoren im Durchgang zu Grigenkos Suite.

Stattdessen kroch sie durch einen Luftschacht, nahm den Rucksack ab und holte einen Werkzeugkoffer sowie einen kleinen Schneidbrenner hervor, mit dem sie sich durch die diversen Abdeckungen und Gitter arbeitete. Fünf Minuten später war sie drin. Sie packte ihr Equipment wieder ein und platzierte die extrem kompakte Maschinenpistole vom Typ Heckler&Koch MP7A1 mit Schalldämpfer direkt am Reißverschluss, sodass sie diese leicht erreichen konnte.

Sie sah noch einmal auf die Uhr und holte dann eine Nachtsichtbrille hervor, die sie sich über den Kopf zog und sorgfältig die Riemen einstellte, um einen optimalen, festen Sitz bei maximalem Blickfeld zu erreichen. Mit einem letzten Kontrollblick über das Dach schaltete sie das Gerät ein und ließ sich mit dem Kopf voran in den Schacht gleiten, wobei sie mit den Händen ihr Tempo regulierte, während es den rostfreien Stahltunnel hinabging.

KAPITEL 38

Eine mikroskopisch kleine Kamera mit Fiberglasoptik glitt durch das Gitter, das frische Luft in den Trainingsraum pumpte. Langsam drehte sich das künstliche Auge, um den gesamten Bereich zu erfassen. Genau das gleiche Schauspiel hatte sich auch schon im Bürobereich zugetragen, wo Grigenko allerdings nicht aufzufinden war. Nach einigen Sekunden des Beobachtens nahm die Kamera eine Bewegung wahr und zog sich in das Gitter zurück, geräuschlos wie der Tod.

Grigenko stand am Rand des gepolsterten Sparringsbereiches und atmete schwer; sein einstündiges Training war beinahe beendet. In einem der vom Boden bis zur Decke reichenden Spiegel bewunderte er seine wohldefinierten Armmuskeln und die stählernen Hügel seiner Bauchmuskeln. Dann begann er herumzuwirbeln, um eine Reihe von Tritten und Überschlägen auszuführen. Als er etwas wackelig landete, korrigierte er sofort seine Haltung und machte eine geistige Notiz davon, dass er an dieser Bewegung noch arbeiten musste. Irgendetwas war schief gelaufen, als er sich in der Luft nach links gedreht hatte. Er wusste, dass die meisten Kämpfer eine Vorliebe dafür hatten, ob sie sich nach links oder rechts drehten, und er erkannte in seinen Gegnern sofort, welche von beiden es war. Und genau das konnte den

Unterschied zwischen Sieg und Niederlage bedeuten. Er hatte hart daran gearbeitet, um derartige Vorlieben bei sich selbst zu eliminieren, und war inzwischen der Meinung, in beide Richtungen gleich gut zu funktionieren. Nur die Tritte mit einer Drehung in der Luft waren noch nicht ganz sauber.

Er richtete sich auf und wiederholte die Abfolge, bevor er die Seite wechselte. Diesmal lief alles glatt, und als er landete, trug er ein zufriedenes Grinsen auf den Lippen. Das war doch schon viel besser.

»Nicht schlecht für einen Anfänger!«

Er wirbelte herum und sah sich Jet gegenüber, die ihn mit beinahe selbstleuchtenden grünen Augen anstarrte und den Finger auf dem Abzug ihrer Maschinenpistole hatte, die auf seinen blanken Oberkörper zielte.

»Wie sind Sie hier hereingekommen?«, wollte er wissen, doch sein Gesichtsausdruck veränderte sich, als er sie erkannte. »Ach so, dumme Frage. Ich nehme an, ich habe die fragwürdige Ehre, die berüchtigte Jet kennenzulernen? Die Massenmörderin vom Mossad?«

»Du bist gar nicht so dumm, wie du aussiehst. Das wäre natürlich auch schwierig, aber ich finde es immer unterhaltsam, wenn wandelnde Leichen sprechen. Dein Vater hat auch wie ein kleines Baby geheult, als ich ihn kaltgemacht habe. Das war wirklich eine ziemlich armselige Zurschaustellung von Charakterschwäche. Und wie ich sehe, kommst du ganz nach ihm«, kommentierte sie emotionslos.

»Du bist ja ganz schön mutig, wenn du eine Waffe auf einen Unbewaffneten richtest!«

»So ähnlich wie deine Handlanger, als sie mich in Uruguay verfolgt haben. Aber mit denen habe ich den Boden aufgewischt, das weißt du ja wohl. Man sollte eben niemals kleine Jungs schicken, um einen Männerjob zu machen.«

Grigenko grinste boshaft, sagte aber nichts.

»Ich habe auch gehört, dass das Gerät, das du den Terroristen verkauft hast, nicht funktioniert hat. Nicht mal das konntest du richtig machen, was?«, forderte sie ihn heraus.

»Ha, ich habe eine halbe Milliarde Dollar bekommen und ihnen nichts als Hoffnung verkauft. Das beste Geschäft, das ich bisher gemacht habe. Meinst du, ich bin dumm genug, denen eine Waffe zu verkaufen, die man auf mich zurückverfolgen kann? Die Welt ist nicht groß genug, um der Fahndung zu entgehen, die so eine Sache nach sich zieht. Wer, meinst du denn, hat die Israelis benachrichtigt – bist du wirklich so dumm?«

Sie nickte langsam. »Warum der Mossad und nicht der CIA?«

»Weil ich wusste, dass es eine große Chance gab, dass die Amerikaner ihn lebend schnappen würden. Der Mossad ist da weniger zimperlich. Aber für den Fall der Fälle habe ich meinen eigenen Mann hingeschickt, und wie sich gezeigt hat, war das auch nötig, weil der Mossad-Agent versagt hat.« Er setzte ein schiefes Grinsen auf. »Also, was ist jetzt? Schießt du mir in den Kopf oder in den Oberkörper? Andererseits kannst du mich mit deiner kleinen Monsterknarre wahrscheinlich in zwei Hälften teilen. Oh, und übrigens herzlichen Glückwunsch, dass du es an meiner Sicherheit vorbeigeschafft hast. Offensichtlich war sie das Geld nicht wert.«

»Noch eine weitere dumme Entscheidung von einem kleinen Möchtegern, der Papis Geld geerbt hat, aber seine großen Fußstapfen nicht ausfüllen kann. Was eigentlich schon ein Witz ist, wenn man bedenkt, was für eine Pfeife er war. Ein Feigling, genau wie sein Zwillingsbruder. Wusstest du eigentlich, dass ich seinem Bruder die Eingeweide rausgeschnitten und sie ihm vor die Nase gehalten habe, damit er sie mit seinem letzten Atemzug angucken konnte? Hat dein Papa dir das je erzählt? Nein? Ich sehe an deinem Blick, dass er das nicht getan hat. Wirklich schade. Denn ich weiß, dass das einer der Gründe war, warum er blöd genug war, mir nachzustellen … was dazu geführt hat, dass er sein Leben als öliger Fleck auf einer Startbahn in Nizza aushauchte. Ich schätze, blöde Entscheidungen zu treffen, liegt in eurer inzestgeschwängerten Familie.«

Er trat ein paar Schritte zurück und breitete die Arme aus. »Ich frage mich, ob deine zurückgebliebene Tochter lange genug leben wird, um für ein paar Brocken Crystal Meth Schwänze zu lutschen? Ich habe mir nämlich vorgenommen, sie einem meiner südamerikanischen Kontakte zu übergeben. Das ist weitaus schlimmer als sie kaltzumachen. Auf der anderen Seite habe ich deine Akte gelesen, und du weißt ja, wie es ist, bei Pateneltern aufzuwachen. Das muss hart gewesen sein, aber sieh es positiv: Du kannst inzwischen bestimmt gut blasen, bei der ganzen Übung.« Er lachte. »Also, erschießt du mich jetzt endlich? Ich weiß ja, dass du nicht den Mumm hast, ohne Waffe gegen mich zu kämpfen. Das ist bei allen feigen Huren so. Ich hatte schon hunderte wie dich, und ihr seid alle gleich. Schwach. Armselig.«

Jet versuchte, ihre Wut und den stechenden Schmerz beiseitezuschieben, den seine Worte verursachten, aber für einen kurzen Augenblick wurde sie von diesen Gefühlen überwältigt. Sie ließ die Waffe zu Boden fallen und nahm den Rucksack ab, dann richtete sie sich auf und ging drei Schritte auf ihn zu.

»Ich brauche keine Waffe, um dich kaltzumachen. Ich habe deinen Vater und deinen Onkel erledigt, ohne auch nur ins Schwitzen zu kommen. Ich sehe keinen Grund, warum ich dich nicht auch auf diese Liste setzen sollte.« Sie hob die Arme in einer typischen Abwehrposition. »Komm schon, du Hundesohn, gib dein Bestes! Zeig mal, was deine ganzen teuren Trainingsstunden dich gelehrt haben. Wahrscheinlich wirst du feststellen, dass ein Kampf weniger Spaß macht, wenn man den Gegner nicht dafür bezahlt, dass er einen gewinnen lässt.«

Grigenko lächelte – er hatte es geschafft, sie die erste Fehlentscheidung treffen zu lassen, indem er ihre Wut provoziert hatte. Das war ein klassischer Fehler, der noch dazu ihre Fähigkeiten im Kampf beeinträchtigen würde.

»Du hättest mich erschießen sollten«, sagte er, als er auf sie zuging. Auch Jet machte noch ein paar Schritte, um die Lücke zwischen ihnen zu schließen.

»Warum sollte ich Kugeln an ein Nichts wie dich verschwenden? Ich habe schon bessere Gegner zum Frühstück verputzt. Zeig mal, was du drauf hast, du Hosenscheißer«, knurrte sie auf Russisch. Dann wartete sie, indem sie auf ihren Fußballen wippte.

Als sein Angriff kam, war er besser, als sie es erwartet hatte – eine Kombination aus Karate und ihrer eignen Spezialität, Krav Maga – die israelische Kampfkunst, die der Mossad seinen Rekruten als eine der Kerndisziplinen beibrachte.

Sie parierte seine Schläge und schaffte es, einige brutale Treffer zu landen, die sie mit einem Roundhouse-Kick abschloss, der ihm beinahe den Kopf abriss. Blut tropfte aus seinem Mundwinkel, als er sie mit neugewonnenem Respekt musterte. Sie hatte bereits ein Gefühl für seine Angriffe entwickelt und sie war stark – sehr stark – aber er war auch einfach zu lesen, da er bei seinen Angriffen stets auf Stärke setzte.

»Sieht so aus, als hätte der kleine Hosenscheißer da ein Aua«, zog sie ihn auf. Sie wollte ihn so sehr aus der Fassung bringen wie möglich, damit ihn Stolz und blinde Wut einen Fehler machen ließen – wobei sie zugeben musste, dass er das auch bei ihr geschafft hatte. Jetzt musste sie ihn von ihrer Waffe fernhalten, denn sie hatte absolut keinen Zweifel daran, dass er sie benutzen würde, wenn er sie erreichte. »Ich hatte gedacht, dass du Blitz und Donner austeilst, aber du haust ja zu wie ein Schulmädchen. Hättest wohl mehr Zeit mit Training verbringen sollen, als damit, dich zu rasieren und im Spiegel zu bewundern.«

Der nächste Angriff kam plötzlich. Sie hatte kaum den letzten Satz beendet, als er sich in die Luft aufschwang. Sie ging in die Hocke und platzierte einen extrem harten Schlag direkt in seine Weichteile, dem ein Doppeltreffer auf seine Nieren folgte. Sie hatte so einen Schlag selbst schon abbekommen und wusste, dass der Schmerz so intensiv war, dass er für einige Sekunde die Orientierung raubte. Sie nutzte den Moment, wirbelte herum und zerschmetterte sein Ohr mit ihrem Doc-Martens-Stiefel. Doch als sie gerade den finalen Schlag dieser Serie vorbereitete, überraschte er sie mit einer Drehung und einem Ellenbogenschlag gegen ihren Torso, dem er einen schweren Treffer auf ihr Kinn folgen ließ.

Der Klang ihrer brechenden Rippen war deutlich hörbar und Grigenko lächelte, als er den Kopf schüttelte, um ihn klar zu bekommen. Die Schmerzen in Jets Brustkorb waren schwerwiegend, aber sie hatte schon weitaus Schlimmeres weggesteckt. Schlimmer war die Tatsache, dass er überhaupt in der Lage gewesen war, so einen Treffer zu landen. Ihr Unterkiefer dröhnte an der Stelle, wo er sie erwischt hatte und sie schmeckte das salzige Blut in ihrem Mund.

»Ich hätte wissen sollen, dass ich dir nicht zwischen die Beine zu schlagen brauche – war ja klar, dass du keine Eier hast!« Sie spuckte einen roten Fleck auf den Boden und startete dann ihre eigene Attacke, solange er noch unter seinen Schmerzen litt.

Grigenko parierte die Schläge, drehte sich und versuchte einen Gegenangriff, dem sie aber auswich. Dann wirbelte sie herum und erwischte seinen Brustkorb mit ihrem Knie, wobei sie nun seine Rippen brechen hörte. Bei ihm war aber eine höhere Region betroffen, und das konnte tödlich sein – wenn sie einen weiteren Schlag dort landen konnte, um sie nach innen zu treiben, konnten sie die Lunge punktieren. Nun landete er einen schweren Treffer auf ihre bereits verletzte Seite, doch sie ignorierte den betäubenden Schmerz und ließ ihren Stiefel auf seinen Fuß niedersausen, wobei sie mehrere Knochen zertrümmerte, was Grigenko mit einem Aufstöhnen quittierte. Seine Fäuste sausten hinunter, um ihr Schlüsselbein zu brechen, doch sie rammte ihren Hinterkopf mit zerschmetternder Wucht in sein Gesicht, woraufhin sie einen warmen Blutregen an ihrem

Nacken spürte. Dem Schlag auf ihr Schlüsselbein wich sie aus, indem sie sich auf den Boden fallen ließ und dann sein Knie mit einem Präzisionsschlag traf – eine Bewegung, die sie schon dutzende Male ausgeführt hatte, wenn sie Bretter und Ziegelsteine im Karatetraining durchbrochen hatte.

Grigenko stürzte auf die Knie, offensichtlich schon stark immobilisiert; der zerschmetterte Fuß und die Rippen brachten ihn zu Boden. Sie sprang auf die Füße und thronte über ihm, dann ging sie vier Schritte rückwärts und warf sich in die Luft, um eine Reihe von Überschlägen zu machen, an deren Ende sie ihren Stiefel mit voller Kraft und unter Zuhilfenahme ihres vollen Körpergewichtes in seinen Brustkorb rammte. Damit trieb sie die bereits gesplitterten Rippen durch Grigenkos Lunge und eine durch sein Herz. Er fiel hintenüber, wobei ein purpurroter Fluss aus Mund und Nase strömte. Gurgelnd japste er nach Luft, als ein Schrei hinter Jet erklang.

»Neeeeeeeeinnnn!« Grigenkos Mutter stand einige Meter entfernt und hielt eine Pistole vom Typ Makarov in ihrer zitternden Hand, die sie auf Jet richtete, während die sich langsam zu ihr umdrehte. Grigenko ertrank derweil, weil sein Herz Blut in seine Lunge pumpte. Er schaffte es kaum, seine Mutter ein letztes Mal anzuschauen, bevor er zusammenbrach und sein Kopf mit einem Krachen auf dem Boden aufschlug, wo das Gluckern seines schweren Atmens noch einmal lauter wurde.

»Was hast du getan? Du miese Schlampe! Ich werde dich töten, und danach deine Tochter! Aber erst werde ich dafür sorgen, dass sie wochenlang vergewaltigt wird, nur um dann …«

Der Wutausbruch von Grigenkos Mutter wurde unterbrochen, als ihr Sohn ein letztes Röcheln von sich gab und sein Körper in wilde Spasmen verfiel. Sie ließ ihre Pistole vor Entsetzen kurz sinken, da ihre volle Aufmerksamkeit auf ihren sterbenden Jungen gezogen wurde. Als sie wieder zu Jet schaute, tat sie das mit einem fragenden Blick – denn der Griff von einem Wurfmesser ragte nun aus ihrer Kehle und vibrierte mit jedem Herzschlag. Jet sah emotionslos zu, wie sie versuchte, das Messer mit ihrer blassen Hand zu fassen, bevor sie mit letzter Kraft ihre Pistole hob, um Jet zu erschießen.

Jet warf sich wieder in eine Reihe von Saltos, die sie diesmal mit einem Scherentritt abschloss, der Grigenkos Mutter im Rücken warf, wobei ihre Waffe harmlos über den Boden rutschte. Jet stand auf, hielt sich die schmerzende Seite und lehnte sich dann über die sterbende Frau, der sie eine Ladung Blut in ihr hassverzerrtes Gesicht spuckte.

»Verrotte mit deinem elendigen Sohn in der Hölle und merke dir, dass er versagt hat. Er war nie zu etwas gut, das liegt an den minderwertigen Genen!«

Die Augenlider der Alten flatterten und Jet sah das altbekannte Erlöschen ihrer Lebensgeister. Dann ließen sie eine krachende Tür und trampelnde Schritte vom anderen Ende des Flures wissen, dass sie nur noch Sekunden für ihre Flucht hatte.

KAPITEL 39

Die Wachen stoppten an der Tür des Trainingsraumes und fummelten am Lichtschalter herum, denn es war nun alles dunkel. Die Deckenbeleuchtung fing an zu flackern und Sekunden später starrten die Männer atemlos auf die Leichen am Boden, deren Blut sich ausbreitete. Ihre toten Auftraggeber waren ein eindeutiges Signal, das sie ihrer Schutzfunktion nicht gewissenhaft nachgekommen waren. Vorsichtig schlichen sie weiter und schwenkten ihre Waffen durch den ausladenden, leeren Raum. Dann deutete ihr Anführer auf die Tür, die zum Dach führte und rief seine Männer mit einer kurzen Geste zu absolut leisem Vorgehen auf.

Vorsichtig näherten sich die Männer der Tür, doch dann zischte das Walkie-Talkie des Anführers und eine laute Stimme donnerte daraus hervor. »Dimitri, es gibt einen Alarm vom Dach! Anscheinend ist jemand in das Gebäude gelangt! Ich wiederhole, die Tür am Dach wurde geöffnet. Die Bewegungsmelder drehen durch! Das ist keine Übung, ich wiederhole: Das ist keine Übung!«

Der Anführer drehte mit einem Knurren die Lautstärke herunter und verfluchte das Timing der unnützen Securityzentrale im Erdgeschoss. Dann richtete er seine Aufmerksamkeit wieder auf die Tür. Seine Männer starrten ihn erwartungsvoll an, unsicher, wie sie weiter vorgehen sollten.

Einer seiner Untergebenen lehnte sich näher an ihn heran. »Was sollen wir jetzt machen – sie sind tot«, flüsterte er mit Angst in den Augen. Nicht Angst vor der Person, die Grigenko und seine Mutter getötet hatte, sondern vor der Erkenntnis, dass einer der reichsten Oligarchen Moskaus unter ihrer Obhut ermordet worden war.

»Was du nicht sagst. Wir finden jetzt den Täter und vergelten Gleiches mit Gleichem. Das ist der Plan. Also, raus mit dir!«, befahl er seinem zweiten Mann. »Sascha und du; ihr haltet euch bereit, auf mein Kommando die Tür zu öffnen. Dann stürmen wir! Jeder auf einer Seite und die Treppen hoch!«

Die Männer nahmen ihre Positionen ein und kurze Zeit später flog die Tür auf, woraufhin sie einen Hagel aus Kugeln oder Granaten erwarteten. Doch nachdem ein paar Sekunden lang nichts passierte, rannte Dimitri durch die Tür und seine Männer folgten ihm in der typischen Haltung der Speznaz-Elitesoldaten, bereit für eine Schießerei.

Als sie am Zugang zum Dach ankamen, lauschte ihr Anführer angestrengt und versuchte eine Ahnung davon zu bekommen, was auf der anderen Seite der schweren Stahltür auf sie warten könnte. Nachdem er nichts hörte, holte er tief Luft und stieß sie auf, woraufhin er sich nach in einer Rolle auf das Flachdach warf, um ein möglichst schlecht zu erfassendes Ziel zu bieten.

Zwei seiner Männer folgten ihm und führten eine methodische Suche durch, um die Eindringlinge aufzuspüren.

Als sie nach einer Minute immer noch niemanden gefunden hatten, spähte Dimitri nach irgendwelchen Hinweisen in die Dunkelheit hinaus. Am anderen Ende des Daches sah er etwas an einem der Geländer glänzen. Er rannte dorthin und blickte über die Kante, auf die dreißig Stockwerke unter ihm liegende Straße.

Ein schwarzes Bergsteigerseil wackelte in seiner Verankerung und weit, weit unten sah er eine schwarze Gestalt, die sich in annähernd freiem Fall von ihm fortbewegte. Mit einem schiefen Grinsen zog er ein Kampfmesser hervor und benutzte es, um das Seil mit einer zackigen Bewegung zu durchtrennen.

***

Jet erblickte den Kopf des Mannes weit über sich und entgegen ihrer Instinkte schaute sie nach unten. Sie war immer noch sechs Etagen von der Straße entfernt – eine tödliche Höhe. Da sie wusste, was als Nächstes passieren würde, schwang sie zur Seite, nur einen kurzen Augenblick, bevor das Seil seine Spannung verlor. Sie fiel bereits einige Meter, bis ihre Hände einen Vorsprung zu fassen bekamen. Das durchgeschnittene Ende des Seils fiel an ihr vorbei auf die Straße. Jet lockerte ihren Griff und begann, nach unten zu rutschen. Ihre Geschwindigkeit regulierte sie dabei mit den Schuhsohlen, damit sie sich nicht alles Fleisch von den Händen riss. Zehn Sekunden später rollte sie auf den Boden und löste in dieser Bewegung den Karabinerhaken an ihrem Gürtel, dann sprang sie auf die Füße.

Schüsse echoten vom Dach des Gebäudes und Querschläger zischten über den Bürgersteig. Im Laufen griff sie nach hinten, um ihren Rucksack zu öffnen, und versuchte dabei, den gegnerischen Schüssen im Zickzack zu entkommen. Weitere Kugeln schlugen um sie herum ein, als auch noch Wachmänner aus der Lobby gerannt kamen und in die Schießerei einstiegen. Jet warf sich gegen die Gebäudewand, riss die MP7A1 hoch und feuerte drei Salven auf ihre Verfolger, die sich daraufhin auf den Boden warfen. Dann rannte sie los, so schnell ihre Füße sie trugen.

Sie jagte die Straße hinunter, doch als sie die Kreuzung überquerte, lief sie direkt vor einen Lexus. Obwohl der Fahrer sofort reagierte und mit quietschenden Reifen bremste, wurde Jet erfasst und zu Boden geschleudert, wobei sie sich an ihre Maschinenpistole klammerte. Das nachfolgende Fahrzeug hätte Jet fast überfahren, als es dem Lexus auswich, dessen Fahrer bereits aus dem Wagen stieg, um nach ihr zu schauen.

Jet riss ihre Waffe hoch und schrie auf Russisch: »Weg von dem Wagen! Sofort! Oder ich schieße!«

Der geschockte Fahrer tat, wie ihm geheißen, und hob dabei die Hände über den Kopf. Als sie dann mit der Waffe in der Hand auf ihn zukam, suchte er das Weite. Jet ließ sich auf den Fahrersitz fallen, rammte den ersten Gang rein und gab Vollgas, denn es näherte sich bereits ein Schwarm gellender Sirenen. Es klang so, als befänden sie sich ein bis zwei Blocks vor ihr, also wendete sie mit quietschenden Reifen. Ein Auto aus dem Gegenverkehr hupte wild, als sie es fast rammte. Jet trat das Gaspedal durch und der kraftvolle Motor ließ den Wagen nach vorn schnellen.

Die Blaulichter von zwei Polizeiautos tauchten in ihrem Rückspiegel auf, doch sie beobachtete, wie sie zu Grigenkos Gebäude abbogen. Mit etwas Glück hätte sie die Gegend schon verlassen, bevor der Diebstahl des Lexus von der Zentrale verarbeitet werden konnte. Bis dahin würde sie schon in der U-Bahn sitzen und sich unter die Millionen abendlicher Passagiere mischen.

Sie hob eine Hand und betastete ihren Unterkiefer an der Stelle, die Grigenko am härtesten erwischt hatte. Einige Zähne waren locker, aber der Blutfluss von der Wunde in ihren Mund hatte sich bereits verlangsamt. Unterm Strich war sie also ganz gut in Schuss. Ihre Rippen schmerzten, aber sie wusste aus Erfahrung, dass sie nichts weiter tun konnte, als ihren Oberkörper zu verbinden. Dann blieb nichts als warten, während Mutter Natur ihre Magie entfaltete.

Ein weiterer Polizeiwagen kam ihr entgegen und raste an ihr vorbei, wendete dann aber. Der Fahrer des Lexus musste sich einen der Cops geschnappt und direkt Bericht erstattet haben. Jet schaute in den Rückspiegel und schätzte, dass sie etwa acht Sekunden Vorsprung hatte. Also schaltete sie einen Gang herunter und gab wieder Vollgas, dann bog sie in eine kleine Gasse ab, die parallel zur Hauptstraße verlief. Der Motor jaulte auf, als sie das Gaspedal erneut durchtrat.

Ein Obdachloser sprang aus dem Weg und sie rammte eine Mülltonne, als sie ihm auswich. Durch die vielen Pfützen in der unebenen Gasse verlor sie fast die Kontrolle über den Wagen, und das Blaulicht verriet, dass ihr der Cop immer noch auf den Fersen war. Es war sinnlos, zu versuchen, ihn abzuschütteln. Der Lexus machte einen Satz und sie hätte fast die Ölwanne verloren, als sie über einen kleinen Hubbel in der Straße holperte und dann auf die Hauptstraße fegte. Die anderen Autos hupten wild, als sie beinahe von einem Lieferwagen gerammt wurde, wobei sie sicher doppelt so schnell unterwegs war wie erlaubt.

Sie zweifelte zwar daran, dass die Polizei ihr ebenso rücksichtslos über die Kreuzung folgen würde, doch damit hatte sie deren Hartnäckigkeit unterschätzt: Nach kurzer Zeit tauchte der Streifenwagen wieder in ihrem Rückspiegel auf.

Innerhalb eines Sekundenbruchteils traf sie die Entscheidung, den Wagen auf den Bürgersteig zu zwingen und dort eine Drehung um neunzig Grad zu vollführen, woraufhin sie kurz stehen blieb. Im Kopf zählte sie ein paar Sekunden ab, wobei sie den Sicherheitsgurt einrasten ließ. Dann gab sie wieder Vollgas und stellte fest, dass ihr Timing gestimmt hatte: Sie rammte genau in die Seite des Polizeiwagens, der gerade um die Ecke geschossen kam. Eine Dusche aus Glas und Plastikteilen begrüßte sie, als der Airbag losging, um sie vor der Kollision zu schützen.

Jet riss die Tür auf, zog sich aus dem Wagen und war schon den halben Block hinuntergerannt, bevor Schüsse aus Richtung des Polizeiautos durch die Straßen hallten. Ein paar Brocken Beton spritzten aus der Wand neben ihr, also ließ sie sich auf ein Knie fallen und wirbelte herum, woraufhin sie eine Salve aus ihrer MP abfeuerte und damit die beiden Autowracks mit Löchern verzierte. Dann verstummte die Waffe, da das Magazin entleert war. Mit einer beinahe automatischen Bewegung ließ sie das verbrauchte Magazin fallen und schlug ein neues in die Waffe. Damit hatte sie wieder dreißig Schuss, wartete allerdings erst einmal auf weiteren Beschuss vonseiten der Polizei.

Ein paar Sekunden lang passierte nichts, also hatte sie entweder getroffen, oder die Beamten hatten eingesehen, dass es keinen Sinn machte, mit ihren Dienstwaffen gegen eine Maschinenpistole anzutreten. Sie wollte nicht herausfinden, welche von beiden Möglichkeiten zutreffend war, stattdessen raste sie auf die nächste Straßenecke zu, wobei sie nur sporadisch kontrollierte, ob ihr auch wirklich niemand folgte. Dann verschwand sie in Richtung der U-Bahn-Station, die nur noch zwei Blocks entfernt war.

KAPITEL 40

Alan sah aus, als wäre er von einem Traktor überfahren worden, als er endlich am internationalen Terminal des Los Angeles International Airport ankam, von wo sein Flug nach Buenos Aires in zwei Stunden starten würde. Der gelangweilte Mensch am Ticketschalter überprüfte pflichtbewusst seinen Ausweis und händigte ihm dann seine Bordkarte aus, begleitet von einem Lächeln, das wie aufgemalt aussah. Alan durchquerte den Abflugbereich und nahm einen Fahrstuhl zu den Restaurants im Obergeschoss, wo er sich das am nettesten aussehende Lokal aussuchte und ein Bier für sieben Dollar bei einer Kellnerin bestellte, die ihn anschaute, als wären ihre Kunden die nervigsten Menschen der Welt.

Nachdem sie sein Getränk gebracht hatte, wählte er Jets Handynummer – sie nahm beim dritten Klingeln ab.

»Wie geht es dir?«, fragte er.

»Ein bisschen verbeult. Ich habe ein paar Schläge abbekommen, aber es war schon schlimmer. Wo bist du? Klingt so, als würde im Hintergrund ein Aufstand stattfinden!«

»Fast, ich bin am Flughafen. Wie lief es denn?«

»Keine Überraschungen. Es ist vorbei. Ich muss jetzt nur noch hier rauskommen und so schnell wie möglich zurück zu Hannah.«

Er ließ die Neuigkeit auf sich wirken. »Irgendwelche Offenbarungen?«

»Er war derjenige, der Al-Diin hereingelegt hat. Er hat den Mossad informiert, weil er wusste, dass sie keine Anstalten machen würden, den Araber lebendig zu fangen«, berichtete sie.

»Da hatte er wohl recht. Aber vielleicht gibt es noch einen anderen Grund. Vielleicht hat er von Al-Diin gehört, dass die USA in das Komplott involviert sind und wollte sich nicht selbst in Gefahr bringen. Er wusste ja nicht, wie viele Details Al-Diin an seine Unterstützer weitergab.«

»Grigenko sagte, der Preis waren fünfhundert Millionen.«

Alan pfiff durch die Zähne. »Hui, das sind eine Menge Schekel.«

»Soweit ich es verstanden habe, spielte der Preis keine Rolle. Und bist du in Bezug auf den Intendanten weitergekommen?«

»Ich habe lange darüber nachgedacht, bin aber einzig zu dem Schluss gekommen, dass er mit den Russen Informationen ausgetauscht hat – bis zu dem Punkt, wo er erfahren hat, dass Grigenko ein Verdächtiger in diesem Terrorplan ist. Ob er schuldig ist, werden wir nie erfahren, denn ich kann nichts unternehmen. Aber ich habe über meine zukünftige Karriere nachgedacht, und ich glaube, ich werde mich vom Geheimdienst verabschieden. Da kann er sich einen anderen suchen. Ich habe meinen Teil geleistet, mehr als die meisten anderen …«

»Das kann ich bestätigen, und ich verstehe deine Entscheidung. Wie geht es eigentlich deinem Kopf?«

»Nichts gebrochen. Sieht so aus, als hätte mein dicker Schädel mich mal wieder gerettet.«

»Das höre ich gern. Und wo fliegst du jetzt hin?«

»Ich habe gehört, in der Gegend von Buenos Aires soll es um diese Jahreszeit ganz nett sein.«

Sie zögerte. »Ehrlich? Und wie wäre es mit einem Heimurlaub?«

»Ich habe eine Menge nachgedacht. Offiziell bin ich schon eine Weile tot, und das fühlt sich eigentlich ganz gut an. Vielleicht sollte ich mich ein wenig entspannen. Ein nettes Mädchen finden, das auch tot ist … das könnte ganz gut werden!«

»Ich merke schon, du hast wirklich viel nachgedacht. Wahrscheinlich ist einiges davon auch nicht ganz jugendfrei.«

»Erwischt. Aber sie muss auch reich sein und extrem gut aussehen. Und die Fähigkeit haben, mir den Hintern zu versohlen.«

»Vielleicht kenne ich da jemanden. Wann kommst du an?«

»Ich lande in etwa achtzehn Stunden. Wie spät ist es bei dir – so gegen zehn Uhr abends? Bei uns ist es elf am Morgen. Wann fliegst du aus Moskau raus?«

»Morgen. Mein Flug geht über Madrid und startet um acht Uhr abends. Ich fliege also ungefähr vier Stunden nach deiner Ankunft los.«

»Hättest du vielleicht Interesse, dich auf ein Glas Wein mit einem abgehalfterten Ex-Agenten zu treffen, der schlechte Manieren hat und unter schwerem Schlafentzug leidet?«, fragte er fröhlich.

Sie hielt kurz inne. »Weißt du was, Alan? Es gibt nichts, was ich lieber täte. Ich rufe dich morgen an, sobald ich gelandet bin, oder du meldest dich. Ganz egal. Irgendwie kriege ich dich schon in meinem vollen Terminplan unter.«

»Das klingt doch nach einem Date. Dann erst einmal gute Reise!«

»Danke. Ich werde auf jeden Fall genug Zeit haben, um ein bisschen zu schlafen. Vielleicht träume ich sogar was.«

»Träumen ist immer gut.«

Er legte mit einem Lächeln auf den Lippen auf. Alan wusste nicht, was die Zukunft bringen würde, aber der Plan, sich in Buenos Aires mit Jet zu treffen, klang nach einem guten ersten Schritt. Der Mossad würde schon ohne ihn klarkommen. So wie er es sah, gab es keine andere Möglichkeit.

Seine Nackenhaare kribbelten, als würde ihn jemand beobachten. Er drehte sich um und betrachtete die anderen Passagiere, bis eine Bewegung nahe des Fahrstuhls seine Aufmerksamkeit erregte. Eine Frau mit drei ungezogenen Kindern versuchte ihre Reisetasche auf die Schulter zu nehmen, doch ihr Kleinster hatte keine Lust, brav zu sein. Er zog seine Mutter am Arm und fing dann an zu heulen, und zwar so laut, dass es wie eine Luftschutzsirene klang. Genau hinter der Frau erhaschte Alan einen kurzen Blick auf eine bekannte Gestalt, die sich schnell wegdrehte.

Der Russe.

Alan stand auf und griff seine Tasche, doch dann packte ihn eine Hand am Arm – die Kellnerin, die das Geld für sein Bier haben wollte. Er kramte in seinen Taschen nach einem Stapel Dollarscheine und warf ihr einen Zehner hin, dann schulterte er seinen Seesack und suchte nach dem Russen. Ein Meer aus Passagieren wogte durch die Abflughalle wie ein See bei starkem Wind. Es war aussichtslos, einen einzelnen Mann darin zu finden. Der Russe war verschwunden. Alan stand einfach nur da und fühlte sich ein bisschen dumm. Er hatte sein Bier nur halb ausgetrunken und suchte stattdessen nach Phantomen auf einem der überfülltesten Flughäfen in Nordamerika. Dann überkam ihn ein leichtes Gefühl von Angst.

Vielleicht hatte er sich das Ganze nur eingebildet. Der Arzt, der ihn untersucht hatte, war schließlich besorgt wegen seiner Verletzung gewesen und hatte ihm nahegelegt, eine Woche Bettruhe einzuhalten. Das hatte Alan natürlich ignoriert, aber vielleicht war der Doktor einer heißen Sache auf der Spur gewesen. Vielleicht bildete sich Alan jetzt Dinge ein, vielleicht halluzinierte er einfach.

Oder der Russe war wirklich da gewesen.

Er verbrachte die nächsten fünf Minuten damit, die Passagiere im Auge zu behalten. Erfolglos. Dann gab er auf und ging langsam zu den Sicherheitskontrollen. Die Schlange war lang und die Passagiere erinnerten ihn an Schafe auf dem Weg zur Schlachtbank, wie sie so artig ihre Schuhe auszogen. Eine siebzig Jahre alte Frau vor ihm hatte Probleme mit ihren Sandalen und er hielt ihr seinen Ellenbogen hin, damit sie sich festhalten konnte. Sie legte die Schuhe dann in einen der Plastikbehälter und schob sie durch den Scanner, der von einem gelangweilten Dickwanst bedient wurde, der so aussah, als würde er gleich einschlafen.

Alan wurde für eine zweite Untersuchung herausgewunken, ganz sicher wegen seines guten Aussehens, und mit einem Metalldetektor abgetastet. Nach dieser Kontrolle warf er einen weiteren Blick zurück auf die wartenden Passagiere, entdeckte aber keine russischen Killer.

Der Wartebereich an seinem Gate war nur halb voll, anscheinend war die Reise nach Mexiko bei dieser Airline nicht besonders beliebt. Trotzdem war er immer noch alarmiert und beobachtete die nach und nach eintreffenden Mitreisenden ganz genau. Eine Stunde später wurde zum Boarding aufgerufen und die Anwesenden stellten sich in eine Schlange, um einen guten Platz für ihr Handgepäck zu bekommen.

Er setzte sich weit hinten in die Maschine und ließ sich von der müden Stewardess ein notizbuchgroßes Kissen geben. Dann versuchte er, seine rasenden Gedanken unter Kontrolle zu bringen und sich zu entspannen, während das Flugzeug eine Warteposition auf der Startbahn einnahm, als sechstes in einer Reihe von anderen Jets.

Irgendwann waren sie dran mit dem Take-off, und als die Beschleunigung ihn in den Sitz drückte, dachte er an Jet und wie sehr er sich darauf freute, sie zu sehen – mehr, als er es je für möglich gehalten hätte.

Los Angeles verschwand unter ihm und wurde durch das Blau des Pazifischen Ozeans ersetzt, während sie an Höhe gewannen und nach Süden schwenkten. Ihm kam der Gedanke, dass genau dieser Moment der Beginn eines neuen Lebens sein könnte, wenn er es wollte. Ein Leben, in dem seine Zukunft offen war, die er aber mit einer anderen verlorenen Seele teilen würde. Zusammen würden sie versuchen, ihren Weg in einer Welt zu finden, die sie beinahe zerstört und ihre geschundenen Körper an einen fremden Strand gespült hatte. Wenn man es mit einem gewissen Abstand betrachtete, hatten wir alle nur einen kurzen Moment Zeit auf diesem Planeten – Zeit, um ein paar Dinge zu erleben, am besten in Gesellschaft von geliebten Menschen. Vielleicht konnte er etwas Nachhaltigeres schaffen, als von einem Krisenherd zum nächsten zu hetzen. Etwas anderes, als einen Auftrag nach dem anderen zu erledigen, eine Mission nach der anderen. Vielleicht konnte er mit Jet etwas anderes erleben.

Vielleicht schon sehr bald.

KAPITEL 41

Jet stand am Flughafen und wartete darauf, ihre Maschine betreten zu können. Auf einen Flug, der sie endlich von dem Wahnsinn wegbringen würde, den Moskau für sie darstellte, und zurück nach Uruguay – zu Hannah … und zu Alan. Sie hatte bereits zwei Stunden lang versucht, Magdalena zu erreichen, aber sie hatte nicht abgenommen. Wahrscheinlich hatte die alte Dame ihren Akku leerlaufen lassen oder das Handy irgendwo im Haus vergessen, als sie mit Hannah hinausgegangen war. Jet versuchte, sich keine Horrorszenarios zusammenzuspinnen, sondern ruhig zu bleiben. Es gab keine Gefahr mehr, keine Bedrohungen. Die Welt war jetzt sicher für sie. Das Leben würde wieder ganz einfach und schön werden.

Trotzdem fühlte ein Teil von ihr eine innere Unruhe. Irgendetwas stimmte nicht. Sie hatte zwar keine Beweise dafür, aber das Bauchgefühl war eindeutig da.

Sie rief Alan an, aber auch er ging nicht ran. Merkwürdig. Eigentlich musste er schon vor drei Stunden gelandet sein.

Ein letztes Mal versuchte Jet es bei Magdalena, aber nach dem sechsten Tuten wurde der Anruf automatisch beendet. Sicherlich gab es eine ganz banale Erklärung dafür – sie musste aufhören, sich Gedanken zu machen. In zwanzig Stunden würde sie in Argentinien sein und kurz darauf in Uruguay. Dort würde sie endlich wieder mit ihrer Tochter vereint sein und könnte anderswo ein neues Leben beginnen.

Der Russe war tot, und damit war ihre Existenz nicht länger bedroht. Sie wusste, wenn sie nicht den Verstand verlieren wollte, musste sie ihre professionelle Seite beiseiteschieben und der Zivilistin in sich die Kontrolle über ihr Leben zurückgeben. Hinter jedem Stein Gefahr zu wittern war im Einsatz eine gute Überlebensstrategie, aber im Alltag nervte es. Zu schnell konnte sich daraus eine Paranoia entwickeln und sie schwor sich selbst, dass sie ihren inneren Frieden wiederfinden würde. Sie wollte das Leben zurück, das sie vor diesem neuerlichen Albtraum hatte. Damals war sie doch eine Weile ruhig und glücklich gewesen, ihre Welt hatte nur daraus bestanden, sich um ihre Tochter zu kümmern und ein ganz normales Leben zu führen. Was auch immer man als normal bezeichnete, aber auf jeden Fall wusste sie, dass es einen großen Unterschied zwischen ihrem jetzigen Verhalten unter Dauerstress und dem leichten, sorgenfreien Lebensstil gab, den sie noch vor wenigen Wochen geführt hatte.

Gedankenverloren spielte sie an dem Lederriemen herum, der um ihren Hals lag und holte ihr Handy hervor, auf dem sie sich die Nachrichten durchlas. Auf der Suche nach Ablenkung las sie alles über den Terrorangriff, der im letzten Moment vereitelt worden war. Das war das Hauptthema auf allen Onlineseiten, sie kam einfach nicht davon los. Und überall wurden die merkwürdigen Bezüge zum Iran hergestellt. Alans Worte kamen ihr wieder in den Sinn – über das, was Al-Diin ihm gesagt hatte.

Aber die Sache war nun erledigt. Es war nicht mehr Alans Problem, und ihres erst recht nicht. Ihre Aufgabe war nun, sich um Hannah zu kümmern und ihr ein gutes Leben zu ermöglichen. Sie würde dafür sorgen, dass ihre Tochter zu einer starken Frau heranwuchs, die gesund und mit sich selbst im Reinen war. Sie sollte ihr Leben nicht mit irrsinnigen Kämpfen gegen unbezwingbare Gegner verbringen. Das würden von nun an andere tun müssen, denn auch Jet hatte längst ihre Pflicht getan. Jetzt würde sie in Rente gehen und damit wäre dieses Kapitel abgeschlossen.

Über die Lautsprecher wurde der Beginn des Boardings angekündigt und plötzlich kam Leben in die wartenden Passagiere. Sie hörte zu, wie zwei französische Geschäftsleute sich vor ihr in der Schlange unterhielten, während ihre handgeschneiderten Anzüge in der Sonne glänzten. Sie unterhielten sich über ihre Vertragsverhandlungen, über ihre Gewinne und Verluste. Jet wünschte sich, auch in so einer Welt leben zu können, die durch einen dünnen Mantel aus Verdrängung und Privilegiertheit von ihrer Realität abgeschirmt und so einfach gestrickt war.

Das Problem bei der Sache war natürlich, dass sie nicht einfach ihre Erinnerungen auslöschen konnte. Sie hatte gesehen, was sie gesehen hatte, und getan, was sie tun musste. Diese Erinnerungen würden sie immer begleiten und ihre Sicht auf die Dinge einfärben. Warnungen würden ihr eingeflüstert werden, auch wenn es keine Feinde mehr gab, die bekämpft werden mussten. Die Bedrohung existierte jetzt nur noch in ihrem Kopf.

Es war Zeit, die Waffen niederzulegen und das Schlachtfeld zu verlassen, Sie hatte lange genug gedient. Jetzt reiste sie zu neuen Ufern und hatte die Chance, ein anderes Leben zu beginnen.

Während sie in der Schlange wartete, versuchte sie noch ein weiteres Mal, Alan zu erreichen – wieder erfolglos. Dann wählte sie Magdalenas Nummer mit dem gleichen Ergebnis. Die Schlange bewegte sich langsam vorwärts und schließlich sammelte die Flugbegleiterin ihre Bordkarte ein, begleitet von einem leeren Blick und einem Lächeln aus Plastik. Draußen auf dem Flugfeld blies Jet der Regen ins Gesicht, was zu ihrer Stimmung passte. Sie redete sich immer wieder ein, dass sie doch erst gestern mit Magdalena gesprochen hatte und alles in Ordnung gewesen war. Trotzdem war es komisch, dass sie jetzt weder die Haushälterin noch Alan erreichte. Ihre Kampferfahrung sagte ihr, dass es so etwas wie Zufall nicht gab, während ihre zivile Seite sagte, dass es sehr wohl sein konnte und das zwei ähnliche Ereignisse noch lange nicht in Zusammenhang stehen mussten.

Ihr Herz schlug ihr bis zum Hals und fühlte sich an, als würde es jeden Moment aus ihrem Brustkorb bersten. Nachdem sie ihren Platz eingenommen hatte, musste sie sich zwingen, ruhig zu bleiben. Sie musste die Anspannung loswerden, bevor sie in komplette Panik ausbrach. Bestimmt hatte Alan einfach nur eine Verspätung oder sein Akku war leer. Das kam vor. Es gab ebenfalls tausend harmlose Gründe, warum Magdalena nicht ans Telefon ging. Und wahrscheinlich war auch kein Buhmann hinter Jet her.

Das Flugzeug entfernte sich mit knarrendem Fahrwerk von seiner Warteposition, während die Stewardess über die Sicherheitsprozeduren informierte. Jet tat so, als würde sie sich für das Bordmagazin interessieren, während ihr Gehirn tausende Umdrehungen pro Minute erreichte. Es gab eine Million Gründe, warum sie sich keine Sorgen machen musste, und doch war alles, woran sie denken konnte, die Tatsache, dass sie die zwei wichtigsten Menschen in ihrem Leben nicht erreichen konnte. Das Flugzeug stürzte sich in den grauen Nieselregen, während über Jet ein riesiges Damoklesschwert zu hängen schien, als sie mit achthundert Stundenkilometern einer Zukunft entgegenflog, die so verlockend schien wie ein erster Kuss.

– ENDE –

LUZIFER
VERLAG